# 山海宴

柳三笑 著

南方出版传媒
花城出版社
中国·广州

**图书在版编目（CIP）数据**

　　山海宴 / 柳三笑著. -- 广州：花城出版社，
2018.6
　　ISBN 978-7-5360-8590-9

　　Ⅰ．①山… Ⅱ．①柳… Ⅲ．①长篇小说－中国－当代
Ⅳ．①I247.5

　　中国版本图书馆CIP数据核字(2018)第022563号

出 版 人：詹秀敏
责任编辑：陈宾杰　杨淳子
技术编辑：薛伟民　凌春梅
封面绘图：鲁奇舫
封面设计：荆棘设计

| 书　　名 | 山海宴 |
| --- | --- |
| | SHAN HAI YAN |
| 出版发行 | 花城出版社 |
| | （广州市环市东路水荫路 11 号） |
| 经　　销 | 全国新华书店 |
| 印　　刷 | 佛山市浩文彩色印刷有限公司 |
| | （广东省佛山市南海区狮山科技工业园 A 区） |
| 开　　本 | 787 毫米×1092 毫米　16 开 |
| 印　　张 | 19.25　1 插页 |
| 字　　数 | 314,000 字 |
| 版　　次 | 2018 年 6 月第 1 版　2018 年 6 月第 1 次印刷 |
| 定　　价 | 45.00 元 |

**如发现印装质量问题，请直接与印刷厂联系调换。**
购书热线：020－37604658　37602954
花城出版社网站：http://www.fcph.com.cn

# 目 录

## 第一卷　飞花醉月皆成空

这不是一个太平盛世，却是一个庖师争辉的黄金时代。

饕餮如虎，庖师作伥。人心越贪婪，庖师才越有立足之地。

## 第二卷　难化鲛人泪一滴

南海与汴梁，有千里之遥，可是人心与人心的距离，又何止千里万里。乱世相遇，虽是无可奈何，却也足以刻骨铭心，只是这一次不知道前程是喜是忧。

## 第三卷　万紫千红斗芳菲

佛说，一花一世界，一叶一菩提。处处皆是世界，世界皆有江湖，庖师亦是如此，你有寻真与揭谛，我有紫宣与月离，淞江青鲈嫩如脂，孟津紫鲤脆似玉，都是世间美味的极致。

## 第四卷　欲踏西湖寻西子

不管是山珍海味，还是清粥小菜，食而知其味，便是一顿好饭。锦娘，我给你做三道菜，你要好好吃饭。这日子再不堪，它也总有个好。

## 第五卷　金明池畔学茶戏

常饮茶酒失百味，我虽爱茶酒，但又恐失味，人生得失终究不由己。做一个庖师如此，做芸芸众生中一员，亦是如此。

## 第六卷　一饮一啄问禅心

我爱莲花之高洁，又贪肉糜之味厚；我美净土之极乐，又惧修行之清苦；我不舍世间浮华，又谈什么普度众生。

## 第七卷　假作真时真亦假

年少时，我被看作是万中无一的天才，我也以为自己在庖师一门将会前途无量，这十几年来，我的所有努力只有一个目标，那就是问鼎百厨争辉宴，成为天下第一的庖师。可是现在，我的目标好像动摇了……

## 第八卷　东京浮华终化梦

人的一生总要面临很多选择，我选择做一名庖师，你选择做一名鲛人，我们踏过千重山万重水，在这人世间最浮华的城市里相遇，我的刀会在你的心口上开出一朵花，你会笑，我会哭，你说花都是美的，我说可惜这一切太短暂了。

# 第一卷

## 飞花醉月皆成空

这不是一个太平盛世，却是一个厖师争辉的黄金时代。饕餮如虎，厖师作怅。人心越贪婪，厖师才越有立足之地。

# |第一章| 锦衣黄雀

眼下已是宣和六年，刚过立冬。

杭州城下起了今冬的第一场雪，银花飘洒，天地间一片白茫茫。

一白衣男子静静地站立在雪地中央，他的年纪有二十四五，长眉微扬，一双眼眸宛若冬季的西子湖水，深邃而清冷，他的脸上没有太多的表情，只是时不时地抬头望了望灰蒙蒙的天空。

这男子名叫苏沐，是杭州城内的一名庖师，古来庖师常忙碌于灶火案板之间，多为粗野之人，像苏沐这么干净俊朗的庖师确实不多见。此刻，他一袭白衣，背负着双手，就像一名冷漠儒雅的剑客一样，静立在冰天雪地里，只是为了做一件事情，一件参加厨艺比试前需要做的准备工作。

他的前方是一条黑白斑驳的官道，官道的半路上放着一个造型奇特的巨大竹笼，他随手朝路上撒出了一把谷物，尔后开始模仿着雀鸟发出了啾啾啾的声音。他一边撒谷，一边拟声，这声音初始时低时高，就像一只雏鸟独自在空地上欢叫，过了一阵，则是高低交错，嘈嘈切切，好像有十余只鸟同时跳跃对鸣，又过片刻，鸟鸣声越来越密集，大有群雀争食、互不相让的架势。

这口技乃是宋朝游艺场内的"百鸟鸣"，初学不难，精则难于登天，他这么叫了一阵，不多时，只听得天边突然传来了呼啦啦的聒噪声音，随着声音越来越近，只见彤云密布的天际，渐渐地盘来了一团黑云，黑云时聚时散，如风卷、似鬼魅，大有遮天蔽日之势。

细看之下，这黑云却是一群数量极为庞大的黄雀。

冬天黄雀无处觅食，又惧怕寒冷，常常群居而取暖，伙起偷食居民存放的粮食，但毕竟世道艰辛，居民存粮有限，一些聪明的鸟雀会带着鸟群驻扎在官道附近，因为冬天常常有官府的马车往返江南与京城之间，这马车或是押送粮食，或是运送瓜果蔬菜，马车颠簸间，沿途常常有遗落之物。扑遗而抢食，便成了这些黄雀的习性。

苏沐的鸟鸣声很快引来了这群黄雀，他抬头看了看雀群，粗略地估量了下，不由得笑了起来："有一千多只，看来应该有十多只的锦衣雀。"他说的锦衣雀便是雀群中羽毛最鲜艳、数量最少见的一种黄雀。黄雀春天时会换成春羽，色泽黄亮微青，便于求偶交配；到了秋冬便换成冬羽，羽毛灰黑而暗黄，便于伪装保暖，若是这黄雀到了秋冬不但羽毛颜色不减，反而越发得鲜艳亮丽，到最后如一身锦衣，醒目得耀人眼目，这雀鸟便不再叫黄雀了，而是叫锦衣雀。

黄雀常有，锦衣雀却少见。黄雀群中，一百只雀鸟常常出不了一只锦衣雀，锦衣雀因活力旺盛，入冬后还能交配，所以肉质远比一般黄雀更加鲜美紧致，乃是山珍中的极品。皇宫御膳房中有一道名菜叫二十四鲜，其中有一鲜便是"秋来黄雀披彩锦"，说的正是这锦衣雀。

眼见漫天的黄雀来了，苏沐也不着急，他漫不经心地学着鸟叫，尔后又朝竹笼附近撒了一把谷物，这一下，群雀嗅到了食物的准确位置，犹如暴雨般落了下来，整个雪地霎时为之一暗。这雀多谷少，千余只黄雀很快就抢光了雪地上的稻谷，不过苏沐提早在竹笼里放置了更多的谷粒，所有的黄雀循味而至，开始争先恐后地往笼中挤去，一群一群，叽叽喳喳，毫无秩序和规则，只是这些黄雀不知道这笼子入口特地做了改动，进去容易出来难。

不过片刻间，天上的黑云尽收笼中。

"一，二，三，四，五……正好十六只。嘿嘿，你们也别怕，我只要这十六只锦衣雀就够了，其他的放你们逃生去吧。"苏沐笑了笑，正准备上前挑出锦衣雀，突然他听到了一阵由远而近的马蹄声，嘚嘚之声十分急切，很快就迫在耳边了。

他心中暗叫不妙！只见不远处风雪一卷，一辆巨大的马车碾碎冰雪，在官道上疾驰而来。

这马车来得太突然了，速度之快根本没有办法及时改道，御马的车夫似乎也意识到这点，他心一横，猛地一抽马鞭，两匹高头骏马嘶了一声，直接加速就朝竹笼冲了过去。苏沐还没来得及阻止，就听砰的一声闷响，马车已经直愣愣地撞上了雀笼。

两匹马一左一右齐齐用力，直接把巨大雀笼撕裂出一个口子，几百只黄雀霎时挣脱了束缚，如一朵黄云在路上炸裂开来，轰的一声，黄雀四散，整个天空再度为之一暗。

苏沐又着急又心疼，这锦衣雀可是要拿来比赛用的，若是都飞跑了，自己可不是白忙活一上午了？他急忙朝马车狂奔而去，大声呼叫着快停下来，但马匹受到雀群的惊扰，整个马车剧烈甩动起来，车厢里传出了一阵水波荡漾的奇异声响，哗啦哗啦……

大冬天运送一车水进京虽然少见，但京城乃显贵聚集之地，什么需求都有，便是单单运一车虎丘寺的泉水入京煎茶也不足为奇。苏沐见这雀笼中残有一些余雀尚未飞走，心想若是此时勒住马匹，暂可收获颗粒之种，他再度大声地呼叫着车夫，想叫他停车，奈何这车夫不知是聋是哑，根本不听苏沐的呼叫，反而在雀群的干扰下更加奋力地抽动着马匹，马车彻底地碾过雀笼，雀笼整个彻底破裂，所有的黄雀都飞散了开来。

百翼齐振，掀起了乱流如潮。风，轻轻地掀起蓝色的丝绸帘子，露出了车厢内的冰山一角。

窗帘下是一面透明的水晶壁，水晶壁的背后是一张近乎苍白的脸庞……那是一个瘦弱的女子，她有一双琥珀色的眼睛，微微有些凌乱的长发软软地披在肩膀上，就像海里的水草。很多年后苏沐回忆起第一次看到她的情景，总是记忆犹新，她的五官很美，有一种有别于宋人婉约清新的美，只是这美艳之中还有一种说不出的病态，甚是楚楚可怜。

女子也呆呆地看着苏沐，她的眼神里似乎带着一种哀愁，一丝麻木，甚至还带着一丝冷笑。她看了片刻，尔后露出一个似笑非笑的表情，最终那女子在水晶壁上吹了一口气，水汽凝结化作霜花，朦胧了一片，尔后窗帘重新落下，什么也看不见了。

马车终于穿过了雀群，消失在风雪之中。

霎时，惊鸟飞遁，车马无迹，天地间再度一片寂寥，只剩飞雪扑簌簌地落下。

"这人的……眼神跟她好相像……"苏沐呆呆地停下了脚步，站立在大雪里，那女子的眼神似乎有魔力一般，让他情不自禁深陷自己的记忆泥潭中，许多往日的场景一时间如潮水般涌来，装饰着丝绸铜铃、香囊暖炉的马车，几十名花季妙龄的少女，那个与这女子十分相似的哀怨眼神，渐去渐远的背影，以及他曾沿着这条道路一直追逐着那辆马车，直到自己力竭瘫倒在地……

"是她吗……"苏沐不知道，他太多年没见到她了，或许她早已变了模样，又或许，她已经忘了自己……可是自己还是这么执念，是想念得太久了吗，以至于看到相似的人都会觉得是她吗？

他叹息着，这时间过得可真快，一转眼都已经七年了。

"苏师傅！苏师傅！"

一阵叫声打破了苏沐的回忆，远处有个厨役打扮的少年踏着雪跑了过来，他喘着粗气叉着腰，叫道："苏师傅，你在这干吗呢，最后一场比试马上就要开始了，大家都在找你呢！"

少年看了看地下破碎的雀笼，瞬间明了："哦，原来你是来抓黄雀啊，你早说呀，其实钱老板早就买了一笼子黄雀了。喂喂，你怎么了，中邪了吗，还在发呆呀？"

面对少年的喋喋不休，苏沐终于回过了神，漫不经心地答话："现在什么时辰了？不是午时一刻才开始吗？"

少年叫小五，小五拍着大腿叫道："哎哟，我的苏师傅，你还知道是午时一刻开始比赛啊，现在都快午时了。"

苏沐愕然了下："都这么晚了吗？我以为只是出来了一会儿。"

小五哎呀呀再度着急起来了："你这一走就是一上午，人家醉月楼的厨师都准备了一上午了，我可是告诉你，钱掌柜现在是急疯了，他可是看上你师傅的面子上，才让你代表他酒楼参加这次比试，你这次要是输了，有你好看。快走！快走！"

说着，小五不由分说地拉着苏沐直往城里走去。

古来江南杭州便是繁华荟萃之地，一路走来熙熙攘攘，酒肆店家无数，二人走了几里地，进了和宁门，又过了观桥，就见一栋金碧辉煌的酒楼出现在眼前，这酒楼虽然拔地而起六七丈，却只有上下两层，名曰飞花醉月楼，在杭州城内可算是数一数二的大酒楼。飞花醉月楼一楼曰飞花，设置亭台楼榭、小桥流水，更遍植鲜花，当是四季如春；二楼曰醉月，上挂九十九盏南番玻璃栀子灯，明月高照时，星月辉映，光彩灿灿。此时，酒楼门里门外早已围了三圈的看客，大堂之内也早已布置成一番厨艺比试的场景，瓜果时蔬、碟碗杯盏，应有尽有，当然最显眼的是，两排灶火和五六台鼓风送风的风机早已开始作业。

今日，正是杭州城内一年一度的酒楼行会厨艺决赛。

杭州商业繁荣，市肆极为发达，当前共有各色正店七十二户，其余皆是脚点瓦肆，不入正流。宋朝之时，各行当的行会已经开始盛行，七十二家酒楼正店联合成立了酒楼行会，每逢岁末，便挑选最出色的厨师公开比试，以定排次。

不过，今年比试的意义更是不同。

因为，今年行会比试的第一名，还将得到一张额外的金函，当今天子寿宴的邀请金函。

世人皆知，天子宋徽宗最重庖师，每隔五年便要在皇城内的集英殿举行盛大的寿宴庆典，这庆典叫天宁宴，意欲普天同庆、天下安宁之意。天宁宴上，皇上会邀请天下最出色的一百名庖师进宫，敬献世间最奇崛最鲜美的珍馐佳肴，无论是南海深处的巨鱼翠胆，昆仑山脉的白虎赤睾，还是滇南闻所未闻的奇花异蕈，无所不有，无所不包。数百道菜品若山势连绵而出，双目不能穷尽，口舌不能尝遍。

天宁宴，因天下百厨齐聚，世间千种珍馐并现，所以又被称为百厨争辉宴，是为天下第一宴。在天宁宴上拔得头筹的庖师，皇上会答应他一个要求，无论封官晋爵、金银财宝，甚至攀龙附凤无一不应，所以摘得天宁宴的桂冠，是天下所有庖师最梦寐以求的目标。

苏沐也有自己的愿望。师父临终前特地告诉他，只要能参加这百厨争辉宴，成为天下第一的庖师，他的愿望就可以实现，不过在此之前，他先要做的就是打败杭州所有行会酒楼的庖师，拿到这张入门的金函。

想来也真是讽刺，偌大的杭州城何其繁华，手艺高超的庖师又何止千百之众，可是每届百厨争辉宴上偏偏只给这么一张金函。现在，这张小小的金函就摆放在大堂的正中央，用一个紫黑色的檀木匣子装着，只有杭州城内最好的庖师才有资格拥有它。

# |第二章| 玉盏梅雪

经过一个月的打擂，现在只剩下飞花醉月楼和宝丰楼两家一争桂冠了。两家酒楼的大部分人员早已列队完毕，苏沐也换了身干净的衣服重新站在队伍的最前面，时间似乎刚刚好，不曾迟到一分一秒。

他环顾了四周，却见对面只有几名厨役在，主厨却不在队列中，他微皱了眉头自言自语起来："这人居然也迟到了？"

旁边的厨役小五一手叉着腰，一手指了指阁楼，碎碎念道："你以为像你，人家早来了，不过他们现在都在醉月阁楼上喝茶呢。哼！肯定是颜老板带着方天左、方天右两兄弟给食判官巴结送礼，每回都这样，简直无耻！"

苏沐问道："怎么，醉月楼的主厨是两个人？"

小五的表情猛地抽搐了一下："苏师傅……你不会还不知道对方主厨是几个人吧？你……这也太不重视了吧。"

苏沐嗯了一声，算是大大方方地承认了自己确实不了解，然后又自言自语道："不过，是几个人又有什么关系呢？"

小五更加忧心忡忡起来，他觉得自己身为宝丰楼最为资深的杂役，实在是有义务好好地给苏沐讲一讲目前这个水深火热的局势，他指了指阁楼像竹筒子倒豆子一般说道："苏师傅，我听说啊，这两兄弟，一个擅长刀工，一个擅长火候，兄弟二人齐心，实力那是非同一般，所以才能年年拿下这酒楼行会的第一名，他二人可是我杭州城内最有实力的庖师，再加上这个颜老板的人脉势力极广，几乎是没有人能撼动他醉月楼杭州第一酒楼的招牌。前几次的金函可都是被他们家给拿走了，所以你可得争气点啊，可别辜负了我们掌柜的一片苦心，更改杭州城庖师界的历史格局可就看你了。"

小五说得苦口婆心、唾沫横飞，苏沐却是听得默不作声，小五以为苏沐是被自己一阵海吹吹怕了，便主动地拉了他一下："喂，苏师傅，你现在别不吭声啊，这事我也只是听说，你也别全信，你未必就没有胜他们的机会，真的。"

苏沐摇摇头，一脸认真道："我没有担心，只是在想上午那辆马车的事，对了，你刚才说了什么？"

小五气得五窍直冒烟，眼珠子都快翻上天了，他一脸愤愤道："身为宝丰楼最资深的厨役，我现在也是无能为力了！"

此刻，醉月阁楼上，坐了七八个人，醉月楼的老板、主厨均一一在列，最中间坐了一个干瘦的老者，正是号称杭州食判官，第一品鉴师的祁伯。

北宋之时，饮食一门共有三师。

一曰辨物师，又名食判官，巧舌能辨天下百味。好的辨物师只用查形、观色、闻味便能分辨出这菜品的质量、食材的出处和品质，甚至有的辨物师还能明辨这食材的整个制作过程，每个细节都不会猜错，犹如判官断案一般。

二曰养物师，又名养倌，乃是以家传之法养出各类奇珍异物，毕竟饮食一门，食材第一，好的食材往往决定着菜品的上限高低，所以越是高层次的庖师越要倚仗好的养物师。到了宋朝，各地的养物师早已发展成家族产业，南北中原皆有所长，各有所专。

三曰馔物师，就是大家最熟悉的庖师，或说厨师了，精通选材、刀工、火候、调味等技艺。好的庖师不仅自己做饭了得，更要精通其他两门的技艺，所以常被称为三师之首，又称膳首。

这祁伯正是属于第一师，辨物师，专门负责品鉴各酒楼菜色的优劣。他披了披裘衣，微微咳了两声，沙哑道："这大雪一下，天可是真冷哪！"

醉月楼的老板颜仲站在旁边，一脸谄媚道："祁判官今日亲自来主持比试，真是叫我飞花醉月楼蓬荜生辉啊，今儿个大雪未歇，天寒地冻的，不如先饮一杯热茶暖暖身子，这比试稍后就开始了。"

说着，他奉上一六瓣青玉茶盏，恭敬道："祁判官，请先饮热茶。"

祁伯躺在软椅之中，微眯了下眼皮，鼻腔里先嗅一下，尔后哼了一声："嗯，以梅雪之水泡小龙团，茶水醇香之中还带有些许梅花的香气，倒是有心思。不过，这茶水虽好也只能算上品而已，倒是这茶盏的玉色看起来很是不俗。"

颜仲有些得意地笑了一声："那是，给祁判官敬茶，光是茶水好可不行，这茶具也不能失了身份。"

祁伯笑道："你们颜家世代都是庖师高手，你技艺虽然不如你弟弟，但是这醉月楼的气派却是比你弟弟有过之而无不及。"

谈及他弟弟，颜仲的脸色稍稍变了下，但很快又笑了起来："舍弟颜真在童郡王府上做事，如今已贵为京城第一庖师，自然是远胜我这没用的哥哥了。"说着，他把青玉盏往祁伯边推了推："这茶盏乃是缅甸上好的翡翠雕琢而成，壶、盏、碗、匙十件一套，祁判官若是喜欢，就先拿去用用，佳器赠行家，也是美事一桩。"

祁伯忍不住嘿嘿笑道："这玉茶盏确实甚得我心意，不过我祁伯不敢拿没把握的好处，须知那姓苏的小子也很有本事，这一个月来击败好手无数，若今日是你弟弟颜真来了，这一局自然该你醉月楼获胜，不过方氏兄弟嘛……"他干笑两声，顿了顿，"且看他二人够不够争气，若是差距太大，嘿嘿，那就算是放一座金山银山，我祁伯也不敢取。人活一张皮，我祁伯也老了，可不想最后几年晚节不保。"

颜仲有些尴尬地笑了笑道："那是，那是，祁判官做事向来刚正不阿，这不过是我醉月楼的一点点心意罢了，还请祁判官不要多想。"

祁伯站了起来，抖了抖裘衣："放心，就凭你弟弟在庖师中的声望，我祁判官也要给你颜老板几分薄面的，时辰也不早了，我看不如先开始吧。"


大堂之内，两队人员早已列阵完毕，醉月楼派出的是方天左和方天右两兄弟，而宝丰楼派出的是苏沐。三人终于正式打了照面，开始互相打量着对方，跟身形俊朗的苏沐不同，这方天左、方天右两兄弟，一个长得高瘦，一个长得矮壮，两个人活像哼哈二将一样。

祁伯走到场子中央，朝众人拱手客气道："诸位，五年一次的天宁宴就在明年，我杭州城虽是江南繁华之地，但皇宫每届只给我们七十二行会一张金函，不可谓不珍贵，能得金函者便是我杭州庖师的执牛耳者，代表的可不仅仅是所在酒楼的名声，更是我杭州城庖师的最高水准，所以每一次比试都必须十分慎重。今日已是决赛了，三位皆是我杭州城最好的庖师代表，一战成名就在今朝，务必竭尽全力，认真对待，不负我等期望才是。"

祁伯在杭州的饮食界威望极高，话说得又十分诚恳，不禁叫众人神色都肃穆了几分，一个个都认真地望着他不敢多言。他环视一周，又道："诸位皆知，这七十二行会有自己的规矩，历来比试都是刀、汤、食三局，刀者，考验御刀之术；汤者，考验火候之术；食者，考验择材调味综合技艺。三局皆有侧重点，不过窃以为身为杭州第一庖师者岂有偏门偏科之理，无论哪一局都该是其中的佼佼者才是，所以此番决赛，我斗胆决定不比三局，而是以一局定胜负！这一局究竟是什么便让祖师爷为双方选择，现在我手中有三枚桃核，一枚刻着"刀"，一枚刻着"汤"，一枚刻着"味"，分别代表三轮比试，你们二人各取一枚，剩下的那枚便是你们二人的比试项目。"

这随机选择比试科目，众人都未曾遇到过，不过大伙见祁判官说得也算在理，便也没有人反对。

祁伯将三枚核桃丢入铜壶之中，方天左性急，先上前取了一个桃核，上面写了一个"味"字，而苏沐则取出了一个核桃带着"汤"字，这铜壶里剩下的自然就是"刀"字桃核了。

这刀工、熬汤、馔味三局是一局比一局难，其中刀工是最基础的，围观的人见此最后剩下的竟然是"刀"字核桃，纷纷失望地叹气起来。祁伯笑了笑，安慰众人："此题乃是由祖师爷来选定，那自然是有他自己的深意，所以双方今日比试的内容便是刀工，为了公平起见，这局只能一个人来比，却不知你兄弟二人是何人应战？"

弟弟方天右最擅长刀工，这一局自然是他出马，他拱手高声道："我来！"

祁伯点点头，双手一比画："请两位出列吧！"

方天右和苏沐分别上前一步，分别朝对方施了个礼，抬头眼神交碰，方天右的眼神里明显充满了挑衅的意味，他兄弟二人一个精于刀工一个精于御火，这样分开来比试对他们是很有优势的，而且就刀工一术，他苦练三十余年，早晚不辍，风雨不歇，自问杭州城内没有人会是他的对手，这个不知道哪里蹦出来的苏沐是不可能撼动自己"杭州第一刀"的名号。

苏沐依旧面无表情，暂时看不出他是什么个想法，这人总是沉默寡言，想要从他湖水一般的表情里探究他的内心太难了。

祁伯从大堂的桌子上端出一个大海碗，里面是一盆江水，他道："此乃泾渭二水，庖祖有云，庖师之术可分泾渭二水之别，水虽清，却有别，各有道，不兼容，但最终却殊途同归，此乃我庖师比试之要义也！望两位师傅谨记。"祁伯这段话乃是庖师一行的祖训，传闻庖祖伊尹口舌灵敏，能分辨泾渭二水的差别所在，进而感悟出，庖师一门犹如泾渭二水，虽然都是一湾江水，学的都是一样的技术，但内里却各有差别，放在一个碗里无法兼容，但流在江中却最终要殊途同归，都要将庖师一门发扬光大。

泾渭之言，让众人的神情不禁更加肃穆几分。

尔后祁伯招了招手，叫下人拿出了三样东西，分别是一块巴掌大的白水嫩豆腐、一个一尺见方的鲢鱼头和一根大白萝卜。看来，这就是今日刀工比试的食材了。

刀、味、汤三类，选了刀工这一项多少会有人感到失望，不过祁伯有自己的想法："诸位皆知，膳房之内有三师，庖师之内有四术，择材、御刀、掌火、调味，皆是缺一不可。这其中御刀也就是刀工，最是基础，也最见功力。今日前来围观的诸位都是江南一带的老饕，想必如三套鸭、蓑衣刀法、切干丝、整鱼去骨等刀法早已是司空见惯，根本算不得什么独门技艺。所以老朽特地选了豆腐、鱼头、萝卜这三样东西，各考不同的刀工，豆腐要切丝，细而不断者胜，此谓以刚克柔；萝卜要刻花，繁复精细者胜，此谓之以繁胜简；鱼头要去骨取皮肉，完整无缺不伤幼骨者胜，此谓之以全败缺，三局两胜者获胜，听明白了吗？"

"听明白了！"

"既已明白，那就开始吧，限时一炷香，香灭刀停，不得再动，违者以败局论处！"说罢，祁伯燃了一根香郑重地插入香炉之中。

# |第三章| 拆骨雕花

豆腐切丝、鱼头拆骨、萝卜刻花，虽然考验的都是庖师的基本刀工，却也不简单。苏沐和方天右都是杭州城内一等一的高厨，不论切丝、拆骨、雕花都不在话下，只是时间有限，关键还得看谁技艺更精湛，在有限的时间里切得更细、更匀、更美。

祁伯的表情很复杂，因为他这一局不单是考厨师的刀工，也有更深的意思在其中。只不过，现在时间紧迫，容不得二人懈怠，再多做其他细想。

方天右唰的一声铺开自己的一个牛皮卷套，这套子平铺开来露出十二件大小不一的刀具，有宽有窄，有平口有斜口，有弯钩有金瓜，均是闪闪发亮，正是他的成名刀具——十二功劳。

庖师下刀，每一刀都充满杀戮之气，与屠夫无异。但庖祖有云：持刀者心若有敬畏，不浪费一菜一饭，能思一劳一德，那这每下一刀，便是功德一件，所以十二把刀又称作十二功劳，大有将自己的职业比作度人济世的佛法一般崇高。

方天右单手掂了掂豆腐，他的力道用得很巧，这豆腐在手中翻飞，却丝毫没有破损，这般颠了片刻，右手双指一推，挑出了一把怪异的钢刀，这刀背厚重，上刻各色古朴花纹，刀刃却利薄如纸，闪闪发白，正是虎鹤斩。此刀乃是他找杭州城最出名的铁匠何风再专门打造的，以虎鹤铸形，意为落势如猛虎下山，切物却如仙鹤轻掠，刚中带柔，柔中带刚，这等怪刀才是切豆腐等软绵之物的最佳利器。

寻常人以为豆腐切丝必要细切慢剁，如木工雕花，一丝不苟才行。却不知切豆腐这等软嫩之物，越是细慢，越易破碎，要想切得细匀如发丝，必须用势大力沉的重刀快速连剁，刀刀不停，刀刀相连，才能成功。但重刀刀刃宽厚，再怎么快速切也无法切得太细；细刀重量轻，一刀下去力道又不足，所以只有这种虎鹤刀形，又重又薄，才能切出最细巧的软丝。

方天右自幼苦练刀工，早已练出一身力道。他单手挥动虎鹤斩，只见案板之上银光闪闪，刀起刀落，却未闻一声当当当的剁板之声，这刀锋拔起离开那豆腐时始终不超一分，切入时又恰好轻沾案板，所以一眼看过去，那豆腐纹丝不动，似乎不见任何变化，只见刀刃一分一分移了过去，光这一招就足可见他御刀的本事十分了得。就连祁伯看到这儿也忍不住点了点头，显然面对这样功底深厚的刀工，再挑剔的食判官也会由衷叹服。

方天右一刻也不懈怠，苏沐却一副不急不慢的样子，他根本没看豆腐，而是先拾起那根白色泛青的萝卜瞧了瞧，似乎有些不满意萝卜的造型，遂又放下了萝卜，选择去拆解鱼头。

这厨艺之中活拆鱼肉的有，活拆鱼骨的也有，但活拆鱼头的却委实不多见，盖因鱼头肉少皮薄又多软骨，十分不易拆解，加之拆了又没什么实际用处，这等技艺便十分少见。

现在，苏沐面对的是刺最多、软骨最嫩的鲫鱼头。

苏沐选了一把细长微弯的钢刀开始剔骨削肉，他这刀名曰六寸筋，刀以软金鎏银铸造而成，刀身薄如蝉翼，软如细叶，这样的刀既够锋利又能弯曲在复杂的头骨缝隙里拆开连接的筋肉。

苏沐拆骨的动作很细致也很缓慢，眼见他的速度已经慢了对手许多，宝丰楼的钱掌柜和小五早就急成热锅上的蚂蚁，一个个忍不住大叫道："苏师傅，你倒是快点啊，方天右豆腐都快切完了，你这鱼头拆得一点变化也没有啊！你还想不想拿金函了？"

苏沐闷头专心摆弄鱼头，头也不回："急什么，不是三局两胜吗？"

小五叉着腰叫道："能不急吗，我看你这样一局也赢不了！"

苏沐皱眉道："小五，你别吵了，安静点行吗？"

小五着急道："我这不是在督促你嘛，我贵为宝丰楼最资深的厨役，自然要尽心尽责的。"

苏沐不说话，干脆拿两团布把自己的耳朵堵了起来。

很快半炷香过去，苏沐终于将这鱼头弄完了，另一边方天右早已切好了豆腐，这鱼头也拆得七七八八了，他抬头看了下苏沐有些轻蔑地冷笑一声，似乎胜券在握。

苏沐头也不抬，对这一冷笑自然也是毫无反应，他一旦开始出手就是全神贯注，根本不理会其他人的议论，他现在又拎起那根被他抛弃甩在一旁的萝卜开始看起来。

这蔬果雕刻虽不比木匠雕花，但也是十分繁复精细之活，苏沐看了好一阵，在小五无数次催促中，终于换了一把尖刀轻装上阵，而方天右这把却是"十二功劳"悉数用上，各色刀具在十指间上下翻飞，犹如高手御剑，技法眼花缭乱得令人赞叹。

这两人刻起萝卜神色专注，一时如画师挥毫，银钩铁画，寸寸精细；一时又如武师舞剑，横切竖削，招招精妙。尺许萝卜在手中翻飞，白屑簌簌如雪花落下，青白萝卜也渐渐呈现各色姿态。剩下的半炷香很快也烧完了，只听得唰的一声，二人几乎是同一时间收了厨刀，这刀入皮鞘，干脆利落得好似剑客停招收剑一般潇洒。

这一场刀工比试，一局之内又分成了三试，三试齐考，能夺两局者自然是最后的胜者。

众人先看这豆腐切丝，方天右的豆腐看起来很完整的一块，毫无变化，好似未切一般。方天右将豆腐块放入一盆水中，只是轻轻一划水，豆腐随着水波竟如烟花绽放，化作一团白色烟雾，整盆水就像白色豆汁一般，众人有些惊讶，这豆腐是融化了吗？

祁伯急忙趴过去细细看去，他年纪虽大，视力却一直保持得很好，只见那豆腐已经被切得根根细微如毫毛，全部随着水纹在盆内旋转，看上去犹如一盆豆浆。

这切豆腐的刀法，已近精细到了极限，常人绝难做到。众人心中暗暗佩服，暗叹方天右的刀工果真名不虚传，单就这切豆腐丝的本领已是杭州城内一绝。再反观苏沐这边，虽然也是一整块豆腐，但却真是一整块，原封不动，显然苏沐根本没来得及切这豆腐，算是自动放弃这一局了。

这局豆腐切丝自然就是方天右胜了，醉月楼先下一城。

围观的看客再一次啧啧赞叹："好刀工啊！"

就连食判官祁伯也面露几分赞许，频频点头道："虎鹤斩虽然刀势猛、刀锋利，但若是不懂御刀之人，力小了提不住这刀的沉重，力大了又收不住刀势，脆薄刀刃必定一击即卷，所以要驾驭此刀，必须提刀下刀用足气力，刀锋快要触底时，急忙用柔劲化解刀力，转为鹤鸟轻掠，这般才能不伤刀锋，此中技法犹如太极阴阳转换，刚柔并济，非几十年功夫不能成啊，方庖师刚才快刀切豆腐时毫无声息，不闻剁板之声，这就是快切一法最高的境界了，老朽佩服！"

方天右听了这话，自然得意不已，若论快刀手，自己当是杭州城第一，无人可敌。

第二局，比的是鱼头拆骨。

二人面前皆放着一只新鲜的鱼头，这鱼头大如菜盘，色泽滑亮，也看不出究竟拆成什么样子，看客们一个个瞪凸了眼珠子也看不出个所以然。祁伯解释道："豆腐切丝讲究的是一个细字，而鱼头拆骨却讲究是一个巧字，这其中就有心境之别，细者谓之心宽也，巧者谓之心智也。下面，不如让我们看看两位师傅究竟如何巧夺天工，以智取胜！"

他先看的是方天右拆解的鱼头，一双银筷拨弄之下，一张鱼皮连着肉很容易就掀开了，留在盘子里的鱼骨头干干净净，甚至不留一丝肉末，确实是做到肉骨完全分离，十分干净。再看鱼头骨的几处最易断裂的软骨处，都是完整无缺，没有丝毫断裂，足见这人刀工超然，剥皮剔肉不伤骨，完美！

祁伯忍不住点了点头，心想这样的手法已是卓绝，他有生之年见过的刀工中足可以排进前三了，只不过，他这想法很快就被自己否定了。

因为苏沐的鱼头也是一样的骨肉分离，干干净净，不损分毫，二人从表面上看当真是不分伯仲，难以分出高下。祁伯心中不禁犯难了，心想这样一来这一局可就不好评判了，他正迟疑着，突然不知从何处传来一阵男子浑厚的声音："鱼头拆骨不难，难的是如何剥皮取脑而不断骨，你可看这二人谁把鱼脑完整取出来了，便是技高一筹。"

这围观的人众多，也不知道刚才这话是哪个说的，祁伯当即惊了一下，他抬头四处望了望，也未发现这提醒的人是谁，于是急忙翻开方天右的鱼头骨，却见这鱼皮之下、鱼骨之中都没有鱼脑。很显然，方天右为了不破坏鱼骨，只有把柔软的鱼脑搅碎了丢弃。

方天右有些不服气："这鱼脑被鱼骨所包围，又那么软，若是想要不破坏鱼骨取脑，那是根本不可能的！"方天左在一旁替他弟弟打气道："弟弟放心，料想这苏师傅也是做不到的。"

祁伯过去轻轻地翻动鱼皮，却见鱼皮之下，连着一个雪白色的鱼脑，这鱼脑完完整整，干净得就像一块羊脂玉，莹润光滑，丝毫没有受损的迹象，所有人见此都大为惊愕，方天右更是不敢相信："你……这是怎么做到的？"

想要把一颗完整的鱼脑从荆棘密布的鱼头骨里完整取出，还不伤及鱼皮鱼骨，这技术堪比乱麻之中取出刺果，祁伯也是大为惊讶，急忙问苏沐是如何取出鱼脑的。

苏沐眨了下眼睛，心想这个很难吗，他戳了戳鱼骨头，简明扼要道："先拆骨，再合骨。"

面对这玉雕一般的剔出的鱼骨架，苏沐伸出手轻轻地拔掉其中一根软骨，只听得哗啦一声，整个骨架突然瞬间坍塌，原来这些骨头之间的筋肉连接早已被他巧妙切断，只不过切得极为精巧，几个关键处筋肉虽然断了，但骨节犹存，才确保鱼头骨还保持完整不坍塌，只是他这把强取了一根骨头，鱼头自然不堪负载，整体塌了下来。

拆了鱼骨，再重新合起鱼骨，这样的办法犹如解开密林一般的鱼骨，尔后再重新布局，自然可以完整地取出鱼脑。祁伯看了一眼颜仲，叹了口气："刀工第二局，宝丰楼苏师傅更胜一筹！"

宝丰楼扳回一城，二人一比一打成平手。现在，萝卜雕花，便成了决定二人胜负的关键一局。

# |第四章| 琴鱼问香

这三局各有所指，祁伯又解释道："萝卜雕花，比的是意，厨师下刀犹如画师下笔，飞禽走兽、山川河岳俱不在话下，能否形美而有意境，才是评判高下的最高标准。"

方天右雕的是白玉凤凰牡丹，只见花形繁复，凤凰灵动，花瓣刻得薄如蝉翼、近乎透明，凤羽却羽毫分明、丝丝毕现，仿若一阵清风拂过，这花叶便要随风舒卷，凤凰就要振翅长鸣。众人皆知，蔬菜水果雕花刻物不难，难的是形神兼备，有灵有性，这凤凰牡丹虽然寓意俗套了些，但是单说精细程度也可以算是精品，祁伯微微点头，以示赞同。

接下来，再看苏沐的萝卜雕，他雕的是春归蓬莱。

不足尺长的萝卜上刻了青山绿水，亭台楼榭，松柏花鸟，这刀法用的是象牙玲珑球的七层镂空雕刻技法，内里已全部掏空，两指宽的萝卜壁上分出了七层，先是苍松雪柏掩盖，接着是亭台柱檐浅露，再下一层是仙人下棋品茗，打开殿阁，里面还有桌椅书柜，书柜之中还有书籍经卷，这样层层繁复，十分立体，而那萝卜蒂处的浅绿色刚好刻出山脚草木渐绿之态。山上白雪皑皑，山下草木逢春，把这萝卜自身的颜色用得很妙。

众人正惊叹这样的雕刻已是神乎其技，苏沐突然从中堂上取来一截白蜡烛头点上，尔后将蜡烛置于萝卜山雕之内，轻轻一转，这外层的萝卜缓缓开始转动，配上烛火荧亮，只照得萝卜质地如白玉晶莹，蓬莱山光影浮动曼妙，更添几分缥缈意境。

既有雕刻技法，亦有光影斑斓相衬，只看得祁伯五体投地，不知该如何评价。就连颜仲一看这情景，也自知方天右此番已是惨败，光说刀工，显然苏沐已高出方天右一大截，败了！败了！

祁伯有些尴尬地看了看颜仲，摇了摇头正要开口宣布成绩。

方天左突然站了出来，高声道："苏师傅的刀功确实了得，叫人佩服。但刚才的比试只是我弟弟输了，我醉月楼可还没输，进入决赛的是我兄弟二人，可不只有我弟弟一人，按理说我也有权利参赛，所以苏师傅想拿金函，还得击败我方天左才行！"

颜仲像是抓住了救命稻草一般，急忙也跳了起来，高声道："正是，正是。这比试可还没有结束，我醉月楼还有方天左师傅没有出战，理应让他二人再比一局！"

钱掌柜一听这话便不干了，颜仲自然也不肯放弃，二人的争吵很快就演变成两家酒楼的对骂，现场几乎要乱成一团。这下子，祁伯也是进退两难了，围观的人士一个个也没看过瘾，纷纷起哄道："我看不如再比一局！"

"刀工虽精彩，但若能加赛一场，比试其他技艺，更能叫人心服口服！"

"祁判官也说了，若是真材实料也不怕多比一局啊。"

…………

人声嘈杂，众口难调，颜仲是不依不饶，钱掌柜是急不可待，方天左更是跃跃欲试，只有苏沐不动声色道："祁伯不必为难，就再比一局吧，余下的面点和馔食就请方师傅随便选一题吧。"

钱掌柜惊了下："苏沐，你疯了！我们赢都赢了，干吗还要比？这次我不比，赶快把金函给我！"

小五也劝道："苏师傅，你可别上当啊！冷静！冷静才是关键！"

苏沐嘿了一声，面无表情道："这是我的决定，若是连他都赢不了，我何必去京城。"他这话说得斩钉截铁，很不把方天左放在眼里。

方天左不怒反笑，哈哈笑道："苏师傅果然有魄力，好，那我方天左也不客气了，这一局，我们就比这个'味'字，谁输了，谁就卷铺盖离开杭州城！你敢还是不敢？！"

方天左立下重誓，叫在场之人都不禁惊呼了起来，这方氏兄弟在醉月楼扎根已久，名气之大无须多言，如今为了一张金函，宁可以离开杭州城来做代价，足可见他要夺金函的决心。

方天右也卖力吆喝道："苏沐，你敢不敢应战？"

其他的看客也是个个不嫌事大，纷纷叫道："答应他！答应他！"

面对一群人的挑衅，苏沐依旧是淡淡道："离不离开杭州是你们的决定，我无权干涉；不过能不能拿走金函，那是我来决定，请祁判官出题吧。"

这苏沐仿佛就没跟这些人活在一个世界里一样，任他人狂躁如火，激情四射，他还是不动声色，不急不躁的，甚至开始自顾自地收拾桌子上残留的萝卜渣，准备下一局的比试了。

这一目中无人的样子着实叫方氏兄弟大为光火，仿佛他二人像空气，这一局就要必败无疑了一样，这是什么态度？！这两个人正要再吆喝挑衅，祁伯急忙劝阻道："既然苏师傅同意了，那就再比一局。这一局比试馔食，这题没有限制，请两位师傅各展其能，做一道最拿手的菜式吧。"

"慢着！"阁楼上再度发出一声洪亮的声音，这声音正是刚才提醒祁判查看鱼脑的那人。众人急忙伸长了脖子，抬头望去，却见一名身着华丽锦衣的中年男子缓缓步下台阶，来人生得极为魁梧，浓眉虎目，须髯浓密但却修得很整齐，看他衣着打扮和气质，显然是个权贵人家。他的身后还跟着一名年轻的随从，也是一般的魁梧英武，双目精光熠熠，自带几分杀气。

这中年男子慢慢地踱下楼梯，朗声道："我说这些当庖师的，谁没几个拿手菜，做了也看不出技艺高低，如何知晓是否便是一招鲜。这样比，这一场盛会可不是少了许多趣味？"

来人仿佛带着一股难以言喻的逼人气势，叫在场所有人都噤声不敢多言，有些人甚至吓得脖子都缩了缩。食判官祁伯在杭州城内威名何等响亮，原本也是个说一不二的人，绝不容许有人质疑他的威望，但他听了这男子的话，蓦然间也是心嗵嗵直跳起来，他深吸了一口气，客气地施了个礼，问道："请问阁下是？"

男子冷笑一声道："今日是以厨论高下，你也不必问我身份，如我说得对，你便听我一句，如何？"

"哦，那不知阁下有何高见？"

男子踱到场子中央，他身形伟岸，就这么直挺挺一站，更显气势威武，甚至隐约还带着几分皇家的威严。男子口中毫不客气道："自古茶、酒、汤、饭、菜、果乃饮食之六类，若只考一类太过无趣；若是六类齐考，难度又未免太大，容易叫你们杭州的厨子丢了面子，不如今天我就考你们三样，茶、汤、菜，看看你们二人功力如何？"

祁伯眉头皱了一下，问道："阁下的意思是茶、汤、菜，分别再考三局吗？这时间只怕要拖得太迟了。"

男子摇了摇头道："不，只考一局，名曰茶非茶，汤非汤，菜非菜；又名茶亦茶，汤亦汤，菜亦菜，祁判官觉得这题可好？"

这一题出完，所有人都觉得云里雾里，自古茶水、煲汤、做菜三类各有喜人之处，但若说这茶非茶，汤非汤，菜非菜；茶亦茶，汤亦汤，菜亦菜，这绕口令一般的菜式却从未见过，更是连听都没听过。

钱掌柜着急地看了一眼苏沐，脱口而出道："这人是不是疯了？这是什么题目？"

小五也是不满道："我看纯粹是恶意刁难！"

钱掌柜着急道："不行，我可不能由着这汉子胡来！"

小五急忙拉住他，努了努嘴道："可别啊，掌柜的，你没看他的穿着打扮，还有那玉佩，肯定是个大官人啊。"

钱掌柜一听对面是个当大官的，一下子也厌了起来，结巴道："当什么官的，这什么来头，干吗还跑到酒楼来掺和这事？"

小五道："谁知道，我们先忍一忍。你看苏师傅，神情好像很镇定呢，你放心，以我对苏师傅的了解，我一向觉得他做事很是靠谱呢！"

大堂内，祁伯看了两位庖师一眼，问道："那二位对这题有何意见？"

苏沐点了下头，说道："明白了，没异议。"

对面的方天左也冷哼一声道："这题虽然古怪，但也难不倒我！"

中年男子嘿嘿笑道："好，那就看看二位的本事！我也是许久未曾见过这样有意思的比试了。"

香柱再一次插入香炉之中。众人围了几圈又开始交头接耳窃窃私语，这些人都是见识过多少届酒楼行会的比试，自问也是见多识广，但这男子的这道"茶非茶"确实是听都没听过，他们起了兴致，一个个都在猜想，这"茶非茶、汤非汤、菜非菜"究竟会做成怎么样一道菜品。另外，这个身材魁梧的汉子又是个什么来历，只是这般讨论来讨论去也得不出什么令人信服的结果。

又过了半炷香的工夫，厨房里时不时传来叮叮当当之声，时不时又传来一阵阵奇香，也不知双方都是做了什么菜，再过片刻，方天左率先端着一银罩子走出来了，他一脸得意道："此物正是茶非茶，汤非汤，菜非菜，还请这位大人和祁判官品鉴！"

他比了个动作，掀开银罩子，一阵清香扑鼻而来。

只见红漆雕花盘中摆了几杯青玉盏，这茶盏里是淡黄色的茶汤，映着青青玉色、鹅黄嫩绿，似雨前龙井滋味清清，又如杨河春绿色泽新新，里面浮起了几条银色小鱼，在茶汤中摆动游弋，一只只将头冒出汤面，看起煞是灵动可爱。

有人好奇道："这是什么菜肴，为什么这鱼儿还能在热汤中游耍？"

祁伯也未曾见过这菜品，不知该如何评价。

方天左得意道："请两位巧舌先品鉴下吧。"

祁伯端起茶盏，先轻嗅茶味，芳香浓郁，虽与绿茶相似，却多了一份鲜味。再观游鱼，虽然已经烹熟，但仔鱼摇晃清汤，两鳍生波，很是活灵活现。他又抿了一口茶汤，滋味香咸，茶味浓郁，却无鱼汤之荤腥，亦无清茶之苦涩，反而有些微微鲜美发甘，只是这味道总体上还是偏茶，而非汤味。

方天左见祁伯神色复杂，半晌不说话，以为他是被自己想法震惊了，有些得意道："此菜似茶非茶，似汤非汤，似菜非菜，祁判官觉得如何？"

祁伯沉吟半晌，才问道："这是泾县的琴鱼茶吗？此菜我只听过，却未曾见过。老朽当真不知如何评价，还是请这位大人来品鉴吧……"

中年男子二话不说，端起杯盏只是嗅了嗅，便将茶盏轻轻地放回桌上，他徐徐道："方师傅也真是煞费苦心，这泾县的琴鱼茶确实罕见，只是这茶汤却不太一般，我若没猜错，应该不是寻常叶茶，而是虫茶泡出的茶汤，对不对？"

方天左点头道："正是，看来这位大人的舌头更是厉害，这道菜就叫琴鱼问香。"

# |第五章| 雀舌茶汤

传闻，泾县之北产琴鱼，大小如海蜒，龙头凤尾，细鳞银白，平时深匿于石隙之中，只有在清明前后十余天才露面，产量十分稀少。阳春之时，将活鱼用香茶、桂皮、茴香等调料煮熟，而后秘法烘干。食用时，用热水冲泡，杯中立即腾起一团绿雾，须臾，在清澈的茶汤中琴鱼仿佛死而复生，因头轻尾重，鱼头个个朝上，似是在杯中摇曳戏水一般，可谓栩栩如生、情趣盎然。琴鱼茶茶汤鲜香甘醇，鱼肉酥软咸嫩，当地人称此物："既是盘中餐，又是茶中珍。"

但若只是这般做法，只能算奇巧菜品，还不能算是珍馐。方天左又对冲泡琴鱼茶的茶汤进行了改良，他以虫茶冲泡的热汤来击注琴鱼茶，更增添几分鲜美之味。所谓的虫茶，便是以茶叶喂养化香夜蛾幼虫，其幼虫所产的虫粪，色泽金黄，如同鱼子，便是名贵的虫茶了。

男子又继续道："方师傅应该是精心挑选体态青绿的翡翠化香夜蛾，专门以龙井、毛尖、小龙团、碧螺春等十八种名茶在冰窖中细心喂养，这样产出的虫茶，冲泡琴鱼才能相得益彰、咸鲜爽口。这菜品可得八分！"

此番解释完，其余围观的看客才知道其中的玄机，一个个纷纷大叫厉害。做菜的方天左能以虫茶、琴鱼入菜，别出心裁，正对男子的"茶非茶、汤非汤、菜非菜"的题目，虽然汤菜味不足，但也足以让人叫绝。

而男子稍稍闻一闻，就能说出二者的出处做法，这也绝不是一般人能有的见识，显然他辨物的本事远远超过了祁伯这个杭州第一食判官，一时间所有人对他的身份又高看了几分。

众人赞叹声重，香柱缓缓往下，眼看就要到底了，苏沐还没有出现。

男子微微皱了下眉头道："怎么，宝丰楼的师傅还没做完吗？"

方天左嘲笑道："只怕做不出这菜品，早已逃跑认输了！嘿嘿，你看这香已经灭了！"

那香的红光果然变得十分暗淡，甚至是已经看不见了。

就在这时，苏沐终于端着银罩子盖着的托盘出来了。方天左率先冷笑道："来晚了，来晚了，香都熄灭了，你已经输了，我方天左赢了！哈哈哈！"

苏沐皱了下眉头，放下菜盘，径直走到香火旁，众人不知道他想干什么，却见他突然朝残香吹了一口气，那香又冒出了星星点点的火光，他转过头认真道："这香还差一点儿，你还没赢。"

方氏兄弟气得大叫道："你，你这是舞弊！"

苏沐也不理睬他，而是将这盘子放在桌上，右手掀开银罩子，一阵香气已经扩散而出，这香味太独特了，以至于所有人都被这道菜吸引住了，根本没人再去管苏沐吹香的事情了。

白雾散尽，却见几盅白玉瓷露了出来。

众人围过去看，却见白玉瓷盅中也是一道茶汤，明黄色的茶汤中躺着十余片褐黄色的茶叶，只是这茶叶很细嫩，烫得已经彻底发黄，茶汤的气味也并非寻常所闻的茶叶清香味，而是带着一股鲜香味。

祁伯看了一眼男子，尔后端起一盅，用白玉汤匙舀起些许茶汤，吹了吹，放入口中慢慢地抿了一口。

一股鲜美顺喉而下，祁伯只觉得，这世界上当真没有比这更令人叫绝的鲜味了，他灰白色的眼珠子都变得神采奕奕起来，一双皱巴巴的老眼瞪得浑圆，惊讶道："这，这不是茶汤，却不知这菜品是什么名字，怎能如此之鲜？"

苏沐俯首道："此菜名曰雀舌汤。"

男子闻言也饮了一口，他愣了一下，显然也被这滋味打动了，点了点头大赞道："确实鲜！百味之中，私以为鲜字最难。我若没猜错，你这汤是用上百只的麻雀在蒸笼中旺火急蒸，百雀肉汁一点一滴汇集成这几盅金黄色的汤水，而后再剪下麻雀的舌头，在出锅之前高温烫煮片刻，这菜汇集百雀之精华，自可得一个鲜字！这等鲜美的雀舌汤，我生平也就在蔡太师的府上尝过一次。"

蔡京喜食黄雀，天下人皆知，传闻蔡府中有三间大屋子，从地下一直堆到房梁都是黄雀酢，可见蔡太师对黄雀的喜爱程度。不过从这人的话中大家也听出了，他竟然能在蔡太师府上吃过雀舌汤，那他的身份自然也是相当尊贵，所有人都不禁对他高看了又高看。现在大伙只觉得，相比这男子的高贵，草民出生的祁伯当真是见识粗浅得不值一提，当下，还有些人直接露出了鄙夷之色。

男子又抿了一口，神情陶醉，显然这茶汤当真是鲜美得不可方物。

他正陶醉之际，苏沐却打断他，直言不讳道："大人，您说错了。"

男子愣了一下，神情立即有些不快："哦，我怎么说错了？"

苏沐解释道："我用的并非雀舌，而是雀舌茶，本来这道菜我准备选用锦衣雀来清蒸逼出鸟露，可惜今早被人所扰，雀鸟尽散，所以只能选了普通的黄雀，不过这普通黄雀做出的百鸟香露初品虽然也够惊艳，再品就会腻人，远不如锦衣雀滋味清鲜。所以我以雀舌茶烫煮后入馔，一则贴合这茶一味，二则可以解荤腥油腻，再饮不腻，而且汤中还会带有一丝丝茶香，算是弥补了黄雀口味上的不足。"

男子的脸色微微抖了一下，他又拾起茶盏，细细瞧看道："不可能，这明明是雀舌，如何能是茶叶？"

苏沐道："茶叶有脉络，雀舌有纹路，我先除去茶叶经络，再雕刻成雀舌，浸润雀露半炷香时间让它颜色转为肉色，所以乍看之下十分相似，不过若是细品，便能察觉差距所在；另外，若要取雀舌，必须活雀倒悬数日，让血液充盈舌头，尔后生拉取舌，这法子在下着实不忍实施，想了想便也作罢。"

男子脸上的肌肉似乎又抖了一下，说不清是惊讶还是尴尬，片刻后，他才哈哈笑道："了不起！了不起！江南之地果然卧虎藏龙，哈哈哈！"说罢，他放下茶盏，甩了下袖子，客气道："这题已经考完，想必胜负，祁判官心中早已有数，我也不多过问了。"

说罢，他又负手转身上了阁楼，似乎安心下来品尝美味佳肴才是他的正事。

祁伯见男子消失在楼梯口了，这才重新振作自己的情绪，郑重道："今日比试三位水准都很高，但既是比试必然有高下之分，这第二轮味局，方师傅的菜品虽然也贴合茶、汤、菜之意，但这菜始终偏茶味，而汤之鲜、菜之美不够；相反，苏师傅的雀舌汤，既得茶之清香，茶之淡雅，又有汤之鲜美，我认为，胜者还是宝丰楼的苏沐！二轮比试，苏师傅都胜了，所以宝丰楼便是今年七十二酒楼行会的鳌头，今日这金函便交给苏师傅了，希望苏师傅能代表我杭州城六千庖师赴京争桂，扬我杭州庖师的威名！"

掌声雷动中，祁伯转身准备去取这檀木匣子，突然方氏兄弟大叫道："等一下！”

祁伯身子顿了下，有些不安道：“你二人又是何事？”

方天左用力地拍了下桌子：“我兄弟二人来杭州十七载，一直都是杭州城庖师界的第一把交椅，今日你祁伯私通宝丰楼，故意害我兄弟二人，我自然是不服！”

祁伯气得脸色发白，哆嗦道：“你，你这又是说的什么胡话，两次比试，你二人均是技不如人，我祁伯评判也是公正如斯，不偏不倚，什么时候偏袒过宝丰楼的人，你休要侮辱我的名声！”

“侮辱你？”方天左一把上前，直接揪住祁伯的手，尔后一探手，从他怀中取出一枚青碧色的茶盏，冷笑道：“好个刚正不阿的食判官！敢问这茶盏从何而来？颜掌柜请你喝茶，你见这茶盏玉色姣好，就起了贪念，尔后偷偷据为己有！如此品性，有何资格当我七十二酒楼行会的评判！给我滚！”

方天左用力一推，这祁伯就翻滚在地，茶盏更是应声摔成了几瓣。

这下，所有人都目瞪口呆起来，颜仲也故作叹息道：“这玉盏……哎哟，想不到啊想不到，堂堂杭州城第一食判官竟然是偷盗奸猾之人，真是太叫人失望了！这玉茶盏虽然昂贵，但若是你祁判官想要，我颜仲也是可以送你的，但你偏偏要偷，可不是太下作了些！”

方天右也要喝道：“这食判官有问题，做出的评判也是不可信，所以今日这比试结果，我兄弟二人断断不服！”

钱掌柜虽然还没看清什么情况，但他分明察觉出颜仲要来颠倒黑白，气得大叫道：“不可能！祁伯的为人我们都清楚，绝不可能做出偷玉盏这样的事。颜仲，你不要胡闹，你这分明是输了赖账，不想把金函让出来！”

颜仲指了指地上的玉盏，哈哈大笑道：“证据就在眼前，还有什么可质疑的！你自己问祁伯，这玉盏是不是刚才他喝茶那个？又是不是他很喜欢，就偷了去。”

方天右冷笑道：“不要脸的老东西，给你你还不要，非要装得如此清高，没想到却要去偷，也是贱骨头一把，呸！”

祁伯年事已高，又受此侮辱，整个人瘫倒在地，一时间竟也爬不起来，他面如死灰，摇头道：“我承认，这玉盏确实很得我心意，但我祁伯爱财，一向取之有道。今日我一未偷玉盏，二未错判比试，若是你们不信，我愿……我愿以性命相担保！”

“性命担保？难不成你还要威胁我颜仲不成？”颜仲继续冷嘲热讽。

祁伯摇了摇头，继而愤然起身，突然一个箭步，直冲木柱而去。

## |第六章| 无妄刀法

原本虚弱不堪的祁伯这时候突然鼓足了力气，整个人像离弦之箭一般冲向了柱子，只听得砰的一声，血花飞溅，这人立即化作一瘫软肉倒了下去，瞬间没有了生气。

全场哗然，这祁伯不堪侮辱，竟然直接撞死在醉月楼里！

方天左脸色也是变了变，显然他也未曾料想这老儿竟然会如此刚烈，不过几句侮辱就直接以死相证，一时间他也不知该如何收场。倒是颜仲更加老辣，他甩了下衣袖，似乎是要撇清干系一般，口中冷笑道："好歹毒的老儿，便是死也要死在我醉月楼，是要诅咒我万劫不复、无人敢来吗？"

紧接着，他上前一把抱住匣子，高举起来，朗声道："这老儿为老不尊，贪图我醉月楼宝贝，竟然做出窃玉之事，今日的比试便也做不得数。姓钱的，你要不服气，挑个吉日再来与我醉月楼比试一场我也奉陪，若是嫌麻烦，不愿意比试，那这金函我就代为保管了，此去京城路途遥远，你那酒楼如此寒碜，何必去辱没了我杭州城庖师的名声，是不是？"

钱掌柜虽然没什么智谋，但也听得出这颜仲想要硬抢金函的意图，他直接冲了出去，大骂道："颜仲！好你个无耻之徒，逼死了祁判，还要抢走金函，这事我不同意！快把金函放下来！"

"对，把金函放下来！"

场子内，所有人都义愤填膺，一个个刚要替祁伯和宝丰楼叫屈，突然就听酒楼上下铮铮之声不绝于耳，几十名随从亮出了白晃晃的刀剑，露出了森森寒光。

颜仲冷笑道："诸位，今日之事我醉月楼自然会查清楚，但是你们也要记得，这里是醉月楼，而不是其他乌烟瘴气之地，若是你们想要无理取闹，与我颜某为敌，恕颜某不客气了！"他一拍桌子，整个酒楼里刀剑齐鸣，铮铮之声刮耳而入，大有一言不合便要血洗醉月楼的架势。

无关看客吓得急忙后退三尺，脸色皆是煞白如纸，再过片刻，不少人已纷纷涌出酒楼，再也不敢入内自寻麻烦。颜仲见状哈哈大笑起来，世人都贪生怕死，这么一吓果然就镇住了他们，他顺势下令关门闭客，所有门窗均用黄铜大锁关闭起来，现在这醉月楼是外人进不来，里面的人也出不去，成了一个彻底的囚笼，只是相比醉月楼的人多势众，宝丰楼不过钱掌柜、苏沐、小五以及四五个杂役罢了，势力极为悬殊。

困兽犹斗，更何况是这么重要的金函。

小五怒气冲冲道："颜仲，你公然反抗行会规则，抢夺金函，还公开杀人，不怕我们报官吗！"

"报官？！"颜仲哈哈哈大笑起来，"这祁伯是自己撞死的，与我何干？再说就算我颜仲真要杀了人，凭我在杭州城的势力，就算是巡抚大人都要给我三分薄面，敢问这城内谁敢抓我？！"

钱掌柜大怒："无法无天！简直无法无天！还我金函！"说着，钱掌柜直接冲了过去，想要夺回金函，只是这人还没近身，就被方天右一脚踢翻在地。这方氏兄弟二人不但厨艺出色，身手更是十分了得，这一脚之下，钱掌柜立即口吐鲜血，伤得不轻。

颜仲恶狠狠道："苏沐，我颜仲也不是不讲道理的人，我敬佩你的本事，这样，今日我送你黄金百两，你要么到我醉月楼下做事，可以继续拿着金函去京城参加比试；要么就拿着黄金而去，一世衣食无忧。否则，刀剑无眼，难免伤了你的性命，不划算！"

苏沐目光冷冷，并没有答话。

颜仲抬了下眼皮，拍了拍手，叫下人端出一盘金锭子，冷笑道："怎么，穷酸小儿，还嫌这百两黄金不够吗？"

苏沐冷冷道："百两黄金足够我衣食无忧了。不过我参加酒楼比试的目的只有一个，便是参加天宁宴，拿下天下第一的招牌，这是我毕生心愿所在。我跟随我师父学艺十几年，日夜不辍，不是为了黄金百两、衣食无忧，你现在便是给我金山银山，我也不会要的。"

"……"

"你知道我为什么代表宝丰楼出战吗？因为钱掌柜曾受我师父恩惠，三道菜在杭州立足了脚跟，所以他现在不惜一切帮我济我，这份恩德虽然源于我师父的恩情但却又早已超越了这份恩情，我今生今世报答尚且来不及，如何还能弃明投暗，与你这样的奸人为伍？！我苏沐岂是这种小人？颜仲，我虽穷酸，却非小儿，你若是坦荡男儿，便把金函物归原主！"

苏沐字字句句说得颜仲脸面无光，颜仲以为这些蝇营狗苟的下等人，必然会为钱财所折腰，却不想，祁伯不是，钱掌柜不是，这个苏沐更不是，他觉得自己受到了极大的挑战和威胁，恼羞成怒道："现在金函在我手里，你们人也在醉月楼，有本事就来抢啊，我倒想看看你有什么能耐可以抢得走我颜仲的东西！来人哪！"

说话间，一群侍从已经如恶狼一般围将了过来，钱掌柜和小五被迫退了几步，唯有苏沐一动不动，他身姿傲然，毫无退缩之意："颜仲，我早就知道你会要赖，所以刚才在后厨之中，我故意倾倒了几桶油料，想必现在这油已经流得到处都是了吧。若是你不把金函还我，我便一把火点了这醉月楼，你我连同这些人一起葬身此处，你看可好？"

苏沐的表情决绝而冷漠，颜仲和方氏兄弟都吓得脸色大变，他们未曾想到苏沐竟然会在后厨做了这等手脚，钱掌柜也喝道："姓颜的，你看到没有，这油都流到大堂来了，你再不把金函还给我们，我就一把火烧了你这酒楼，让你血本无归！"

小五也目露凶光道："对，不给苏大哥金函，我们就烧了你酒楼！"

颜仲勃然大怒，但他见这地面上果然有一层薄油浸了过来，他急忙护住了匣子，猛地后退了几步，只是退了一阵，他突然冷笑起来，目露恶毒之意，低喝道："苏沐，你们想要烧我酒楼是吗？哈哈哈，那我就答应你，我先杀你们，再烧了这酒楼，回头便说是你们宝丰楼的人恼羞成怒故意放火烧我醉月楼，最后烧死在大火之中，这酒楼虽然造价不菲，不过凭我本事，不过一两年也能赚回来，倒是你们，要与这老儿结伴下黄泉做阴魂野鬼了！"

"颜仲，你好歹毒！"

"无毒不丈夫！"他喝了一声，方氏兄弟带着几十名侍从就杀了过来，这下钱掌柜和小五慌了神了，他们没想到颜仲真的敢杀人！

一群人持刀从半空中跃了下来，渐成围拢之势，苏沐等人只有围靠在一起，小五哆哆嗦嗦地擦亮了一条火折子，大叫道："不要过来，再过来，我真的是要点火烧楼了！"

颜仲犹豫了下，这酒楼毕竟是他的心血所在，这几年发家之地，只是相比金函而言，这些他都是可以放弃的，最终颜仲还是面色一沉，下令道："杀！以绝后患！"

侍从飞扑而上，小五啊了一下，吓得手一抖火折子就掉了下来，眼看火折就要点燃油料，不想空中嗖的一声，一枚暗器破空而出，直接就将火折子钉在了对面的木柱上。

"谁？！"颜仲和钱掌柜几乎是同一时间叫了出来。

阁楼上走出了两个人，正是之前的华衣男子和他的随从，这二人一直坐在阁楼里居然到现在都还没走，那随从笑嘻嘻道："这么好的酒楼就这么烧了，岂不是太可惜了？"

颜仲率先喝问道："你二人是谁？为何还不走？"

男子不屑道："难不成，这杭州城内还有我待不下的地方吗？你们可是打扰我吃饭了。"

颜仲听他口气狂妄，到现在还毫无惧意，料想是个极有身份的人，于是口气放缓道："此事与你二人无关，我颜仲不杀没有瓜葛的人，还请二位速速离去，不必蹚这浑水才是。"

男子冷笑一声道："你要杀人要放火，本与我等无关，不过你扰了我喝茶吃饭，这就与我有关了，我这一顿饭都还没吃完，你们就开始打打杀杀，还要放火烧楼，可曾把我放在眼里了？"

颜仲心中恶意陡升，哈哈一笑："我可算听出来了，你还是想来阻挠，也罢，反正这大火一烧，管你是皇亲国戚，还是达官富贾，都要付之一炬！一并杀了吧！"

他这话刚说完，那随从就虎目一瞪，怒喝道："好大的胆子！你可知我家主人是谁？！"

颜仲杀心已起，他执意要得这金函，有金函在手，他便可参加天宁宴，天下荣华富贵岂不是都唾手可得？相比这些来，区区杀几个人又有什么要紧，在杭州城内，再麻烦的事，还不是可以用钱来摆平？

他冷冰冰道："我不想知道你家主人是谁，留着告诉阎罗王吧！"

十几名仆役均是手持明晃晃的长刀，如猿猴一般攀援楼梯、木柱而上，男子喝了一声："叶秋，敢近我身一丈者，杀无赦！"

那名叫叶秋的男子，俯首喏了一声，噌的一下拔出一把乌黑色的弯刀，刀光冷且利，他自信又冷傲道："区区十几名乌合之众，能奈我何？"

人群冲了过来，叶秋突然拔刀而起，他的刀势旋转起来，如狂风卷落叶，似海潮拍暗礁，一刀连着一刀，一浪接着一浪，虽然没有固定的招式，但每一招之间都连接得十分紧密，几乎没有停顿，而且乱中有序、自成一体，叫人摸不出门路但又找不出破绽。

率先扑上前的七名仆役，手中的刀还没有落下来，就听得噗噗几声，叶秋的刀光已经掠过了他们的脖颈，鲜血如冬日里红梅凌空绽放，扑哧！扑哧！又艳又烈！

刀轮一转，七人已全部倒在了地上。

其他人再扑上，又是这般，一刀一杀，不过几招，全部扑倒在地，每一个人都是一刀毙命，直中脖颈、心窝、后脑等要害，绝不浪费一招一式。这些尸体摆成一个圆形，距离一身华服的男子真的都没靠近一丈。

"这是……无妄刀？！"方天左率先叫了起来，方氏兄弟也算江湖人士，对武林门派武功还是略知一二，这样不讲规矩的刀法可不正是赫赫有名的无妄刀法吗？刀如无妄之灾，不知从何处起，又不知到何处尽，正是此刀法最独特的地方。可是传说中无妄刀只有青州的叶家会用，而且叶家的人早已与皇族赵氏签订了世代主仆的契约，那这中年男子岂不是……

叶秋朗声道："亏你还认得我叶家的刀法，既是认得，还不速速求饶？"

中年男子却拂了下袖子，冷哼道："这几个人竟动了杀我的心思，还要抢夺金函进京，谁知道是什么居心，如今大宋局势这般动荡，身怀异心之人不在少数，这等不忠不义之人留着何用？杀了吧！"

叶秋俯首道："遵命！"

男子找了把附近的黄花梨椅子安安稳稳地坐下，口气冷漠道："我只给你一盏茶时间，我喝完这杯茶，可不想再看到这几个鸟人在此聒噪，明白吗？"

叶秋自信道："主人，一盏茶足够了！"

# |第七章| 火烧醉月

叶秋环视了一圈醉月楼，这大堂之内还有二十余名仆从，对于他这样的高手来说，想杀这些武功平平的人，确实不是什么难事。他身子一翻，就像夜枭一样轻盈地落入大堂之内，叶秋颇为客气地拱手道："我家主人要我今日取你们性命，所以就对不住各位了！"

方氏兄弟恶恼道："你好大的口气，今日倒不知是你死还是我亡！"二人纷纷拔刀，冲了上前。这二人一个用两把钢刀，一个用一把大马刀，两个人力气惊人，抡起厚刀如同狂风暴雨袭来。

叶秋身姿动也不动，只是摇头道："力量虽好，但是招式粗陋，破绽太多了！"

他身子突然一闪，快得就像一只翻墙的灵猫，又像一只飞入堂中的燕雀，唰的一声，弯刀化作寒光破入方天右的脖颈，只听得咣当一声，这人就身首异处，当真是一招都挡不住。方天左大骇，但他还好没来得及悲呼或者抵抗，就见寒光再度一闪，刀尖已破入自己的腹部，鲜血汩汩而出，好不剧痛！叶秋剜了一圈，直搅得肝肠皆断，尔后他空中飞身一踹，方天左就像炮弹一样飞向了右边，重重地摔在墙角，睁眼断了气。

其余人等见叶秋出手狠辣，无不吓得退避三舍，颜仲更是死死地抱着匣子，哆嗦道："你们，你们……"

叶秋哈哈笑道："怎么，颜掌柜这时候也怕了，方才不是一副胜券在握，要生吞活剥我们的姿态吗？且不闻孙武兵法说'知己知彼，百战不殆'，你既不知己，也不知彼，如何还敢这等狂妄？"说话间，他又杀了十几名仆役，一个一个皆是身首异处，现在醉月楼的人只剩下颜仲一个了。

颜仲这回是彻底怕了，原本十拿九稳的事，不想遇到了这么两个拦路鬼，他不住地后退，背着身子缩上了台阶，惊恐道："你……真的还想杀我不成？！"

叶秋似乎觉得这话有些好笑，反问道："杀都杀了，光留你一个做什么？不如你也下去，陪着他们继续开你的酒楼，不是正好？"

中年男子也朗声道："放心，此事我会禀报官衙，给你一个定论！"

颜仲心里已然明了，这背后的中年男子必然是皇亲国戚，所以他才敢这么有恃无恐，如今自己强取金函不成，反倒弄得性命难保，也是步步皆错，悔之晚矣，只是再悔恨也没有回头之机了，他突然一把推倒了铜铸松鹤烛台，上百根粗大的红烛倾倒下来，滴溜溜地滚向了浸油的地板。

所有人都脸色大变，轰的一声，烈焰狂烧而起，这醉月楼处处皆是用名贵木材、丝绸打造，加上油料的助力，火势很快就席卷蔓延开来。火光熊熊中，颜仲哈哈大笑，不如就付之一炬吧！说着，他自己抱着匣子反向往楼顶上狂奔而去。

"这颜仲不要命了，我们快跑啊！"小五吓得大叫了起来。

苏沐冷静道："不行，这金函还在他手里，我得拿回来！"说着他也朝楼上冲去。

钱掌柜见苏沐跟着跑上去，急得直跺脚道："苏沐、苏沐，你疯了！这火这么大，你上去了可就下不来了！金函还可以下一次再拿，人死了就什么都没了！"

苏沐不管不顾，早已消失在楼梯尽头。

这醉月楼虽然只有两层，但每一层都很高，层层楼梯盘旋，犹如高塔一般，钱掌柜担心苏沐，正要冲上去拉苏沐，小五一把拉住钱掌柜道："掌柜的，先别管他们了，再不走，都得死啊！"一群人呼啦啦急忙冲向了大门，但不想大门早已被巨大的铜锁锁住。这醉月楼的门窗皆是用十分结实的黑檀打造，厚一拳有余，整块门板比铁甲还要坚固三分，一群人一阵推搡踹砸，这门依旧是打不开半分。

眼见火势越来越旺，很快这醉月楼就要变成一个火烤的牢笼了，叶秋也是脸现异色，他回头问中年男子道："主人，此番该如何处置？"

男子饮尽了杯中茶，站了起来，冷冷道："先破门再说！"

叶秋嗯了一声，持刀朝木门奋力劈去，只听得一阵叮当作响，这木门及门锁坚如磐石，竟然是分毫未损，反倒是他这弯刀已经卷了七八个缺口。

叶秋道："此番忘了带无妄刀，这寻常铁刀实在是奈何不了这黑檀木和紫铜锁。"

男子道："此路不通，便从楼上走！"

"楼上？"众人好奇道，这醉月楼高六七丈，这么高的地方就算有出口，跳出去只怕也是……

小五突然恍然大悟道："酒楼后面有个湖，实在不行，我们也可以跳湖逃生！"

一群人听罢，急急忙忙冲上楼梯。

阁楼上，颜仲一路往上，直爬到了醉月阁的最上面，那是一处十分隐蔽的地方，算是这醉月楼隐藏的第三层，这里是颜仲独处的地方，从未开放过。只见此处高耸于整栋楼之巅，四面开阔，毫无遮挡，四周种满了花草，屋顶上挂满了大大小小的南番玻璃灯，有风吹来，玻璃灯互相轻碰，叮当作响。若是有风有月的夜里，观星月辉映玻璃光，听南风撩动玉玲珑，饮一杯桃花清酒酿，看四时西湖景色不同，想必也是人生一大享受。

颜仲爬到此处，终于停了下来，他知道自己已经无处可逃了，就算自己今日逃了出去，醉月楼已毁，又得罪了不知名的权贵，焉能有好日子过？他望着苏沐恶狠狠道："你追我做什么？还不逃生去！我这里不欢迎你这低贱的人！"

苏沐坚定道："我要那张金函。"

颜仲嘿嘿一笑："金函？你一个无名无姓的庖师，也想妄图靠这张金函改变命运吗？痴心妄想！痴心妄想！"

有浓烟袭来，他呛了一口，不住地咳嗽起来，尔后他看着即将烧毁的醉月楼，开始掩面叹息道："醉月楼！醉月楼啊，这里可谓我颜仲毕生心血所在，你想要金函，我也想要，嘿嘿，你们这些低贱之人要了金函不过就是想要一夜成名、荣华富贵，可是荣华富贵多么容易得，我给你就是，你为何偏偏要与我争夺这个机会！"

苏沐摇头低声道："你错了，我参加天宁宴，不是为了荣华富贵。"

颜仲冷笑一声，他似乎根本没听苏沐的回答，他似乎也知道自己命不久矣，开始有些絮絮叨叨起来："世人都知道我弟弟颜真，乃是当今京城的第一庖师，很快他可能就是大宋的第一庖师了，都说我颜仲是沾了我弟弟的光，才能在杭州立足下来，嘿嘿，去他妈的狗屁！我颜仲就是颜仲，跟他颜真又有什么关系？！

我和我弟弟自幼一同学厨，我弟弟的天资远胜于我，自小到大，我就什么都比不过他，我们一起去比赛，总是他第一，我次之；一起去郡王府参选，也是他率先入选，而我偏偏落选。眼看我弟弟在京城内混得是越发的风光，而我却是日渐落魄，到最后还要靠我弟弟救济才能活下去，寄人篱下，多有委屈之处，偏偏我这个弟弟……嘿嘿，外人视他儒雅得体，亲人才知什么叫杀人不见血，吃人不吐骨，我受不得这份屈辱，便自己离开汴京，来到了杭州，盘下这座酒楼，花尽了毕生积蓄装扮重新开张。

"想不到啊想不到，我颜仲当厨师不行，但经商却是一把好手，不过数年间，我的醉月楼就在杭州城内位居七十二家酒楼第一，这杭州城的达官贵人有谁不高看我颜仲几眼，这过往的名人志士都欲与我结交，只不过，我心中总是有些不甘！因为总有人说我还是靠着我弟弟的名声和人脉而活，很多人甚至告诉我，因为我是颜真的哥哥，才特地来我这里吃饭，想要试试这天下第一的菜是什么味道，我猛然才发觉，我根本没有击败我弟弟！我还是没有击败他！他会是我一生的噩梦，哪怕我在杭州城混得再出色，哪怕我离开了杭州城，去了扬州苏州也是一样。所以，我决定了，我一定要招募最出色的厨师，在全天下最盛大的天宁宴上打败他，只有击败我弟弟颜真，我才能彻底结束这人生的魔咒。我颜仲，并非只是颜真的哥哥！"

颜仲的面容已是近乎病态，想必他曾经遭受了颜真的极大羞辱，所以想要击败他弟弟的念头也是近乎魔怔了，苏沐不明白他兄弟二人之间究竟发生了什么事，这也不是他该关心的，他只是冷冷道："你不如你弟弟，那是你自己的事，可是为何要毁我的机会？你有魔咒，难道别人就没有吗？你想要机会，可是我也想！还我金函！"

颜仲愣了一下，呆呆地望着苏沐，突然冷笑几声，不屑道："你？嘿嘿……你算得了什么！"他迎着冷风，看见整栋酒楼都被烈火包围，大街上围满了不明真相的看客，下面是人声鼎沸，上面却是寒风呼啸，此中反差让他觉得自己很是悲壮，也很有些傲气，他突然仰天笑了起来："苏沐，我实话告诉你，杭州城的庖师在天宁宴上根本进不了前十，以你的厨艺，是根本不可能击败我弟弟的！所以，这金函你拿着也没什么用，你跟我一样，都不能达成所愿！"

说着，他打开匣子，拿出了那张金灿灿的请柬，这金函以金锦所裁，外页织刻蟠龙祥云纹，有"天地安宁、日月同寿"八个字，内页有当今皇上宋徽宗亲笔御书，精美珍贵得令人不敢用力拿它。

颜仲迎着风，突然开始用力地撕碎金函，金函薄脆，被这样撕扯揉碎，很快就变成了一堆金黄色的碎末，透过指尖飘散在风雪之中。

颜仲哈哈大笑道："今日事已至此，真叫人心悲！不如就让你们与我陪葬吧！"说着，他一个踉跄，直接从平台的楼梯口跃向大堂之中，只听得砰的一声巨响，整栋楼都颤抖了一下，这人终究是化作了一摊污血，死在了自己最心爱的酒楼里。

颜仲一死，火势更加猖狂地席卷而上。

所有人都聚集在了阁楼之上，烈火已经夹杂着浓烟滚滚而起，一楼二楼均被牢牢锁死，根本出不去了，唯一逃生的出路就是醉月楼背后的那面花湖。

只是，现在已是冬季，湖面上结了一层苍白的寒冰，也不知道这冰层是薄是厚，若是这冰层太厚，这么高直接跳下去可不是……

只是眼下已经容不得他们迟疑了。这火势越烧越大，很快，滚滚的浓烟就包围了整个阁楼，这烟尘熏来，只是嗅上一口，就要叫人眼泪鼻涕都冒了出来，不一会儿，更是觉得心肺俱痛，浑身乏力。

突然，整栋楼晃了一下！楼底下发出咯吱咯吱的脆裂声。

不好！这楼要塌了！叶秋大叫一声，他抱着自己的主人，一个箭步冲了出去，整个人直接就往花湖中跳去。苏沐和钱掌柜刚想跟着一起跳出去，却又吓得缩了回来，毕竟这么高的地方，几个人又毫无轻功，要这么直接跳下去，还是欠了些勇气。

轰隆隆，醉月楼再度摇晃，这一次，整个楼板都开始坍塌下坠！火势迅速喷涌而上，带起了滚滚热浪，好似火山爆发一样，这楼终于是要塌了！钱掌柜突然猛地推了下苏沐，大叫道："小子，快跳啊！"他自己却一个踉跄，跌入了火海之中。

苏沐整个人直接冲了出去，他身子在下坠，醉月楼也在崩塌，他眼睁睁地看着高耸雄伟的酒楼在浓烟烈焰中崩塌离析，钱掌柜、小五和其他人像一只只无能为力的蝼蚁一样，坠落在烟火之中，化作了一缕烟尘，再也看不到了。

"钱叔……小五……"苏沐终于泪如雨崩。

冰冷的湖水淹没了苏沐，让他从头至尾冷了个透心，他悬浮在水中，一动不动，觉得自己的意识有些昏沉，不知道是剧烈的撞击让他如此，还是从内心深处就有些不愿意起来。他的身体越来越冷,呼吸越来越虚弱,整个人感觉很快就要睡着了,这金函毁了,钱掌柜和小五他们死了,不过是短短的半天时间,苏沐的世界就已经发生了巨大的改变……不如睡一觉吧,睡醒了或许什么都是完好如初的。

突然,一只手探了过来,直接把苏沐拖出了水面。

叶秋喝了一声:"嗨,还没死呢,怎么,你不会游泳?"

苏沐呆呆地望着火光,默不作声,眼前的醉月楼已经化作了一片火海,惨不忍睹。

中年男子不知何时已经换了一身干净的裘衣,更显得雍容华贵,他看了看越烧越旺的废墟,叹气道:"可惜了这么好的酒楼,不过是张金函而已,何至于这般冲动。"他转头看了看苏沐,问道:"你在杭州城内可还有亲人?正好我送你回去吧,看你这副模样,也是怪可怜的。"

苏沐摇了摇头,在杭州城内,或者说在这个世界上,他早就无亲无故了。他本就是孤儿,师父前年染了风寒去世了,然后他按照师父的遗愿跟着宝丰楼的钱掌柜做事,不想,又生这等变故。

男子沉吟了片刻,眼神中似乎亮了一下,试探道:"你是不是想参加天宁宴?"

苏沐点了点头,参加天宁宴是他毕生心愿所在,若非为了这个机会,自己何须与颜仲抢个你死我活。

男子笑了起来:"那就好办,你若是愿意跟着我,做得好了,我就有机会让你参加天宁宴。"

苏沐愣了下,终于他意识到这男子的身份才是今日最大的谜团:"你……"

叶秋正要介绍自己的主人,不想这男子却自己开口道:"我乃平王赵正。我很欣赏你的厨艺,你若是有心,就跟我进京入府,替我做事,你愿意吗?"

苏沐有些犹豫,但他确实太想得到这张金函了,这不仅仅是他师父的遗愿,他还要靠这个机会去救一个人,可是眼下,杭州城内唯一的机会已经损毁,他苏沐还要上哪里去找另一张金函?

苏沐终于点了点头,平王心情大好:"自古良禽择木而栖,你放心,我平王府会是你展露才华的大好舞台。时日不早,不如我们收拾收拾,明日便启程返京吧。"

苏沐俯首道："在下愿追随平王，不过在下还有一个请求。"

平王应了一声问道："还有什么事？"

苏沐面色悲戚道："宝丰楼钱掌柜等人往日于我有恩，今日他们尽数葬身火海，我身无太多盘缠，想请王爷借我一些银两，好安葬了他们，再与你们一同进京。"

平王点了点头，叫叶秋取出一包银两，爽快道："这是应该，那我们就再多等几日，正好看看西湖的雪景。三日之后，午时一刻在观桥会集，记得了。"

苏沐喏了一声，便也退去了。

# 第二卷

## 难化鲛人泪一滴

南海与汴梁，有千里之遥，可是人心与人心的距离，又何止千里万里。

乱世相遇，虽是无可奈何，却也足以刻骨铭心，只是这一次不知道前程是喜是忧。

# |第八章| 初入王府

苏沐处理好了钱掌柜等人的身后事，又把剩余的银两都分送给了这些家眷，他担心此事会波及他们安危，吩咐他们各自逃生而去，尔后才安心地跟随平王赴京而去。

马车一路疾驰向西，这沿途经过淮南西路、京西北路等地，皆是惨淡景象，如今宋、金、辽等国虽然处于休战期间，但连年的征战、繁重的税赋早已让大宋内空外亏，尤其是寒冬大雪一下，更是满目凄凉，这一路虽不至于饿殍遍野，但郊外村舍十室九空，城里行乞讨饭的人衣衫褴褛、成群结队，犹如灰扑扑的蝼蚁群群，叫人触目惊心。

叶秋说，自古庐州、寿州一带乡民最是穷困，他来往汴京、杭州多次，见过不少人掘土为粮、易子而食，当真是凄惨。苏沐问他车上干粮这么多，可曾救助一二。叶秋哈哈大笑道：“救他们？我叶秋也不过就是一个侍卫，乱世之中，我自己苟活尚且不易，还去救他们，疯了吗？！”说罢，他奋力策马，踏着几具尸体直往前方狂奔而去。

七日之后，终于到了京都汴梁。

汴梁繁华，远胜杭州。北宋之时，汴京被称作“天下之枢”，人口逾百万，商业繁荣，市肆极为发达，尤其是到了夕市时分，东华门外、御街两侧贩卖金玉珍玩、衣帽扇伞、酒肉糕点、时新花果之商户云集，沿街灯火通明，人来人往，熙攘热闹往往直到三更方散，可谓不夜之城。

不过此番马车并没有进入内城，而是过了外城的陈州门一路向西北驶去，一路渐渐远离城市繁华，沿途两侧开始有森然的松柏高耸，一条冻结的河流蜿蜒而上，这般走了几里路，眼前终于豁然开朗，一座恢宏古朴的府邸展现在眼前。

黛色山丘之下，平王府邸依水靠山而建，正值冬季，虽无满山锦绣灿烂之华，却有松柏裹雪覆霜之雅，别有一番景色。

到了平王府，平王安排几名下人带着苏沐去膳房熟悉情况，而自己则又坐车急急往城内皇宫行去，显然是有要事在身。苏沐不便多问，便跟着下人从一偏门进了王府，这府中又有数道青砖围墙，隐约可见松柏如云，巨树参天，远处又有楼台影影，殿阁沉沉。走了一阵，到了一院落内，看样子应该是平王府的膳房了。

那下人便叫住了一个十多岁的少年："阿七，你带新来的庖师去膳房转转。"

少年一身厨役的打扮，生得虎头虎脑，尤其是一双眼颇为机灵，他哦了一声，欢快地蹦跳着过来，笑嘻嘻道："呀，新来的庖师啊，哪里来的？"

苏沐也笑着回答道："从杭州而来。"

"杭州可是好地方，对了，师傅怎么称呼？"

"我叫苏沐，你呢？"

"我叫田七，因为家里排行老七，你就叫我阿七就好了！别看我年纪小，我可是平王府里的资深厨役呢。"少年挤眉弄眼以及说话的口气与小五有几分相似，苏沐触景生情，忍不住眼神有些暗淡，田七以为是这庖师初来乍到有些不适应，赶忙开解道："你放心，我们王爷最器重庖师了，你来我们平王府便对了，不过——"

"不过什么？"

"嘿嘿，也没什么，来，我先带你转转。"说着，田七带着苏沐像一阵风一样地跑了起来。

这膳房是在平王府右侧的一处独立院落内，共有各色房舍、库房三十余间，现设掌事、副掌事各一人，庖正、庖副各五人，庖师二十人，又有宰夫、择菜、火工、传膳、催菜等厨役、夫役近百人，远胜一般王府的膳房配置，足见这平王对每日饮食的重视程度。

膳房下设五局，分荤、素、挂炉、点心、粥饭五类，荤局主管鸡、鸭、鱼、肉、海味等菜品，素局主管青菜、干菜、植物油料等，挂炉局主管烧、烤菜点，点心局主管包子、饺子、饼类以及各类糕点，粥局主管粥、饭。另有其他杂类之事，平日都由掌事白世忠负责调遣。

田七领着苏沐将膳房的房间大致看了，将各庖师、厨役、夫役一一认了，尔后，二人行至一造型独特的房舍前，那房舍以玻璃为顶，四周覆盖茅草，刚一靠近，便觉一股暖风扑面而来。宋朝时，南番玻璃比水晶还要珍贵，这房子以这么大面积的玻璃为顶，显然地位很是特别。

田七有些得意道："不知道苏师傅猜不猜得出这房子是做什么用的？"

苏沐想了想，答道："可是炭室？"

"猜对了，正是炭室，里面有炭盆蕴火，日夜都不间断。不过我们这儿都叫它桃舍，因为白掌事喜欢桃花，他就在里面种了二十多株桃树"，田七笑嘻嘻道，"这里面暖和得很，这几天桃李树都开始提前开花了呢，可漂亮了。"

汴京地处北方，不比江南，冬日蔬果花卉极为稀贵，每日须从南方等地加急供送，尤其是春夏之菜，便是江南有时也不见得有，权贵人家便用此法自种自给，让冬令时节也可保四时蔬果、八节蔬菜从不间断。这桃舍所用的木炭均是西山窑的银骨炭，无烟耐烧，一个桃舍每日所烧炭火之钱，便够京城寻常百姓一个月开销。

田七又道："平王府内不仅有桃舍，还有冰窖，过几天我们就要去淮河边切取河冰了，夏日饮冰在京城里可是很盛行的。走，我带你去冰窖再看看……"

这人原本欢欢喜喜、蹦蹦跳跳的，可是下一瞬间他就突然变了脸色，仿佛是看到了什么惊悚的事一样，整个人猛地缩了回来，甚至吓得直接退到了苏沐的背后。

却见桃舍的大门打开，走出了一个矮胖的身影，来人年纪四十来岁，一双细小眼，八字胡，长得白白胖胖，虽然面容滑稽，但浑身衣着干净整洁，脸上的神情姿态更是极为严肃，田七一见此人，立马吓得俯首恭敬道："见……见过白掌事。"

来人正是平王府膳房的首领，掌事白世忠。

白世忠眯着眼睛看了两眼苏沐，又看了一眼田七的衣襟下摆，那里分明有几点油污，虽然不大，但是在白世忠眼里那就像几颗苍蝇屎一样刺眼。他的神情立即转为不痛快，出口训斥道："田七，你这衣着不净，该如何处罚啊？"

田七涨红了脸，低头道："今日，今日小人和李沛去送泔水，刚回来时沾了些泔水，还没来得及换洗，田侍卫便叫小人先带新来的庖师了解下膳房情况，这才……还请白掌事恕罪。"

"唉！我白世忠最讲道理。"他叹了一声，开始摇晃着肥硕的脑袋，语重心长却又声色俱厉道，"古人云，一室不扫何以扫天下，一衣不净何以净天下。身为一名膳房的人员，如何能这般蓬头垢面，一身油腻腻、脏兮兮，若是王爷夫人乃至宾客撞见了是要大倒胃口的，如何还能有食欲二字？田七，这已是我看到你这样犯错第二次了，凡事事不过三，若是还有下次，你就卷铺盖走人吧，平王府可是留不住你了。"

田七吓得急忙俯首道："谢白掌事高抬贵手！田七必定谨记白掌事今日的教诲，再也不敢这般邋遢了。"

田七担惊受怕的样子与方才的活泼截然相反，苏沐这才意识到，这人与小五还是有明显不同，想到这儿，他忍不住有些心疼，或许是生存环境所致吧。

白世忠哼了一声，又瞄了一眼苏沐问道："你，就是新来的庖师？"

苏沐点头道："在下苏沐，刚到平王府膳房，还没来得及拜见白掌事。"

白世忠脸上露出颇有些鄙夷的神态，鼻腔里轻轻地哼出一句："听说你是江南来的？"

苏沐道："正是。"

白世忠听到这儿，更加瞧不起了："江南来的庖师京城也不少见，我膳房内原本就有几个，手艺平平，脾气倒是不小，就连个面饼都做不好，还一天想着参加天宁宴，嗯，却不知你又有什么特长？"

苏沐俯首道："在下择材、御刀、掌火、调味都尚可。"

白世忠嘿了一声，冷笑道："果然你们江南来的人口气都很大，我问你有什么特长，你说你四门技艺都可以，了不起，了不起！"

苏沐愣了一下，急忙解释道："只是尚可而已……"

一旁的田七偷偷地扯了下苏沐的衣服，低声劝道："苏师傅别解释了，他不会听你的话的，他就是想找个借口来考你，不信你看……"

果然，白世忠根本不理会苏沐的解释，自顾自说道："嗯，难得遇到这么自信的江南庖师，不过我白世忠一向讲道理，信奉以理服人，不如我今日就来考考你，若是通过了，也算入了我膳房的大门；若是通不过，不好意思，纵然有王爷的命令，你这人我也是不收的。"

苏沐心想，这人既然有心要试试自己的本事，那也没必要回避谦虚了，于是爽快回应道："不知白掌事要考在下什么题？"

白世忠沉吟道："不如就做个面饼吧，我听闻江南很多人到现在都不敢吃面，竟然觉得小麦有毒，嘿嘿，岂不是可笑至极？我膳房原有的几个江南庖师连怎么和面都不知道，不知道你的手艺如何？"

苏沐如实道："江南一带确实很少吃面，会做面点的师傅也少，不过在下倒是专门学过一段时间。"

白世忠冷笑道："那就最好。田七，还愣着干什么，去把点心局的李、陈两位庖师喊过来，刚好我也有一阵时日没考核这些人的手艺了。"

田七喏了一声，转头就要小跑。

白世忠又吩咐道："回来时顺便把衣服换了，晚上再罚抄膳房经百遍，小惩以戒。"

田七脸色悻悻地又喏了一声，尔后一阵风似的跑开了。不一会儿，膳房的小院里就聚满了人，眼下虽然已近午时，但平王府的人恪守旧制，一日只吃两餐，午间一般不吃，这档子膳房里的人正好都有时间，几乎所有的庖师、厨役都过来围观。

白世忠一向好为人师，也喜欢这样被人围观的氛围。

此刻，他背负着手，摇晃着脑袋，朗朗道："诸位身为庖师都该知道，越是简单的菜式越是难做，越是普通常见之物，越是最考技艺水准。平王素来喜好面饼，所以在平王府内，能做好一张饼也是大有用武之地。恰好今日新来了位江南的庖师，也不知技艺如何，毕竟我平王府膳房可不养庸人的，所以今日你们三人就各做一道饼食，让我看看你们的技艺都到什么地步了，若是做得差了，嘿嘿，别怪我白世忠不讲情面。"

苏、李、陈三人神色各异，口中齐声道："定当全力以赴，不叫白掌事失望。"

"闲话少叙，时间照例一炷香，开始吧。"

# |第九章| 岁寒清风

李、陈两位庖师隶属点心局，平日里最常做的就是饼食，可谓技艺熟络，只是略略一想，心里就有了方向，纷纷挑了些面粉作料，赶紧和水揉面开来。苏沐则盯着一堆面粉，苦思冥想起来，他暗忖这做饼不难，难在不同凡响、出奇制胜。看另外两人的选材，一个选了青州的紫葱，无疑是要做葱油饼；另一个选了西夏的胡麻，那肯定就是要做麻饼。这两种饼都没有什么太特别之处，想要打动白世忠这样挑剔的食客无疑是异想天开。他虽然与这白世忠第一次接触，但从言谈举止，还是很容易判断出这人极度自傲，喜欢文雅有新意的食物，嗯，饮食一道便是要投其所好才行。他一抬头，无意间看到膳房外修竹丛丛、梅花点点，心中突然有了主意。

比试已经正式开始，膳房里所有的庖师都围拢一圈，纷纷细声细语指指点点、评头论足，白世忠却站在中间，背着双手，来回走动，他一双眼珠子虽小，但滴溜溜地冒着精光，可谓瞧得真真切切，他时而叹气、时而摇头，似乎对这三人的表现都不太满意。

田七则探头探脑只盯着苏沐看，这李、陈二人的手艺大家都知根知底，所有人更关心的是，这个新来的庖师究竟能不能打动白世忠。

一炷香很快便烧到底了，不大的院子里已经弥漫了浓浓的小麦烤熟后独有的香味。白世忠走过去一个个挨着细看，这边李师傅做的是葱油饼，又名碧玉金丝饼，层层松脆，葱细而香，当真是达到了"外层酥脆若油渣，内里松软似新棉"的境界。白世忠看了看微微点头，又立即摇头道："上等的葱油饼必是要层多，葱多，而油不能太多。这葱油饼虽然利用了青州的紫葱增添了几分辛辣，但口感太过油腻，略有瑕疵。可将油脂切成细丁，放入面皮一同擀压，再放少许油来煎炸，便可内里酥透，又不会太过油腻。而且这葱花也是白太多、青太少，辛有余而香气不足，须知葱油饼的葱花必是七分白三分绿，辛、香、酥三味齐全，才是滋味最佳。若是十分，这饼虽有不足，但仍可得六分。"

虽然白世忠只给李师傅六分，但这人却并未生气，相反，他欣喜若狂，自己竟给自己呱呱呱地鼓掌起来了，连连点头道："白掌事说得极是！能得六分，啧啧……稳矣！稳矣！"

其他庖师更是一个个恭贺连连，似乎能在白世忠这里拿到六分已是个很不容易的成就，在他们看来这一轮考核李师傅是顺利过关了。白世忠则直接摇了摇头叹息道："没点出息！"

接下来，再看下一个庖师陈泰，他做的是胡麻饼。

陈泰攒着双手，神色紧张异常，一双眼睛巴巴地望着白世忠，露出一副提心吊胆的模样。

"你这饼叫什么名字？"

"叫……叫胡麻饼。"

"胡麻饼？"白世忠只是嗯哼了一声，陈泰脸上的肌肉已开始颤抖了，显然他是怕死了对面这个掌事，或者他对自己的这个饼也没什么太大信心。果然，白世忠捡起了胡麻饼只是粗略地看了一眼，然后就像丢掉一盘隔夜菜一样迅速甩掉了手里的饼，他完全不想掩饰自己脸上的嫌弃，用一种怒其不争的口气说道："陈泰，我大宋之人做事最讲究文雅有品位，你这胡麻饼，啧啧，光是听这三个字就已经觉得俗不可耐，再看做法更是老气横秋，亮点何在？情趣何在？须知饮食一门可不仅仅为了果腹啊，你这饼当真是毫无可取之处！两个字，零分！不能再多！"

"零分……"陈泰吓得脸色惨白，随即又立即头如捣蒜道："白掌事教训得极是，在下厨艺粗浅，今后必当日夜不辍，多加练习。"

白世忠摇了摇头道："你入我膳房已久，恐怕再怎么学也没多少进步的空间了，无他，天赋有限。陈泰，你知道我白世忠一向以理服人，你技艺如此，实在是留不住你了，从明日起你就另寻他处谋生吧。"说罢，他也不管陈泰在那哭天抢地，自己就朝苏沐走去，抬着头问道："你呢，又做得什么饼？"

苏沐的盘子里摆了几个白白净净、圆润光滑的白面饼子，乍一看还真不知道做的是什么饼。

"禀白掌事，这饼叫岁寒清风。"

"哦，不愧是江南来的，名字倒是有些考究，却不知如何个清风法。"说罢，白世忠拾起饼子，轻轻嗅了一下，他的鼻子十分灵敏，只是这么一吸，果然就觉得有些许清爽之气扑鼻而来，再轻轻掰开，又有一丝丝甘松、青竹、腊梅之香纷迭而出，让人瞬间仿佛置身竹林青松之下，有绿影婆娑、清香拂面，叫人说不出的舒畅。

白世忠心中微微一惊，这气味若有若无，配合粉面自身的香甜，虽然简单朴素，却更显清新自然，这样的做法显然比李、陈二人庸俗的葱油饼、胡麻饼不知道高级到哪里去了，这是个高手啊！他一时间忍不住暗暗赞叹了起来。

然后，他主动尝了一口。

这一口，对白世忠来说已经很不容易了，要知道平日里他验菜都是只看几眼，再闻一闻就可以断定生死。今天他还愿意尝一尝，足可说明苏沐的岁寒清风是做到位了，简而言之，是勾起了他的食欲了。

这一尝之下更加惊讶，只觉得口感软绵蓬松，香甜味若有若无，好似云端漫步，更甚花间迎风，白世忠的嘴角差一点就要翘起来了，但弧度还未上扬很快又被自己压制了下来。想他白世忠何许人也，在膳房内一向以冷面判官示人，岂能轻易露出这等欣喜之色？万万不可，大大不妥呀！

他咳嗽了一声，而后很平淡道："你这可是以梅雪水和面，以松柏条、竹叶做柴火，蒸出的炊饼？这三味清雅脱俗，其香脂沾染面饼久而不散，倒是有一些巧思。"

苏沐点头道："正是这三味，不过，我是以梅雪和面，以竹叶泡水蒸饼，以松枝做柴烧火，令面饼更劲道、更芳香，而且松脂竹露沾染面团表面，拾饼之时，香气自至，若清风徐来，故名岁寒清风饼。"

白世忠听了更加叹服，可是这叹服之外，心里不知不觉又多了一丝隐忧，这隐忧若有若无，就像一根头发丝掉进了一锅好汤里，捡也捡不起来，放着不管也碍眼。他正思索着如何给苏沐评价，突然人群外传来一尖锐而刻薄的声音："我听说，膳房又来了个江南的庖师，可又是些清高自负之徒吗？"

听到这声音，所有人脸色都陡然一变，一个个不自觉地低着头退后几步，让开了一条道。来人是个高瘦的中年人，三十来岁，生得一副青黄铁皮骨，鹰钩鼻，三角眼，光看外表便是个尖酸刻薄不好惹的角色，这人正是膳房的副掌事，林子敬。此人虽然还只是副掌事，但为人刻薄，心思恶毒，膳房里的人多有惧怕他的。正所谓平王府内有三大怕：一怕叶秋的刀，杀人不眨眼；二怕林子敬的心，恶毒诡计多；三怕白世忠的嘴，虽然不能杀人却能烦死人。

现在，这三样都让苏沐见识到了。

林子敬大摇大摆地走了过来，不客气道："白掌事，又在开坛授法呢？"

白世忠冷笑道："身为掌事，不教好自己的手下，如何体现尽职尽责四字？倒不知子敬是来做什么？"

林子敬听出白世忠的话外讽刺之意，有些恶恼道："可我看白掌事也是一向动嘴的多、动手的少，这纸上谈兵的本事我自然是比不过你了。"他指了指苏沐道："这个就是新来的庖师？"

他大摇大摆地走了过去，捏起了那个剩下的岁寒清风饼嗅了嗅，突然说道："这个师傅给我了。"

白世忠冷笑一声道："怎么，林副掌事不是一向最瞧不起江南的师傅吗？怎么今儿个想要这个新来的？"

林子敬阴阴地笑道："江南的师傅饼能做成这个样子，想必熬粥煮饭也不会差，膳房之内我分管粥局和素局，现在粥局的师傅走得差不多了，不如就让他先到粥局做做事，熬他一年半载的粥，一来磨磨他这文绉绉的书生气。二来嘛，也发挥下他的特长，岂不是物尽其用？"

白世忠原本想直接拒绝林子敬的，但他想了想，不知为何口气中留了余地，只是指了指苏沐道："这庖师乃是王爷专门从杭州找回来的，你想要他，可问过王爷的意思？"

林子敬不以为然："王爷每年都要从江南带回来几个庖师，我看王爷也没专门吩咐过哪个要如何安排。这样，这个师傅先给我用上半年，若是用得好了，再给他调换好点的去处，若是连熬粥煮饭都煮不好，你说要他何用？"

白世忠沉吟片刻道："苏师傅是个难得的好厨师，我的原意是点心局的陈泰走了，就让他顶进来，但林副掌事这么喜欢，我也不好直接拒绝，不如就让苏师傅自己做选择，看要去哪里吧。"

这二人齐齐地盯着苏沐，意思是要苏沐现在就做出选择。

这二选一的决定历来是最得罪人的，你选择了一方必然就要得罪另一方。苏沐心想，这二人都不是省油的灯，一个圆滑又苛刻，一个恶毒又狡诈，选谁都不是个好结果，可是眼下又必须选择一方。一旁的田七偷偷地靠近苏沐揪了揪他，低声道："苏师傅，千万不要去粥局啊！林子敬是个变态，粥局的师傅都被他吓跑了！"

林子敬已经在恶狠狠地盯着苏沐和田七，那眼神分明在说，若不选他，日后有他好受的；而白世忠则是面色冷冷地看着自己。明眼人都看出来了，这林子敬不好惹，若是到他手下做事只怕凶多吉少，可是苏沐却突然有一种直觉，这直觉让他很快做出来决定："在下已经想好了，承蒙林副掌事的厚爱，在下愿先去粥局做事。"

白世忠错愕了下，而林子敬则嘿嘿笑了起来，他用力地拍了拍苏沐的肩膀道："小子，有眼光！今后你就是我林子敬的人了，可得好好在我手下做事。"

白世忠虽有些失望，却也淡淡地笑道："既然子敬又得了一名得力干将，那几日后的亚岁宴可要好好表现，听闻今年亚岁宴王爷要邀请新任蔡太保到府上做客，你粥局和素局可要做好准备，不能再有任何闪失。"

林子敬哼了一声道："那是自然。"

人员分定，围观的庖师渐渐散去，只有田七一脸不可思议地看着苏沐，很是不解："苏师傅，你疯了啊！我刚才可是一直提醒你，你干吗还要去粥局啊，你这是往火坑里跳啊！林子敬可是出了名的恶人啊。"

苏沐笑了笑道："你不也在素局吗？我去了粥局，刚好也有一个伴啊。"

田七更着急道："就是因为我也在粥局，所以更清楚林子敬的为人，你这是……"

苏沐摸了摸田七的头，说道："算了，走一步算一步吧。再说，真小人有时反倒没那么糟糕。"

田七想了想，啊了一声脱口而出道："你是说白掌事是伪君子？！"

苏沐急忙捂住田七的嘴，嘘了一声道："我可没说，你小声点啊！"

# |第十章| 观音送子

粥局，顾名思义，便是负责煮饭熬粥的伙房。

到了这样的地方，任何一个有志向的庖师都会觉得有些大材小用，甚至生出一种边缘化的感觉。田七说得没错，这粥局之内的气氛果然很不对劲，先前几个师傅能走的都走得差不多，现在剩下的人一共才三个，费大头、鬼机灵和木老头。费大头和鬼机灵年纪不大，一个五大三粗，一个个子矮小，这两人一天什么事也不干，就是尽其所能地巴结林子敬，每日好酒好菜地伺候主子，只期望自己能继续留在膳房里混一口饭吃。而木老头真的就是人如其名，整个人驼着背，白发苍苍，形容枯槁，犹如木头一样麻木不仁。

苏沐第一天进粥局的伙房，就见识到这三个人迥异的性格。

只见费大头、鬼机灵两个人叉着腰拦截在门口，而木老头则呆呆地坐在不远处，事不关己的样子。

费大头生得肥头大耳，还有些口吃，磕磕巴巴道："国……国有国法，家……家有家规，伙房也有伙房的……的规矩……"他这话还没说完，一旁的鬼机灵就不耐烦地打断道："小子，你初来乍到，我们两个作为粥局的前辈，自然要检验下你的本事才行。"

苏沐觉得这几个人模样怪异，大觉好笑，面对刁难倒也不以为意，只是问他要怎么检验。

鬼机灵转了转眼珠子，道："这粥局主要就是做饭煮粥，想入这粥局之门，自然是要考辨米之功了！"说着扬扬手，意思要木老头拉起帘子，那木老头是真的木讷，见了指令还一动不动的，鬼机灵气急败坏地跑过去，踹了他一脚骂道：

"脑子又坏了！叫你拉帘子你没听见啊！"

费大头也踢了他一脚，鹦鹉学舌道："你……你脑子坏了，没……没听见啊！"

木老头缩了一下，然后颤巍巍地拉开帘子，却见这靠墙的地方堆放了上千袋粗麻袋装的大米，一层一层，蔚为壮观。

鬼机灵拍了拍麻袋，得意道："我府中有各色御赐、进献的大米一百二十一种，身为一个粥局的庖师焉有不认识米的说法？"

费大头照例学舌道："对，庖师……庖师焉有不认识……认识米的说法。"

苏沐道："这是自然，便是厨役也当有这等见识。"

鬼机灵嘿嘿笑道："说得好！我们这些中原的庖师一望一闻一摸就可以知道这些米是什么米，产自何处，什么滋味。苏沐，你可是杭州来的庖师，对这各种米理应更加熟悉，若是还要用望、闻、摸就是太欺负你了，所以今天呢，我们就考考你盲眼辨米的本事。"

费大头摇头晃脑，刚要说道："考你……"鬼机灵啪的一下给一巴掌，训斥道："谁要你老是学我说话，给我闭嘴！"

费大头立即闭紧了嘴巴，一副委屈巴巴的样子。

不过这盲眼辨米，倒是个有意思的考题，鬼机灵有些神气道："我也不多为难你，就随便挑其中六种贡米，你若能准确无误地辨认出来，我便算你入了这个粥局的门；若是辨不出，诸位说该当如何？"

这场中只有费大头和木老头两个人，木老头一副木头状，这话自然是问费大头的，但这人刚挨了打，就看着鬼机灵一副不知道该不该说的神态，鬼机灵气得又打了他一巴掌，呵斥道："这回该你说话了！"

费大头如释重负，急忙摇头晃脑道："若是辨不出……辨不出……"

这人摇晃了半天脑袋，可是后半句就是出不来，似乎早就给忘了，苏沐更觉好笑，反问道："若是辨不出该怎么着？"

鬼机灵气得浑身直发抖，咬牙切齿道："简直是蠢到家了！我来说，若是辨不出，说明你连厨役也不如，自当先从厨役做起，听明白了吗？"

苏沐点了点头笑道："明白，请便吧。"

鬼机灵掏出一条黑色粗布蒙住了苏沐的眼睛，而后交给他一把戳米用的铁皮尖锥。费大头一拉绳索，六袋大米就被推了出来，砰砰砰几声就落在地上。

这大米落地，掀起了一阵灰尘，鬼机灵连连咳嗽道："费大头，你能不能轻点，呛死我了！"骂完了费大头，他又骂木老头："你一天到晚就在发呆，这地也不扫，脏死了！哪天被白掌事看到了，看不把你轰出平王府。"

他骂完了这两个，又把矛头转向苏沐："小子，还愣着干吗，几袋大米就在前面，赶快去取米辨米，弄完了还要把这米抬回去，把灰尘扫出去，听到没有？"

苏沐摸索着走了过去，对着第一袋大米，举起铁戳子，一戳一拔，锥子中便装满大米。这米粒细长，珍珠莹白之中含着隐隐红色，若血石裹霜，红梅染雪，确是极好的贡米。他用大拇指和食指捻起几粒大米，搓了搓，又嗅了嗅，便说道："这第一袋是江西奉新柳条红，色泽外白而内红。煮熟时，内里红花外翻，柔软可口，形味俱美。"两个人一看，确是柳条红，米的名字、形状、色泽以及特点都没有差池，有些失望地点了点头。

尔后，戳了第二袋米，苏沐又是一摸一闻："这是翼州玉田碧粳米，米粒青透如玉，用以煮稀饭，碗边还会呈现出一圈玉绿色，做粥颗颗分明，最是清甜。

"这是高山墨米，煮熟后，全粒皆黑，此米不单可做主食，还有药膳功效，可治跌打损伤，须发早白等病症。不过这黑米有皮紫心白和皮心皆紫两类……"苏沐将一粒米揉断，摸了摸说道："这米皮质地糙硬，而米心滑润，应是皮紫心白的高山紫玉。"鬼机灵不信，伸手抓了几粒咬碎一看，确实是外紫而内白，这下他彻底服气了。

第四袋是江西南城的银珠米，第五袋是雷州御米，苏沐都一一猜出，丝毫未错。最后一袋米，苏沐正准备摸过去，鬼机灵突然朝费大头使了个颜色，意思要他过去使个坏，绊他一下。费大头故意伸出一只脚，但不想苏沐以为自己摸到了米，一戳子猛地扎了下去。

费大头哎哟一声就跳了起来，大叫道："你扎到我了！"

苏沐急忙扯下眼罩，却见这戳子上果然有一丝血迹，看来是扎得不浅，鬼机灵丝毫不同情，反而一脸嘲笑道："叫你伸个腿，你却整个人挡过去，也是蠢！"他拍了拍最后一袋大米，说道："得了，这最后一袋米你也不用蒙眼了，这米只有皇亲国戚才有，料想你个乡下的杂厨也没见过，来，你说说这是什么米？"

他抓出一把米，却见这大米外形十分特别，米粒细长，前粗后细，似细小龙牙，又像水滴，色泽红艳，米上泛着一层赤红的铁锈色。这米确实十分罕见，就连苏沐也没有见过。

鬼机灵见苏沐一直没说话，断定他是认不出来了，就嘿嘿笑道："看来你这次要输了。"

费大头得意扬扬道："这米……整个大宋也只有冀州才能种得出来，你猜…猜不出来的。"

费大头的话让苏沐想起了一个传言，冀州有一个地方，传言有一道龙穴甘泉流过，有农夫在耕田时曾不小心锄破了龙身，这龙血便溢了出来，把这两三亩地的土色都染成血红色，更神奇的是以后在此种植的水稻均与其他地方不一样，生出的稻米状如龙牙、色泽泛红，滋味醇香极不一般。这米每年产量不足五十石，历朝历代都是贡米，绝不会流入市井之中，平王府有此等极品好米，想必也是圣上御赐。

苏沐心里已经有了答案："此乃玉田胭脂米，为我大宋最为珍贵的贡米。"

鬼机灵啊了一声，显然他有些不敢相信苏沐竟然能猜出这米的名字。费大头更是神色紧张地问道："小机灵，现在……现在该怎么办？"

鬼机灵狠狠地盯了费大头一眼暗骂道还不是你要多嘴，他强装镇定道："你虽然是答对了，但是你无故弄伤了费大头，也是不可饶恕，现在我们就罚你把这里清扫干净，往后每日早间的粥、夜间的饭都由你来负责，若有差错，必当严惩，听明白了吗？"

费大头立即鼓掌道："好啊好啊！"

这次就连木头疙瘩一样的木老头都说话了："你也要帮我生火啊！"

苏沐苦笑了一声，想来今日这测试不管怎么样，这些事也都是要他来做。他倒不怕辛苦，只是想着先熟悉下情况，过阵子自己跟平王好好汇报一下，谈谈金函的事，毕竟对他来说参加天宁宴才是最重要的事，眼下这三人虽然不是什么善人，但也不至于太坏，就先这么待一阵子吧。

从这一天起，粥局内的大小杂事就全落在了苏沐身上，别看只是熬粥煮饭两件事，但是却是膳房内最辛苦最繁重的一个苦差事，每天公鸡打鸣之前就要起床淘米、生火熬粥。粥要熬两锅，一口大锅给下人喝的，用的是杂米；另一口小锅熬的是碧粳米，是给平王和各夫人喝的。

平王喜欢喝的粥叫雪花粥，顾名思义就是要把米熬得将融未融，一颗一颗化作雪花一样的絮状，但又一朵一朵地不散，熬成这样的粥需要两个条件：一是需要质地最硬的碧粳米，这样的硬米熬久了也不会彻底散开，只是这熬制的过程至少需要两个时辰以上；二是需要熬粥的人从米下锅开始就要一直不停地缓缓搅动粳米，让米不断地受热均匀，做到汤不能沸，亦不能止，米汤始终是处于即将沸腾的状态，这样才能让碧粳米渐渐散开成一朵雪花。所以，熬这一锅粥便成了平王府内最费时费力的一件事，以往常常需要两个以上的师傅接力搅动，现在这粥局内，费大头和鬼机灵自然是不会去熬粥的，木老头也熬不好，只负责生火，搅粥就成了苏沐一个人的事。

好在苏沐那天爽快地答应了林子敬的要人，平日里做事也算勤勉，熬出的粥更是让平王喜欢得不得了，这让一向刻薄的林子敬也没来找苏沐的碴儿，反而是公开表扬了粥局几次。而荤局和点心局内却陆续传来有庖师莫名其妙被开除或者出走的消息，甚至有几个是技艺相当不错的师傅，这点着实叫人费解。

过了几日，便到了冬至。

自古冬至大如年，便有了亚岁之称。北宋之时，无论天子官员，还是寻常百姓，到了亚岁，各家各户均要更易新衣，备办饮食，举国上下一片欢庆祥和之态。

时值蔡京之子蔡攸新提任太保不久，平王借机宴请蔡太保、李太尉、枢密使等二十余人，来平王府小聚饮乐。

王府宴席虽不如皇宫御宴，但相比街市酒楼，却精细烦琐得多，不单要讲究菜品档次，菜色搭配，更有诸多礼仪规矩。如宴前有迎客茶、宴尾有送客汤，每道菜前有净口茶等。宴席开席之前，还要摆上诸多摆菜、看菜，常用时令水果、面饼、乳酪、干果等摆成塔山之形，上覆金箔剪纸，以示喜庆。传闻蔡京府中设宴最爱摆阔，每次用水果堆成几丈高的水果塔，高耸林立，直通屋顶，蔚为壮观，有一次这水果塔不慎倒塌，居然把宾客砸死砸伤不少，但即便如此，宴席之上，这等花哨观赏之物还是数不胜数，从不曾消弭，反而有愈演愈烈之风。

今年亚岁宴的菜品，皆是白世忠亲自敲定，干果、蜜饯、糕点、凉菜、摆菜、前菜、主菜、寓意菜、主宾客菜、迎客茶、送客汤等皆一一名列，事无巨细，尔后将这菜单分发给各局定时制作。

遇到这等大宴，各局皆是如临大敌，膳房之内处处一派紧张繁忙的景象，唯独粥局的气氛十分诡异。一来宴席上一般很少上粥点米饭，二来粥局人丁稀少，人心涣散，一个个根本不关心亚岁宴的事。

鬼机灵一天忙着赌博，对苏沐道："你们江南来的庖师最会做饭了，今次这出彩的机会就留给你，你就随便做一道八宝饭吧，对，就八宝饭吧，又喜庆又香甜，最是应景。"

苏沐先前认真研究过白世忠拟定的菜品及宴会流程，这八宝饭太过甜腻，若是放在酒宴中间呈上，届时酒桌之上各宾客酒足饭饱，如何还有胃口尝这么甜腻的东西，这个点心着实不妥。

苏沐问道："八宝饭只怕会有点太甜腻了，能否稍稍变通，做些开胃的饭食？"

鬼机灵正与其他庖师赌博耍乐，毫不关心这些事，随口道："苏沐啊，我鬼机灵一向最开明，这菜啊你就自己来拿主意，你要做什么就做什么，好不好，我们都支持你。"

费大头也点头道："我们支持你！"

苏沐见他完全不管粥局的事，也没有办法，只有自己退了下来。他一边走一边想，开胃，冬天里什么东西可以让人开胃呢？现在的中原，可是连个新鲜点的蔬果都不好找啊。

说道蔬果，他想起了一个人，田七。自己可是有一阵子没看到他了。

这小家伙在素局当厨役，主要负责摆菜的制作。所谓摆菜就是正式宴请时，除了迎客茶、送客汤、前菜、正菜、果盘、点心、冷拼之外，还会专门制作一些造型美观的摆菜放在餐桌上，以示喜庆和富丽堂皇之景，这作用就类似于装饰物。田七年纪尚小，不过刀工倒是练得七七八八了，经常被安排负责摆菜的雕刻。负责摆菜的人，手头果蔬之物自然是很多的。

对，就去找田七吧。

刚到素局的门口，苏沐就听见一阵吵闹，有人正在厉声地呵斥下人。他定眼一看，骂人的是林子敬，而这挨骂的人正是田七。再打听一下，原来今晚平王夫人小儿满月，在花园中设下了喜宴，林子敬安排田七用冬瓜雕刻一观音送百子的吉祥摆菜给夫人送过去，以祝贺满月之喜。

田七虽然贪玩，但是雕工还是不错的，观音雕刻得很是精美，眼看这摆菜就要做完，不料他转身出了膳房，回来时就见那摆菜上的孩童都被人掰掉了脑袋，十几个孩童俱是无头无脑，看起来十分诡异。

童子断头大不吉利，就算拿牙签补上去，若是被人看出痕迹和端倪，也是要遭重罚的，所以这果雕是不能再用，眼看天色渐晚，重新再雕刻根本来不及，田七此番是又急又怕。果然，林子敬知道后怒火顿起，二话不说拿起身旁的竹棍子就是一顿猛抽，打得田七满地打滚求饶。

膳房内其他庖师厨役一个个有看好戏的，也有心疼田七的，但一想到林子敬那凶神恶煞的脸，没有一个人敢上前劝阻，毕竟这膳房里谁也不想去招惹林子敬这样的恶人。

田七被打得浑身血迹斑斑，苏沐实在是不忍心了，一则他与田七也算有些交情；二则田七有时调皮的模样像极了宝丰楼的小五，这总是让苏沐有些亲切感。这小子无故挨打，苏沐自然是要救他了，他开口道："不过是小事一桩，林掌事何必如此动怒。"

林子敬回头一看，竟然是苏沐，若是别人只怕这棍子就要挥出去了，但是好在苏沐这几日熬粥让他林子敬也得了平王的不少赏赐，所以他气稍稍消了一些，只是厉声喝问道："我教训厨役，要你来管什么？你个新来的庖师不懂规矩吗？"

苏沐不卑不亢道："我是说田七的雕刻其实有更好的构思，只是他才刻了一半，没有完全展示给林掌事看，所以你是误会他了。"

林掌事听到这儿忍不住笑了起来，他指了指那个断了小孩头颅的百子观音雕像，冷笑道："你说这个是有更好的构思？哈哈哈，这残缺之躯，你倒是说说他要怎么刻？"

苏沐徐徐道："百子观音，由于体积有限，一般也就是雕刻十来个孩童，来体现百这个虚数，田七有一次跟我说过，他说观音送子，贵在"送"字而不是"子"字，这才是观音能力和慈悲所在。所以他想雕刻出送子的情景，而不仅仅是被一群小孩环绕。"

苏沐的话让所有人都有些好奇起来，林子敬更是不相信他这一套说辞，什么观音送子在"送"而不在"子"，简直就是一派胡言，他恶狠狠道："你说这些都没用，我问你，现在这怎么处理，还有不到半个时辰，这个摆菜必须送到夫人那里去，否则，我就要打断这小子的腿。"

苏沐看了一眼田七："以田七的手艺，我想半个时辰足够了。"

田七听到这话也啊了一声，他不知道这苏沐为何对他那么自信，现在他要怎么修补这个雕花都不知道，何况只有不到半个时辰的时间了。

苏沐指点道："田七，你的想法是不是这样，削去多余的孩童，把观音怀中破损的孩童改刻成一个竹篮，竹篮里刻上几个巨大的石榴和几只蝙蝠，有一个石榴裂开了口子，石榴里的种子变成一个小小的孩童正往外爬出来，此寓意为石榴化子，一颗石榴中种子何止百粒，所化的孩童又何止百个，同时这摆菜又有观音送榴蝠、多子又多福的寓意，你这个想法其实很好，比原先的孩童环绕更有新意。"

在场的人都听出了这个点子其实是苏沐灵机想出来的，不过是为了解田七的困境。但所有人听了这个点子后都由衷地开始赞叹，这小小的修补和变化，立即让整个雕像的寓意发生了翻天覆地的变化，直白的百子环绕观音，变成了观音从石榴之中变化出小孩，寓意子嗣绵绵不尽，而且观音雕塑也更加简洁端庄。

田七完全领悟了苏沐的想法，他破涕为笑道："对的！对的！我这就修补。"他急忙拿起刻刀就开始修补这个残破品，由于观音整体的模样没有受损，所以修补起来倒也方便，复杂的也只有胸口的一部分。很快，田七就重新雕好了观音送子这道摆菜，修长的观音提着一个竹篮，篮子放着几颗硕大饱满的石榴，有一颗石榴裂开了，一名胖乎乎的小孩正从石榴中爬了出来，这摆菜活灵活现，正好表现了观音送子的过程，围观的庖师看了都不禁大加赞赏，直言这摆菜雕刻的灵巧。

林子敬有些不敢相信，明明刚才这个摆菜还是残破不堪，完全不能再用了，经过苏沐的指点，立即朽木逢春，重新焕发生机，甚至在品相上更胜原来。

田七俯首道："林掌事，田七刚才太过冒失，给您添了麻烦，现在摆菜已经做好，还请林掌事查验。"

林子敬看了看这道摆菜，他当真挑不出什么毛病了，只是这摆菜虽然高质量完成了，可是他心里的不快却堆积得更深了，显然苏沐这行为在他眼里就是十足的卖弄乖巧，故意与他作对，这样的人他林子敬如何能容得下？不过，眼下他也找不到对方的不是，只能把怒气朝田七身上撒去："狗东西，你这拖拖拉拉的，现在天都快黑了，还不快把摆菜给夫人送过去，等着继续挨打吗？"

苏沐上前帮忙道："这摆菜很重，田七力气有限，不如让我陪田七一起抬过去吧。"

林子敬见了这二人都觉得心烦，摆手不悦道："去吧，去吧！"

二人一左一右抬着这摆菜，快步往花园行去。

走到半路，田七才委屈得哭哭啼啼起来，苏沐见了也有些心软，料想他无亲无故，在膳房之内也是受尽了欺辱，这也是他与小五的不同之处，小五天真烂漫口无遮拦，而田七则要更谨慎一些，苏沐停了下来，安慰道："宴会时间还早，要不我们先歇一下吧。"

田七抹了抹泪："今天多谢苏师傅帮忙，不然我真就要被林子敬打死了。"

一提到林子敬这三个字，苏沐都觉得有些反胃，他问道："你这观音雕得好好的，怎么会被人给弄断了头？是谁要这样害你？"

田七愤愤道："他们要害的不是我，是林子敬，因为他今日一早就去丽妃那献媚，说要给她送一个精美的摆菜恭贺小王爷满月，膳房之内多有讨厌他的，就有人故意毁了这个摆菜，想要叫林子敬难堪。我知道，林子敬这么打我，也是要打给其他人看，杀鸡儆猴。"

苏沐有些心疼道："可是这样一来，你岂不是……"

田七道："我无亲无故，能留在这膳房内混一口吃的已经很不容易。我知道他们都喜欢欺负我，不过不要紧，这些事我还都忍得了，比起我的家人来，我已经算幸运的了……"

苏沐忍不住问道："他们怎么了？"

田七又哭了起来："那一年，中原大旱，颗粒无收，他们全都饿死了。我娘死的时候连个完整的衣裳都没有了，她那天饿疯了，把自己衣服都吃光了，我一直拉着她，可是她真的是疯了，活活饿死在我身上……"

田七哭得很伤心，泪水滴落了一地。末了，他自己站起来，神情郑重道："苏大哥，从今往后，你就是我大哥，我田七日后一定会好好报答今日的搭救之恩。"说着，他郑重地给苏沐磕了几个头，苏沐急忙扶他起来，看到田七，想到小五，想到一路走来看到的那些尸体，他心里就更难受，饶是他性子有些寡漠，也有些红了眼圈，可是他一时间也不知该如何劝慰，只是低声道："世道有不公，可是蝼蚁尚且惜命，田七，往后若有什么难处，你就跟我说，我能帮你的，一定不会推脱的。"

田七点了点头，终于破涕为笑。

# |第十一章| 亚岁喜宴

很快便到了冬至，这一天，恰逢天降瑞雪。

看那天，是彤云密布；看那雪，是琼花片片。府内早早掌起灯笼烛火，屋外数盏红灯映白雪，几枝腊梅吐芬芳；屋内香焚宝鼎，花插金瓶。还有广南东路加急送来的十余株秋海棠反季灿烂，片片粉艳若霞，团团焰辉似红，将那宴会大堂装点得俏丽生机。

夜幕低垂之时，京城内外各有头有脸的官员商贾陆续来齐。

出席备礼这套礼节更是规矩，蔡太保敬送了翡翠玉如意，李太尉带来了五色文玉树，贾知府敬送有紫金三足蟾，曾知州捧上了七彩玛瑙珍珠串，其他官员富贾也一一敬献各色奇珍异宝数不胜数，王府之内，歌姬舞乐助兴，丝竹铿锵悦耳，一派热闹喜气。

众人先赏梅雪，而后簇拥蔡太保、平王、夫人等人入席坐定。

一入座，就有侍女先敬献迎客香茗：庐山云雾。庐山云雾叶厚毫多、醇香甘润，最是适合席前品茗，有利于清口爽肺。

随桌有干果四品，奶白葡萄、雪山梅、核桃片、板栗酥；蜜饯四品，蜜饯银杏、蜜饯瓜条、蜜饯金枣、蜜饯樱桃；糕点四品，贵妃红、金乳酥、玉露团、水晶龙凤糕；以及凉菜四品，邺中酱鹿尾、同心生结脯、金鳞鱼鲊、清凉碎。又有各色摆菜十盘，以萝卜、酥梨、青瓜、芹菜等各色蔬果雕刻成嫦娥奔月、仙女奏乐、百鸟齐鸣、蓬莱仙境等，形态惟妙惟肖，雕工精美绝伦，彰显了王府气派。

尔后，对面水榭上百戏入场，戏子舞动长袖，衬着漫天白雪，倒是越发得情趣盎然。

平王率先举杯祝词，众人慌忙起身陪饮，虽然杯盏不过一口大小，但一个一个也仰头咂嘴，喝得是嗞嗞作响，生怕自己姿态不够激昂畅快。

尔后开始上前菜一品：黄雀衔丹。

丹者，睾丸也。此菜乃是将关外雄虎之丹剔下，用微开不沸的上好鸡汤炖煮三个时辰，后剥去薄膜，再用鱼翅、鱼胶、鳇鱼、鸡枞、松茸等物熬制的浓汤中渍透，饱吸汁味，再将虎丹放入酢好的黄雀腹内，用炭火烤得骨酥肉烂，让黄雀与虎丹的滋味完全交融，最后几乎是分不清肉与丹才算成功。

这道菜滋味厚重，食用时单沾以数粒粗海盐就足够美味。

不过，光有好菜，没有上好的器皿也算不得什么好的宴席，尤其在宋朝这个文化鼎盛的时代，吃可不仅仅是美食，更是一种身份和文化。侍女报完菜名之后，却见端上来的不是一道菜，而是一座巨大的檀木、金银、翡翠雕刻成的假山。这假山雕得极为恢宏逼真，放在巨大的餐桌上活像一头巨兽一般，此物名曰插山，乃是宋朝独有之物，这等文雅又复杂费力的宴席容器，纵观漫漫历史长河，盛世唐朝没有，铁骑纵横的元代更是没有。

平王拍了拍手，白世忠便急忙俯身上前介绍道："此插山名曰长白山麓，内有黄雀衔丹，四周更有十味长白山珍相配，今日大雪，特选关外冰雪之物做礼，不成敬意。"说着，他缓缓扭动开关，却见这木质假山缓缓开启，这些山中原本雕刻的亭台楼阁，参天松柏都平伸出来，露出一盘盘各色山珍野味，而山脉的最中央，却是一只烤制得外焦里嫩的黄雀。

所有的菜品像众星捧月一般围着这只小小的黄雀，很是夺人眼球。

珍味虽多，黄雀却只有一只，很明显，这道菜是特地给蔡攸准备的，只有他才有资格品尝今日这道前菜。

白世忠一直低着头俯着腰头朝蔡攸，平王也颇有深意地笑着比了下手。面对这等特殊礼遇，一向浮夸的蔡攸不知为何露出有些莫名其妙的神情，最终他还是站了起来，鼓掌道："想我大宋皆好风雅之物，王府宴席更是爱用插山装盘，但这般宏伟精美的插山确实罕见，巧夺天工四个字也不足为过，一山之珍融于一雀之中，真是妙哉。"

平王笑了笑道："不过是这些下人的奇技淫巧罢了，蔡太保还是要试试这黄雀虎丹的滋味才是，这道菜才是真正费了工夫的。"说着，有侍女以象牙长筷取下这只小小的黄雀，轻轻送到蔡攸的银盘中，蔡攸迟疑了片刻，还是夹起黄雀轻轻一咬，只听得皮肉刺啦一声脆裂，内里浓浓的肉汁已然涌出，汁水与唇舌交碰，味蕾瞬间如苞蕾迎朝露一般完全绽放，果然是鲜、香、醇、嫩、绝！

想来这脱骨黄雀和虎丹经过复杂的馔制，早已完美融合，变得十分软烂，一入口就能完全融化，吃起来毫不费力。蔡攸缓缓品味，但见这鲜、香、醇、嫩、绝五味之后，竟然还有一丝丝猛兽独有的野性潜藏其中，于浅草落花中勃发而出，阵阵袭击着自己的太阳穴和下体，逐渐生出一股雄浑之力，令人大为畅快过瘾。

他真的是很久没有吃黄雀了，以至于才敢这么尝试，只是这鲜美之后，一股熟悉的味道终究还是涌了上来，他的表情似乎又抖了一下，尔后鲜美全无，剩下得只是他不想回想起的气息，他奋力咽了下口水，眼神中终于露出一丝厌恶。

黄雀啊黄雀……

这可能是他蔡攸此生最痛恨的食物了！

这世上的人都知道蔡京父子最喜欢吃黄雀酢，却不知道其实他蔡攸最恨的也是这道菜，自小到大，蔡京便是逼他做许多不愿意做的事，比如苦读诗书、练习书法。又比如吃这道雀菜，蔡京觉得这便是人间无上美味，而他觉得嚼起如同死尸腐肉，简直令人作呕，但他从不敢反驳半句，虽满腹恶心，却仍然每每装出甚是喜爱的姿态，所以世上之人才会以为蔡京父子俱爱食这道菜，却不知并非他喜爱，只是因为迫于父亲的势力，不得不爱罢了。父子关系，形同官场阶级，久而久之，自然毫无半点亲情可言，最终剩下的便只有恨与屈服。多年以后，蔡攸羽翼渐丰，父子二人关系早已势如水火，他心中想着是终于可以脱离其父的影子，不必再做被迫吃雀肉的事，但不想，今日他新提任太保不久，平王便又请他吃这黄雀虎丹，虽说是一片拳拳心意，却也遏制不住他心中的怨怒和厌恶。

这世界上，再珍贵的食物，若是不看人下菜，便是毫无意义，有时甚至比刀刃相迎还要让人恶恼。蔡攸心中越发得不快，只是迫于场上气氛，自己猛干了一大口酒。平王虽然察觉出一丝异样，但终究探查不出蔡攸准确而复杂的心理活动，毕竟他以为，蔡攸应该是喜欢吃黄雀的，哪知道为官之人便是自己的饮食喜好都要隐藏得如此之深，他见蔡攸主动喝酒，也爽快地再举酒杯，吆喝道："再饮一杯！换菜！"

侍女立即上前撤换了庞大的插山和菜品，又上了两道新菜。此规矩谓之"凡酒一献，从以一肴"。

这是宋朝宴请的规矩，一般宴请一轮饮酒只上一道菜品，但今日平王府一杯酒便换两道菜，足见平王对蔡太保的重视程度。平王连饮两杯，这次上来的四道菜品分别是平字百花酿鹿肉，安字百菇配干鲍，喜字百草炙彩雀，乐字百果如意糕。

此四件节庆寓意菜品，虽然没有黄雀衔丹那么名贵，但菜品以群山溪涧插山衬托，中间包含飞、走、潜之物，又有百花、百菇、百草、百果，分别盛以金、银、玉、牙四色雕花圆盘，寓万生万物团圆美满，加之拼出的四个字，取亚岁时节平安喜乐之意，整体喜庆、端庄，口味多变，自是又赢得满堂喝彩。

蔡攸稍稍压下方才心中的厌恶，开始笑着大快朵颐。平王见此也是稍稍安心了些，二人频频举杯，菜品如流水般轮换，无论驼峰鹿唇、鳆鱼莼菜，各具不同，绝无重复菜品。

与之相对应的，对面戏台上采莲舞、勾和舞曲、琵琶独奏、球艺表演等曲艺也是接连不断，有些节目与菜品还颇为相称，足见这场宴会的考究之处。酒桌上众人觥筹交错，畅饮正酣，白世忠和林子敬则一直躬着腰，一个低声细气地介绍菜品，一个忙着端茶倒酒，颇有几分争宠的姿态。

再往后，便到了粥局准备的饭食。

这是最平淡无奇的一道菜，毕竟寻常饭食，能有什么叫人惊艳之处，这道菜出来时，平王连酒杯都不曾举起。

侍女脚步盈盈，呈上菜品：五色饆饠。

几片新鲜荷叶裁剪成的荷花盏里，放着一白玉雕琢的浅盘，盘中有饆饠，初观其色，五色斑斓；再闻其香，似乎是清甜中带酸涩，闻一闻都令人口舌生津。

此菜乃是用樱桃放置上五色米饭上蒸煮，这五色米用的是红色的胭脂米、绿色的碧粳米、黑色的墨米、黄色的雷州御米、白色的珍珠米，五色米饭色泽、香气、硬度各不相同，寻常蒸煮的方法必然会让口味很杂，软的软，硬的硬，但苏沐用了不同的火候，让五种米全部如膏脂一般将融未融，这米香相互渗透，滋味才能越加香浓。最后五色米上还要放置樱桃，这樱桃用的是南番四季皆有的紫玉樱桃，颗颗比龙眼还大，玲珑剔透，肉汁饱满，上锅大火清蒸后，樱桃肉破裂爆浆而出，红色果汁浸润五色米，更添一份酸甜滋味。

众人见这五色饆饠色彩美艳，味道微酸清甜，虽已是酒菜半饱，但一闻樱桃之鲜酸，还是忍不住唾津猛吞，胃口也情不自禁地打开了。自古饮食之中，香为正、臭为奇，甜为正、酸为奇，鲜为正、苦为奇，各色菜品只正不奇，即便是再鲜美也会让人腻味，最妙的菜品总是要适当出奇，比如九正一奇，甜中略带酸，鲜中带微苦，香味浓重里还有一丝俗气的异味，这样的菜才能出奇制胜，让人回味无穷。

这五色饆饠正是道出奇的菜品。

平王请蔡攸率先品用，蔡攸也不客气，他用银勺轻轻挖取一块，放入口中慢慢抿了抿，这一尝之下，大感惊异，急忙又挖了两次，到这里他已经吃了三口了。

白世忠看到这也觉得很惊讶了，这前面上了十多道菜品，蔡攸虽有夸赞、打赏，但动手去品尝绝不超过两口，一来是这换菜的速度极快，二来更是因为老饕都相信味不过三的说法，这与茶客品茗的道理是一样，一杯是初次相逢，二杯是故人再遇，三杯是唇齿回甘。若是超过三杯便是解渴解饥了，与俗人无异，算不得品鉴。这道理，对登门做客的人来说更是如此，任是再好吃再名贵的菜品也绝不可能连续三次以上下箸。

超过三次，那就是犯了粗俗不堪的贪吃罪了。这一规矩，甚至后来成了约束帝王饮食的规矩，当然这也是后话了。眼下，这道五色饆饠，蔡攸尝了三口，还觉意犹未尽，白世忠隐约觉得好像有什么事要发生了。果然，蔡攸细细咀嚼片刻，开始笑道："这道甜点做得好，甚妙甚妙！平王也该尝尝。"说着他假意要给平王盛一勺，平王有心结交，急忙客气推让，自己伸匙挖了勺尝了尝，只这么一口，也是双眼倏地放光。

蔡攸问道："都说平王是京城的老饕，那不如蔡某就考考王爷，觉得这道菜如何？"

平王细细品味，点头评价道："五色米软糯如膏，滋味甜中带酸，极好！"

蔡攸环视一周，又问道你们觉得如何呢？众宾客一个个还没机会去品尝，但此刻又不敢随意取食，只得面面相觑一阵，纷纷夸口起来，有人说："这菜自然是好，因为得了冬天的樱桃之鲜。"

也有的说："我看这菜好是因为五色米配得好，须知五色带有五行之气，五行和顺，自然滋味就好了。"

还有的则摇头晃脑道："哎，我觉得明明是火候恰好，你看那米都快化成膏了，自然是软糯适中，入口即化，啧啧，看起来都适口啊。"

众人说得唾沫横飞，十分认真。蔡攸却哈哈笑道："想来你们都是很了不得的辨物师，一个个光是看和闻就知道这菜好在哪里，不过很可惜，你们说得都不对。"

众人的脸色瞬间转为尴尬，蔡攸看了一眼一直弯腰的白世忠，突然起了心思，冷笑道："想必这位就是膳房的掌事吧，为庖之人，有三件要紧事，一曰懂食物之美，二曰懂时机之妙，三曰懂客人之好，嘿嘿，你身为膳房掌事，这懂食物之美可是第一样，不如你来说说？"

白掌事正欲开口说话，不料蔡攸又道："我看你站了一晚上也辛苦，这道菜想必你也没尝过，若是吃都没吃过就信口雌黄，岂不是与放屁无异？"他这话故意说得声音很响亮，全场的人都听到了，一个个更觉尴尬，有的甚至以袖子掩面，大觉自己方才刻意迎奉有些丢脸，蔡攸慢悠悠道："不如我先赏你一口饭吃，先吃过了再来评价如何？"

蔡攸的话听着越发的阴阳怪气，但白世忠还是觉得受宠若惊，毕竟是太保赏赐一口饭，殊为不易，他急忙上前致谢，蔡攸用银勺挖了很大一坨米饭，颤颤巍巍地递给白世忠。众人一个个方才还在尴尬反省，这会儿又不知脸面为何物地尽情鼓掌喝彩，白世忠也极尽恭卑，弯腰伸脖子正欲上前迎接，不料饭到了嘴边，蔡攸手轻轻一抖，这勺饭啪嗒一声，就端端正正地落在了蔡攸的鞋子上。

所有人都呀了一声，掌声瞬间停落，平王的笑容也是猛地一僵。

现场瞬间安静了下来，气氛变得越发得微妙，有心思敏感者开始收敛了神色，缄口不言，还有一些则一脸不安地观察着平王和蔡攸。

蔡攸似是喝多了般，状如呓语道："哎呀，看来蔡某也是喝多了酒，这饭怎么就掉在我的鞋子上了，这么好的菜，这可如何是好，可惜可惜啊。"蔡攸跷起了自己的脚，一脸戏谑地看着白世忠。

平王的脸色有些尴尬，以他年少时的性情，遇到这事必然要掀桌怒吼，敢在他平王府内装愣卖乖，岂不是视他平王如无物？可是赵正他终究是老了，也见识惯了朝堂的一切，他一个王爷还不如蔡攸的权力大，又算得了什么皇亲国戚呢。所以他有心笼络，这笼络二字便是巴结，便是相求，可是他实在想不明白，今晚他费尽心思好酒好菜地招待蔡攸，这蔡攸怎么突然就给他平王府使起了脸色来了？所谓打狗看主人，他蔡攸这是要给自己颜色瞧瞧吗？那自己是哪里惹得新任的太保这么不高兴了？

他毕竟不如这些搞政治的文官，一肚子的心思。平王只是暗叹，人心啊，真是难猜。

现在，白世忠捡也不是，不捡也不是，他看了看平王，却见平王脸色凝重，根本没有心思顾自己，林子敬更是缩在一旁幸灾乐祸。白世忠本是傲气之人，可是毕竟也是当了这么久的下人，身为下人还有什么比服侍主子更重要的事呢？最终他决定俯下身子去捡那饭团，口中低声道："谢蔡太保赏赐。"

说着，白世忠把米饭一口一口吞入喉中，如同嚼蜡。

蔡攸哈哈笑道："哎哟，平王府的人可真是懂事，这五色饹馇滋味多变，还须细嚼慢咽，快吞不得啊！你若这般狼吞虎咽，如何能吃出其中的妙处呢？"

受此大辱，白世忠的脸上白一阵红一阵，只是他越吃忽然越觉得惊讶，到最后已然忘记了这东西是从别人的鞋子上捡过来的，甚至忘记了原有的羞愤和不快。他又咀嚼了片刻，只觉得口中神清气爽，恭恭敬敬回话道："回禀蔡太保，这饹馇的味道确实很妙。"

蔡攸饶有兴致问道："那你说说如何个妙法，说得对了，我便赏你。说错了，就要重重地罚你。"

白世忠对自己的辨物能力极有信心。他徐徐道："这道甜品的妙处不在于五色米如何融合，也不在于这樱桃多么新鲜，而是这里面蕴含了一丝丝的酸涩。"

"酸涩？！"蔡攸的神情终于严肃起来，眼神里不再是嘲笑和鄙夷，而是多了两分惊讶。

"不错，就是这一丝酸涩才算是神来之巧。这位庖师在制作时，在新鲜的樱桃肉内一层一层地酿入了陈皮、薄荷、苦橄榄、酸橘、盐渍桃花和冰糖等配料，所以这饹馇初尝香甜，尔后酸味开始翻迸而出，化解多余的甜味，再然后慢慢地尝到中间的酸涩，仿佛是一颗将熟未熟的青果子，酸中还夹杂着尚未退去的花香，不过这酸涩也只是存了片刻，最终又被橄榄的回甘所替代，口中清爽犹如空山新雨初晴，甚是明朗。"

蔡攸开始暗暗佩服这个看似滑稽的胖子，他的见解当真是十分透彻了，甚至远比蔡攸体会得更好。"那白掌事以为这道五色饹馇与黄雀衔丹相比，哪个更好？"蔡攸问。

白世忠如实道："黄雀衔丹虽然材料名贵、制作复杂，但在下以为这菜鲜美虽鲜美，但却过于肥腻，有些失了本味，所以只能小尝则已，反倒不如这馎饦清爽自在，得了一个淋漓爽快。"

蔡攸神色收敛，站起来带头鼓掌道："好本事！好舌头！你这品菜的本事堪比京城的九大食判官了。"说着，他从怀中取出两枚金珠丢给了白世忠，说道："这金珠是赏你的，不过你厉害的是舌头，做这道菜的师傅厉害的才是手上的本事，却不知道这道菜是哪位高厨所做？"

平王也问道："世忠，这道菜是哪个师傅所做？"

白世忠愣了一下，说实话他也不知道这道菜是谁做的，毕竟粥局是归林子敬在负责，但以他对粥局这些人的了解，那些酒囊饭袋是不可能做出如此巧妙的甜品，那还有谁，难不成是那个新来的庖师？他心中暗暗一沉，立即明了，除了苏沐，不会有人能做出这么惊艳的菜品。

一旁的林子敬已经迫不及待邀功道："回禀王爷，此菜乃我粥局提供，乃是我林子敬带他们做的。"

白世忠见林子敬想要独吞功劳，冷笑一声道："林副掌事的手艺我是清楚的，不若把粥局的庖师都喊过来问一问，就知道是谁做的了。"

林子敬恶恼地盯了一眼白世忠，白世忠则是不动声色。

蔡攸的眼神何等锐利，他早就看出这菜必然不是林子敬做的，只是感叹道："这庖师的手艺可不简单哪，赵兄何不把他找出来让我等见识见识，难不成是怕我蔡某会夺你所爱吗？"

平王笑道："蔡太保这话便是说笑了，一个厨子而已，若是你真要，我送你便是。白世忠，还不快去把人喊过来？"

白世忠俯首道："已经遣人去喊了，粥局的庖师一会儿便到了，还请几位大人稍等。"

等待间，突然门外有下人急急走了进来，众人以为是侍卫带来了粥局的庖师，却不想这侍卫高声禀报道，翰林院的大学士刘威赶来赴宴。

蔡攸神情转为失落，有些不快道："一个翰林院大学士而已，这么晚才来，可不是架子太大了些？"

平王笑着唱和道："嗳，蔡太保有所不知，这刘威前阵子去了南海，据说是给我带了件大礼回来，想来这礼物特别，所以才姗姗来迟了，正好今日诸位都在此，不若一同赏玩此宝物，可好？"

片刻，门外传来嘈杂之声，正是刘威指挥着下人抬着一件巨大的物品缓缓入了厅堂。

　　这东西外覆盖着厚厚的红布，也看不清里面究竟是什么，只是隐约听到有水波晃荡的声音传来，所有人都伸长了脖子，想要查探这红布之下究竟是什么奇珍异宝。

　　平王指了指红布问道："刘大学士，此乃何物？"

　　刘威笑了笑，俯首恭敬道："禀平王，此乃学生给你带回来的人间奇物，委实不可多见呀！"

　　他这话让众人更加好奇，刘威见全场的目光皆聚焦在他身上，更是得意扬扬，今夜这里达官贵人众多，所赠的豪礼也是五花八门，但没有一件有像他的礼物这么引人注意。

　　刘威猛地一扯红布，高声道："诸位，今日我敬献的是传说中的南海鲛人！"

# |第十二章| 南海鲛人

红布缓缓滑落，里面是一个近一丈高的巨大水晶缸，水晶缸里装了大半的水，水中果然悬浮着一名女子，这女子身着粉色丝绡，低着头双眼微闭，四周还有许多五彩斑斓的小鱼围着她缓缓游动，颇是奇异和玄幻。

所有人都哇了一声，一个个瞪圆了眼珠子，露出难以置信的神情，有几个官员甚至直接站了起来。蔡攸也是神色一怔，脱口而出道："这，真的是南海鲛人？"

刘威轻轻地拍了拍下水晶缸，笑道："正是南海鲛人，货真价实！"

水晶缸中，女子沉落在水底，隔着透明的水晶壁，朝平王和众人施了一个大礼，她这一施礼，海藻一般的褐色头发和粉色的绡丝随着水波飘动，更显飘逸和不同寻常。

人群之外，刚刚到场的苏沐也看到了这一刻，他第一次看到这南海的鲛人，也是大为震惊，但他惊的不是这鲛人的稀有，而是这女子的五官和气质，苍白的肤色，褐色的大眼睛，软软的长头发，还有微微有些凄切的神情……苏沐猛地想起，当日的杭州城外，那辆飞驰而过的马车里，露出一张有些苍白的脸……

竟然是她……

大堂内，所有人都站了起来，无数的目光聚焦在这女子身上，她低着头，潜伏在水中，似乎也不用呼吸，一动不动。平王的酒意在看到鲛人后已经醒了六七分，他一步一步地走了过来，有些将信将疑道："传说中鲛人有鱼尾，而她却是双足，这如何能证明是个鲛人？"

刘威解释道："此女子乃是南海水师在海中所擒获，初捕上来时是有鱼尾的，只不过离了大海太久，这鱼尾才渐渐化作了双腿，若是重新放回海中，便会再次化出鱼尾。王爷请细看，这女子发色褐黄，身体上现在都还有不少鱼鳞，双脚也是大如鱼鳍，最重要的是，这畜生在水中可以待上几日都不换气，实非常人可比拟。"

平王定眼细看，这女子还很年轻，年龄不过十八九岁，一副皮囊与大宋女子相比确实不太一样，肤色由于长期浸泡在水中显得十分苍白，她的双眼是灰绿色的，头发是褐黄色，最奇特的是她的皮肤上真的有鱼鳞一般的花纹，一双脚更是比男子还大些，宋朝的女子，无不以小脚为美，这样一双大脚实在是太罕见了。

平王一见这双脚，顿时没了怜惜之情，口中鄙夷道："这么大的脚，果然是蛮夷之物！"他又见鲛人苍白瘦弱，弱不禁风的样子，更是忍不住皱了皱眉："我曾听说雌性鲛人容貌俏丽，犹如海中仙子，怎是你这鲛人这般可怜凄惨？"

刘威笑道："平王有所不知，这鲛人在水中皮肤便是如此苍白，出了水便如常人一样，皮肤细嫩光滑，很有姿色呢。"

平王见鲛人虽然模样古怪，但是在水中姿态确实灵动，应该不会有假，他回头问蔡攸道："蔡太保见多识广，不知以为如何？"

蔡攸笑了笑，徐徐道："我曾听闻，南海之外有鲛人，水居如鱼，不废织绩，出泪化珠，容貌更是美若天仙，今日借平王之光，得偿一见，真是三生有幸。不过，我年少时听到这故事，最感兴趣的却是出泪化珠这四个字，却不知你这鲛人能不能化出鲛珠？"

"流泪化珠？"平王沉吟道。

"不错，鲛人都可流泪化珠，刘学士，不如叫你的鲛人化几颗鲛珠出来，给我等见识见识。"

"这……"刘威瞬间露出了难色。

"听蔡太保这么一说，本王也很想看看这鲛人是怎么化珠的，刘大学士，叫鲛人先给我等哭一个看看。"平王兴致满满，但过了片刻，他见刘威还在犹豫，迟迟没有动作，便开始换了脸色，有些不快道："怎么？有难处吗？不过是流几滴眼泪罢了，又不是要剜她一块皮肉，至于这般丧气。"

刘威有些为难道："这人也不是说哭就能哭的……"

蔡攸冷笑道："大学士不试试如何知道她哭不出来？莫非，你这鲛人是假的？"

刘威脸色猛地一变，有些着急道："我这鲛人可是花了五千金从南海詹事李成那里买的，当日这鲛人在海中带着鱼尾，我可是亲眼所见的，怎么可能是假的？！"

蔡攸冷笑道："既是真的，你又担心什么？"

"既是如此，诸位请稍等。"刘威咬了咬牙走到水晶缸前，对着鲛人低声呵斥道，"快，哭一个给各位大人看看！"

那女子缩了缩身子，轻轻地摇了摇头。

刘威再呵斥道："赶快哭一次，免得遭饥饿之苦。"

女子咬紧牙关，面露悲戚之色，只是却不是哭的样子。

刘威连连呵斥，但女子就是不哭，或者说是哭了也没有眼泪出来，他有些无奈地转身道："回禀王爷，这鲛人暂时哭不出来，不如择日再……"

"大学士这就没办法了吗？"蔡攸冷笑道，"只怕是你太缺乏手段了吧。"

"蔡太保的意思是……"

"要人哭还不容易？要哭必要让她先痛，越痛她就哭得越大声，甚至号啕大哭、撕心裂肺也不是什么难事，大学士啊，枉你还读了这么多书，可真是白读了。"蔡攸别有意味地看了一眼平王，平王也笑道："不错，还是蔡太保有办法！叶秋，去，把那个畜生给我抓出来，叫几个下人好好伺候伺候她！"

叶秋迟疑了下，还是喏了一声。

平心而论，他不是很想去打一个柔弱的女人，但是平王有命他也不得不从，他招呼了几个侍卫共同上前，四个人三下五除二便将鲛人抓了出来，丢在了厅堂中央。

没有了水晶壁和水的遮挡，苏沐终于清清楚楚地看到了这女子的全貌，她蜷曲在大堂之中，整个人湿漉漉的，虽然脸色看起来稍稍红润了些，但是整体还是很瘦弱，湿漉漉的衣服贴在她身上，让她颤巍巍的，越发显得消瘦和柔弱。

女子苍白着脸，紧咬着下唇，怯生生地缩了缩身子，冷得还有些瑟瑟发抖。平王上前一步，浑身都喷薄着浓重的酒气，粗声道："本王问你，你哭还是不哭？"

女子似是听懂了平王的话语，她望了一眼刘威，还是摇了摇头。

平王冷笑了一声，怒摔手中的酒盏："给我打！打痛了自然就知道哭了！"

几个侍卫犹豫了片刻，终于扬起了手里的长鞭，猛地朝鲛人身上抽去，啪！一声脆响，鲛人的身子猛地抖了一下，尔后一道红印就浮现了出来，所有宾客都低呼了一声，而这鲛人却是一声不吭，只是瘦弱的身子缩得更紧了，就像一只穿山甲努力地收缩着身体，想要让这痛楚尽量减少一些。

苏沐开始觉得这女子有些可怜。

平王又继续问道："你哭还是不哭？"

鲛人没有说话，或许她本来就不会说话，她只是咬着牙紧紧地缩成一团，一动不动。平王下令再打，侍卫用足了力气，连打了二十余鞭，鲛人的背上已是血迹斑斑，猩红色的鲜血喷溅了一地，但看她的眼角却还是干涩的，不像要流泪的样子，只是有些红红的。

围观的人各有心思，有想看化珠的，也有心疼怜悯的，更有醉意醺醺觉得于己无关的，一个个默不作声只当看一场好戏。苏沐越发觉得她可怜了，他早就看出来了，这个女子根本不是什么南海鲛人，顶多是长得有些与众不同罢了，可能也正是因为她的与众不同，让她成了异类，成了所谓的鲛人。苏沐心想，这女子现在一定是在咬牙硬挺着吧，或许她觉得挨一挨，一切就都过去了。

咬咬牙，一切困苦就会过去了。

苏沐突然觉得，这乱世之中，有这样想法的岂止眼前的这个假鲛人，田七不也一样吗？自己不也是如此吗？活着，只是为了活着，可是为什么活着，不知道，真的不知道。女子的眼神让苏沐突然想起了那个同样是脸色苍白，有一双褐色大眼睛的少女，她会不会也遭遇过这样的对待，也曾如此委曲求全，只为了能苟活下去？

她，现在过得好不好？

苏沐的眼神似乎要穿透这层层的楼阁，往这个城市的中心而去，可是城墙太厚了，时间太遥远了，他努力想要回想，却发现一切都是徒劳，甚至连那张脸都是模糊的。

厅堂中，平王已经极度不耐烦了，而蔡攸则把玩着手指上的玉环，颇有几分深意道："平王可能有所不知，鲛人生性最贱，若不苦苦相逼，如何肯心甘情愿地流泪献珠？这人和畜生都是一样，你不把她逼到绝境，她凭什么把自己身上的至宝送给你？又或者她送给你的，谁知道是宝贝还是贱物？是不是，平王？"

平王更加恶恼，他朝几个侍卫喝道："给我加重力气，狠狠地打！若还不哭，叫人去把拶子拿来，大刑伺候。"

侍卫听了，急忙又猛力抽打了一阵，这一次只打得皮开肉绽，有些地方近乎血肉模糊，但那鲛人紧咬牙关，从头到尾没有一声惨叫，眼泪更是未见一滴。

这情况让人不知如何收场，原本平王只以为打她几下做个样子罢了，这鲛人哭一场便也作罢，但不想这人偏偏不哭，那这场戏就收不了场，他性子本来就暴躁，又喝了些酒，更是怒火不可遏制，伸出右脚直接踹翻了凳子，喝道："好个执拗的贱畜生！偏偏要与本王作对，若是要你流个眼泪都不能，我留你何用！"说着，他噌地从壁上抽出一把佩剑，就要冲过去击杀鲛人。

所有人都惊呼了起来，只道这平王是喝多了酒，杀心又起，一个个连忙后退避让，生怕自己被误伤到，哪里还有人敢再上前劝阻。

平王持剑几步冲了上前，眼看寒光劈下，这鲛人就要身首异处，突然一声喝止声从人群里传了出来："平王，请三思！"

"谁在阻拦本王？！"平王手中宝剑一横，一声怒吼颇有几分龙吟虎啸之势，吓得所有下人都退后几步，有些侍女更是瑟瑟发抖，手中银壶玉盏都跌落在地。

人群如潮水般退后，只有苏沐一人缓缓走上前，他低着头也看不清现在是什么表情，只是不卑不亢说道："小人以为，平王有些误会了。"

"是你？"平王终于想起了这个自己从江南特地带回来的天才庖师，他与苏沐虽然不过一面之缘，但一来他对苏沐的厨艺、见识、为人都有些认可，二来两人同乘马车七日，也有过一些交流深谈，人非畜生，皆有或浓或淡的情愫，对于平王来说亦是如此。他的怒气稍稍消了一些："那你说说，有什么误会？"

苏沐淡定道："王爷有所不知，鲛人生于南海，生性喜炎热湿润的气候，并不耐寒，现在是寒冬大雪，若是寻常的鲛人一遇这等气温早该冬眠了，如何还能流泪化珠？而且这鲛人身子也有些虚弱，这般捶打也没什么意义，不如让人好好养一阵子，来日养好了说不定就可以化珠献瑞，为王爷添宝。"

虽是假托之词，苏沐却说得极为冷静和自信，让人觉得没有半点虚假之言，平王心里立即就信了七分，但他毕竟不是三岁小儿，随便听人一说就会偏听偏信，他踱了两步，突然猛地刺出一剑，剑锋直逼苏沐的喉头。这一举动让现场的人又霍地倒吸了一口冷气，平王突然转为恶狠狠的质问口气："你说的可是真的？你要知道，胆敢欺瞒我平王赵正，是何等下场？！"

面对这样声色俱厉的问话，一般人早就吓得腿软色变，但苏沐一向遇事冷静、处事不惊，他俯了俯身子，不卑不亢道："禀平王，小人曾随师父游历南海，亲耳听得海边的渔民说起过这鲛人的特性，所以才略知一二。南海鲛人平日里生活在深海之中，十分难寻，更不要说活捉，能得一尾便是莫大的机缘，该好好豢养才是。小人刚才见平王一时误解，要杀鲛人，怕平王误伤了珍宝，情急之下才斗胆上前进言，还请平王明察。"

其实公然杀了这鲛人也非平王所愿，只是情势所逼，让他恼羞成怒，不得不为之罢了，现在苏沐这番话显然是给了他一个台阶，他冷笑了一声，顺势收了宝剑，问刘威道："他说的可是真的？"

刘威早已吓得面无血色，此刻缩在人群中一副摇摇欲坠的样子，他听了平王的问话，努力挺了挺膝盖，站直了身子，口中哆嗦道："禀……禀平王，是……是真的，鲛人生在南海，本就喜热不喜冷，想必是汴京太冷了，让她身子不适应了，这事想必去过南海的人都听说过。"

平王怒气渐消，长剑归入剑鞘之中，口中还轻声责怪道："既是如此，大学士为何不早说清楚呢，本王一时心急，差点就误杀了这鲛人，可不是要辜负了大学士的一片心意？"他又看了几眼鲛人，面容上已是带有些许笑意，"再细看之下，这女子确实跟宋人不大一样，既然你刘大学士养不好这奇物，我看不如就留在我府上吧，我府上正好有座偌大的桃舍，四季温暖如春，比之南海还要和煦，可不正好适合这鲛人居住？"

刘威急忙抹了抹冷汗，俯首道："此物本就是献给王爷贺喜的，王爷若是喜欢，在下自然乐意奉送。"

"苏师傅。"平王坐回了席位，口气颇为和蔼道，"我看你对鲛人的习性颇为熟悉，不如今后就由你来负责照料这鲛人，你意下如何？"

苏沐心里咯噔一下，暗想这可不妙！自己救这女子完全是出于同情和不忍，可是没想过要照料她啊，况且自己还想着在膳房好好表现，拿了金函去参加天宁宴呢，若是要他照料鲛人，日后焉能有机会展示自己的厨艺？

苏沐犹豫，平王神情立即转为不快，白世忠急忙提醒道："豢养鲛人乃是我膳房的重任，苏沐，平王把这么重要的任务交给你，你如何还不谢恩？"

苏沐急忙谢恩。

平王却面色冷冷道："方才，你在犹豫什么？"

苏沐心里咯噔了下，说道："在下只是觉得男女有别，若是由我照顾只怕多有不方便的地方。"

平王冷笑一声："好你个苏沐，没想到还是个谦谦君子。好，那我再安排湘云姑娘与你一同照料这鲛人，你看可好？"

平王说的湘云，正是王府内的侍女柳湘云，这侍女想来有些内向，她怯生生地福了福身子，低声道："奴婢必定协助苏师傅照料好这位姑娘。"

平王再问道："怎么样，现在可还有问题？"

苏沐无计可施了，只好应承道："小人定会照顾好鲛人，不负平王厚望。"

林子敬原本想着苏沐乃是自己粥局里的得力干将，若是他走了自己以后如何迎合平王，但他突然想起那日他故意与自己作对解救田七的事，这事始终是叫他不爽快，于是阴阳怪气地提醒道："苏师傅，你刚才说这鲛人不能化珠是因为气候时令不对，明年开春风暖之后，王爷可是要来看这鲛人如何化珠的。若是到了那时候，这鲛人还不能化珠的话，嘿嘿嘿，那可就是你的责任了。"

平王听了这话登即严肃道："子敬提醒得很对，苏沐，从今日开始，你专心给我养好鲛人，若是明年天气转暖后这鲛人还不能化珠。那我就要拿你二人问罪，听明白了吗？"

这话让柳湘云立即变了脸色，她有些恐慌地看了看苏沐，却见苏沐也是一脸凝重。

林子敬笑道："平王英明！这样他二人照料起来方能尽心尽力，不敢有丝毫懈怠之心。"

平王挥了挥手，豪气道："你二人带着鲛人先下去吧，宴会继续，今夜我等不醉不归！"

面对平王的盛邀，蔡攸突然站了起来，有些意兴索然道："今日，蔡某菜也吃了，酒也喝了，鲛人也看了，我看就此作罢，择日再聚吧。"

平王表情有些悻悻，只是勉力挽留道："时辰还早，蔡太保何须走得这般着急？"

蔡攸冷笑道："不巧，童郡王有请我晚些去他府上赴宴，我看这时间也差不多了，我还是去试试这京城第一庖师的水准，告辞了。"说罢，他径直拂袖而出，只留得一群人面面相觑。平王神情很快由尴尬转为恼怒，只是他怒虽怒，却永远不知道，这极尽奢靡的宴会从一开始就败在了那只小小的黄雀身上，或者无关黄雀，只关乎势力罢了。

不过，这一场宴请很快就会给平王府带来一场新的争斗，而苏沐也将迎来他最强劲的对手。

# |第十三章| 我叫锦娘

冬季的汴梁，寒冷刺骨，而桃舍内，却是一副俨然不同的景象。

十多盆银骨炭烧得正旺，热气氤氲，让这里始终保持着春末夏初的宜人温度。走过一片片葱翠的蔬果地，就见一大片的花圃，山茶、杜鹃、茉莉、金菊、石榴等不同时令的鲜花都在同时绽放，团团粉粉，姹紫嫣红。坡地之上，二十余株桃树高高低低、错落有致地分布着，有些还在开着粉花，有些已经结出了青翠的小果，这桃树下有一汪水池，水很清澈，能清晰地看见各色锦鲤在水中游曳。

杭州城内也有炭房，但是没有规模这么大的。

苏沐心想，这里倒是个人间仙境，四季蔬果不断，鲜花长年不败，还有这么美的桃林相伴，若是能一直生活在这里，自给自足，倒也是桩美事。只是桃舍再美，总有看尽之时，眼下还有更重要的事要做。

怎么处理这个假鲛人是摆在眼前最棘手的问题。

侍卫早已经离去了，桃舍内，除了鲛人，就只有柳湘云还怯生生地守在苏沐的身边，一副惊慌失措的样子。

苏沐安慰她道："这里没什么事了，柳姑娘可以先回去休息了。"

柳湘云绞着丝帕，一副想走又不敢走的样子，她忧心忡忡地问道："苏师傅，方才王爷说的话是不是真的？若是这鲛人真的不能化珠，我们是不是……是不是都要被问罪啊……"

苏沐那句男女不宜原本是想推脱照顾鲛人的责任，但不想一句话又连累了这名侍女，他看了一眼柳湘云，这女子原本生得清清秀秀，容貌很是可爱，只是现在她蹙眉难展、咬牙抿嘴，让她的表情多了几分惊慌，顿时失色不少。苏沐安慰道："柳姑娘放心吧，明日起，你每日过来给她上个药，然后带一套换洗的干净衣服就好了，其他的也不需要你多操心，若是鲛人出了什么事我自己一个人担责，不需要你负责。"

柳湘云抬起头，有些不敢相信道："苏师傅只要我做这些就可以吗？我打扫卫生、洗衣、做饭都可以的，只要能把这鲛人照顾好，让她好好化珠就行。"

苏沐很清楚，这鲛人是永远也化不出鲛珠了，但这话他也不能给柳湘云说，不然她会更担心，他见鲛人现在一身都是污血，很是凄惨，于是道："这些倒不必了，不如你先去给她找一些药和一套干净的衣服过来。"

柳湘云应了一声，自己退了出去，现在桃舍内只剩下苏沐和这名所谓的鲛人。

苏沐回头看了一眼女子，说道："出来吧。"

女子低着头一动不动，似乎有些不愿意出来，或许她觉得这水晶壁就像她柔弱身躯之外的一个保护壳，待在里面会让她更有安全感。

苏沐好心提醒道："你刚受了伤，再泡水必然会溃烂难愈，先出来吧，一会儿我叫柳姑娘给你上点药。"

女子这才从水里站了起来，这水晶缸足有一人多高，她刚受了鞭刑，缸壁又滑，自然是爬不出来了，苏沐找来了一面修剪果树的梯子，扶她出了水晶缸，她现在浑身湿漉漉的，十分狼狈，头发就像海里的水草一样软软地黏在额头和肩膀上，加上她消瘦的身形，苍白的脸，这个模样越看越觉得可怜。苏沐暗自叹息道，什么样的人会把这么柔弱的女子当作一条鲛人来养起来，这事也太荒唐了。

女子出了水晶缸，突然颤巍巍地跪地施了个大礼，口中郑重道："小女子名叫锦娘，多谢苏先生救命之恩！"

苏沐大感惊讶："你居然……会说宋语？"

锦娘嗯了一声，一副欲言又止的神情，良久她才壮胆说道："其实我与你们没什么区别，都是大宋子民，自然也会说宋语。"

苏沐坦然道："其实我早就看出来了，你根本不是什么鲛人，你只是奉刘大人的命令，假装鲛人的吧。"

这话让锦娘一时间不知该如何作答，她只是低着头，咬了咬嘴唇，低声道："此事实非我所愿，我不得不从罢了。"

苏沐很认真地告诉她："假的就是假的，你骗得了人一时也骗不了一世，总有一天你身份会暴露，届时又如何收场？我以为你该跟他们说说实话，也好过现在囚牢一般的生活。"

锦娘苦笑了一声，反问道："苏先生以为，我跟他们说实话，告诉他们我不是鲛人，我就可以重获自由身吗？"

苏沐愣了下，理所当然道："对呀，不是吗？"

锦娘再叹了口气，说道："那苏先生要不要听一下我的故事？或许，你可以帮我出出主意。"苏沐低头看了一下锦娘，她的脸色虽然苍白，但五官还是美艳异常，双眼如琥珀般明亮，映着烛火，看上去就像一片黄褐色的深海，深邃而不见底。

这样的女子，料想是有不同寻常的故事。

"我自幼生在南海，我父母都是海边采珠人，所以我自幼水性就很好，有时在水下待上一两个时辰都没什么事，有一天我在水下采珠，不知为何就被南海水师的水兵抓到，当我被捞上船时，我曾奋力反抗，也试图解释，可是没有人相信我，因为他们觉得我在水里那么长时间一定是个怪物，有人甚至开始觊觎我的外貌，想要轻薄我。就在这时，突然有个人说我可能是传说中的南海鲛人，正好南海的亲卫大夫要过生日了，不如就把我敬献给大夫作为贺礼，省得还要花钱去准备礼品，水师的小头领跟我说，从今天开始我就是南海鲛人，若是以后我敢说自己不是鲛人而是寻常女子，他们便要把我送到水师的军营里做军妓，受尽侮辱。我很害怕就再也不敢反抗，尔后在他们的授意下，我假冒了鲛人，还学会了吟唱鲛人的歌曲，可是人鲛终究有别，亲卫大夫还是很快就发现了我的真实身份，但他却没有责罚他的下属，而是在一个术士的建议下，逼迫我服下一种药物，这种丹药可以让我的皮肤入水之后呈现一种鱼鳞状的花纹，让我看起来更像是真的鲛人了，他把我重新装扮一番后，又转手以重金卖给了承宣使，如此辗转，不知多少次，那些人养了我一阵子都会察觉出我根本不是什么鲛人，可是我是他们重金买回来了，若是承认了我是假的，他们就吃亏了，就再也卖不出去了，于是我便一直以鲛人的名义存活着，最终到了刘威大学士手里。

"刘学士温文尔雅，知书达理，起初对我还算照顾，可是日子久了，他也开始质疑我的身份。而南海太远了，他嫌把我送回南海太烦琐了，他也担心李詹事手握兵权，自己这样会不会得罪他，他就逼我服下更多的丹药，让我的外形与宋人女子越来越不同。尔后他把我囚禁在地下室内，长期不见阳光可以让我的皮肤苍白得就像水妖一样，他告诉我从今往后我不可以再说话，也不可以有喜怒哀乐，仿佛与世隔绝，冷漠寡淡，这样才是一个鲛人该有的样子。然后，他把我送给平王当了贺礼。

"刘学士告诉我，我是他花了五千两银子买回来的，如果我敢跟平王说我不是鲛人，平王一生气就会把我给退回去，他邀功不成，就一定会迁怒于我，让我生不如死。他说他会送我去京城内最低劣的娼妓院，遭受这世间最不能想象的凌辱，死了之后还要把我的尸体拿来炼油，当作鲛油给坟墓里的孤魂野鬼当长明灯，永生永世不能超生。他说这话的时候自己都在发抖，都在害怕，我那时才知道，世间最恶毒的人，不是什么暴徒，而是懦弱的读书人，他能想到的方法比杀人不眨眼的士兵还要可怕。苏先生，现在你觉得我还要不要去和平王解释我的身份？"

锦娘说出这些话的时候，起初表情很是怨恨，咬牙切齿。慢慢地，她的表情变得波澜不惊，仿佛波涛渐止，变得风平浪静起来，所有的事都与她无关了，她锦娘不过是看过了一场荒唐而又无关紧要的折子戏罢了。可是，苏沐的表情却是从平静变成了不可思议，最后便是震惊了，任是他性子再淡漠，见过这世间再多的荒诞不经与不可理喻。听到这个故事他也是离奇愤怒的，他心想这世间怎么会有这么荒唐的事，明明只是一个普通的少女，却要变成了一只辗转游走、不知命运的鲛人，只是他愤怒虽愤怒，却根本不知道怎么回答锦娘的问题：她要不要去解释，她又该如何解释？她又该如何保全自己的性命？

苏沐突然觉得，有的人连选择自己做什么的机会都没有。她是人，可是别人却要让她心甘情愿去当一个怪物，这是满眼的荒唐啊！良久，他才默然道："那你，一定很恨这个世界吧？"

"恨！"锦娘取下腰间的一个锦囊，淡漠道，"这就是他们喂我吃的丹药，我每次都偷偷地藏起来了一些，我原本想着若是有一天我得了机会，一定也要这些人也尝尝这毒药的滋味，可是慢慢地我就忘记了恨，世间的一切都有定数，如果我也如他们这般，与他们又有什么不同？我要做的就是好好地活下去，总有一天，要活得很好才行。只要我不放弃，我就有希望恢复自由之身。"

"毕竟，这世间还有像苏先生这样的好人。"她说到这里，终于放下了所有的悲伤，淡淡地笑了起来，她气色虽然不太好，但是五官还是很鲜明的，所以笑起来还是很美，有一种遗世而独立的气质。想来，如果她没有遭受这么多惨无人道的折磨，她会比现在好看十倍百倍。或许她的人生本就该美的，就像这桃舍内的鲜花一样，一直开放，一直灿烂，无忧无虑的。而不是置身在最紧促的风雪之中，被欺凌到低微的污泥中。苏沐突然又想起了阿秀，那个有着一双如秋水般明眸的少女，她会不会也像锦娘一样，遭受了非人的折磨，做了一条囚禁在深宫里的鱼，成了另一条"鲛人"……

想到这儿，他突然觉得一阵心悸。

锦娘见苏沐沉默不语，以为是自己的话吓到了他，她急忙安慰道："苏先生不必担心，到了明年，我会自己来承受这一切的，你的大恩大德我会铭记于心，我绝不会连累你的。"

苏沐摇了摇头，他想要开口，却发现不知该从哪里说起，千言万语最终变成了一声叹息。他望了望桃舍之外，风雪依然，呼呼的北风根本没有停歇的意思，不远处是平王府的宴客大堂，隐约可见灯烛辉映、可听人声喧哗，想必这宴会还在继续，不过数墙之隔，觥筹交错的就是人间的极致奢华。

苏沐突然觉得，自己来平王府是不是一个错误的决定。或许，自己应该另寻出路。

## 第三卷

# 万紫千红斗芳菲

佛说，一花一世界，一叶一菩提。处处皆是世界，世界皆有江湖，庖师亦是如此，你有寻真与揭谛，我有紫宣与月离，淞江青鲈嫩如脂，孟津紫鲤脆似玉，都是世间美味的极致。

# |第十四章| 桃舍光景

冬雪绵绵，更显府中岁月悠长。

不知不觉已经过了月余，苏沐每日都待在桃舍之中，闲暇时照料花草，得空时与锦娘说说话。二人在小小的桃舍之内，聊南海的辽阔诡奇，杭州的俊秀清丽，南海的碧波万顷、杭州的西湖映月，还有海中的奇珍、江南的小吃，仿佛一一都在眼前。

锦娘水性很好，在水中真的就像一条鱼一样。

她说自己曾潜入常人去不了的深海，看见过比八仙桌还大的雪白海贝，遇到过跟小岛一样庞大的巨鱼，到了更深的水底，光线已经变得很暗很暗，然后你会看到一团一团像水中火焰一样游动的会发光的虾群。当然大海里不会总是美好的，海上的龙卷、吃人的海怪、带着利齿的鲨鱼，会吞噬掉无数的采珠人，是他们所有人的噩梦。

苏沐知道，锦娘说的那些东西叫祥云贝、奔孚和磷虾。常人只能在古书里读过或者见过，却根本不可能亲眼所见，而锦娘却是见过却不知道它们叫什么。于是，锦娘说，苏沐画，有时候他还要带书过来给她一一解释。苏沐也很奇怪，自己本是个话很少、很冷漠的人，可是跟锦娘在一起，自己不知不觉话就多了起来，而且也变得颇有耐心，甚至有时候还会跟她开起玩笑，这是以前苏沐根本不可能做到的。

柳湘云倒是每日都会过来，渐渐地，她也看出了些端倪，毕竟这锦娘由于伤口未愈，也不怎么下水了，只是常常坐在花池用脚踩着水玩，她的皮肤变得越发得红润光泽，头发也渐渐黑起来，现在她已经出落成一个十足的大宋女子，跟刚进府时截然不同。可是柳湘云毕竟善良且懦弱，她虽看出端倪，但也不敢多说什么，每日依旧是茶、水、药、衣服送过来，尔后帮忙做些杂活，其他的事她也不想多过问，也不敢多过问。

不过，最令人讨厌的是膳房的田七和鬼机灵。

这桃舍为了采光，四处都是巨大的玻璃，除了十几株果树和几面湖石掩映外，再无遮挡之物，这两个人不知什么时候凑在一起，每日有意无意地会趴在玻璃上往里面偷看，有时他们还会张开嘴巴发出阵阵怪叫，想要引起锦娘注意，苏沐和锦娘倒是不以为意，只是柳湘云担心总有一天这些人会发现锦娘的真实身份，每每出面训斥驱赶，可是田七和鬼机灵就像牛皮糖一样，赶走了很快就又回来了。

过了月余，锦娘身体渐好，出落得越发娇艳欲滴，在苏沐看来，她现在真的就像这桃舍里的花朵，娇艳、可爱，又芬芳扑鼻。

苏沐心中略加宽慰，只是平王先前承诺自己的金函一事，现在看起来是越发遥遥无期，他原本来王府有一个很重要的原因，就是平王说过若是做得好可以直接让他参加天宁宴，可是现在自己已经远离了膳房，膳房的一切似乎都跟自己无关了，平王还会让自己去参加吗？或许，平王从一开始就没打算把金函给他，他只是见自己可怜、厨艺还不错，便顺便招纳到府中，就像林子敬说的，这膳房里每年都会来几个江南的庖师，根本不稀奇，至于他说的承诺……这世间向来只有士为知己者死，却从未听过主子为了一个承诺替奴才去死的。苏沐，你还这么相信一个高高在上的王爷，是不是太傻了点？

想到这儿，苏沐忍不住望了望皇城所在的方向，心情又沉重了起来。

锦娘坐在花池边，偷看了他许久，终于忍不住悄悄问道："苏先生有心事？"

苏沐点了点头："嗯，一些小事。"

锦娘若有所思道："你刚才的样子，似乎是在想一个人？"

苏沐愣了一下，他像是心底最深处的秘密被人发现了一样，一脸窘迫地急忙摇头否认，锦娘笑道："你骗不了我的，我娘去得早，以前我爹想我娘的时候也是这个样子，看什么东西都是呆呆的，他们说那叫睹物思人。"

苏沐的脸开始变得有些怪异，甚至还生出了一层罕见的红晕，他一向是冷静的，是漠然的，现在却有些结巴起来："那……你有没有这种感觉，或者，你……会不会在夜深人静的时候很想一个人？"

　　锦娘仔细想了想，自己有没有像阿爹一样去想一个人，在万籁俱寂、无风无月的夜晚，在梦回千百重突然惊醒的那一刻，只有她一个人的时候，她究竟会去想谁？似乎又有，似乎又没有，突然她的脸也开始红了起来。

　　她，会喜欢谁呢？

　　苏沐凑了过来，很好奇道："你的脸好像也红了，你是不是真的有喜欢的人了？"

　　锦娘急忙把头摇得像个拨浪鼓，否认道："没有，我……我被当作鲛人已经有一阵子了，怎么可能会有喜欢的人，便是正常人的日子都没有过。"

　　苏沐不信，他凑得很近，温热的气息喷涌而来。他虽然离开了粥局，但是鬼机灵还是一直给他摊派任务，最近就一直在帮他们收集梅雪，所以这身上常常会残留淡淡的白梅香味，梅香丝丝缕缕而来，仿佛千万只小虫子往人的鼻腔里钻去，惹得人脸红耳赤，浑身发烫，锦娘慌忙喝问道："苏先生，你干什么？"

　　苏沐很认真地说道："我师父说，你想一个人的时候，眼睛里会出现他的倒影，你的眼睛里就有一个人。"

　　锦娘心想，他靠得这么近，自己眼睛里可不是只有苏沐的倒影吗？她顿时更觉尴尬。也不知这人是开玩笑还是认真地说话，她只觉得自己浑身都热辣辣的，红晕都快从脸颊染到脖子上了，口中更是急忙争辩道："这话你也信，你师父一定是在乱说。"

　　苏沐眨了眨眼睛，装作很严肃道："可是我真的看到了，那人好像穿着学士服，戴着大帽子，还有两撇胡子。哦，我知道了，你一定喜欢过刘大学士，你自己也说过，刘学士以前对你挺好的，估计你对他念念不忘吧！"

　　锦娘扑哧一声，差点没笑喷出来："你是说刘威啊？他年纪都五十了好不好，比我爹都大了……而且，他特别怕他夫人。"

　　锦娘笑得很爽朗，露出一排整齐又白净的牙齿，她的姿态一点也不像宋朝的女子，笑起来还要抿着嘴巴不露牙齿，甚至如柳湘云那样还要以袖子掩口而笑，生怕自己在人前失了分寸，苏沐看着她笑，自己也情不自禁地笑了起来，二人正像个傻子一样互相笑着，突然就听得桃舍之外有人在用力拍打玻璃窗户。

　　砰！砰！砰！

　　二人转头一看，又是田七和鬼机灵！

　　这两个人进不来，就挤眉弄眼地猛拍玻璃窗，锦娘也不躲闪，只是嘿了一声笑道："又是这两个毛头小子，他们都偷看了一个月了吧，还看不够呢。"

苏沐皱眉道："这俩小子怎么老聚在一起？"

锦娘颇有几分深意道："自然是有原因咯。"

苏沐见田七边拍边招手，瞬间明了："好像他们这次不是来偷看你，而是……来找我的。"

这桃舍自从住进了锦娘之后，门口还设了两名守卫，除了苏沐和柳湘云，其他下人都一概不准自私入内，田七和鬼机灵又在狂拍玻璃，嘴巴张得特别大，只是这玻璃很厚，隔绝了所有声音，也听不到他们在说什么。

苏沐急忙走出了桃舍，田七和鬼机灵就急忙跑了过来，一人拉住一边叫道："苏大哥，快快快，好戏要开始了！"

苏沐一头雾水，什么好戏要开始了？

鬼机灵白了一眼，尖酸刻薄道："你真不知道啊？我看你一天天魂都被这鱼精给勾走了，童郡王府的颜真来了！"

田七也道："是啊，颜真来了。"

"颜真？"苏沐愣了一下，竟然是颜真，这个名字可真是如雷贯耳，一听到这两个字，醉月楼里发生的事就再度浮现在他眼前，毕竟这颜仲就是不堪忍受颜真的优越，而疯癫如此，做出了疯狂的举动。这传闻中京城第一的庖师，竟然来平王府了？

鬼机灵见苏沐又发呆不语，以为这人定是认不到这赫赫有名的大庖师，急忙解释道："你啊，居然连颜真都不认识，就是童郡王府上的庖师颜真啊，当今京城里排名第一啊，可厉害了！"

田七也点头道："对啊，就是不知怎么的，今日童郡王竟然亲自带着颜真来我平王府砸场子了。"

京城第一庖师颜真的到来，自然是来者不善，尤其是杭州醉月楼火灾一事闹得如此沸沸扬扬，想必作为颜仲的弟弟颜真不可能不知道。况且，平王和童贯向来不睦，这一次只怕难免会有一场惨烈的比试，苏沐终于明白了这件事的重要性，急忙问道："他们现在哪里？"

田七道："就在微露堂，白掌事要所有的庖师都过去助威呢！"

"快走！"三人再也顾不得许多，一路直奔微露堂而去。

# |第十五章| 厨中画圣

佛说一花一世界，一叶一菩提。

世间有很多行业都有自己的世界，这每一个世界都有浩瀚的江湖。庖师的世界亦是如此，天下的庖师分散各处，犹如武林中的高手一般星罗棋布，能被人所熟知，名列榜单，甚至流传千古的都是天纵奇才之人物，实属凤毛麟角。

饮食一门，虽然分为三师，庖师之中又分为四法，但是由于各地的地理气候、饮食文化各不相同，对庖师的要求也不尽相同，如今大宋之内大抵上以汴梁、山东、江南以及荆湖四处的饮食文化最为突出，这四地之中显然又以京城汴梁为尊，所以能在京城立足的庖师都是个中的佼佼者。

如今，京城庖师界公认的高手有四名，人称京城四大庖师。

这四个人正是蔡京府上的燕修，童贯府上的颜真，梁师成府上的姚风泰，以及王黼府上的易大元，四大庖师皆是师出名门，又在显贵门内做事，所以声名是日益渐隆，水平也是各有高下。不过这四人之中被称为一时瑜亮的还要算燕修和颜真，燕修因为年纪稍大，精通佛道儒学，所做的菜品常常意境缥缈，深具道学和禅意，被称作厨中老仙。而颜真自小喜好舞文弄墨，书画更是一绝，所以他做的菜品独具情趣和美感，十分雅致，京城人称颜真的菜是盘中有山水，杯中蕴风雅，被人称作厨中画圣。

一个是"老仙"，一个是"画圣"，皆是庖师界顶尖高手。

但京城之中都传闻以燕修为第一，颜真为第二，易大元第三，而姚风泰乃是新晋，排名暂时第四。这个排名既与四人的技艺水平相当，更与四大家的势力休戚相关。只是如今蔡京眼盲失势，府上的传奇庖师燕修一时间也不知所终，原先排名第二的颜真自然便居于京城庖师界的首席，加之颜真为人儒雅、很懂分寸，深得童贯喜爱，童贯视他犹如宠臣，一时间自是风头无两。

追根溯源，这颜家世代均为庖师，而且大多在朝中为权贵做事，其父颜奇号称南北庖师双绝之一，被人称为北厨神，原本是御膳房内的首席庖师，年老力衰后就解甲归田，一身绝技原本想分开传给颜氏兄弟，但不想二人天资高下有别，这一身技艺终究是全部落在颜真手里，而颜仲则日渐暗淡，最终远离京城，流落在杭州城当了酒楼掌柜。虽然颜仲经营有方，醉月楼生意蒸蒸日上，但在市井做生意与在朝中替当今第一人臣童贯做事，这高下差别还是一望即知。

微露堂内，平王赵正、郡王童贯早已坐定，与童贯一同到来的还有燕王赵俣和太保蔡攸，四个人分列两旁，颇有些分庭抗礼的味道。童郡王此次来平王府未带过多的手下，只带了一庖一役两个人。一庖正是颜真，只见他面色白净，微有黑须，一身白衣如雪，一双凤眼微微含笑，神姿极为儒雅超然，光看面相气度已是卓尔不凡。颜真的身旁还有一役，是他自幼带大的徒弟，唤名阿南，与颜真恰恰相反，这人生得面皮黝黑，铜皮铁骨，单眼皮，眼睛虽小，却炯炯有神，内里暗藏三分精芒，显然是个习武之人。

平王在朝中一向与童贯政见不同，背地里更是常叫他能言鸭子（古对宦官的讽刺），态度很是鄙夷。这些闲言闲语童贯自然有所耳闻，所以这二人私底下也是互相诋毁，很少来往，更不用说是亲自到府上拜访了。今日童贯一反常态，居然带着颜真，还拉着赵俣、蔡攸等人一同来访，也不知是安了什么心。

平王虽然不悦，但暂时也猜不透这童贯的心思，只是他历来性子暴躁，尤其是上一次宴请蔡太保无果，让他彻底断了要与这些宠臣结交的念头。此刻他也不想多做无谓的猜测，更不想与童贯拉扯家常，而是开门见山道："童贯，我平王府远在城外，又无什么名胜至宝，今日前来，不知道有何指教？"

童贯也不客气，直截了当道："无他，来切磋切磋厨艺。怎么，平王不欢迎我童贯吗？"

平王冷笑一声道："我听闻，郡王府上的颜师傅乃是京城第一庖师，却来我府上切磋什么？难不成要来羞辱本王吗？"

童贯哈哈笑道："平王可是言重了！所谓京城第一，那不过是些虚名罢了，他那些本事我还不清楚吗？不过，前些日子我可是听蔡太保说了，贵府上如今是人才济济，卧虎藏龙，一场亚岁宴在官员之中好评如潮，甚至叫人惊艳连连。我童贯也没什么爱好，唯独这吃吃喝喝最不能将就，一听到哪个地方哪个厨子做的菜好吃，那我就一定要去尝尝，若是听到有人说这厨子手艺比我府上的颜师傅还要高的话，那是一定要来瞧一瞧的。是不是，颜真？"

颜真笑了笑，俯首道："便是讨教一番，亦是可以。"

童贯环视了大堂的四周，见几十名庖师在白世忠的安排下齐齐列队，一个个神色严肃、一丝不苟，大有严阵以待的架势，忍不住又扑哧一声笑了起来："想必，贵府的庖师今日都到现场了吧，啧啧，环肥燕瘦，当真是很有气势哪！"

平王也觉得白世忠这太过重视的姿态反而叫人尴尬，人家童贯只带了两个人过来，明摆着轻装上阵，不把平王府当成对手，而自己府上却是倾巢而出，如临大敌一般，这在气势上就先输了一筹。他平王虽然没有学富五车，但是年少时领兵打仗还是常有的，所以在兵法布阵上，这就已经是败阵了。他很不高兴道："白世忠，谁叫你安排这么多庖师过来的，都让他们滚回去！"

白世忠脸色讪讪地喏了一声，他正欲下令，不想童贯却伸手打了个圆场："既然都来了，不若就让他们都看看，这样的比试多么难得，不会是平王认为自己败局已定，不好意思让他们看到，所以才下令仓促收兵？"

蔡攸呵呵笑道："贵府上的颜真虽然是京城第一庖师，但平王府也是卧虎藏龙，此事我蔡攸可是见识过的，童郡王，可不能大意啊。"蔡攸话里虽然是夸奖平王府，但口气已是与童贯站在一处了，言下之意更有激将平王的意图。

赵俣如何看不出来，他冷笑道："蔡太保吃了两家菜，就要说两家话，可真是难为你了。不如你倒说说谁更得你的心意？"

面对赵俣的刁难，蔡攸不禁冷笑一声，他早已有心与童贯结盟，在他看来，如今平王赵正、燕王赵俣的实力都远在童贯之下，这些所谓的皇亲国戚都只剩一张皮罢了，自己何须这般惧怕他们，于是毫不避嫌道："不过平心而论，颜真师傅的厨艺确实卓绝，如今在京城之内已是难逢敌手，这一局我恐怕要押童郡王获胜了。"

赵俣笑道："既是如此，那我就押我兄长了。不过……"他笑了笑，别有意味道，"我这一次当真是出于兄弟情义，胜算只怕寥寥了。"

平王气结，愤愤道："颜师傅的厨艺虽然了得，但还算不上是京城里的第一庖师，我若没记错，上一次四大庖师的比试，这第一名可是蔡京府上的燕修，而不是你家的颜真！再说，这四大庖师的比试，我平王府又没参加，鹿死谁手，尤未可知！"

平王说的四大庖师比试，正是京城之中蔡、童、梁、王四大家联合举行的一场厨役比试，虽说比试的庖师只有四人，但却几乎代表了京城内最高的水平。古人云，食不厌精，脍不厌细，普通穷困居民果腹尚且不易，自然是没有资本来求精求细。蔡、童、梁、王四人的骄奢淫逸冠绝京城，对饮食一门可谓极尽所能，日日想方设法搜刮奇珍异味，招纳名门大厨，所以才能在餐饮上突破到了一定境界。所以，四大庖师的冠军基本就代表了整个京城庖师的最高水平。

在平王看来，颜真还不是京城第一庖师，也不一定能胜过他平王府的师傅。

面对平王的质疑，童贯反倒眉开眼笑起来，他吹了吹热茶，轻笑道："平王也不必动气，我看平王府的人没有机会参加四大庖师的比试，对这排名多少是有些不服气，不过今日这时机正好，你我不如就派人比上一局，就此分个高下，如何？"

这一战平王显然是期待已久，他早已按捺不住："比就比，怕了你童贯不成？"

童贯慢条斯理道："既是如此，那先说说今儿个怎么个比试法？"

蔡攸道："不如就按照四大庖师比试的老规矩，三局两胜，如何？"

平王看了一眼，这四人里蔡攸显然已经与童贯是一丘之貉，燕王赵俣虽然是跟童贯一起来的，但再怎么说也是自己弟弟，就算他再与童贯交好也不至于过分偏袒童贯，这样四人打起分来，万一出现二比二该如何决出胜负？

平王质疑道："三局两胜没有问题，可是好像今天没有评判。"

童贯笑道："平王不必担心，我童贯对厨艺比试历来十分较真，这边我早给你们安排好了！"说着，他拍了拍手，微露堂外走进了一溜九个高矮胖瘦各不相同的人。

童贯介绍道："此乃京城九大食判官！分别为兽判、羽判、鳞判、昆判、花判、木判、水判、火判和阴阳判。你们再也找不出比他们九个人更专业、更刚正不阿的食判官了，你看如何？"

# |第十六章| 九大判官

京城九大食判官，确实是声名显赫。

只见这九个人生得形态各异，但各个面色自信，显然都是颇有建树的人物。先说这兽判，生得精瘦如猴，一张嘴巴却比碗口还大，自小贪食肉类，对猪牛羊以及各类四足肉类最有研究，这肉质如何，做得好不好，他一尝便知高下，只是长年食肉却一直瘦如猴，人称荤饿鬼。

相反这木判主要辨别素菜、瓜果、根茎、草药之类，对荤菜类不太感兴趣，按理说这类人应该是身子清瘦才是，但不想这木判身子高大肥硕，犹如肥猪，只因他生了怪病，吃东西只进不出，便是喝水也能长胖，所以不得已才以素食为主，但即便如此，现在体重也超过了三百斤，所以他也有个外号，叫素饕餮。

还有这水火二位，却是专门品鉴汤品和火候的，水判一尝汤汁就可以知道你这其中材料的优劣，滋味够不够清、味道浓不浓厚，而火候更是不必说。至于这最后的阴阳判就更有意思了，饮食一门不但讲究色香味俱全，更要符合四时之气、五行之势，若是能顺阴阳五行则自然是有利于身体的，若是有悖此番理论，自然是与身体有害，那这道菜便是做得再好吃，也是毒物一盘，终究枉然。

九个人一字摆开坐在大厅一侧，神情皆是十分严肃，显然这些食判官对自己的一言一行都十分负责，生怕哪一个环节出了纰漏，从而影响了自己的名声。

毕竟，判官一职，名声远大于性命，若是判别之中有过污点，便会遭人诟病，往后再难有出头之日，这也是为什么祁伯宁可撞死也要维护自己声誉的原因所在。

童贯道："此九位食判官皆是京城之内最刚正不阿、口舌最挑剔的辨物师，名声在外，从无污点，想必叫他们九个人做评判，大家还是比较信得过吧？"

众人见这架势，纷纷点头同意，毕竟九大食判官在业界内的名声和作风，大家都是有所耳闻的，也都是比较信服的。

平王道："判官倒是来了，那现在该确定比试的主题，无题不成试，我府上倒是什么都不缺，不知道童郡王想比什么？"

童贯没有说话，倒是赵俣先提议道："冬季蔬果要么反季种植，要么远途跋涉而来，滋味都不算最佳，反倒是鱼肉最肥美也最鲜，叫人百吃不厌，不如今日就比鱼菜，二位觉得如何？"

冬天的鱼为了抵御严寒，腹部积累了厚厚的油脂，正是最肥美的时候，赵俣说比鱼菜，倒也是合乎时节，其他三人立即表示赞同。平王下令道："白世忠，这比试就由你先来试试颜师傅的水平，你敢不敢应战？"

白世忠早就准备好了，他踱着步走上前，器宇轩昂道："白世忠愿领教颜师傅的厨艺。"

颜真也上前一步，风轻云淡道："还请白掌事多多指教。"

白世忠骨子里是个极为傲气的人，他见颜真两手空空，什么都没带，便指了指大堂之外，很是客气道："我府上食材虽不如皇宫御膳房，但也算丰富，请颜师傅先过去随意挑选，不必客气。"

不想，颜真笑了一声，说道："不必了！这些我早已有所准备。我颜真做菜，厨具必须是要我自己的，所有的食材哪怕是一壶水也都是要我自己挑选的才行，我可容忍不了一点瑕疵。"他言下之意，便是平王府的东西他未必看得上的，言罢击掌两声，便见四个差役抬了一大堆锅碗瓢盆、鲜鱼蔬果、水桶木架，甚至还有简易的灶火走了进来，显然这人是有备而来，而且准备得非常充分。

白世忠暗地里冷哼一声，心想这厮表面上还装得云淡风轻，其实也是磨刀霍霍筹备已久，好在今日比的是鱼菜，这一项目，他自问自己还是有些优势的。

世人皆知，鱼肉之美，贵在鲜活二字，而鲜活既包括这鱼的新鲜活跃程度，也指这鱼肉本身的品质是不是足够好。白世忠的厨艺在京城之内只能勉强算是一流，但他在另一方面却可以称得上个中佼佼，这一项便是养物，很多人都不知道白世忠是京城内数一数二的养物师，只是他都是暗地里养，不像其他养物师一样名声在外，甚至以养物师为专门的职业来牟取利益。

现在，白世忠器宇轩昂地往场子一侧站立，他略显肥胖的十根手指轻柔又有规律地敲击着案桌，显露出一股自信而傲然的气度，似乎他对这一战也是期待很久了，他为厨近三十年，蛰伏在平王府内籍籍无名，现如今要面对京城的第一庖师，他怎么能不兴奋难耐呢？

或许，一战成名就在今朝。

第一局比试，必然要先声夺人。

这颜真带来的物什都是精细而优雅，所有的原材料都是整整齐齐地码放在各色的木匣里，大如鱼肉、萝卜、青菜，小如葱段、蒜末、姜末，全都不偏不倚，收拾得十分整洁而有规律，就连刀、铲、勺、笊篱等工具都是纯银打造，细细地雕刻着精美的花纹，凸显他不俗的品位。

众人见此，已是暗地里一阵惊叹，这可比白世忠要求的还要苛刻一些，光看这食材和工具的设置，就已经可以窥探这人对食物的完美标准和苛刻要求了。

但白世忠今日是主场作战，如何能让颜真先抢了他风头，他冷哼了一声，也不服气地拍了拍手，就见门外两名厨役艰难地抬出了一个巨大的柏木桶，摇摇晃晃地走了进来。众人也是一般的惊呼起来，心想这两个人今日可是要好好生生地来一场大战了！木桶大得惊人，犹如一面澡盆，也不知道装的是什么，只听得里面水声晃荡，再走近了，大伙探头一瞧，却见这木桶里养着的竟是一条巨大的黄河金丝大鲤鱼。

黄河之鲤，与淞江之鲈、长江之鲥、江淮之鲴，历来被誉为四大河鲜，自古就有"岂其食鱼，必河之鲤""洛鲤伊鲂，贵如牛羊"之说。作为一名养物师，白世忠的这尾黄河鲤更不同一般，鱼身子足有一人多长，肥圆健硕，金鳞赤尾，浑身闪着褐金色的光泽，两条鱼须，更是形似美髯，色比赤金，大小已有筷子长短。这金鲤是白世忠的看家宝贝，白世忠已将它精心喂养了六七年，每日用四川青城山下的杞泉水更换净涤内里，再以桂花、菊花、梅花等喂食，让鱼肉增添丝丝百花香气。这样的鱼，比之海鱼肉质更加细嫩，比之河鱼却又少了泥腥味，可谓极为难得的珍味。

好鱼便要吃它的鲜活，所以白世忠今日要做的就是紫锦金鳞白玉鲙，简单来说就是鲤鱼鱼生。京城的人都爱吃鲤鱼鲙，只是鱼生菜看似简易，却有三个难处。

一曰好鱼难得。选鲤鱼必是黄河鲤鱼最好，黄河鲤鱼中又数孟津鲤鱼最佳，白世忠选的这尾孟津金丝鲤鱼，体形矫健，肥瘦相宜，鳞色鲜艳，是极品中的极品。

二曰好鱼难养。鲤鱼属于中下层鱼，容易有土腥味，烹制前讲究用清水养几天，吐去腹中泥沙，再抽去土筋，方能味美。但这样养鱼的方法太普通了，还达不到养物师的要求，所以白世忠选用了四川的杞泉水，杞泉水在川蜀青城山脚老人村，这泉水最是清凉，还略带一点黏性，以这种水来养鲤鱼可以让鲤鱼的肠道内几无杂质，辅以鲜花喂养，会让肉质更加肥嫩且带有些许清香。另外，黄河鲤鱼是好动之物，水不能止，水止鱼不动，肉质便不活，滋味必不佳。白世忠要每日叫差役定时驱逐鲤鱼，放水冲击水面，让鱼犹若在川江中激流逆行，久而久之肉质比野生之鱼更紧致脆爽。

三曰好鱼难片。寻常做鲙，不过是将鱼肉切成薄片，沾芥辣、蒜、葱、醋、橙汁等即可食用，此等做法，刀法再快，终究要先杀鱼去血，再片鱼摆盘，这些工序只要稍稍一滞，鱼肉一过时，鲜味就有天壤之别。

白世忠今日要做的白玉鲙便是活鱼取鲙，让鱼活着的时候从它身上取下鱼片，这样的鱼生才是最鲜美的。

苏沐暗忖："活鱼取鲙？这倒是很考刀工。"

田七身为一个专门负责刀工的厨役，更是忍不住摇头晃脑道："这白玉鲙啊就是要鱼够鲜、刀够快，若是刀不够快准狠，鲤鱼吃痛，挣扎打挺，那这白玉鲙就算彻底失败了。"他随即又赞叹道，"白掌事果真是好本事，敢做活鱼取鲙这道菜，若是要我田七来，自问是做不到。"

颜真看到白世忠要活鱼取鲙，也是稍稍露出惊讶之色，随即对阿南微微示意了下，二人似乎心领神会达成了一些共识，阿南随即冷冷地望了一眼白世忠，转头不知忙碌什么而去。颜真则双指往水中一扣，指入鱼鳃，很是潇洒地取出一尾尺余的淞江鲈鱼，这鱼背部黄褐，上有七个斑点，两侧鱼鳃处各有两条橙黄色的斜纹，恰似四片鳃叶，正是淞江的四鳃七星鲈。

鲈鱼肉质较硬，必不能太大，鱼稍大肉就老了，所以一尺有余滋味最佳。他稍稍收拾，简单佐以葱姜丝，又浇了一杯黄酒，便上蒸笼清蒸，不多时鱼香便四溢开来。饶是闭目凝神的燕王也微微睁开了眼，喃喃道："怪哉！这七星鲈鱼我吃过的不下百条，怎么从未有过如此香气？"

除了童贯，其他人也是纷纷错愕，不明其理。这看似普通的鲈鱼如何能做出这么纯净独特的香气？

## |第十七章| 鱼肚藏珠

　　寻常鲈鱼就是再鲜美，这个香味都有个限度，能达到这样闻一闻就食指大动的程度，显然另有蹊跷。苏沐看得清清楚楚，这香味便是奇在那杯酒上，更准确地说应该是那酒杯上，那装酒的酒杯色如青玉，微微透亮，看起来毫不打眼，却是大有来头。这酒杯产自西夏，名曰妙澄，取自佛语"十方世界，妙见圆澄，无尘无垢"之说，传说任何美酒装入妙澄杯中，都会化去杂异之味，只剩香醇。以妙澄杯化过的美酒清蒸鲈鱼，自然香味更加醇冽。

　　白世忠是第一次与颜真交手，他埋头准备，并未注意妙澄杯一事，只是一闻这鱼酒混合的香味，也是暗暗吃惊，他暗忖这人果然厉害，光是这刚开局的香味就已经大占上风。白世忠赶紧叫两名差役将紫金鲤鱼抬放在案板上，下铺一白色湿润棉布，而后洒些许桂花酒。鲤鱼出水之后，惊恐挣扎，两个人几乎都有些按不住。白世忠急忙又在鱼头上盖了一块熏了酒的湿棉布，不多时鲤鱼才渐渐平息不动，只有那两鳃和鱼嘴一开一阖，拼命地呼吸着。

　　做普通的鲤鱼鲙并不算太难，汴京内的酒楼庖师大多都会做，而且手艺五花八门，各不相同。只是白世忠的这条鲤鱼太大了，生命力又极其旺盛，若是刀不够快，鱼一吃痛，控制不住，或者下刀狠了，鱼死了，这菜便是失败了。

　　所以，这道菜是很心细的菜式，每一刀每一下都不能马虎。

　　白世忠深吸了一口气，拾起自己的片鱼利刃，他这把刀微微透紫，名曰紫宣。顾名思义，就是刀薄得就像宣纸一样，同时，也有说明切出的肉片像纸张一样薄透的意思。

　　紫宣映丹青，用这刀片鱼挽花最是合适。他转了下薄刀，定了定心神，准备从不易吃痛的鱼腹处入手，只见他右手握刀，慢慢靠近鱼腹，手肘带动手腕用力，但见精光一闪，刮去第一层鱼鳞，再出第二刀，就片下一片薄如蝉翼的鱼肉，再出第三刀时，那鲤鱼忽然一阵吃痛，触电一般弹了起来，一尾巴猛地扫在了白世忠身上，只听得哎哟一声，白世忠立即摔在地上打起滚来，一阵猩红洒溅当场。

"白掌事！"膳房的人都惊叫了起来。

平王也噌的一下站了起来，膳房内各庖师纷纷涌了上前，扶住白世忠，却见他右手两指已经被齐刷刷地切掉了！

鱼还在地上疯狂地打滚，断指带着鲜血，现场乱作一团，有庖师抬头禀报道："王爷，白掌事的手指断了！"

平王脸色大变，随即怒骂道："怎得如此不中用，还不赶快送去医治！"

一群人又是一阵手忙脚乱，抬的抬，扶的扶，赶忙将白世忠扶出殿外。平王既失望又恼恨，这比试刚刚开始，白世忠就断了两根手指，原本是想好好来一场恶战，叫童贯见识见识自己府上的实力，但不想却是出师未捷身先残，反倒让童贯老贼看了笑话。

不甘心！真是不甘心哪！

平王府所有的人现在都像雨打的公鸡一样，再也没有了刚才的趾高气扬，一个个垂头丧气的，唯有苏沐抬头瞧了瞧颜真，恰好颜真的目光也扫射了过来，四目相对，僵持了片刻，仿佛是期待已久的宿命一般。

两个人的眼神，一个鄙夷，一个错愕。

苏沐心里冷笑道："好一个京城第一！"

颜真自然是听不到苏沐的话，他的错愕转瞬即逝，很快就恢复了儒雅的姿态，他轻轻笑了下，自顾自地看着火候，不再理苏沐。不多时，那蒸鱼已经做好，鲜鱼香气已经溢满整个厅堂，他用九色牙雕鱼盘装盛好，呈了上来。这菜不仅仅呈给九大食判官，还一并给平王、童贯等人送了一份。

此情此景，平王哪里还有什么心思去品鉴，倒是赵俣一闻鱼香，已是满脸垂涎，一副很不争气的样子。

颜真恭敬道："此菜名曰鱼肚藏珠一口鲜，请诸位慢用。"说罢，他用银筷拨开鱼肚，却见那鱼肚中是白色的嫩脂豆腐，雕成一颗颗明珠的样子，模样软嫩爽滑，吹弹可破。九大食判官中的鳞判第一个拿起金勺，轻轻挖了品尝，明珠一入口，他才发现这所谓的豆腐原来不是普通豆腐，滋味远比一般的豆腐更加鲜嫩爽口，他原本冷漠的脸上控制不住地露出一丝惊喜，尔后朝附近的食判官点了点头，各判官纷纷取食，一尝之后，也是一般的喜不自禁，甚至开始啧啧称赞。

平王原本心灰意冷，无心品尝，他见众人都在品尝，也随便浅尝一口，不想就这么一口，就被这滋味鲜得差点吞掉舌头，口中也是发出了哎哟一声。

颜真似乎早就预料到众人会有这等反应，他一向很享受别人对他美食的狂热追捧，只是他又不愿露出声色，这般稍等了一阵，才娓娓道：“这一口鲜用的是鱼脑羊髓，捣烂后，再捏做珠形，先用鲜奶微焯，去除腥味，再放入鲈鱼腹中，一并蒸煮，取鱼羊鲜之意。”

鳞判点评道：“自古鱼羊得鲜，鱼脑羊髓不仅鲜美，还得了一个嫩字，颜庖师将这两味放入奶中过了过，又得了一个滑字，最后藏入鱼腹之中，又加一个巧字，妙极！妙极！”

其他八个食判官也是纷纷点头赞许，直道这菜当是配得上鲜这个字。

颜真这菜做得甚是轻描淡写，前后不过半炷香而已，滋味却远胜那些精做细雕的菜肴，反观白世忠搞了这么大阵仗，最后连菜都没端出，还毁了自己一只手，输得真叫一败涂地。

一局过后，高下立判。九大食判官不需要任何商量，直接给出了自己的答案，颜真以压倒性的优势拿下了第一局。这下子，平王府众庖师没有了先前的气势，一个个低头垂脑，甚至连大气都不敢出。

“九哥，可还需要比下去？”赵俣将一条鱼吃得一丝不剩后，终于想起了旁边还有这么一位哥哥在，他满眼关切地问平王，毕竟是自己兄长，而是自己还押了他获胜。

平王面色很沉重，他也在纠结，或者说骑虎难下。

但童贯可不想放过这穷追猛打的机会，他很会用语言攻击他人的软肋：“这偌大的平王府不会只有这么个庖师吧？我可是听闻平王府是人才济济，卧虎藏龙，颜真，这一局你侥幸获胜，下一局你可要分外小心了。”

颜真笑了笑道：“在下倒是很期待平王府真正的高手能出马比试，也叫在下不虚此行。”

“三局两胜，现在不过是比了第一局，最终胜负犹未可知，童贯，你可别得得意！”原本白世忠出师未捷，平王确实有点无心恋战，但如今童贯一再讥讽，他反倒起了战意，便是全输也要一比到底，决不能让这童贯小看自己。

此时，白世忠简单包扎后，不顾劝阻挣扎着跑了回来，显然这一败他是万万没想到，他的活鱼取鲙虽不说是百分百有把握的菜式，但也不至于这般不堪。他心头又羞恼又不甘，自己精心筹备了多年，就这样一个结果，无论如何也不能接受。但是如今他右手负了重伤，运刀掌勺都是问题，如何还能再比？

"白世忠，你不必勉强了！你安排膳房其他人比试吧。"平王对白世忠不服输的态度倒是有几分欣赏，但是事已至此，勉强上阵除了再受屈辱又有何益。他一眼扫过膳房众庖师，却见这些人一个个神色大变，如临大敌一般，退缩的退缩，低头的低头，抬头望天的抬头望天，生怕平王这时候点了自己姓名。所有人心里都很清楚，这颜真太厉害了，自己现在上去完全是自取其辱，哪里还有什么一丁点的胜算，所以谁也不肯去当这傻瓜。

平王执意要战，但自己手下竟然无人敢应战，这场面变得越发尴尬了。颜真一直保持着他惯有的微笑，但这笑容里明显开始流露出几分轻视，面对这样的对手，他真的是连伪装都懒得伪装了。

"子敬，你是副掌事，你不上谁上啊！"不知哪个庖师忽然冒出了这一句。立即一语激起千层浪，众人仿佛找到了替死鬼般，纷纷叫道："对啊，林副掌事，这是你一战成名的好机会啊！"

"林掌事，白掌事出师不利，你身为副掌事，万万没有退缩之理啊！"

"按照排序，也该轮到你林子敬了啊！快去啊！"

这要林子敬上台的声音一浪高过一浪，林子敬脸色急变，一副唯恐被推上去的恐慌样子，他回头怒骂道："哪个？哪个在胡说八道，我要你们好看！"

忽然，不知哪个唯恐不乱者，双手用力一推，直接就将林子敬给推出人群，林子敬一个趔趄就跌进大厅，姿态好不突兀。众人见林子敬摔了上前，一改刚才闷头闷脑的耷拉样，纷纷鼓掌，大肆欢呼了起来："林掌事威武啊！林掌事危难之时出手，必要替平王府一雪前耻啊！"

林子敬心中叫苦不迭，他一向自夸技术了得，但真实水平如何不自知？尤其是眼见颜真的技术如此高超，白世忠犹不能胜，他这等水准上前岂不是自讨苦吃吗？林子敬心里骂天骂地骂了所有人的十八代祖宗，平王却以为林子敬是主动上前应战，心中振奋，大喜道："好子敬！好生应战！不必多虑！"

白世忠见林子敬心不甘情不愿地走上前，心里不可能没有担忧，对林子敬的实力他是很清楚的，全力一战尚且不能击败颜真，何况如此仓促上场，但如今平王府整个膳房都应该同仇敌忾，他也不能弃林子敬于不顾，于是好心上前，把自己初步拟定的比赛菜肴交代一番。林子敬现在整个人都是蒙的，也没有认真听白世忠说些什么，只是不停地回想到底是谁把自己推出来了，下来后自己必定要狠狠收拾他才行，如此这般，白世忠反复说了两遍，林子敬也只听了个十之六七就仓促上阵了。

眼下，第二局已经开始了。

# |第十八章| 青鱼裹雪

白世忠原本设定的第二道菜，叫青鱼裹雪染橘香。

这道菜，以海边常见的龙头鲓为原料，先以酸橘汁、白醋洗涤鱼头肠胃，软化鱼骨鱼肉，再以青椰汁、鲜奶汁交替浸泡，而后用橘子枝叶小火炙烤龙头鲓，这样一边炙烤，一边往鱼嘴中灌入青椰汁，过片刻，再灌鲜奶汁，加酸橘汁，外抹薄薄一层粗海盐，让鱼香、奶香、椰香、橘香完全交融，最后撒落几丝烤脆的橘皮丝、椰丝便成了。

龙头鲓又名豆腐鱼，本身肉质十分细嫩，比豆腐还要软嫩三分，灌满鲜奶、椰汁和酸橘汁之后，会变化成乳白色晶莹剔透的沙胶质，剥开鱼肚，雪白剔透的橘香奶香凝脂，如鱼肚内裹了冰雪，所以叫青鱼裹雪染橘香。这道菜的难点就在于鱼肚子里必须要有雪，雪中必须要有橘的清香、鱼的鲜美，所以才叫青鱼裹雪染橘香。

此菜十分讲究火候和手艺，火大了鱼肉会焦，火小了鱼肉内里温度不够，肉和椰奶不能完全融合，这雪的质地和鲜香就出不来。以林子敬的厨艺自然是驾驭不住这道菜的，况且他到现在心情还没有完全平复，心里想的仍然是这些庖师竟然在这么关键的时候把自己推了出来，居心何在？一个个可不是想看他出丑丢脸？真是其心可诛！他心意难平，加之这菜式是白世忠所拟定，先前又无操练过，灌椰奶、橘汁的分量、时机也不甚清楚，手中一阵慌张，火候一会儿大一会儿小，酸橘汁一下子又灌进了太多，真可谓是手忙脚乱，毫无章法。

做菜虽不是什么雅事，但有时也堪比刺绣画画，讲究的是精细二字，更何况是以鲜嫩为主的菜品，刀法、火候、调味任何一个环节、任何一点点失误都可能导致菜品出来千差万别，林子敬这些小小的失误在九大食判官看来那都是不可饶恕的，各位判官纷纷窃窃私语，暗自摇头，只叹此菜已经失败了。连苏沐也开始摇头了，这一局林子敬也是毫无胜算的，想必这样的对手，颜真是提不起兴趣了。

果然，颜真看了一阵林子敬的操作，就冷笑了起来，他摇头道："想法倒是很好，只不过技艺稀疏平庸，难达预期三成，哎，如此比试，也是无趣。阿南，我们开始吧。"

他这次用的是二十余条不足巴掌大的小鲈鱼，小鱼肉质细嫩，放入水中大火炖煮，汤汁持续沸腾，只滚得皮肉都完全消融到汤汁里，尔后用纱布滤出鱼骨肉糜，再倒入黄鱼肉浆再熬，如此七次，每次都加入不同的鱼肉浆熬煮，最后滤出奶白色的鱼汤，香得令人食指大动。颜真拾了几棵青菜，取菜心连头，改刀刻成水中鲈鱼，再取萝卜刻数朵莲花，以滚鱼汤反复浇灌，略施东海的海盐，最后撒上水发的风干莲花丝，便成品出锅。此菜名曰："藕花风细戏青鲈"。

不多时，林子敬的青鱼裹雪也做好了，可惜几条龙头鳕焦的焦，黄的黄，卖相颇是不堪。众人看这两道菜，一边是鱼汤萝卜白菜，鲈鱼藕花雕得栩栩如生，鱼汤纯白浓厚，搭配清爽蔬菜，虽然简单，但却很见颜真的刀工火候。再看林子敬这鱼菜做法虽然繁复，用料也是讲究，但是看火候，鱼身有不少灼焦之处，显然是用火太过；再品味，鱼肚内白雪未能成型，稀稀拉拉，味道也是过酸，实在难称什么美味。

负责火候的火判有些意犹未尽道："我对食物的火候要求一向严苛，颜师傅的火候用得很妙，这鱼汤层层变浓，火大了极易煳锅，火小了鱼汤的味道出不来，必须要文火武火自如转换，食材的香味才能刚刚好出来，确实很妙！只是这林师傅……哎，算了，我也不必多点评了，这犹如农妇烧柴一般的火候功力着实不值得点评。"

水判很是认同火判的观点，他用勺子轻轻地搅动汤羹，又补充道："汤者，最讲究火候，用火须时疾时徐，令汤水九沸九变，方能得到真味，正所谓一沸灭腥，再沸去臊，三沸出味，乃至九沸，方能熬出一锅好汤。颜师傅的七鱼七沸，虽未到九沸的境界，但也是尽得煲汤之精髓，每一口鱼汤中都有七种层次和变化，着实惊艳，我这里无可挑剔。"

众人品鉴之下，再度高下立判。颜真不过是轻描淡写，就把这九大食判官完全征服，反观林子敬，忙碌了一阵，灰头土脸，却难得一声好评。

他抹了抹额头的冷汗，暗自叫苦不迭，心想自己倘若平日里好生准备应对，此局虽不能胜，但也不至于输成这个样子，要怪只能怪白世忠，偏偏要在这时候出事，想到这里，他连带恨起了白世忠，觉得是他故意拿了个这么难做的菜来刁难自己，让自己当众出丑，林子敬这一恨，感觉所有人他都看不顺眼。当然，他这一扫视，也看到了正在摇头可惜的苏沐。

苏沐原本是替他感到惋惜，但是在林子敬看来，那就是故意地嘲笑。

林子敬这股恶恼顿时达到了顶峰，他心想，颜真、白世忠嘲笑自己也就罢了，你苏沐一个新来的庖师有什么资格对我林子敬评头论足，你上场未必就可以击败颜真！说不定这推自己的人就是他。膳房里的人都怕他，只有这个苏沐不怕他，嫌疑自然最大了。想到这里，林子敬恼恨得无处发泄，只能用最恶毒的眼神盯着对方，如果说眼神可以化作利箭，这苏沐早已万箭穿心了。

苏沐一抬头恰好也看到了林子敬恶狠狠的目光，这四目相对，他立马意识到糟糕了，只是这头都摇了一半，也不能不摇回来，他想了想还是故作自然地缓缓地转了回来，然后咳咳两声，好像自己脖子不太舒服一样。田七很理解地拍了拍苏沐，开解道："苏大哥，你别装了，他都看见了，以林掌事的小心眼，他肯定是不会放过你的！"

苏沐有点无奈道："可是他这道菜真的做得不好。"

田七哼了一声："他哪里是这道菜做不好，他就会溜须拍马，厨艺只怕比袁大志还不如。"

苏沐急忙拉了下田七，低声道："快别说了，林掌事又看到我们了，只怕下了场，我们两个都要遭殃了。"

比试三局两胜，现在颜真已经连胜两场，第三场自然是不需要再比了，童贯双目之中尽显得意之色，他哈哈大笑道："平王府的庖师很有孔孟遗风啊，见我童贯大老远赶来，如此谦让，可惜我这庖师还未尽全力，我也不怕跟你们说实话，今日我这位庖师其实是专门带着一道拿手好菜过来的，只可惜啊，你们是没机会开开眼界了。"

赵俣听到这，一阵眼馋道："却不知是什么好菜，不如就先做出来给我们尝尝？"他话刚说完，就不自觉地看了一眼平王，尔后缩了缩脖子问道："九哥，这都第三局了，你府上可否还有其他……过得去的庖师？反正都输了，不如就再比一比，机会难得啊。"

平王气恼道："你这馋嘴的废物，我平王府今日非要赢他一局不可！"

只是他这话过后，所有的庖师都纷纷后退几步，没有一个愿意上前。想要击败颜真，谈何容易。

颜真一个人站在场子中，显得很是鹤立鸡群，他环视一周，摇了摇头笑道："贵府上的庖师确实技艺粗浅，这样比试于我而言当真没有任何挑战，不过若是平王硬要比试，在下也愿意奉陪到底。"

这句话让平王府的庖师们瞬间炸开了锅，所谓士可杀不可辱，输了便也输了，还要被人上门侮辱，所有人都义愤难平，纷纷叫骂起来，只是这些人破口大骂的破口大骂，叉腰戳手指的叉腰戳手指，就是没有人敢上前挑战。

童贯问道："平王，真的还要比吗？"

平王很坚定道："必须要比！"

童贯的脸上闪过一丝狡黠："好，平王果然还是这么有魄力，不过光这么比可没意思，这次我们得赌点东西。"

平王愣了下："你想赌什么？"

童贯冷笑道："若是我们赢了，我要你府上一样东西。"

平王心头闪过一丝不安，喝问道："老狐狸，你想要什么东西？"

童贯淡淡道："你放心，我要的不会是太贵重的东西，料想你平王府上也没什么太拿得出手的宝贝，我要的其实很简单，就是贵府上那只不会哭的鲛人。"

平王终于知道了童贯这个老狐狸的真实目的了，今日来比试是假，想要鲛人却是真，但是这只不会流泪的鲛人又有什么用？值得童贯这样的大人物亲自上门来索要吗？

"你要她做什么？"平王带着一肚子的疑问问道。

童贯站了起来，笑道："这事你无须多问，这一局，只要能打成平局就算你们平王府获胜。你若答应了，我这一局便跟你比；你若不答应，我们也不耽误时间，这就走人。"

童贯看来是很在意这只鲛人，这态度让平王越发生疑，只是他心想一只不会流泪的鲛人罢了，又有什么大用处，这童贯必然是听了蔡攸的一面之词，便想要来讨个新奇，可是……真的只是为了一个新奇吗？想他童贯位极人臣，什么稀奇的东西没见过，非要这一只没什么用的鲛人？他到底有什么目的？

平王冷冷道："好，你赢了，我送你鲛人；若是我赢了呢？我有什么好处？"

童贯似乎早就想好了筹码，"若是你赢了，我让你平王府参加明年的四大庖师比试，平王应该知道，能进四大庖师比试意味着什么。"

四大庖师的比试，从外层看不过是四大家四个最出色庖师的较量，从深层次看，却是当朝最有权势的四个人的角逐，这样的比赛，奖品自然不会只是普通的金银财宝，而是更诱人的领地、实权和从未见过的奇珍。

平王眼放光芒，他早就想进这个四大庖师的局了，怎奈他的面前还有蔡京、朱勔、李彦，甚至蔡攸等人，他虽说是王爷，但终究是个没有什么实权的王，跟这些人比，无论实力还是声望都差得太远了，不过现在他终于有机会了。

他的口气是毫不犹豫，"这个筹码我接受！"

童贯重新坐了下来，大笑道："爽快！那不知这最后一局，是谁出来比试？"

平王环视一周，朗声道："你们这些庖人听着，谁能胜他这一局，本王立即赏金百两！还可以参加明年四大庖师的比试！谁敢上来？"

百两赏金虽然诱人，只是大家都知道这奖赏并不是那么容易拿到手，所有人反而又后退了一步。平王的脸色瞬间就难看起来，若是这一局无人敢出战，那岂不是要让人笑掉大牙？

所有人都在面面相觑，低着头你看我、我看你，却没人敢动一下。但是苏沐的心却动了，这百两赏金他没什么兴趣，不过这四大庖师的比试资格……苏沐仿佛看到了一丝光亮。他在平王府内沉寂了也有一些时日，每日不是做些粗浅的粥饭，就是干些清理灶台、刷洗碗碟、雕刻摆菜等粗活，今日终于有机会可以跟传说中最负盛名的庖师一较高下，甚至有机会进入皇宫参加比试，这才是他想要的。

他的目标，可是时时刻刻都没有忘记过。

苏沐终于走出了人群，他的步伐很是平稳，神情也是无波无澜，好像是来参加一场最普通的比试而已。至于颜真，即便现在的他能力犹如天神，那也不过是今后宿命里的一个对手罢了。所有人都开始用惊诧的眼神看着苏沐，心想这人真是胆子大，他来平王府才几个月，现在有信心打平眼前高不可攀的颜真吗？

苏沐俯首，不卑不亢道："禀平王，在下愿讨教颜师傅的厨艺。"

# |第十九章| 七层鲈鱼

苏沐的出现引起了一阵惊讶，继而这惊讶就化作了欢呼。

平王终于想起，这个自己从杭州带回来的庖师被丢在膳房喂养鲛人，至今好像还未露过一手，也不知道他的技艺现在如何了，究竟能不能为自己取得关键的一胜……

他虽然存疑，但现在更多的却是期待，毕竟他也没有其他的选择。

苏沐拱手道："我膳房白掌事技艺卓绝，奈何不慎负伤，难以再比。白掌事的菜式道道精妙，今日诸位无缘得见，也是十分遗憾。在下平王府庖师苏沐，进府不过月余，手艺疏浅，但日夜受白掌事教诲，也略有小成，愿依葫芦画瓢，将白掌事未做之菜补上，以展示我平王府膳房的技艺，此番就算败了也叫人不得小觑。"

苏沐这几句话说得极为诚恳，白世忠听了更是暖心，平王府膳房内重新振作起来，一个个高呼必胜必胜！童贯呵呵笑道："这个厨子嘴巴倒是会说话，就是不知道厨艺有没有他嘴巴这么好用。"

蔡攸也冷笑道："掌事、副掌事都输了，这个新来的厨师能有什么本领，这般大胆？"

苏沐突然朝童贯道："既然郡王觉得我这个庖师厨艺粗浅，不知道童郡王敢不敢让颜师傅与我加比一样东西。"

童贯心想这小子是不是傻了，居然还敢跟自己加筹码，真不知道自己几斤几两吗？他哦了一声，饶有兴致地问道："有意思，你胆子确实很大，敢跟我提条件的人可是不多见，倒不知你想要加什么东西？"

苏沐指了指颜真道："方才膳房的白掌事一时失误断了双指，虽说是他自己不小心，但这个颜师傅很是惹我讨厌，若我平王府赢了，我要他一根手指头，送给我府上的白掌事！"

现场哗的一声，就连蔡攸和平王都惊讶地看着苏沐，心想这人疯了吗？

童贯的脸色也是猛地一变，但他并不作答，而是问颜真："你意下如何？"

颜真道："我自幼参加比试，有人跟我赌命，有人跟我赌家当，我向来只赢不输，所以若是两位王爷同意了，在下是不介意的。只不过，在下还是要斗胆问一句，若我赢了，这位师傅又该如何？"

平王道："我也叫苏师傅送你一根手指。"

童贯摇头笑了："颜真好歹是京城第一庖师，可你府上这位……这位不知什么姓名的庖师，毫无建树地位，如何能相提并论？"

平王问道："那你想要如何对等？"

童贯看了一眼颜真，颜真目光如刀，冷冷道："若你输了，我要你的项上人头！你敢吗？"

全场更加震惊，膳房的人都惊恐地看着颜真，心想这颜真可真是够恶毒的，他的一根手指就要换苏沐的一条性命，只是这挑衅是苏沐挑起来的，是否同意的选择权也在苏沐手里。

平王率先笑了起来："你一根手指就想换我苏师傅的一颗人头？当真是好大的面子！苏沐，若是本王为争一口气，偏要你答应这一条件，你会有什么想法？"

一根手指换一条性命，这自然不公平，不过苏沐明白两个道理，一是士为知己者死，平王现在问他的意思，自然不是要他出口拒绝，而是问他的决心和信心，以及对平王的忠心程度，即便是用你性命赌人家一个小小的手指头，你敢还是不敢？第二，以小博大，以弱胜强，向来只有全力以赴、背水一战才有赢的机会，若是自己心存哪怕一丝丝的顾虑，就永远战胜不了这样强大的对手，所以这一战苏沐是抱着必胜的信念去的，至于赌的是什么早已无关紧要了。

现场鸦雀无声，所有人都聚焦在苏沐的身上，等待着他的答案。

苏沐的神情从来不会大起大落，依旧是淡然道："小人得王爷赏识，进平王府为庖，自古士为知己者死，生死二字虽重又何足道哉。以小人人头换颜师傅的一根手指，虽然不公平，但为了王爷，也足矣！"

平王猛地一拍桌子，高声道："好个苏沐！这比试虽有不公，但你今日所作所为足以担得起我平王府第一庖师的地位！你给我好好比试，若是输了，本王定给你厚葬！"

苏沐喏了一声，俯首长揖。

这原本普普通通的第三局比试，现在却已演变成了一场生死较量。手中的刀虽然做的是菜，削得却是对手的血肉。九大食判官齐声唱引道："最后一局，以生死为注，请双方庖师互为致敬！"

二人缓缓走了上前，相隔三尺三，拱手，俯首，恭恭敬敬地朝对方施了个大礼，这模样，仿佛二人比的已经不是厨艺，而是剑客间的一场生死决斗。

俯首间，颜真突然开口道："我听闻，苏师傅可是杭州城内的第一庖师，颜真能与你同场竞技，当真有幸。"

苏沐也客气地回答道："杭州水平与京城不可同日而语，苏沐愿向颜师傅讨教！"

颜真冷笑了一声，又说道："我还听闻，你在杭州的最后一场，打败了我哥哥颜仲，又逼得他烧楼自焚，那么精美的飞花醉月楼都付之一炬了，可惜啊！"

苏沐道："其实事情的经过并非如此，你不想听听吗？很可能，我是最后一个知情者了。"

颜真的口气变得有些冰冷："这倒不必了，这事情的经过我根本不关心，我关心的只是该怎么带走你的人头。虽然我这哥哥很不成器，我也厌烦他，但是毕竟兄弟一场，用你的人头向他祭拜，当真是最好不过了。"

苏沐愣了一下，抬头看到了颜真的表情，那双眼之中盈满的都是恶意，那是一种欲除之而后快的杀意！苏沐原本还想解释，告诉他颜仲临死前的话，可是现在他知道根本没必要了，因为颜真完全不关心颜仲是怎么死的，他只关心眼下怎么击败自己，保住他的不败金身，尔后再拿自己的人头去标榜他虚伪的兄弟情义。

苏沐突然明白了颜仲为什么一直想要超越颜真，哪怕最后倾家荡产也在所不惜，因为颜真这样的人一向自视甚高，永远是高高在上的姿态，他不允许有别人能超越他，他嫉恨一切能威胁他的人和事！他不想接受任何失败，可他又对失败者嗤之以鼻，视若蝼蚁！想必当年，颜仲落魄时，没少受到自己弟弟的冷嘲热讽，以至于自己不堪忍受，离开了京城。

对付这样高傲而恶毒的人，你只有拿出比他更厉害的本领，才能一挫他的锐气和锋芒，更何况还有自己的性命在此，如何能不全力一战。苏沐不动声色道："颜师傅的想法很好，只是，我怕颜师傅今天不能全胜而退了。你要我的人头祭拜你兄长，我也可以把你的手指送给白掌事，想必颜师傅也知道白掌事的鱼为什么会突然跃起吧？"

这话让颜真瞬间愣在了原处，脸色变得极为难看和恼怒，苏沐的话既是向他挑战，更是揭穿了颜真做了手脚毁了白掌事右手的无耻行径。这人怒极，恨不得生吞了眼前的苏沐，但是他抬头的时候，脸上却瞬间一变，露出了一副和煦如春风般的表情，似乎他根本不介意苏沐刚才的话，他只是拍了拍手笑道："苏师傅可真有趣。阿南，把那条鱼抬上来吧！"

阿南喏了一声，转身出了厅堂，而后一个人抬着一个大水桶大步走了进来，那水桶足有一副棺材大小，大得惊人，木桶里装的也是一尾巨鱼，这鱼跟白世忠的金鲤差不多大小，细看之下，竟然是一尾巨大的鲈鱼，这么大的鲈鱼可真是罕见，显然这才是颜真今日真正要做的拿手菜。

他回头凝望苏沐，是目光炯炯、战意熊熊，这一局他要彻底击败苏沐！让他永远地从这个世界上消失掉，然后自己拿着他的人头去祭祀那个不成器的哥哥，好让世人知道自己是如何的重情重义。现在他要做的，就是尽展才华，让所有人都被他的厨艺所折服！

今日他的三道菜虽然都是鲈鱼，却又完全不同。第一味是一尺来长的正常鲈鱼，刚好适合清蒸；第二味就只有巴掌大，明显偏小，所以拿来熬汤，取其汤汁之鲜；这第三味却是这大的一条老鲈鱼，这样的鲈鱼肉质十分粗老，不知道他要怎么做。

颜真解释道："七星鲈鱼一尺左右最美，再大了肉质便会过老，不够鲜嫩，不过，这鲈鱼若是大到一定程度，便会生出另一味极致。"他用手指轻轻地抚摸鲈鱼的背鳍道："那就是鲈鱼皮，这七星鲈鱼养在咸淡水交替水域，每长一尺，就会在鱼皮下囤积一层鱼脂，尔后生出一张新皮，如此反复，若是超过六尺长，就叫七层鲈，因为这鱼体内会累积出七层鱼皮，每层鱼皮内都是鱼肉油脂夹杂，薄而鲜美到了极致，这才是真正的水中鲜味。"

七层七星鲈，确实是海河中少有的珍味。颜真拿出了这条鲈鱼，显然是动了真格，九名食判官光听他这一番描述，都觉得这道菜必定是登峰造极，暗自赞叹了一番，又开始隐约替苏沐的命运感到担忧。毕竟吃了这条鱼，他们很可能就要剥夺掉苏沐的一条性命。

苏沐根本没去理会这颜真在絮絮叨叨什么，七星鲈也好，七层鲈也罢，那都是颜真的事，他要做的是做好自己的鲤鱼。这是他从小就学会的习惯，做好自己的事，再与他人论高低，哪怕现在的局势已经危如累卵、命悬一线，他也不能为之动摇。他用手轻轻抚摸白世忠准备的那条巨大金鲤，这鲤鱼早先受了惊吓，这会儿手指刚一靠近，便吓得四处逃窜，搅起一阵水花。

"他怎么还要做这道菜。这金鲤已是惊弓之鸟，稍有风吹草动，都会拼命挣扎，已经做不了活鱼取鲙了。"白世忠很是担心地摇了摇头，他心想这苏沐的想法虽然好，但是如今这个情景，想要再活鱼取鲙就太难了，稍微有点理智的人都不会再选择做这道菜了，而且活鱼取鲙讲究心境平稳，以目前场上的局势来看，颜真明显要更轻松一些，毕竟输了也不过是一指之痛，可是苏沐就不一样，输了便是要掉脑袋的事，他再做这道菜，便是凶险之中的凶险！

苏沐无暇理会其他人的想法，他兀自挨着木桶转悠，细细地抚摸着鲤鱼的身子，似在抚摸鲤鱼，又在寻找什么东西，过了一会儿，他终于在鲤鱼尾部发现了一处异样。

这东西让苏沐的神情瞬间冷峻起来。

# |第二十章| 白玉鱼鲙

鱼鳞之下似乎有一根十分锐利的东西。

苏沐缓缓地拔了出来，那是一根形状古怪的银针，银针细细的，有两截手指长，正好没入鲤鱼的一片鳞甲下，若不仔细摸根本找不到。苏沐终于明白了这鲤鱼刚才为什么会弹跳起来，原来并非白世忠刀法出了问题，而是这鱼中了暗器！

现场能发暗器害白世忠的人，除了对面的颜真和阿南，还能有谁？

这颜真贵为京都第一庖师，地位在庖师界内何等超然，一场无关紧要的比试，却还用这般下作的手段来对付白世忠，如此好胜又不择手段，当真叫人大为不齿！苏沐心中对他的厌恶又加重了几分，但他此番却没有作声，一来光凭这根银针能不能证明这是颜真发的？若是不能，意义就不大。二来现在揭开这件事，比试就没法继续下去，自己又没充足理由证明是颜真做的，别人就一定会说自己贪生怕死，故意找个借口想要罢赛。

如此一来，说出来又有何意义？况且，自己的本意是击败颜真，而不是揭穿对手。

苏沐很清楚，对付颜真这样自信而骄傲的人，就要在他最擅长的地方击败他，这才是对他最大的打击。他不动声色，悄悄地将银针收入袖口中，尔后将桶中水放了大半，仅仅留下三分之一不到的，那鱼随着水位降低，由直立逐渐转为侧躺，到最后，水位刚好淹没鱼嘴，将大半鱼身露出水面，那鱼由于缺氧慢慢地一动也不动了，只留下鱼鳃一张一合。

颜真又看了一眼阿南，阿南走了一圈，却发现苏沐此番吸取了白世忠的教训，并不将鱼抬出，而是将鱼放在木桶之中，木桶周围甚高，又有人挡着，他根本无法施针扎到鲤鱼，不禁摇了摇头。

颜真道："这样子他也不好片鱼，我们正常开始吧！"

阿南又露出一个疑虑的表情，好似在说这小子似乎与其他庖师大不一样，主人得小心才是。

颜真笑道："若是连他都赢不了，我颜真谈什么天下第一？你不必多虑。"

阿南这才放心地点了点头，他转身取来一块巨大的厚柳木板，横着放在几张凳子上。尔后双手伸进桶中，一把扣住鱼鳃，低喝一声，气运丹田，一下子将两百多斤的巨大鲈鱼抬了出来，这一身神力只看得众人又一阵惊呼。阿南抬着鱼双手用力，直接就往木板上猛摔过去，只听砰的一声巨响，那鱼原先还生龙活虎，一摔之下立即头晕昏迷，阿南趁那鱼昏迷之际，对着鱼脖颈、鱼尾处嗖嗖连发两枚枣木长钉，直接将大鲈鱼钉在柳木板上。那鱼吃痛一阵挣扎，奈何这柳木板十分厚重，那鱼首尾又被钉死，奋力扭动，也动弹不得。

颜真道："接下来，便是最关键的，取鲈鱼皮。这七层七星鲈至少要养二十年以上方可成才，而这么大一只鲈鱼，真正的极致味道只有它这七层薄薄的皮而已。"

说着，他取出一双一尺多长的奇异铜筷，一根筷子端头有鎏银钩子，一根筷子端头却是鎏金的薄铲刀。颜真道："此物名曰寻真、揭谛。寻真者，探寻真味；揭谛者，揭开鱼皮。"

说着，他单手捻着长筷，在鲈鱼身上快速翻动，却见这寻真钉入鱼身上，揭谛快速削刮，刺啦一声，便翻起了一张薄如蝉翼的鱼皮，这鱼皮外层是黑中带黄，里层却是生了一层薄薄的油脂，十分晶莹剔透，颜真将鱼皮放入高汤中快速汆烫，尔后两筷一卷，包裹一根脆嫩紫葱。他速度极快，双筷翻飞间，在这鲈鱼身上一连剥下了七层鱼皮，做出了七片鱼皮葱卷，这菜品基本就已成型。

颜真道："我的菜已做好，此菜名曰翠笛伴残星。"

另一边，苏沐已经翻出一把银质薄尖刀，这刀刀尖略弯，刀身近乎透明，晃动之间好似有水波流动、烟雨朦胧，是他师父传给他的名刀，名曰月离，取自天象"月离于毕，朝雨轻尘"。

月离刀身极薄，但却极沉，乃是玄铁千锤百炼而成，但铁器之物容易生锈，又有铁腥味，若是切物，难免沾染铁腥令菜变味，故这刀面又鎏了一层薄银，再加打磨，如此鎏了七次，磨了七次，才成这把银刀，故这刀既有钢之坚韧，又有银之轻灵，才算是真正片物的极品好刀。

但见木桶之中银光闪闪，隐隐约约还有菊桂之香传来。苏沐臂下两肋生风，转眼间那鲤鱼从腹部至背部就被片出八八六十四片，每一片都嫩泽如脂玉，薄透如蝉翼，鲤鱼似乎毫无感觉，任由苏沐宰割，两腮依旧有节奏地一张一合，这便是要刀法极快，下手极准，每一刀都如奔雷疾电，刀刀绕过血管经络，顺着肌肉纹理，银刀划过如酥手抚摸，不知不觉间削掉半身鱼肉。

众人原先还在心中暗暗担忧，毕竟白世忠对自己养的鱼都不能有十分把握驾驭，苏沐一个籍籍无名的庖厨如何能行，但却见他气定神闲，一刀一刀迅捷稳健，那鱼泰然自若，毫无察觉。显然心态、刀法尤胜白世忠几分。活鱼取鲙，便是要心静、刀快、手稳，有登峰造极的高手，将鱼削得只剩一个鱼头、两扇鱼鳍，那鱼犹自不知，还在水中轻游慢曳、怡然自得。

这黄河鲤鱼从鱼腹肉质白嫩，逐渐过渡到鱼背色泽紫红，每一片鱼生都挽成一片花瓣，共拼成八朵或紫或粉或白的蔷薇，一时间盘中花团锦簇，艳若朝霞，灿比云锦，甚至还带有花卉独有的芬芳。

苏沐端上菜品，说道："此菜名曰，万紫千粉斗芳菲，请诸位大人品鉴。"

两道菜品都已经做完了，一个是海中珍物，七星鲈鱼；一个是河鲜极品，黄河金鲤，各有特色，各具滋味。看造型，一个翠笛残星，葱翠如笛，七星并现，清爽又有意境；一个百花争妍，红紫粉白，煞是娇艳。一时间众人也难以分出高下。

赵俣先试了翠笛残星，鱼皮润滑之中又有几分脆爽，配紫葱的脆辣，当真是天作之合，他不由得啧啧赞叹起来。蔡攸也夹了一块鱼鲙，轻蘸作料，但见这个鱼背紫肉清脆，鱼腹白肉嫩滑，咬入口中，细品之下，还有淡淡桂花、梅花香气萦绕不绝，当真是口口生香，齿齿余味，也由衷地赞叹一声："龙肝凤髓金鲤鲙，皆是世间极品鲜。这鲤鱼鲙算是我生平吃过最鲜美的。"

平王、童贯心中也是互相诧异，一个想这颜真可真是了不得的庖师，三道菜都是用的鲈鱼，可是三道菜都截然不同，让人完全没有重复腻味之感，果然担得上京城第一庖师的威名；而另一个又在暗忖，这平王府内藏龙卧虎可真不是作假，一个新晋庖厨就有此等了得的功夫，幸好那白世忠是不慎负伤，不然今日胜负还很难说。

九名食判官一一品鉴过后，终于正儿八经地开始了第一次投票，兽、羽、花、木四名食判官投给颜真，认为鲈鱼皮在珍字上更胜一筹，而鳞、昆、水、火四名食判官则投给了苏沐，他们认为鲤鱼鲙在鲜字上赢了那么一分，现在只剩下最后的一名评判，阴阳食判官了。所有人的目光都聚焦在他身上，毕竟他的一票关乎最后的胜负。

阴阳食判是个有些古怪的长发火居道人，他看起来不修边幅，甚至面容丑陋，但偏偏他对事物的阴阳二性最是敏感，所以能高居这九大判官之首，这判官呵呵一笑，指了指鲈鱼皮道："鱼为阴，葱为阳，以阳贯阴，互相融合，妙哉！"说着，他往颜真的竹筒里丢入一枚代表评分的铜板。

平王瞬间脸色大变，苏沐也是脸色灰暗了一下，心想今日看来就这样了，这一战自己终究还是输了，全力以赴尤不能胜那也没什么可遗憾的了。

童贯高兴地拍拍手，哈哈大笑道："看来这一局还是我童贯获胜，平王，还不把鲛人和苏师傅的人头一并送来，你这平王府我可是一刻也不想多待了！"

话音刚落，这阴阳食判官又紧接着道："诸位大人稍等！在下话还没说完。方才我点评的是鲈鱼皮，但这鲤鱼鲙我还没点评。鲤鱼生于水，自然是水中阴物，可是色如血，又是向阳，只因鲤鱼平日里吃了些阳性之花，所以肉质里已有阴阳调和之美，已无须外力相助，这鲤鱼鲙也是极妙，所以……"他又拿出一枚铜板丢入苏沐的竹筒里。

"他也可以得这一票。"

这一下，场面瞬间翻转，按照这阴阳食判官的投票，苏沐和颜真最后一局就是五比五打平了，但童贯之前有言在先，若是平王府能打平就算赢，那这一局也算是苏沐赢了。

童贯和颜真的脸色都是瞬间僵硬起来。

这下，轮到平王大喜起来，他也如童贯一般拍手大笑道："童贯老儿！看来你忘了一句话，笑到最后才是笑得最好，原来这一局不是你赢了，而是我赢了！苏沐，你果然没有让我失望！"

虽然关键时刻反败为胜，但苏沐也没有大喜大悲，只是看了一眼颜真，没有说话。

颜真现在是百般焦躁，他率先质疑道："九大食判官，一人只有一枚铜板，最后的阴阳判官如何能有两枚？这明显不合要求！"

童贯也道："你这什么狗屁阴阳判，究竟是哪里来的，凭什么你可以投两枚铜板。"

阴阳食判官嘿嘿笑道："诸位大人不必质疑我的身份，我等九大食判官俱是京城酒楼行会评选出来，身份不可能作假，至于我阴阳食判官为什么可以投两次，那自然是有原因的。"

阴阳食判官终于掀开了他那乱糟糟的长发，露出了完整的脸庞，他的脸长得十分怪异，一半粗犷似大汉，一半却是细皮嫩肉如女子，这张脸犹如太极阴阳一般，让人觉得分外怪异。

阴阳食判官解释道："我本就是阴阳双体，左边的是我胞妹。"

"右边是我大哥。"

"我二人一边主阳一边主阴，所以才能对阴阳二性十分敏感，一口试出这菜是否阴阳调和到位。"

"如今我兄妹二人虽存活于一张皮下，却是实实在在的两个人，所以我不是一个人，而是两个人。"

"正是，所谓京城九大食判官，其实是十大才是。方才我兄妹二人对颜师傅和苏师傅的菜品争执不下，一时难以定下意见，所以这才决定二人一人一票，投给自己心仪的菜品，不知诸位大人可满意了？"

这阴阳判一段不长的话说起来，两个声音一唱一和，男的声音粗犷，女的声音细腻，当真就像两个人在交谈一般，除了其他八个食判官，其他人都啧啧称奇起来。传闻，这世间有阴阳一体的人，看来这阴阳食判官就是这类奇人异士。

平王长舒了一口气，道："诸位看看，这分明就是两个人，投出两枚铜板，又有什么可质疑的？童贯，你输了未必还想赖账不成吗？"

童贯这下子彻底没话说了，毕竟这食判官也是他自己喊过来的，他没有任何理由再质疑这一结果，他有些丧气地看了看颜真，那神情好似在说你好自为之吧。颜真显然已明白了童贯的心意，他心中一沉，颤巍巍地伸出自己的左手朝阿南道："刀快一点，把我的小拇指留给苏师傅吧。"

阿南怔了一下，显然这个要求他不想满足也不敢满足，他立即跪在地上，尔后自己伸出了左手，意思是他可以用自己的手指头来换颜真的一根手指，颜真神色一凝，再度喝道："迟疑什么，快下刀！"

阿南说时迟，那时快，一刀直接切在自己的左手两根指头上，双指立即跌落在地，现场之人哇的一声纷纷握紧了十指，好像这掉的是自己的手指头一样，阿南咬牙拧眉，一只手握着自己的伤口朝苏沐长跪不起，那样子似乎是在请求苏沐同意他的私自决定。

苏沐心中一凛，他虽恨这二人的奸猾，却也被这哑徒的决绝所震惊。但苏沐转念又想，说不定这银针就是这阿南所发，如此一来，倒真是因果轮回，即时报应，只是现在他手指也断了，自己又何必继续为难他，于是朗声道："自古主仆一心，便形如一体，徒弟代师受过，也算孝感动天，颜师傅的一根手指，我原本想送给白掌事的，现在我就权当送给你的徒弟了。"

阿南猛地朝苏沐砰砰砰地连磕了三个响头，只磕得头破血流，颜真这才扶他起来，一脸讪讪还带着几分未散去的羞恨之意。

童贯终于站了起来，冷冷道："回府！"

颜真和阿南以及其他杂役急忙跟了上前，只是这伙人没走几步，平王却叫住他们道："童郡王何必这么着急走呢，我记得你我最后一局赌的可不只有这一根手指头，还有四大庖师的比试资格，莫不是你忘了？"

童贯顿了一下，突然哈哈大笑起来："不错！明年四大庖师我童贯会专门给你平王府留一个位置，不过……"他回过头，眼神阴鸷道，"有件事我必须提前与你说清楚，这四大庖师比试都是有赌注的，这赌注都是其他三人商量决定的，也就是说，对平王府拿出的赌注，另外三家有决定权，我们可以决定要你平王府拿什么来赌，你也可以与梁师成、王黼商量我童贯拿什么来换，希望平王到时候能拿出令人满意的赌注！"

四大家的比试，赌注必然不会再这么小打小闹，很可能是各个王府内最为珍视的宝贝。不过今日这一战让平王越发得有信心了，他也站了起来，高声道："不管什么赌注，我平王府一定会拿走你们三家所有的东西！送客！"

众人如潮水般地退去，厅堂之中，赵俣也识趣地走了，现在只剩下平王府的众人，白世忠和林子敬一个伤、一个败，皆是低着头不敢作声，苏沐站在人群最中央，如众星拱月一般，只是这大堂内血迹未擦，一时间气氛血腥而怪异，众人都识趣地没有说笑，场面安静地令人不安。

片刻，平王终于开口叫道："苏沐！"

"小人在！"

"你不是一直想要金函吗？"

"是，这是小人毕生心愿所在，也是王爷曾许诺过的。"

"苏沐，我实话告诉你，我平王府内根本没有金函，不过我平王府的庖师也不需要这张金函。只要你能击败童、梁、王府上的庖师，替我夺得四大庖师比试的第一名，我便让你直接参加天宁宴，你苏沐想要什么食材我平王府都可以帮你找到，到时候你无论想要名震天下，还是官爵加身都能一一如愿，你是否愿意一试？"

苏沐道："在下愿意！"

平王大喜道："好！那我再问你，这一战你有几分信心战胜颜真？"

苏沐想了想，如实道："颜真的厨艺已是十分卓绝，今日能与他打平，一来占了地利人和，二来颜真尚未使出全力，不过在下也算仓促上阵，所以从实力来看，在下以为有五成的把握可以战胜他。"

对于这个答案，平王显然是不够满意的，他需要的不是五成把握，而是要百分百地战胜颜真。不过，他现在已经慢慢冷静下来了，不似刚才那般急躁，加上他自己对饮食一道也有一定的见解，这其中的高下优劣如何能不清楚，他有些忧虑道："想要战胜颜真确实不容易，但是光有五成的把握是远远不够的，这一战可不仅仅关乎我平王府颜面问题，我还要借这机会拿走童贯、梁师成和王黼最宝贵的东西，从今日起，苏沐你就专心备战四大庖师的比试，世忠、子敬，你们两个要尽心尽力辅佐他，听到了没？"

白世忠和林子敬二人脸色各有不同，或失落或不服气。此番平王虽然没有直接说让苏沐掌管膳房，但是可以预料的是，这苏沐在明年的四大庖师比试中若是能一举夺魁，那他的地位必然要超过他们二人，顶替白世忠成为膳房掌事也是顺理成章的事，这对他们来说如何不是个巨大的威胁？二人各生心思，嘴里却是异口同声道："我等必全力相助，绝无二心！"

## 第四卷

## 欲踏西湖寻西子

不管是山珍海味，还是清粥小菜，食而知其味，便是一顿好饭。锦娘，我给你做三道菜，你要好好吃饭。这日子再不堪，它也总有个好。

# |第二十一章| 闲谈梅雪

秋来黄雀披彩锦，春至太湖莼菜新。

雨后山崖石耳嫩，堪比望月海蛤清。

海螯江柱鲜无双，南人识味炖石鲮。

关外名蕈夸三宝，南国异馔蛇羹好。

山客喜食鹧鸪烧，江中渔家擘蟹螯。

杏浆新沃霜熊掌，鹿尾驼唇滋味长。

海参鲍鱼甲筵席，燕窝纯美赛凝脂。

林中难寻玉面狸，更尽鹌鹑彩雉鸡。

霜降草枯鸿雁飞，北陲又见黄羊肥。

这是悬挂在平王府膳房里的二十四副木质对联，说的是世上最鲜美的二十四种珍味，又叫天下二十四鲜。不过帝王之家，自小锦衣玉食，早已吃腻了熊掌鲍鱼燕窝，这二十四种鲜味对他们来说早已不是什么稀罕物，比如蔡京府上的黄雀酢都堆满三个屋子，几年都吃不完；王黼早餐的燕窝必须连炖十二盏，但他自己却常常一盏不吃，这些珍味对他们来说就像寻常百姓家的米和水一样，常食则无味，不吃又不知道该吃什么。

人终究是有欲望的生物，这食欲就像贪念一样，若不加以克制，就会不停地膨胀变化，甚至开始求新、求奇、求异、求稀有，甚至变得常人难以理解，而这些难以满足的口腹之欲，衍生出了畸形的豢养、评判和做菜标准，最终将宋朝的饮食行业分化成三个互相依存又相对独立的职业：即饮食三师，养物师、辨物师和庖师。

庖师和辨物师不必多说，这养物师却是很多人不清楚的。养物的法门，千差万别。有养羊者，以人乳、嫩果、时蔬、香料喂养，日日擦洗抚慰，让羊神情愉悦，肉质嫩美，膻味极少，还略带奶香。有养明虾者，每日以明前龙井研成粉末，融入水中，茶的分量逐日加重，到最后这明虾完全是在茶汤中长大，肉质自带三分茶香，以此做龙井虾仁，滋味自然更胜寻常河虾。这些技法，与白世忠用梅桂菊喂养赤尾金丝鲤是一个道理，都算是简单易学的养物法门，难的不过是一些巧思罢了。

但有些养物过程却需要漫长的时间和繁复的技艺。比如关外人在深山老林中养百年野参，每日用清风朝露、松针梅瓣滋养，吸天地之灵气，纳百草之精华。常常十几代相传，历经数百年才得几株，视若家族的至宝。还有不少宗派中的道人专门以玄妙道术在幽暗谷底、深海腹地滋养地龙海蛟、猛兽巨鱼，不单需要花费大量财力精力，有时一朝不慎，甚至有性命之虞，此法所得珍物都是世所罕见，自然是奇货可居。

养物中有些法门还十分凶残阴毒，违背人伦，令人不齿。

传言，滇南有种荷藕者，专门选幽闭无人的山谷，用尸囊做肥，以虫蛆做媒，须知人乃万灵之首，死后却是最为腐臭，但莲藕便是要生于腐臭淤泥中才能至甘至清，越是污秽越是健壮。那幽谷远远看去，荷叶田田，粉花婷婷，景色绝美胜过了仙境，却不知荷叶之下是百尸溃烂万蛆蠕动，几里之内臭不可闻。此法虽然污秽，但是偏偏种出的莲藕却滋味奇佳，色白质嫩若婴儿玉臂，味道甘甜脆美还略带丝丝肉香，被称为婴藕，市价比黄金还贵，世人只知婴藕味美如斯，却哪知藕田污秽如此。正所谓，只见眼前贵，不知身后贱，养物之法各有奇门，包罗万象，美丑善恶，不一而论，常常被视为各流派师传绝学，不入此门，绝难知晓。

苏沐入行已久，深知自己想要问鼎四大庖师比试，若没有一个好的养物师相助，是绝难成功的。眼下，他开始为了四大庖师比试的事发愁了。

桃舍内，苏沐隔着玻璃对着外面的一株红梅发呆，他已经这样呆呆地看着这株梅树半个时辰了。柳湘云刚给锦娘换了药，现在她身体的外伤都已经基本痊愈了，往后应该不需要再换药了。湘云看了看苏沐的背影，突然很想靠近他一下。毕竟苏沐现在可是平王府最红的人了，以后说不定就是膳房的掌事了，但她又觉得这个人性子有些冷漠，不那么容易亲近，她犹豫再三，最终还是鼓起勇气上前怯生生道："苏先生，锦娘的药已经上好了，我看她伤口已经基本痊愈，以后应该不用再上药了。"

苏沐嗯了一声，没有回头。

柳湘云又搭话道："苏先生，你知道最近膳房里有好几个庖师都不辞而别吗，这已经是今年的第六个。"

苏沐依旧很简短地回了一句："可能他们觉得太辛苦了吧。"

一冷一热，气氛很是尴尬，柳湘云心想这人果然冷漠，根本不想搭理自己。

他二人一起负责照料鲛人已有月余，但苏沐平日里若是没什么事几乎不会主动跟自己说话，自己刚才贸然上前说话，真是有失女子矜持，不免让人觉得自己太轻佻了。

她正欲讪讪地离开，苏沐突然回头客气道："这些天辛苦柳姑娘了，多谢了。"

柳湘云一下子红了脸，急忙低头道："这是湘云应该做的，苏先生不必谢我。"她抬头望了望苏沐，恰好望见苏沐一双长长的眼睛，漆黑的瞳孔之中似乎还带着些许幽幽的深蓝，让人一望之下不禁着迷，四目相对，她的脸立刻就火辣辣起来，急忙低头闪避了眼神，内心却是兵荒马乱了一般。

片刻，她才定了定神，低头柔柔道："湘云……湘云听说苏先生昨日击败了童郡王府的颜真，为我们平王府出了一口恶气，你可真是厉害。"

苏沐很客观地纠正道："只是平局而已，我不过是占了规则的优势。不过，他真是我见过最厉害的庖师了。"

柳湘云点头恭维道："湘云以为，苏先生才是最厉害的庖师。"

苏沐摇了摇头，尴尬道："跟颜真比起来，我还有一些差距，不过这一战我没有退路罢了。"说到这儿，苏沐的神情又变得有些寡漠起来，是的，他忍不住又想起那个女子，阿秀。

柳湘云见苏沐的神情变得不那么兴奋，心里忍不住又咯噔一下，她猜想自己一定是勾起了他的伤心事，想到这她心里又慌乱了起来，这一慌之下恨不得猛打自己几个耳光，叫自己这般笨嘴拙舌，她揉了揉绢帕，又咬紧了下唇，心里很想解释也很想跟对方多说两句话，但她这般扭扭捏捏，一时间又不知道该说什么才妥帖，这般越急越慌乱，竟然憋得脸蛋红彤彤的一片，好似熟透的果子一般。

苏沐呢，觉得这女子今天说话的姿态样子都颇有些古怪，要走不走，要说不说；不像平时低头沉默的样子，难不成她是发现了什么吗？他隐约有些担心起来。

苏沐皱了皱眉头，问道："柳姑娘还有什么事吗？"

柳湘云最怕苏沐问她这句话，这话对她来说就像逐客令一样，尤其是现在苏沐还是眉头紧皱地看着自己，好像一副不耐烦的样子，她心中有些失落，绝望间抬头望见了窗外的那株红梅，柳湘云突然好像找到了救星一样，她重新鼓起勇气，说道："对了，苏先生，平妃昨日要我们几个侍女给她采集些梅雪，湘云虽然读书少，但也知道这其中颇有些门道，苏先生乃是江南来的大师傅，想必对这些雅趣之物最是了解，所以，湘云想跟你讨教一二。"

苏沐哦了一声，长舒了一口气，心想这女子原来是要来问梅雪啊，问梅雪就早点问嘛，支支吾吾，又是揉手帕又是皱眉头的，还以为是她发现了锦娘的秘密，看把自己给担心的。

不过说起梅雪之妙，苏沐自然是如数家珍，他松了一口气，侃侃而谈道："说到梅雪，我倒是可以跟你说个一二，就是不知道柳姑娘有没有时间？"

柳湘云喜道："有的，自然是有的。"

苏沐开始滔滔不绝："寒梅之雪、佛手之露、松果之霜历来被称作饮中三清，用以煎茶煮物多有妙处，这三清之中又以梅雪最为独特，梅雪之水在煎茶水品中可排第五，历来是文人雅客的至爱。不过这采集梅雪还是有诸多讲究的，首先是选好器皿，不可用金银铜铁，金属之物会污了梅的傲气和茶的清雅，所以向来不会拿来盛放茶和水，采梅雪要用陶罐，尤以紫陶最佳，于花下就地封存，去除霜寒，经年再饮，口味最佳。其次，要选好梅树，梅分红、白、腊，三色各有妙趣，然红梅味淡，腊梅稍过，唯独白梅才最佳，其香若有若无，其色清新自然，与茶相配，不夺香，不夺色，才最相宜。最后要选好时间，有人以为初雪最佳，其实不然，初冬之时，雪散而不冽，梅稀而味淡，只能谓之中品；回春之时，万物待苏，多有虫卵，且梅败味异，必然是下品；唯有寒冬腊月之雪，白梅花繁、色纯、味足，雪粒尽汲花蜜香粉，晶莹甘冽如糖霜，才能谓之上品。"

柳湘云直听得云里雾里，说实话她对这些并不是很了解，兴趣也不大，她只是想找个机会和苏沐说说话而已。所以苏沐说什么对她来说都是对的，都是好听的，哪怕是这文绉绉的梅雪论调，在她看来那也是美妙如妙音坊最好的歌姬唱出的曲艺。

柳湘云听得两眼痴痴，她正要继续再问，突然桃舍门口传来一阵男子的声音："苏先生果然博学，却不知苏先生知不知道这梅雪之中，何为最佳？"

# |第二十二章| 饮食三师

一道肥胖的人影缓缓地踱入桃舍，正是白世忠。

柳湘云一见白世忠，脸色一变，急忙低下头，缓缓地退开一旁，她那怯怯的模样好似自己被捉奸了一般，脸色更是羞得通红，口中低声道："侍女柳湘云，见过白掌事。"

白世忠嗯了一声，说道："柳姑娘若没什么事就请先出去吧，我有几句话准备与苏师傅说说。"

柳湘云福了下身子，便急忙退了出去。

白世忠继续问道："我的问题苏师傅还没回答呢。"

苏沐道："梅雪之中确有一味极为少见的珍品，曰台阁梅雪，可比排名第一的扬子江心冷泉水更加醇冽。"

所谓台阁梅雪，是指梅花上复又开花，层层堆叠而上，如同平台阁楼，谓之台阁梅花，乃梅中极品。台阁梅花千株中难出数朵，若是恰逢冬雪落入初放的台阁梅花上，花包雪粒一夜，翌日第二层、第三层梅花持续绽放，花蜜冻结成霜，与雪粒充分混合，其雪自是香冽无比，世间众饮难比，可称作世间第一雪水。

白世忠点了点头："不错，台阁梅雪确实是雪水第一，不过却还不是第一水质。"

苏沐哦了一声，恭敬道："还请白掌事赐教。"

白世忠哼了一声："第一水质的事先不急，我日后会告诉你，我且先问你，对于四大庖师比试，你有什么想法？你以为关键在何处？"

苏沐想了想说道："凡做菜，食材第一，手艺次之。与颜真相比，我自信手艺差距不大，关键还是在于对食材的选择和应用。"

白世忠赞许道："你这话便说对了！帝王之家，对于饮食的需求早已与寻常百姓大不相同，你看我膳房内悬挂了二十四鲜，皆是市井中人以为的上等佳肴，但就算你把这二十四鲜都一盅炖煮，集齐了二十四道鲜味，这菜品在皇上、王爷看来也算不得什么极品，所以，你说食材第一、手艺次之，这话便说对了。不过说到食材，自然少不得养物二字，不知道你对养物一门知道多少？"

"略知一二，不算行家。"

白世忠又哼了一声，这次的语气分明是得意了："据我所知，京城的养物师有三大家，分别是城东的贺家、城北的秦家和城南的龚家，这三家养物各有侧重点。贺家是东海来的，所以主养海里之物，鱼虾蟹贝，珊瑚珍珠，他家都有，而且都是京城最佳的品质。秦家世代在关外，你若要虎豹、鹿狍、野参等山林珍味，找他家便错不了。最后这个龚家却是从滇南来的，他家的东西最为独特，主营毒虫香蕈、奇花异草、珍稀调料，无论多么奇特的东西，他一天之内都可以帮你调来。这三家号称京城养物的三大巨头，若得一家相助，便可在比试中占得先机。"

京城三大养物师，贺、秦、龚三家，均是威名赫赫，苏沐早在杭州时就曾听过，传说这三家都有许多世代相传的养物秘术，绝不外传，所经营的养物种类也是界限清楚，互不相犯，不过这毕竟都只是耳闻，还未目睹。

白世忠继续道："想要问鼎四大庖师或者天宁宴，必须要有三大养物师家族的倾力相助，不过很可惜，童、梁、王三家早已与这三家签订了君子协定，从今往后这三家只给他们的协定方提供奇珍异物，其他的庖师都只能从别的地方寻求珍贵的食材。"他说完这话，不禁摇了摇头，似是在叹息苏沐这次的比试在食材选择余地上已经先输人一筹，胜算无几了。

但苏沐还是听出了他的弦外之音，想要赢得四大庖师的比试，必须要有出色的养物师相助，而目前京城内的三大养物师家族都各有其主，基本依靠不了，眼下苏沐能求的只有面前的白世忠了，白世忠这是要苏沐求他。

"三大养物师虽然各有所长，但恐怕还入不了白掌事的法眼吧？"

白世忠哼了一声，明知故问道："何以见得？"

苏沐一针见血道："凡事物以稀为贵，泛滥则平庸。"

白世忠点了点头，赞许道："你这话说到点子上了。就说这城北的秦家吧，从唐代开始就一直安排族人在关外养参薹、牧鹿虎，帝王家的人参、野薹、鹿茸、鹿血、虎骨、虎丹、雪蛤多是由他家进贡，秦家的山珍一开始确实极好，但时日一久，名声渐隆，需求便逐渐扩大了起来，不单是王侯将相，就连京城内的各大酒楼、富贾贵人都排着队从他家买东西。原本这秦家是有苛刻的祖训的，叫作鹿五虎六参七，意思是梅花鹿必要用独特的方法养五年后才能取血取茸，猛虎则要六岁以上，而人参必是要它长出七品叶时才能采摘。但是这样养物太慢了，根本满足不了食客的需求，所以秦家的后人开始坏了祖宗的规矩，用了速成之法，你听说过人参开叶法吗？"

苏沐摇了摇头，白世忠接着道："人参一年生者一片三出复叶，两年复叶，最多可达六片复叶，也就是常说的六品叶，极少数的情况下可以出现七品叶，这样的人参就叫七叶参，十分昂贵少见。秦家的参把头秦玉，突然发现了一个秘方，可以让人参快速开叶，从三品叶到六品叶只要五年的时候，而最后一关，六品叶到七品叶，只要再五年。也就是说十年的时间就可以种出原本至少要数百年才能出现的七品叶，这样种出来的人参虽然外形与七叶参一模一样，但无论药性和口感都会差一大截。不过这世界上又有多少人曾品尝过真正七叶参的味道呢，所以，真假不分，即便是假的，也没有人能知道，因为这世界上已经没有真的七叶参了。再往前一步说，达官贵人买了这七叶参，自己品尝的又有多少呢，添油加醋，转手又送给更权贵的人，如此反复，直至腐烂消弭。"

"速成之法，乃是养物的大忌。养物二字，重点本就在养一个字，养者就是要经年累月，如养儿育女一般养育自己的食材，直到它长成自己想要的模样，可是如今养物之法已经变成了造物之法，着实可悲啊！不过，更可悲的是诸如秦家之类的养物大师，非但没有察觉出这等恶习的后果，明令加以遏制，反而发现了从这里牟取到暴利的好处，所以他们不但发明了开叶人参，还能开叉鹿茸、壮大虎骨，甚至以丹药喂养异虫猛兽，你说，这样的养物大师，如何能入我法眼？"

白世忠虽然好为人师，但他这番话却说得十分在理，苏沐也不禁点头表示认同："以白掌事的眼界，寻常的养物和厨艺，是不会看得上的，不知什么样的养物才可以叫白掌事认同？"

白世忠翘着下巴，有些骄傲道："你真的想见识见识吗？"

苏沐俯首道："在下愿听白掌事教诲。"

白世忠冷笑一声道："想听我白世忠教诲的人多了去，可惜我白世忠从不做亏本买卖，我可以告诉你我知道的，却不知你又有什么可以告诉我的？"

苏沐想了想，从怀中取出一枚银针，俯首道："都说白掌事百事皆通晓，却不知道认不认得这个东西。"

白世忠细细看了，这是一根像细羽毛一样的银针，又尖又利，他愕然道："这……好像是东瀛的流羽针，你从何得来？"

苏沐如实道："当日做白玉鲤鱼鲙时，从鱼尾上拔出，不知道是何人所射，原本想着无人时再交于你，不想今日正好。"

白世忠很快就明白了怎么回事，他的神情从惊愕变成了愤怒，双指捏着这根银针怒不可遏道："究竟是谁要害我如此！究竟是谁？！"他恶狠狠地盯着苏沐，带着怒意道："那你为何当日不说出来？！"

苏沐如实解释道："即便我当日说出来了，白掌事以为这结局还有变化吗？一来你的断指无法复原，二来你也无法证明这针到底是你自己的还是别人发出来的，三来这样反倒会打草惊蛇，让这暗中作恶的人逍遥法外。白掌事不若细心观察，他既然能出手一次，日后必然就会出手第二次，捉贼捉赃，这才能叫你沉冤昭雪。"

苏沐很冷静，说的话也不无道理，白世忠终于渐渐冷静下来，他恶狠狠道："当日在场的人，能故意害我的，不外乎林子敬和颜真师徒，林子敬应该没有这等本事，那只有那对师徒了，嘿嘿，好一个颜真，当真是知人知面不知心！"

苏沐道："与我猜测的一样，我也认为是颜真师徒所为，不过也只是猜测而已，毕竟没有实据。"

白世忠苦笑了一声，尔后一振长袖，低声道："苏沐，你不是想见识见识何为养物吗？明早寅时一刻，你挑五只活五花公鸡在膳房门外等我，我带你看看什么才是真正的养物大师！"

# |第二十三章| 谷底古刹

天色漆黑一片，距离天亮还有一些时辰。

苏沐用黑色布袋装了五只五花公鸡，再用封条捆住鸡喙，背在背上。他刚推门而出，就见白世忠已经站在那里了。

白世忠"嗯"了一声，低声道："还算没有迟到，不过也不算早，你记得，这一路跟着我走便是，我没说你也不要问。"

说着，他自顾自在前方走着，白世忠的走路姿势很有大员外的风范，微微昂着头，一摇一摆，不紧不慢地，苏沐就这么跟着。这一路出了平王府，便直接往南行去，走了一个时辰，天色渐渐灰亮，便见一座山丘横陈在平地之上，山色如黛，云雾缭绕，有一半掩盖在山岚之中。

苏沐对京城不熟，也不知这是什么山，但白世忠叫他不要多问，他便也不问，只是认真地看着，这山不过百丈高，算不得名山大岳，但山中黄草深及膝，松柏耸立如层层屏障，加之峰险石峭，山路曲曲折折，左转右转，若无人带路，也极易迷路。苏沐跟着白世忠入了山后，才知这山中路途之复杂，二人时而登崖攀草而上，时而下谷涉冰雪而过；拨开灌木，从无路处峰回路转，撩开深草，从荒芜处柳暗花明，走了许久才到了一个清幽的谷底。

此处两面皆是高崖绝壁，崖顶已是天寒地冻、积雪皑皑；崖下却还是气温宜人、绿树葱翠，甚至还有些许野花灼灼盛开。几道清泉从山顶倾泻而下，若飞花溅玉跌入谷中，最后这山泉又化作一条暗河消失在岩石之间。

白世忠开口问道，"苏沐，你以为此处如何？"

苏沐赞道："当真是洞天福地，此处花草寒冬不败，想必是附近有暖泉吧？"

白世忠点头道："不错，这谷底有冷热两道泉水，一冷一热交汇循环，让这里的温度比别处高上一些，还会生出中原别处没有的奇花异草，你跟我过来。"

苏沐跟着白世忠在谷底缓缓前行，走了片刻，前方果然有地热夹杂硫黄的气息冒了上来，两侧的树木越发的葱翠，不少奇花异草就像波斯的毛毯一般悬挂在崖壁上，散发出清幽独特的香气。

再走了半个时辰，山谷豁然开朗，这里遍地是巨大的鹅卵石，三面悬崖之下，一座小小的古寺安然矗立。这古寺全部由青灰色的石头雕刻而成，与四周的悬崖山石浑然一体，甚是奇异。

白世忠道："养物必然先要养地脉、养风水、养气候，若是地、风、水、气有一样不对，养出来的东西便不可能绝佳，你先看看这东西。"他走到崖下的暗河中，撒了些粉红色的东西，不一会儿，只听见水声哗哗作响，一条一人大小的金色大鲩缓缓游了出来。

白世忠介绍道："这大鲩色若真金，声如婴儿，终年蛰伏在这阴河之中，只以冷热泉水为食，数年不过生长寸许，但每一寸都贵过黄金，所以又叫五爪赛真金，不论是入药还是做菜都是人间极品，此金鲩我千金都不卖。"

他又剥开崖壁上厚厚的兰草，露出了兰草下巨大的枯木藤蔓，这枯木上还种有紫芝草，一朵朵已有海碗大小，层层芝盖，如祥云环绕，似紫气东来，这种灵芝被称为紫纹云芝，是芝中极品，十分罕见。

此外，这谷中还有甜而不辛的太白葱，浑身透明的无骨鱼，男女人形的何首乌，样样都是市面上不曾见过的奇物，白世忠道："做菜我可能不如你，但说到养物，这京城之内是没有人能比得过我，三大养物师，嘿嘿，现在也不过是徒有虚名罢了。不过这些都算不得什么好东西，我真正得意的东西在那里。"

他指了指山谷中央的古寺，人却停住了脚步，转头问道："苏沐，你觉得这世间上最鲜美的东西是什么？"

苏沐想了想，最终还是摇了摇头，这世界上称得上鲜美的东西太多了，海里的虾蟹鱼贝，山中的鹿尾驼峰，四月的莼菜，五月的杨梅，九月的蟹黄，腊月的冬笋。这些食物正当其时，都有各自鲜美之处，在苏沐看来，它们都鲜美得各不相同，就像不同的花有不同的人喜欢，不同的女子有不同的人爱慕，你硬要说哪一种花是世间最美，哪名女子是世间绝色，这个标准苏沐真的说不出来。

白世忠却道："鲜一个字，便在于鲜活。好的食材都是有生命的，越是生机勃勃的东西越能展现它独有的鲜味。你有没有觉得，鸡鸭鱼肉，凡是养得年岁越久，他炖出来的汤才越鲜吗？便是笋、蕈、花、果这些植物，都是在土里、树上积累的时间够久了，长出来的才够鲜美，所以鲜这个字便是累积的生命力。人好鲜味，其实是天性使然，因为谁都爱长生不老，都爱鲜活的滋味。现在，你应该有所明白了吧，若是有一样东西可以长生不老，它是不是该是世界上最鲜美的东西？"

长生不老最鲜美？！

这话让苏沐瞬间起了一阵鸡皮疙瘩，他当庖师这么多年，虽然也知道鲜美二字的特征和重要性，但却从未想过，人为什么会喜欢鲜味，鲜一个字代表的意义何在，白世忠的一番话让他一时间有些醍醐灌顶，但同时，内心也开始有些惧怕，他突然觉得这是一件有些可怕的事情……

白世忠道："苏沐，你想问鼎四大庖师比试，就必须要有我白世忠相助，颜真等人与三大辨物师都签订了各自的君子协定，不知道你愿不愿意与我也签一个君子协定？"

白世忠终于说出了自己的目的，他带苏沐来看这片谷地不是免费的，而是要苏沐与他合作，他伸出了自己的右手，这手掌上只剩下三根手指了，食指和中指早已齐根断掉了，这手掌就像被人掰断的树枝，丑陋而古怪。

白世忠苦笑道："我右手已废，难以掌勺和切菜，想要在庖师一业上有所突破和建树完全是不可能了。林子敬是个行事歹毒的人，若他知道我无法再做饭，必然要觊觎我的掌事之位，千方百计把我逐出平王府，嘿嘿，所以，你现在知道我想要什么了吗？"

苏沐自然心知肚明："你想要我保住你的掌事之位？"

白世忠点头道："不错，我助你问鼎四大庖师比试，你就要助我稳坐在平王府内的位置。你问鼎之后，平王必然要让你当掌事，到时你便推脱自己要备战天宁宴，且不善于人员管理，把掌事之位让与我，你我可不是互惠互利？"

苏沐道："在下本就无心掌事之位，此事我应承你。"

白世忠暗暗大喜，但他表面上却显得风轻云淡，只是拉着苏沐道："好！此乃你我的君子协定，若是反悔，必遭天打雷劈，万劫不复！"他自己发了毒誓之后，便带着苏沐走到古寺前，他用力地推开这厚重的石门，招手道："苏师傅，你不想过来看看何为长生不老之物？今日，我白世忠就给你这个答案。"

二人进门入了这古寺，却见这古寺的大门是在高处，一进门就见一下沉的院落，院子里几座大殿已经坍塌，上涨的暗河水将院落完全淹没，犹如一面巨大的镜子，十余尊石刻的巨大金刚佛像或立或坐在水潭中，有的只露出一个脑袋，有的露出半个身子，皆是被流水湿气腐蚀得面目不全。整个场景与其说是一座寺庙，倒不如说是一潭湖水，此时天色还未大亮，这潭水的深浅也看不出来，只觉得底下漆黑一片，一眼望不到底。这冷冰冰的湖水倒映残破的寺庙神像，没有半点佛寺神圣庄严，反而让人觉得鬼气森森，十分诡异。

苏沐望着整个寺庙，心头疑惑不解，这长生之物难不成就养在这水里？那它是暗河中的玄龟，水中不见天日的怪鱼，还是深谷中的巨蟒？他听说，滇南的养物师就会在深谷里养巨大的森蚺，粗壮得超过水桶，寿命都超过了三百岁，这些森蚺的颚下由于毒液的积累加上钙化，会像蚌一样结出婴儿拳头大小的蛇丹，这种蛇丹研磨成粉，服下去后会让人百毒不侵，甚至延年益寿。不过不管玄龟也好，森蚺也罢，虽然都是长寿奇异的动物，但都还不能称作长生不老，这白世忠究竟要给自己看什么东西。

白世忠转头问道："五花鸡带来了吗？"

苏沐点了点头，把背上的公鸡取了下来，一共五只刚刚好。

白世忠吩咐道："把鸡杀了，将鸡血全部滴入潭水中。"

苏沐取下背上的公鸡——照做，他杀了公鸡，滴血入水潭里，一圈圈的血沫在水面上浮动开来，鲜血将原本通透的水质染成一片粉红，这血色扩散，让整个场景看起来更添几分诡异。不一会儿，水面开始汩汩冒泡，整个水潭就像一锅水烧开了一样，潭水不停地往上翻滚着，似乎有什么庞然大物要冒出水面。

苏沐定眼一看，这红晕之下真的浮现出一个白色的影子，影子缓缓上升，最终破出水面，哗啦啦，层层波浪翻涌，这影子就像一座小岛一样浮在水潭的最中央。这东西看过去足有一座凉亭大小，一部分露出水面，色泽滑润，呈现半透明的灰白色，看上去像珊瑚，又像蛞蝓，肉不像肉，虫不像虫，木不像木，浑身都是漩涡状的疙瘩。

"这是……"

苏沐终于认出这是什么东西了，这就是传说中的太岁！

# |第二十四章| 千眼太岁

太岁之物乃是传说中的神药，又叫肉灵芝，虽然民间也偶尔有人发现，但大多数如蹴鞠大小，最多不过凳子大，而像这个如凉亭大小的太岁，当真是见所未见、闻所未闻了。

这外形大是其一，而形状特别却是其二。

天下的太岁形态各异，有状若顽石、黏虫、珊瑚、蜂窝、婴儿等模样，但真正能入药并具备神奇色彩的，道书里提到有三种，一曰裹黄尘，二曰紫云盖，三曰水漩涡。所谓裹黄尘者，便是太岁肉色金黄，表皮上有点点黄斑，好似沾染风尘，洗之不去，此为太岁之下品，可焚烧炼丹；其二紫云盖者，肉色紫红，状若朵朵祥云缠绕，又如灵芝浮现，此谓之中品，可蒸煮服用；而最罕见的便是水漩涡，太岁肉质纯洁无瑕，好似透明水晶，水漩涡长到一定年限还会生出一圈圈类似漩涡的花纹，到数百年之后，它身上会出现近千个漩涡，好似一颗颗巨大的眼珠子，所以又被称为千眼太岁，乃是太岁之中的上品。

眼前这块太岁虽然只有一部分露出了水面，但苏沐分明看到这灰白半透明的肉质上有一圈圈向外凸出的漩涡，犹如一颗颗怪异的眼球赫然醒目，他往前走了几步，认真观察道："这……是传说中的水漩涡？"

白世忠惊讶道："你竟认得此物？"

苏沐有些羞愧道："我也只是书中所见，觉得有些相似，便随口猜测的。"

白世忠嘘了一口气，笑道："既是这样，我便与你好好介绍下。这水漩涡又名千眼太岁，乃是太岁之中的皇者，一万只太岁之中都很难出现一只千眼太岁，盖因此物不但需要天地造化，还需要人力精心培育，你看这一池子的鲜血，都已经渐渐被它吸收了。"

原本一整池的血水，在翻滚中渐渐变得清澈起来，偌大的太岁悬浮在水中央，缓缓地蠕动着自己的漩涡，好似在贪婪地吸血一般，不过半炷香的时间，这池子又化作一汪清水。苏沐借着晨光望去，才发现这潭水已经清澈透亮得好像一大块纯洁无瑕的水晶，水中甚至没有一点杂物，若非谷中光线偏暗，这一眼下去，只怕是可以望到水底。

"所以白掌事说的长生之物便是这太岁？"

"正是。此物乃是幽谷之中自然形成，至少存活了近千年，你说它算不算长生不老之物？"

"太岁不知如何生，也不见如何灭，确实可算是长生不老之物。"

"嘿嘿，所以，苏师傅现在想不想试试它的滋味？"

"我知道古书中记载太岁可入药治病，不过却从未听过太岁可以拿来入菜，这滋味我猜测不出，也有些担心。"

"这你就有所不知了，《神农本草经》有记，太岁无毒、补中、益精气、增智慧，治胸中结，久服轻身不老，是百药中的上品。若养得千眼太岁，便可捣碎取末九蒸九晒，可制得长生膏，这长生膏不但可延年益寿，口感之中还藏有百物之鲜，任何菜品只要加入少许长生膏，都足以增香添味，叫人百食不腻，甚至为之疯狂。"

苏沐心想这世界上除了让人上瘾的毒药，又有什么东西可以百吃不厌的？他心中的恐惧更甚，不过白世忠既然好心将自己最珍视的东西拿给他看，自己无论如何也不能当面拒绝他，他话锋一转，道："这太岁平日里都是喂血吗？"

白世忠点头道："不错，血气乃动物之根本，也是鲜味之源，以血喂养，自然能让太岁快速地吸纳鲜味，肉质更加鲜美可口。另外，鸡血乃是至阳之物，而太岁性阴，这般喂养还可以调和阴阳，不至于让太岁的阴毒侵害人的身体。其实，我平日里不单以鸡血喂养，有时还拿羊血、鹿血甚至虎血来喂它，嘿嘿，你看它现在长得多可人。"

他目不转睛地盯着太岁，满脸的骄傲和得意，现在他就像在欣赏自己一件未完工的艺术品，眼神里充满了期待和喜悦，这般看了一阵，才回神道："不过，眼下这太岁肉色偏灰白还未完全透明，身上的漩涡也不够明显，说明还需一些时日才能变成真正的千眼太岁。苏师傅，千眼太岁制成的长生膏可是传说中才有的仙药，只要我这太岁一养成，你想要问鼎庖师比试，那便是轻而易举的事了，你觉得跟我合作是不是占了很大的便宜，哈哈哈……"

白世忠完全沉浸在自己的喜悦中，但在苏沐看来，这太岁如此诡异，显然不太符合他心中对于鲜美食物的定义。可是白世忠说得也有几分道理，当今的权贵吃惯了山珍海味，便是难寻的二十四鲜一锅炖煮了尚且不能令他们多尝一口，更何况是其他寻常的食材，这世界乱象丛生，很多东西已经悄然改变，距离他们的初衷越来越远，原来喜欢的会变得仇恨，原来厌恶的却也变得让人孜孜不倦地追求，善恶、美丑又叫人如何谈起。

苏沐心中暗叹，他心想若厨艺比试到最后都是要靠这长生膏，那自己苦练这么多年厨艺又有什么意义？而这所谓的长生膏与其他辨物师的速成之法又有什么区别？这所谓的美食还是给人吃的吗？

池子中，太岁吸饱了血，又缓缓地沉入水中，水面再度恢复平静，倒映着整个古刹犹如镜子一般，上下两个世界倒是十分奇异。苏沐呆呆地望着湖面陷入了沉思，他一向喜欢发呆，尤其一想起这些事就容易思绪飘散，这会他更是呆呆的如同木头一般，白世忠似乎是怕惊扰了他的思考，脚步轻轻地靠近苏沐。白世忠一会儿看着苏沐，一会儿看着水中已经消失的太岁，深吸了一口气似乎在做一个决定。

突然间，他脸色大变，因为他分明看到水中的倒影猛地晃动了一下，像是什么东西打破了一湾平静，他急忙抬头一望，却见这巨大的佛像顶上不知何时出现了三个人影。

一黑，一白，一红。

三人皆是穿着飘逸的长衫，带着古怪扭曲的面具，谷中光线诡谲，这光影变幻间，这三人就像三个阴气凝聚的鬼魅一般妖异。

"有人！"白世忠大声提醒道。

苏沐也迅速回过神来，看到了这三个人，他的脸色也是瞬间一变，什么人竟然尾随他们至此？白世忠更是又惊又恼，毕竟这谷底可是他最私密的花园，最忌讳被外人所知，却不想今日竟然有人闯了进来，他急得大喝道："你们是谁？竟然一路跟踪我们至此！"

白衣人冷笑一声，捏着嗓子阴阳怪气道："想不到，平王府的白掌事竟然也是个厉害的养物师，真是叫人大开眼界！"

"你们到底是谁？想干什么？！"

"不干什么，我只是见这谷底如此幽静，想借来养养一些我的灵物罢了，咯咯咯。"红衣人的声音妖媚轻柔、身材妖娆，显然是个年轻的女子，她轻抖袖子，几十条黑红色的毒蛇突然从长长的袖子里蜿蜒而出，这蛇小如筷子，但却黑红相间，颜色十分妖冶醒目，如同这女子的外形一般，让人不敢靠近。

毒蛇顺着佛像就像一摊黑红色的水一样快速朝水中泄去，这毒蛇入水显然是想毒杀水中唯一的生物，太岁！白世忠大骇，这太岁乃是他最珍视的宝贝，如何能让人这般践踏了，他急忙拔腿要奔过去，但这潭水相隔甚远，他水性又不佳，一时间站在水边犹犹豫豫，也不知该如何是好，苏沐见毒蛇古怪，更是急忙拉住白世忠，劝他冷静，不要以身犯险。

几十条毒蛇转眼间就入了水池，可是令所有人都惊诧的是，这毒蛇一入水池，突然就剧烈抽搐起来，一群蛇很快就扭做一团，在水里翻起了白肚，这水里似乎有剧毒。水中的太岁又开始微微鼓动，发出咕噜咕噜的声音，伴随着水面翻滚的水花，几十条蛇转眼间就化作累累白骨，沉入了水底。

红衣女子见毒蛇非但没能杀死太岁，反而入水便死，一时间真是万分心疼。白衣服也有些惊讶地咦了一声，他看了看水面，又狠狠地瞪了一眼黑衣人，似是责备他探查情况不力。黑衣人有些惧怕地低头微退了一步，只是依旧没有说话。

白衣人大喝道："你这水里究竟放了什么东西，竟然连这蛇都能毒死，好生厉害！"

白世忠道："这事我自然不会告诉你，看来你们还杀不了这太岁，还不快滚！"

白衣人冷笑道："料想这太岁也不是什么善类，白掌事竟然想用此物来参加比试，可不是居心叵测？若是让天下人知道了，让皇上知道了，却不知会怎么想。"

白世忠气得脸色通红，一旁的苏沐却反责道："我不知道天下人知道这太岁会怎么样，但若是知道颜师傅贵为堂堂京城第一庖师，却还用这等下作的手段毁人所爱，恐怕更会大吃一惊吧！"

这话一出，所有人都大吃一惊。

# |第二十五章| 千字剑诀

白衣人怔了下，冷笑道："你胡说什么，这般乱点身份可不是什么高明之举。"

红衣女子也当即否认道："什么颜师傅，我们可不认得。"

苏沐一针见血道："你这蛇叫七寸血，乃是滇南最剧毒的毒蛇，我观其状，乃是被人以异物养成，试问养蛇虫之类的毒物，除了滇南的龚家还有谁更在行？我若没猜错，你应该是龚家后辈中唯一的女子龚灵。另外，我听闻龚家已与童郡王府签订了君子协定，要倾尽全力助童郡王问鼎四大庖师和天宁宴的比试；这黑白二人明显是一主一仆，尤其是黑衣人左手只有三指，可不是颜真和他的弟子阿南吗？"

苏沐仅凭有限的信息很快便猜测出三人的身份，叫红衣人不禁身子一怔，瞬间不知该如何答话。一旁的颜真却哈哈大笑起来："你果然是个奇才。"

"不过……"颜真声音突然转为冰冷道，"有句话叫知道得越多越是惹人讨厌，苏师傅不会不明白这个道理吧？"他朝身旁的阿南示意了下，那人突然单手一抖，只听得几声轻微的破空声疾驰而来，苏沐还未反应过来，就听得周身的石柱石像上哔啵作响，一串串暗器射入石头，飞溅出层层的粉末。

白世忠一见这暗器，登即大为恼恨，怒喝道："原来那日真是你们干的！好你个颜真，竟然故意用暗器害我，你害得老夫在平王府抬不起头，害得我今生不能再拿厨刀，这杀人诛心的恶毒法子，太可恶了！"

"可恶？你平王府不也要了我徒弟阿南的两根手指吗？今日，我们便是为了算账而来！"颜真话音未落，阿南就目露凶光，猛地又抖出一串暗器，这一次，暗器如暴雨而来，明显阿南又被提起这件事，就心怀怒火，想他作为一个厨役和使用暗器的杀手，十根手指是何等重要，现在却断了两根，可不是恨不得要杀了平王府这些人再剥皮不可？

暗器纷纷扬扬而来，苏沐和白世忠二人身手平平，哪里躲得及，眼见这暗器如飞蝗、如暴雨，就要直接取了他们性命，突然空中叮叮当当一阵脆响，几十道寒光在水面上迸裂出来，尔后又噗噗入水，溅起一圈圈十分细微的水纹。

阿南瞬间变了脸色，因为这一轮暗器在半路上就被人给挡了下来。是谁，竟有这等本事，可以瞬间准确无误地拦下自己几十道的暗器。

"谁？！"颜真大喝道。

"滚出来！"龚灵也呵斥道。

古寺的大门上不知何时也坐了一个魁梧的汉子，他一边举着酒葫芦大口喝酒，一边拎起一串绿中带金的兰花嚼了嚼，而后呸了一声吐掉，叫道："什么玩意儿，白掌事把自己的东西吹得天花乱坠，我以为能有多好吃，不想这玩意儿咬起来还是一嘴的草味啊。白掌事，你这兰花也太过平平无奇了。"

"叶秋？"苏沐又惊又喜，这人怎么来了？

白世忠却是心疼地捶胸跺脚道："那是我的金钩玉兰，是煲汤用的！哎哟，这花三十年才能开那么一支，能卖三十两金子啊！你居然……居然……牛嚼牡丹，牛嚼牡丹啊！"

叶秋站了起来，抖了抖身上残余的兰花瓣，尔后又拍了拍身上的口袋道："兰草不中意，不过那几株紫灵芝看起来倒像是价格不菲的样子，应该够我换几斤熟牛肉了，这灵芝我就先收走了，换点酒钱也算不枉今早长途跋涉而来。"

这一下，白世忠完全是痛得心如刀绞了，用他那名贵的紫灵芝去换熟牛肉，简直……他都不知道该怎么骂叶秋，只是哎哟哎哟地叫唤并捶胸顿足。

叶秋很是看不惯白世忠这等小气贪财的样子，口中不爽快道："我说白掌事，我不来，你别说这朵什么金玉兰、紫灵芝，就是整个河谷都要拱手送人了，怎么如此看不清局势。"

苏沐问道："叶秋，你怎么会跟过来了？"

叶秋不以为意道："嘿嘿，苏师傅，看来你还不知道吧，自从你击败了这个颜什么来着，平王就要我暗中监视你，以防不测，你一早便出了平王府，我自然要跟着。现在看来，还真有人动了这杀人的念头，是不是，颜师傅？"

对面，颜真突然单手一抖，手中闪出了一把软剑，口中冷冷道："既是如此，今日只好生死一搏了！杀！"言罢，三个人分头而出，颜真和阿南直接朝叶秋杀去，而红衣人却不知所终。

这师徒二人身手都十分了得，一个用软剑，身法诡谲轻灵；一个一用暗器，银针飞梭不可预测。叶秋嘿了一声，整个人翻身而下，腰间的弯刀便劈了出来，这次他带了自己的宝刀无妄，刀弯如新月，漆黑如墨，一人一刀，旋转起来犹如一团狂风杀至，只听得周身叮当作响，无数的暗器被击碎四溅，化作了点点光彩。

暗器虽巧，但是毕竟力道偏轻，纵然速度疾如风，也奈何不得这厚实的弯刀。颜真见状，立即持剑点刺而去，这人剑法倒是十分了得，一把软剑用得如白练翻飞、似水袖绵绵，他的剑法颇为奇怪，每招剑法在空中都像画出一个字一样，比如这第一个字便是太，一横削两纵劈之后，突然一个猛刺化作最后一个点，这太字过后，第二招便是一个长蛇游走的甩剑，苏沐看得清清楚楚，那是一个乙字。

叶秋也看出来了，他冷笑了一声道："你这是千字诀？果然是个读书人，连剑法都要从字中悟出来，不过这一字一招，千字便有千招，练起来可不是要记个半死？"

颜真冷喝道："我的剑何止千招，便是这乙字就有千种变化！"他再甩一剑，果然这个乙字完全不同，好比楷书变作了狂草，更加凌厉和狠辣！

这二人，一个是无招无式的无妄刀，一个是号称千字千招又有千种变化的千字剑诀，二人针尖对麦芒，无招对有招，打得是光影璀璨、火星四射。阿南则是有恃无恐地站在一尊石像上，时不时射出几道暗器，趁机干扰叶秋。

这三人斗了几十招，依旧是不分胜负，只是叶秋以一敌二，渐渐有些疲态，落了下风，颜真则是仗着背后阿南的暗器相助，更加肆无忌惮地刺杀叶秋的要害部位，好几次这剑都绕着叶秋的脖子、腹部、大腿划过，差一点便要让他挂彩受伤，都被叶秋化解过去。

颜真的千字诀剑法从书法中变化而来，虽然有形有字，但配合他柔若丝绸的软剑，却是千变万化，十分难以破解，尤其是对叶秋这样的人来说，这剑法完全是他无妄刀的克星。

再僵持片刻，叶秋已然露了几个破绽，颜真动作越来越快，整个人晃了一下，竟然直接一人两分，两把剑在空中分别划了一个吉和凶字，直向叶秋刺去，叶秋刀如秋风乍起，席卷得水汽如龙卷呼啸，这一招叫天地无妄，刀势冲地杀去又反弹而起，勉强挡下了这凶吉两个字，只是阿南的暗器却在这个时候飞了过来，嗖的一声便射入叶秋的腹部，叶秋腹内一阵剧痛，动作立即为之一滞。

暗器之内还淬了麻药！

颜真大喜，立即持剑再杀！

这把却是人影五分，似乎是要五剑齐发，一举将叶秋击杀。这五剑分别画出了五个字，叶秋也不知这人究竟是要刺出哪五个字，用的是哪五招，这招式是快是慢，是正是奇，心头唯有暗叫，完了完了！要命丧于此了！

紧要关头，苏沐看出了端倪，他大叫道："叶侍卫，下五个字是五将定主客。"

九州言吉凶，五将定主客。

这句话是唐代《太乙金镜式经》里的一句话，方才这颜真使的剑法正是这个《式经》，一段一段地连接起来，终于被苏沐看出了端倪。苏沐一语点破玄机，叶秋大喜，他也顾不得腹部疼痛，手中的刀提前变招，化守为攻，一举攻上直接就破了颜真的剑法，这五个字五个剑招虽然可以变化，但万变不离其宗，字形固定，剑锋转动的方向便基本定了下来，不过当当几声，无妄刀挡住了剑锋，再刺啦一声，刀锋就顺势撕开了颜真的长袍。

一刀破五剑，干脆利落！

颜真大吃一惊，叶秋则冷笑一声，果断地持刀再劈，阿南急忙飞奔过来，他双手拔出背上的长刀，噌的一声挡住了这一招，二人刀对刀、刃对刃，完全拼的是力气和狠劲，叶秋冷笑道："我听闻你上次在平王府中也敢用暗器，你得亏挑了我没在的时候，不然必叫你有来无回！"他猛地再劈一刀，阿南举刀再顶，只是这一次震得他虎口开裂，原本受伤的左手也开始再度迸裂飙血，如此一来，阿南的速度和反应就稍稍一滞！

叶秋大喝道："送你一刀！滚回去！"

这一刀犹如长虹倒贯，直接破入阿南的腹部，鲜血直接飙射而出，似一串红花染红了衣服和地面。

"阿南！"颜真大叫起来，这徒儿一而再地替自己挡刀，纵然他再铁石心肠，也有些心痛，颜真还要持剑上前与叶秋拼个你死我活，突然角落里的龚灵大叫道："颜师傅，我已在水中下了剧毒，这太岁十日之后必死无疑，你又何必与一个侍卫这般拼命？"

这女子不知何时已经往池水中倒入一瓶黑色的药粉，整个池子里瞬间咕嘟咕嘟作响，冒起了无数白色的泡沫，仿佛煮沸了一锅粥一般，白世忠大惊失色，这太岁可是他毕生精血所在，杀了太岁与杀了他没什么区别，他怒吼着便要冲过去找龚灵拼命，这女子却身子一旋，轻盈地掠上石像，冷冷道："两位，大事已成，还不走吗？"

白世忠大骂道："走？你跑得了和尚跑得了庙吗？我知道你龚家在哪里！"

龚灵咯咯冷笑道："倒不知白掌事是想要找我龚家麻烦，还是想找郡王府的麻烦？"她那眼神里满是鄙夷之色，显然她根本毫不畏惧，自己施展轻功不过掠了几下就消失在残庙之后，颜真见状也抱着阿南掠水而过，很快就消失不见。叶秋只是象征性地追了两步，便停了下来不再追赶，白世忠着急道："叶秋，怎么不追了？快追上他，别让他们跑了啊！我要他们赔我的损失！"

叶秋摸了摸自己腹部，还好腰间缠了护具，这暗器入体不算太深，只是这暗器淬了毒药，现在也是一阵痛麻难耐，他拔了暗器，冷冷道："我追他做什么，平王只叫我保护好苏师傅，可没叫我去杀这颜真，白掌事这么恨他，不如自己去追，我把刀借你。"

这叶秋性子桀骜不驯，只听命平王，一向是这么目中无人，白世忠也拿他没有办法，他一会儿看着沸腾的水面，一会儿看着这三人消失的地方，气得在原地直跺脚，一副心疼万分的样子。

叶秋道："天色已大亮，我说两位还是随我回府吧，一会儿平王知道了这件事，那可就不太好了。"说着，他自己先出了石门，在门外静候这二人。

苏沐劝解道："白掌事，此地已被人获悉，只怕以后更添麻烦，我看还是早点转移吧。"

白世忠叹气道："转移说起来虽然容易，但是要再找一个这么好的地方，就太难了，唉，我们只有再想想办法了。不过这太岁，哎……"

## |第二十六章| 桃舍约定

桃舍内，柳湘云早已替锦娘准备好了早餐，每日都是一样的食谱，一些南海来的鱼干、小菜和一碗清粥。平王听说鲛人爱吃鱼，所以平时给她准备的都是一些活鱼，但锦娘都把这些鱼放生在了花池里，而这粥和鱼干都是苏沐叫柳湘云另外准备的，对锦娘而言，每日有清粥小菜都已经是很不错的生活。

宋朝之时，富庶人家开始出现了一日三餐的吃法，但平王一日却还保留着早晚两餐的习惯，虽然只有两餐，但每一餐都要求得十分精细和苛刻，所以白世忠和苏沐回膳房时，正是众庖师最忙碌的时候，所有人都忙着给平王准备今早的早膳。

酱菜、小吃、热菜、面点、粥品、膳汤以及甜品、水果一一俱全，当然最不可少还有一盏血燕。所有人各司其职，忙忙碌碌，只有苏沐无事可干，现在没有人能安排他做这些事，他的任务只有一个，就是备战三月份的四大庖师比试，他像是这个膳房里多余的人一样，显得很是无趣。

他待了一阵，见无人理他，也无事可做，便悻悻地回到了桃舍，锦娘依旧坐在桃树下，她穿着一件粉色的长裙，折了一支桃花在水边逗游鱼，绿树新嫩，粉花团团如雪。锦娘一袭长裙，模样是出落得越发标致可人了，她见苏沐进来了，仰起头灿烂地笑道："苏先生，你回来啦？"

苏沐嗯了一声，随口问道："柳姑娘送早饭过来了没？"

锦娘点了点头，喜滋滋道："早吃过啦，这都什么时辰了，你今天可是来晚了噢。"苏沐刚要走过来，锦娘急忙大叫道："喂喂喂，你等下，等下，先别过来，你的鞋脏死了，可别弄脏了这么干净的花池，柳姑娘今早刚打扫过的。"

苏沐低头一看，自己的鞋子上确实沾满了泥巴，一早跋山涉水，现在不只是鞋子，包括裤脚都是污秽不堪，鞋子还磨破了几个洞，湿漉漉地觉得分外冰冷。他有些不好意思道："今早陪白掌事出去了一趟，我这便去把鞋子换了。"

锦娘笑了下："不用了，喏，我这里正好有双新的，你拿去穿吧。"说着，她从背后拿出一双新缝制的布鞋，黑色的面，白色的底，虽然简朴，但却很结实耐用。锦娘有些不好意思地解释道："刘学士曾说我是鲛人，要学会缝织，这样才更像，所以我就学了一些女工，前些日子我看你的鞋子有些破损了，就向柳姑娘讨要了一些粗布、针线什么的，顺手就帮你做了这双鞋子，你快试试看合不合适。"

女子赠鞋本是极为暧昧的举动，但锦娘似乎与大宋的女子大不一样，她也不裹脚，也不掩口而笑，更不羞羞答答，在苏沐看来她送自己鞋子不过是因为真的看到自己鞋子破了，他大方地接过鞋子，穿了下，大小正合适，有些好奇道："你怎么知道我脚的大小？这么准确。"

锦娘扑哧一声笑道："你天天在这花田里踩来踩去的，这泥地都是你的脚印呀，喏，那边还有几个脚印呢。你快把鞋子换了吧，都破了。"

苏沐坐下来换了鞋子，这才发现这鞋面上还绣了两条鱼，大大的鱼眼睛看起来分外可爱，他穿着这么一双大鱼眼的鞋子，整个人似乎也多了几分孩子气。锦娘看了看苏沐，突然自己咯咯咯笑了起来。

苏沐问她笑什么，是不是自己穿着不好看。

锦娘不好意思地说，是自己绣得太丑了，这鞋子她原本是要绣荷花鲤鱼的，结果给绣成了这么两条大头大眼鲤鱼，太丑了！

苏沐低头看了看，嗨了一下道："也还行，穿着挺可爱的。"

锦娘笑嘻嘻问道："那你喜欢吗？"

苏沐点了点头，说喜欢。锦娘更加开心，苏沐也被她的情绪感染，整个人的心情开始变得畅快了许多。他突然觉得这桃舍之内就像他一方小小的极乐世界，有四季不凋的花果，有清清的水池溪流，有一个能陪他说话的锦娘，他可以不用去管外面的风风雨雨，这样的生活多好。

锦娘见苏沐又沉默了起来，她忍不住探了探头，问道："怎么了，苏先生，你又发呆了？"

苏沐道："没什么，对了，你喜不喜欢这里？"

锦娘点了点头道："喜欢啊，这里比我待过的所有地方都好，有花有草有果子，还有看不完的鱼，昨天后面一棵李子树果子变红了，我还去偷偷摘了几个吃，不过还有点酸，嘿嘿。以前在学士府上，刘学士怕我逃跑了，就一直把我关在地下室的水槽里，又冷又暗，到了冬天我实在冷得受不了，他才把我关在另一个笼子里。比起南海水师和学士府的遭遇，现在这里好太多了。"末了，锦娘笑道："最主要是，这里还有你陪我说说话呢。"

锦娘说起这些事，已是一副云淡风轻的样子，苏沐却觉得有些说不出的心疼，他想象不出一个十几岁的少女在寒冷的冬天被人关押在暗无天日的水窖里是什么感觉，他也想象不出，几年来都没有人陪她说话，有的只是毒打和咒骂，她的心会孤独成什么样子。可是现在看来，锦娘却并未被扭曲成一个丑恶的灵魂，一个心中充满怒火，随时想要报复的恶魔。

苏沐本想说，这里虽然很好，可毕竟只是暂时的，总有一天，平王是会知道锦娘并非鲛人这个事实，到时候，他自己和锦娘的命运将会何去何从，所有人会不会迁怒于这个原本最无辜的女子，把一切的罪状都强加于她？

苏沐最终还是没有说出口，他心想，纵然只有三个月，能让她开开心心地度过每一天，也好过每日提心吊胆，等待着死亡的到来。等死，那是最残忍的生活方式了。

他从来不是个爱撒谎和演戏的人，他从来都是有话必说的人，可是他觉得他现在应该笑，锦娘给他带来的都是笑容，自己也应该如此，或许自己也能给她一些力所能及的美好。苏沐一改平日的寡漠，咧着嘴巴很不自然地笑了起来，问道："锦娘，你最喜欢吃什么，我明天可以给你做。"

锦娘惊喜地大叫了起来："真的吗？"随即又替苏沐担心起来，"你是背着白掌事偷偷做的吧，哎呀，要是被那个抠门的掌事知道了你一定会被责罚的。"

苏沐笑了笑："你也知道白掌事抠门啊？"

锦娘扑哧一声，尔后四处望了望，生怕有人偷听一样，小心翼翼道："我都是听柳姑娘说的，白掌事对手下要求又苛刻，又抠门，每天剩下的饭菜还不让其他庖师杂役吃，而是拿出去卖钱呢！他还专门交代，这几棵桃树，一颗桃子都不能让我给偷吃了，他都记了数的，要柳姑娘专门监督我，别让我偷桃子。"

苏沐觉得有些好笑，遂问道："那你究竟偷吃了没有？"

锦娘露出一个古灵精怪的表情，嘿嘿笑道："我当然偷吃了，我把吃剩的一半丢池子里，好的一面露在水面上，吃完的一面朝下，你知道他这人很爱干净，见不得脏东西，他见这桃子掉水里，只是满脸懊恼摇头大叫可惜可惜。柳姑娘还问他要不要给他捞起来，他直接就摆手道，落入溪中，料想早已被鱼儿啃食，这桃如何能要。"

说到这儿，锦娘自己压低着声音笑了起来。

苏沐却假装严肃道："好啊，你居然是个偷桃贼，那我得告诉白掌事去。"

锦娘立马收了笑意，着急道："啊？苏先生这事，这事你可不能说出去，这是我们的小秘密，再说我也没吃几个，我就是看那桃子长得又红又鲜，太诱人了，就有点忍不住了，我就偷摘了一个，但是没想到……"

"没想到什么？"

"没想到这桃子是真的好吃啊！苏先生，你要不要试一个，我保证白掌事不会发现。"

说着，锦娘站起来，顺手就摘了两个最红最大的桃子，一个丢给了苏沐，一个留给自己，苏沐捧桃在手里，一时间傻了眼："你，你又摘了一个！这……这树上都没几个，你还摘，反了你！"

锦娘歪着头笑道："我不管，你现在也算共犯，以后你就更不可以跟白掌事告密了。"

苏沐瞪眼道："我……我一没偷桃，二没吃桃，我……我怎么就成了共犯了？"

锦娘笑嘻嘻道："请问，小偷要把钱花出去才算贼吗？苏先生，你就别担心了，快吃吧，这桃子真的很甜。"

苏沐看着桃子，红扑扑的确实很是可爱，一股果子的清甜味冲着鼻子而来，他吞了吞口水，轻轻地咬了一口，汁水充盈整个口腔，桃子独有的香甜在舌尖绽放，好似落了一地的桃花。苏沐点了点头，颇有几分回味无穷道："嗯，真的很甜。"

锦娘得意扬扬，大口地咬着桃子，高兴道："你看我没骗你吧，快吃，吃完了这边还有。"

说着，她搬开一块小石头，挪开一小片草皮，露出了太湖石凳下的一个草窝窝，草窝窝里居然还存放了十多个硕大的桃子，红艳艳的样子正是最饱满的时候。

苏沐一下子崩溃了，难怪他觉得近来的桃树上果子是越来越少了，红的都没几颗了，他原以为是光线不足自己掉了，现在才明白原因是在这里，他咋舌道：

"你……你居然偷了这么多！白掌事是瞎了吗，真的就没发现一点蛛丝马迹吗？"

锦娘很认真地摇了摇头："暂时还没有啊，他今天上午还给柳姑娘说了这是小年所致。"

苏沐彻底服气了，心想叫整个膳房的人都闻风丧胆的白世忠，居然也有这么眼拙的时候，也可能是锦娘根本不怕白世忠，应对起来落落大方，加之这鲛人的身份，叫白世忠完全没有起疑心。

他转念又一想，锦娘每日都因禁在这小小的天地里，吃的都是清粥小菜，虽然温饱无忧，但始终是寡淡了些，所以才想着偷些果子来吃。反倒是膳房的人见惯了山珍海味，对这吃的没有什么太大的兴趣，面对这一树结得正好的果子，向来也只会看看，从来没想过要不要把它摘下来吃进肚子里。苏沐心想，做菜对他们来说算是什么，一门手艺吗？就像书画、工艺、练武，不断地挑战着更高的层次，赢下更多的比赛，甚至去背负着更多原本不属于其中的意义。

不如自己回归食物的本意，给锦娘做几道吃的吧。

苏沐的语调很轻，却很认真道："桃舍内伙食毕竟清淡，锦娘你最想吃什么菜，可以告诉我，我给你做。"

锦娘见苏沐的神情不像是开玩笑，顿了顿，问道："你真的要给我做饭？"

苏沐再次点头，面带笑意道："是的，请锦姑娘点菜。小店上至山珍海味，下至面点小菜，应有尽有，包你满意。"

锦娘心中欢喜，她想了想，说道："那我要先来一盘红烧鱼，我啊，天天看这鱼在这水里游来游去的却不能吃，可把它们得意坏了，我要警告它们一下。另外，我还要一盘大将军丢盔卸甲。"

"大将军丢盔卸甲？"苏沐有些好奇，"这是什么菜？"

锦娘笑道："呀，还有你这大师傅不知道的菜！这大将军丢盔卸甲就是用蟹脚肉、粉丝一锅煮了，然后撒一点芫荽末、胡椒粉和姜末就可以了，我阿娘以前经常做给我吃。"

苏沐又问："蟹脚肉少，食之味淡，为何不用蟹肉、蟹黄加粉丝？这样滋味会更鲜美。"

锦娘不好意思道："海蟹价格不菲，可换粮食布匹，一般人家都舍不得吃。不过这螃蟹喜欢挣扎，蟹脚最容易掉，我娘就把蟹脚里的肉挑了出来，加粉丝煮汤给我吃，不过我觉得这味道比蟹肉蟹黄都好吃。"

这回轮到苏沐尴尬了，他心想自己一个庖师怎么也犯了"何不食肉糜"这般可笑的错误。南海渔民清苦，赋税苛刻，哪里舍得吃蟹肉、蟹黄，这些东西自然都是卖给有钱人家里去了。苏沐心想锦娘以前的家境何等清苦，既是如此，自己更该给她做几道好菜才是，于是又问道："这是两道菜了，还有呢？"

锦娘呀了一声，惊喜道："还可以再点吗？会不会太多了？"

苏沐低顺着眉锋，很客气道："无三不成礼，既是请客，没有两道菜的道理，你可以再点几个。"

锦娘认真地想了想，说道："那……那我就再点一个吧，一个就够了，嗯，要个羊肉烧饼吧。我听柳姑娘说，京城的羊肉烧饼做得可好吃了，尤其是桥下窦三家的，想要吃他家一个饼得排一个时辰的队……"

苏沐顿时皱起了眉头："窦三的羊肉饼？"

锦娘急忙问道："怎么了？苏先生以为他的羊肉饼做得如何？"

苏沐揪着眉毛特别认真地回答道："他家的饼火候不够，还不够脆，肉也不够好，委实价高，不知为何会红火？"

锦娘被他那股认真样子给逗笑了："哈哈，真的呀，那你做的呢？"

苏沐嗯了一声，自信满满道："我会给你做一个最好的羊肉烧饼，比京城所有羊肉饼店做的都好。"

锦娘高兴道："太好了，那我就要这三道菜了。"

苏沐再次问她："够了吗？"

锦娘心满意足，用力地点了点头："够了，我吃不了那么多的。"

苏沐站了起来，故意用一种恭恭敬敬的口气道："好，今日傍晚，这三道菜在下会如约送至，还请姑娘好好品鉴。"

锦娘也照他的样子回礼，恭敬道："那小女子便恭候苏先生大驾。"

苏沐再回礼："请姑娘静候佳肴。"

锦娘又再回礼："多谢！多谢！"

如此折腾几番，二人都觉得对方真是好生幼稚，锦娘率先止住道："对了，苏先生，锦娘还有件事相求。"

苏沐也停了下来，问道："哦，锦姑娘还有何事？"

锦娘想了想，歪着脑袋道："嗯，其实你笑起来的时候特别好看，有酒窝的，你以后没事应该多笑笑，不要老绷着脸。"

苏沐哦了一声，尔后试图给她也给自己笑一个，但是又觉得自己这样故意笑起来好傻。他一时间笑也不是，不笑也不是，整个表情变得着实有些滑稽，锦娘见了，忍不住咯咯笑道："算了！算了！我也不勉强你了，你这真是哭笑不得了。"

苏沐会心地笑道："这世界上还是笑比哭好，谁都是笑了好看，你也一样。"

# |第二十七章| 三道小菜

傍晚，落日斜挂西山，恰有晚霞漫天。

紫红色的霞光燃烧了整个天际，这光彩透过玻璃窗幕，映照在整个桃舍内，一片火红灿烂。现在，不单桃花是红的，就连雪白的李花、鹅黄嫩绿的树叶、清清的池水、灰白色的太湖石，还有锦娘的脸蛋都是红艳艳的，整个桃舍突然有了绮丽堂皇、蓬荜生辉的气息。

锦娘精心打扮了一番，穿了一身桃红色的衣裳，这衣裳是柳湘云今天刚送过来的，据说是平王妃送的。虽然样子有些旧了，但是穿在锦娘身上却还是十分合身和得体。她还用胭脂的花汁细细地涂抹了双唇和手指甲，让自己看起来像是待嫁的新娘一样娇艳、喜悦，还带一丝期待。

她很开心地坐在一树恣意盛放的桃花下，等待苏沐给她准备的丰盛晚餐。

她光着脚，拍打着水面，池水微微有些冰凉，偶尔有锦鲤游过来触碰她的脚趾，带来一阵酥酥痒痒的感觉，柳湘云告诫她很多次，女子不可裸露双足，否则便是失态，可是锦娘还是喜欢这样光脚在水里晃动的感觉。

只是这般等了许久，还没见苏沐过来。

夕阳开始一点点地下沉，绚烂的霞光消失在高耸的殿阁和乌黛色的青松之后，天色开始变成了一种夹杂着暗紫和浓黑的沉闷色彩，气温似乎也骤降了几分，然后光线全无，天空已是完全黑沉沉的一片。

现在早已经过了晚饭的时间了。

可是，苏沐还没有来，锦娘微微有些失落，她坐在树下，不时地望着窗外，望着桃树外，可是现在外面也是暗沉如墨，黑洞洞的什么都没有。锦娘笑了笑，自我安慰道："苏先生今天肯定是有事给耽搁来不了了，不过也没事，他答应了我，今日没空，明日也行；明日不行，后天也可以啊。"

她絮絮叨叨地自言自语，可是整个身子还是不肯离去，她依旧静静地坐在树下的石凳上，轻轻地踩着水。她突然又心想，或许苏沐一会儿就来了呢，他一进来看不到自己人，他会很失落的，这可不好。

她抬头又望了望天，这房顶为了采光，嵌入了几块宽大的玻璃，所以抬头就能看到一大片的苍穹，在无云的夜里，她抬头总是可以看到很多很多的星星，一点一点，汇聚成不是很明亮的星河，这光芒微弱而又恒久。

锦娘时而看着星辰，时而又看看水中的鱼，又自言自语道："小鱼啊小鱼，你们现在可不能睡觉，你们得陪我一起，一起等苏先生过来好不好？你们好好陪我，我明天给你们喂好吃的。"小鱼似乎听懂了她的话语，竟也悬停在水边，轻轻地摆动着尾巴没有离去。又过了不知多久，锦娘真的觉得苏沐可能今天不会来了，或许是膳房内有什么事，或许是苏沐生病了，再或许……是苏沐给忘了，他又何须把自己的一个约定记得这么清楚呢。

她的心里渐渐开始生出了一些失落，其实苏沐也不是每天都会来看她的，毕竟他首先是一个庖师，还有很多事情要做，可是今天……对锦娘来说，今天似乎有些不太一样，她是这么期待着他的出现，即使他不给她做饭也没关系，只要他能来就足以叫她心生欢喜了，可是，偏偏他没来。

夜已经很深了，锦娘突然觉得有点累了，她把身子轻轻地靠在树干上，树间花开得正好，有淡淡的香气传来，这让她恍惚间又回到了开满繁花的南海渔村，那里没有这么冷的冬天，也不会有雪，更不会有人会把一个不裹足、头发褐色、爱笑的女子当作异类。南海条件虽穷苦恶劣，但却是自由的，况且还有自己的父母在。

不知不觉，锦娘睡着了。在梦里，苏沐给她做了满满一大桌子的菜，有南海的鲜鱼、黄鸡、大米，有香甜的椰子、琳琅满目的瓜果，有各色见都没有见过的糕点，堆积如山，吃都吃不完。她就像初入百宝屋的小孩一样，既兴奋又满足，锦娘不停地吃着，这香味越来越真实，仿佛近得就像在自己面前，她突然觉得这好像……好像不是在做梦。

这香味是真的，而且就在鼻子旁边。

锦娘急忙睁开眼，苏沐不知什么时候已经端坐在自己面前，石头凳子上摆放了一个巨大的红漆盘子，盘子里用银白色的罩子盖着三道菜，香味就是从这罩子里传出来的。

锦娘刚想大叫起来，自己就先急忙捂住了嘴巴，毕竟现在已经是夜深人静的时候了，她可不想吵醒其他人，可她又抑制不住心头的喜悦，捂着嘴满脸笑容道："你，你真的给我做菜了？！我刚才还梦见吃你给我做的菜呢，我这是梦想成真啦！"

苏沐一脸歉意道："今天平王宴请宾客，所以膳房一直忙到很晚才收工，让姑娘久等了。"

锦娘的失落早已一扫而空，把头摇得像个拨浪鼓一样："没有，没有等很久。对了，你干吗不喊醒我，你都等了多久了？"

苏沐笑道："刚到，也没多久，嗯，我刚才还在想，要不要叫醒你，还是明天再把菜给你。"

锦娘急忙道："那怎么行，到了明天，这菜就失去味道了。"

苏沐点头道："那倒是，好菜上桌超过一盏茶，就会失其味和色，现在时间刚好，你快趁热吃吧。"

他给锦娘摆好碗筷，尔后打开第一个罩子，是一条红烧鲤鱼。选的是孟津一尺多长的红尾紫背鲤鱼，去骨之后先油炸再炖烧，只烧得外皮焦脆，内里滑嫩，每一寸鱼肉都饱含葱姜汁水。第二道菜是羊肉烧饼，饼是芝麻饼，抹上羊尾油烤得焦香；肉是陕西冯翊县的羔羊肉，七分瘦三分肥，卤得肥美膏嫩、香味扑鼻；小葱细细地切，腊汁慢慢地浇，那饼夹着肉肥嘟嘟的，还在往外冒热油，一口下去，饼的焦香和肉的肥嫩融合得恰到好处。这两道菜都是京城的菜式，锦娘却吃得赞不绝口，她全然没有大家闺秀那般细嚼慢咽，而是撸起了袖子，大快朵颐。

相比于精耕细作的宫廷菜肴，这两道菜虽然显得有些粗鄙，但是锦娘的吃相却让苏沐觉得这两道菜做得分外好吃，甚至远胜他以往做的那么多比试的菜肴。或许，美食的意义就在于给人快乐，而不是评定高下，若是一个人不能尽情享受菜肴的鲜美，即便是面对一桌龙肝凤髓也是食之无味，这样的吃法与嚼食白蜡灰土有什么区别呢？

最后一道菜，是蟹脚粉丝汤。

苏沐的做法很简单，把膳房里吃剩的蟹螯、蟹爪剥壳剔肉，加一把粉丝，撒上芫荽末、胡椒粉、姜末，用沸高汤注入，最后再加一些油酥末，便成一道味道鲜香辛辣的蟹肉粉丝汤。

苏沐说道："大将军丢盔卸甲有些粗俗，我给这道菜起了个新名字，叫西子浣纱迟迟归。西子呢，说的就是蟹爪肉嫩如西子玉指，纤细粉嫩；粉丝素白若溪中银纱，因为这道菜是等众宾客吃完宴席，用剩下的蟹爪余料做的汤，今天做的时候时间已经很晚了，所以突然想到这个名字。迟迟归来，表示歉意。"

白瓷海碗里有雪白的蟹肉、金黄色的油酥、水晶一般的细粉，还有青碧鲜嫩的芫荽提味，袅袅地冒着热气。

锦娘端着汤碗，只尝了一口，眼泪就差点流了下来。

她离家太久，这道菜自然是让她想起了自己的父母，可是现在，她父母一定以为自己葬身大海了吧，却不知道，她二老现在又是个什么处境，她偷偷地抹了抹泪花，强忍着笑道："苏先生这汤里加了胡椒和姜末，差点把锦娘的眼泪都辣出来了。"

苏沐挠了挠头道："啊，我忘记了，南海气候燥热，不喜辛辣二味，我还以为这天气寒冷，可以稍稍吃些辛辣之物驱驱寒，下次我少放一点胡椒和姜末。"

锦娘笑道："不碍事，我很喜欢，这汤比我娘做得都好喝。"

锦娘吃完了肉和粉，又咕嘟咕嘟地把汤都喝个精光，最后抹了抹嘴巴，一副心满意足的样子。

苏沐心怜这女子身世坎坷，如今入了平王府，日后还不知该怎么办，心中又多了几分怜惜之意，他从怀中掏出一方绢帕递给她，说道："你要喜欢，我以后隔几天就给你偷偷做一次。"

锦娘很高兴地点了点头，但转念又一想，苏沐不过是平王府内一个新来的庖师，无权无势，想必给自己偷偷做这一次都很不容易了，自己哪能再贪得无厌，一再要求呢。她急忙又摇头道："不行，不行，苏先生，你以后可不能再给我做了。"

"为什么？"苏沐问道。

"因为，因为……"锦娘想了想，认真地回答道，"我娘告诉我，越是好吃的东西越不能多贪，否则会变得贪得无厌……"

这话苏沐若有所思，锦娘站了起来，拍了拍肚皮道："今天吃得好饱好开心啊。苏先生，你能常过来陪我说说话就好了，柳姑娘平时也不怎么爱说话，我一个人待着也挺闷的。"

"一个人住在这儿，是有些孤单。"

"其实，你也可以跟我聊聊心事的，我保证不说给其他人听。"

苏沐笑了一声，边收拾碗筷边应承道："好，我答应你。"

锦娘托着下巴，眨了眨眼睛道："对了，你去京城里逛过吗？听说，京城里河边过节的时候会放花灯，特别漂亮。你见过吗？"

苏沐摇了摇头道："京城的花灯我也没见过，不过京城里有条御街，就在皇宫外，倒是很繁华，那里也挂了很多彩灯，五光十色，一整夜都不熄灭。"

锦娘的眼神里露出亮晶晶的期盼目光："真的呀？"她原本想说我们去看看，可是转念一想，自己不过是平王府囚禁的一只鲛人，怎么可能让她跑出去逛街。她眼里的光芒转瞬消失了，情绪有些低落道："那里肯定很漂亮吧。"

苏沐突然扭头问道："如果……如果有机会，你想不想去御街看看？"

锦娘愣了一下，急忙摇头道："我？不行，我不可以出去的，王爷知道了肯定要责罚你的。"

苏沐低声道："我们偷偷出去，很快就会回来，王爷不会知道的。"

锦娘依旧摇头："不行不行，这个太冒险了。"

苏沐继续道："我那天发现，这后面有个口子可以直接通到王府外面。"他指了指桃舍内的溪流，说道，"这条小溪原本是连通着外面的河流，那进水口就在花丛里，不过冬天时外面太冷就被拦截锁起来了，我明天找个东西把锁打开，然后我们晚一点偷偷出去，再早点回来。"

锦娘连连摇头，不过她摇了一阵，终究是被好奇心占据了上风，这京城的花灯对她来说实在太有诱惑力了，她长这么大还没见过满城流光溢彩的彩灯是什么样子，京城里穿着华服逛街的红男绿女又是何等风采，甚至她连平王府的大门都没出去过，一路走来都是被囚禁在水晶缸内，什么都看不见。

她太渴望自由了，太渴望看见外面的世界了。

锦娘终于缓缓地点了点头。

# |第二十八章| 青梅竹马

第二天夜里，当所有人都沉沉睡去的时候。苏沐偷偷地用自己的六寸筋把铁锁撬开，这六寸筋又软又利，很快就破开了铁锁。现在是冬季，中原一带已经很冷了，外面的河流早已结冰，两个人从洞口沿着冰面慢慢地爬了出去。这洞口起初幽暗狭窄，爬了一阵就觉得越发宽阔，最后抬头一望竟然是豁然开朗。

锦娘站了起来，站在一个从未见过的世界面前。

她的头上有一轮明月高悬，她的脚下是绵延而出的冰河，在月光照映下，结冰的河面剔透如水晶，莹莹泛光，再远处依稀可见黑魆魆的山，连绵起伏的树木，树影之外还有一些光影和喧嚣之声传来，想必那里就是苏沐说的京城夜市了。

锦娘一时间还有些不敢相信，她神情呆滞，竟恍如隔世一般。

她仿佛觉得自己重获了自由一样，直到一阵刺骨的寒风吹来。她突然蹲了下来，掩面轻轻抽泣起来，眼角虽然没有泪，但浑身却一直微微在颤抖。苏沐等她哭够了，才伸过了手，拉着她上了岸，并笑着说道："现在我们开始去逛街，就要开开心心的，如果你还哭，别人会以为我要拐卖你呢。"

锦娘破涕为笑，说我不哭，我高兴着呢。

两个人肩并肩，一路往内城走去。往日里这城门到了夜间都要锁闭，但到了宣和年间，由于汴梁的夜市太过发达，人流众多，渐渐只关闭了外城门，这内城的城门却是通宵开启。

一入内城，就见处处人潮涌动，人声鼎沸。这内城果然是比外城要繁华许多，到了深夜依旧是灯火辉煌，沿河两岸真的如苏沐所说的是彩灯闪闪、玉树丛丛。时值新年将至，不少公子佳人偷偷私会河岸，点燃莲花河灯，将两情相悦写进小小荷花灯中，任水流将其飘远。锦娘偷偷拾起一朵，却见写着："别来杨柳街头树，摆弄春风只欲飞；还有小园桃李在，留花不发待郎归。"锦娘心想这必是哪位思念良人的娘子所放的河灯，这人都一样，常为情字所痴所苦。想到这儿，她轻轻地将河灯放回水中，目送它慢慢飘远。

锦娘回头朝苏沐道："要不，我们也放个河灯吧？"

苏沐点了点头，他去买了两盏粉红色的莲花灯，一盏给锦娘，一盏留给自己，两个人背着对方，各自准备写下了自己的心愿，苏沐突然转身问她："对了，你准备写什么心愿？"

锦娘神秘地笑了笑，说："这可不能告诉你。苏先生呢？"

苏沐也笑道："那我的也不能告诉你，不过这也是我这一生为之努力的所在了。"

锦娘也不多问，她捧着花灯坐了下来，感叹道："这里好漂亮啊，比南海漂亮一千倍，在南海我从没见过这么繁华的地方。"

苏沐也靠着她坐了下来："这时候还不算繁华，若是到了元宵中秋，两岸挂满了彩灯，好多人会在这里放花灯，河岸灯火通明，亮如长虹，那景色才叫美。如果有机会，我可以带你去看看。"

锦娘欣欣然地点头道："这是你说的哦，不可以骗我。"

苏沐道："我不会骗你的，我苏沐答应的事都会努力去做到的。"

锦娘笑嘻嘻道："好，那我就把这事也写进河灯里，希望苏先生陪我去看一次京城的花灯。"

苏沐急忙阻止道："这事我答应你就是了，不必写出来。"

锦娘躲了一下，歪着头很认真道："那不行，对锦娘来说这就是大事，我得给你认认真真地记起来。"

说着，她真的认认真真地写了上去，尔后端端正正地把灯放进了水里。"好了，愿望已经放出去了，苏先生可就没有反悔的机会了。"她说。

苏沐装作不高兴道："我又没说要反悔……"

锦娘嘿嘿笑道："我就是逗你玩，再说了，我能不能过完这个夏天都不知道呢。"她这话一出口就顿觉后悔，自己怎么能在这么高兴的时候想这些杂七杂八的事情，这岂不是要惹得大家不愉快，于是急忙换个话题："对了，苏先生为什么要来平王府？我曾听刘学士说，现在金国的人想要撕毁盟约，入侵大宋，汴京恐不安稳，很多达官贵人都争着要去南方避难，你怎么反倒往京城跑了？"

苏沐沉默了起来，这件事对他来说确实是件很沉重的事，良久，他才问道："你听过天宁宴吗？"

"天宁宴？那是个很隆重的宴会吗？"

"是当今皇上的寿辰，天下最隆重的宴会。这个寿宴会举办三天三夜，第一天百官朝贺，第二天宴请四海宾客，最后一天，是请天下最出名的一百名厨师进宫敬献菜品。那一夜，天下的奇珍异宝、珍馐佳肴会像群山连绵一样在皇宫之中，无论是深海的巨鱼，昆仑的虎丹，还是塞外的仙草，应有尽有，获得当晚厨艺比试第一名的庖师，皇上会奖励他一把御赐金刀，并答应他一个愿望。"

苏沐神采奕奕道："你可以向皇上提出任何要求，他都会答应你的。"

金碧辉煌的皇宫，连绵如山的佳肴，这些锦娘想象不出来也毫不关心，她只关心苏沐的事："所以，你也要去参加那个天宁宴？"

苏沐点了点头，很郑重道："对，这是我毕生所愿。"

锦娘歪着头，若有所思道："那我猜，你是为了实现自己的一个愿望。"

"嗯。"苏沐的神情变得有些落寞和沉重，好像热热闹闹的大街突然间就灯火全暗，一片寂寥。他眉眼间的光彩渐渐消失，声音也不似刚才那么轻快，而是变得又低又缓，似在叹息又充满着坚定："这是我唯一能做的，或许只有这样才能弥补我自己的过失。"

女人的心思向来敏锐，锦娘似乎明白了什么。

苏沐常常看着窗外发呆，她总以为他是在看那几株红梅，现在她明白了，穿过这几株红梅，再越过平王府，一路往北，便是大宋的皇宫了。苏沐看的是皇宫的方向，那里有他期待的人，是他此生要为之奋斗的目标所在。

"你一定是为了那个女子吧？你心中念念不忘，一切都是为了她，对吗？"

苏沐浑身轻轻颤抖了下，这是第一次有人跟他谈起阿秀，他一直把阿秀埋藏在心底的最深处，作为自己不懈努力的动力，现在突然间有人探究到了这个秘密，这感觉就像有一道光射进了他黑暗的世界里。

锦娘眨着眼睛，又问道："她叫什么名字？一定很可爱吧。"

面对锦娘的天真，苏沐似乎彻底放下了心里的防备，他点了点头道："她叫阿秀，我们很小就认识了，认识了很多年，也分开很多年了，到现在有七年了吧。"

七年，这是多么漫长的一段时间，锦娘心想若是她跟一个心爱的男子分开了七年，还会这样想他吗？应该也会吧。锦娘很想知道苏沐的一切，她小心翼翼地试探道："那，可以说说你们的故事吗？"

谈到阿秀，苏沐淡漠的脸上仿佛掠过了一阵暖风，时间虽然没有在他的脸上留下什么风霜，但他的双眼却早已没有了少年的清澈，有的只是如古潭一般深沉和静默，只是在他说起阿秀时，这湾深不见底的潭水突然就闪动出熠熠的星辉，就像漫天的星河倒映在湖面上，顿生一片生机。

苏沐侧过头问道："你真的想听吗？"

他的目光似乎穿越了千山和万水，重新回到了那片有着秀美风光的西湖之畔。

这世间有没有青梅竹马，一生一世白头偕老的故事？

或许有，或许也没有。年幼的苏沐根本不知道，他只知道他很喜欢那个叫阿秀的女孩子，阿秀比自己小三岁，生得一双褐色的大眼睛，乌黑又柔软的长发结成两个垂髻，挂在耳边，跑起来的时候随着翠绿色的丝带飞舞，又可爱又好看。

从小，阿秀也喜欢和苏沐一起玩，在大人不管他们的时候，一起去西湖里游泳摸鱼。苏沐会给阿秀采来湖中最大的那朵莲蓬，一颗一颗剥开又脆又甜的莲子递给她吃，阿秀会用柳条荷花给苏沐编制最漂亮的草帽，一个一顶，戴起来就像准备成亲的新郎新娘。每年七月的时候，西湖边的树林里会飞满小灯笼一样的萤火虫，阿秀很喜欢萤火虫，一闪一闪的，就像天上的星星，她很想把萤火虫抓进家里，在晚上睡觉的时候也能静静地陪着她做个好梦，可是她胆子小，不敢进林子，于是她拉着苏沐一起。那一天，天上没有月光，也没有星光，四处暗得像块黑布，天色越来越暗，阿秀紧张地缩在苏沐的背后，两个人怯生生地走着，在翻过一丛灌木之后，突然黑漆漆的树林草丛里开始发出了一闪一闪的亮光，嫩黄色的萤火虫光芒照亮了整个树林，一刹那，处处都鲜活缤纷了起来，黑暗的幕布变成了夜空，萤火变成了璀璨的星河，苏沐拉着阿秀在星光之中发出了惊叹声，两个人忘情地跑啊跳啊，似乎忘记了时间的流逝。

苏沐说："阿秀，长大以后我会娶你当新娘的。"

阿秀说："那你以后得给我买漂亮的胭脂和项链才行。"

苏沐说："放心吧，我一定会给你买的，我还要给你买最好的。"

阿秀高兴地笑了起来，仿佛她现在已经是个新娘了。

苏沐也很高兴，仿佛他很快就会长大，就可以娶到阿秀了。

可是回去后苏沐就被师父惩罚了，因为没有去练功而是偷跑出去抓萤火虫，还把衣服弄脏了。他举着厚厚的剁菜板跪了一天，饭都没吃上一口，阿秀偷偷给他带来了自己私藏的点心，两个人躲在院子里你一口我一口吃得很是满足，师父看着这两个人又好气又好笑，最终只是摇了摇头就走开了。

一次一次，一年一年。

分分秒秒，暮暮朝朝。

杭州的西湖永远平如铜镜，连绵的青山绿水美如画卷。

苏沐心想，不管阿秀以后变得多老、多丑、多穷困，此生我非她不娶，这是他给自己和阿秀许下的诺言；阿秀也决定，不管以后苏沐变成什么样子，自己也只能嫁给他一个人。只是，人生并非总是如意的，尤其在这不算太平盛世的时代，苟活尚且不易，何况是长相厮守。可是苏沐总是坚信，命运会理所应当地让他们在一起。

在阿秀十四岁的时候，苏沐收到了第一个噩耗，阿秀的父母突然决定把她许配给杭州城内的卢员外。卢员外是个四十多岁的粗鲁男人，他已经有三个老婆了，可是他还是看上了出落得越发可爱的阿秀。阿秀自然是不同意的，苏沐也慌了神，他急忙求自己的师父带着彩礼向她父母提亲，希望他们能更改主意。可是阿秀的父亲却摇了摇头，因为阿秀的父亲被骗赌博欠了卢员外一千多贯，这几年利滚利，很快就翻到了一百多两银子，卢员外一直不过来讨要，就是想等着阿秀长大了，用她来抵债。现在，他们根本无力偿还，把阿秀许配给卢员外做偏房也是无奈之举。

阿秀很害怕，日不能食，夜不能寐，不过几日就消瘦得没有人形了，可是卢员外铁了心要阿秀。他说，如果阿秀家不在正月十五前把钱还清，自己就过来直接要人。

苏沐很气愤也很无奈，当即应承了下来：十日之内，要替阿秀还一百两银子！

卢员外冷笑道：小子，十日之后就不是一百两了，而是二百两！

两百两对普通人家而言，就是一个天文数字。苏沐的师父虽然在江南一带名气不小，可是他生性孤僻，也不愿意寄居在酒楼做事，而且又嗜酒贪吃，这一生也没什么积蓄。翻来翻去，师徒二人也不过找出了几百贯的铜板，这两百两银子他们怎么还得起？就算现在师徒二人去杭州城内最好的酒楼做事，十天也赚不到几两银子，百两之数对普通人而言，难上登天。师父气急败坏，就狠狠地打了一顿苏沐，骂道："没钱就不要娶老婆了。"

苏沐跪着说："要不我去参加赌厨吧。"

师父很震惊，赌厨是江南独有的一项地下厨艺活动，参加的庖师很多是下三滥不入流的师傅，赌厨的比赛比的不是食物做得好不好，而是能不能把一些价格便宜不能吃的东西做成美食，从而为地下餐饮牟取暴利，因为黑市出来的食物都会悄悄流入市井，祸害百姓，所以任何在酒楼行会挂牌的正规庖师都不会去参加这种比赛。可是每一场赌厨给出的赏金却很诱人，赢一场可以获得十两银子，这相当于正常庖师一个月的工钱。苏沐绝不能接受阿秀嫁给卢员外，最终他还是背着师父去参加了赌厨。

那是个充满恶臭的地下城市，若非亲眼所见，外人绝不会知道繁华的杭州城下原来还有这么一个完全不同的世界，这里的人奇形怪状，以残暴丑陋为美，他们用垃圾堆里废弃腐烂的食材做菜，而且做得色香味俱全，若是拿到市井里卖，外人绝对看不出来。

这样的比试考验的就是庖师对食材的掌控能力，可以化腐朽为神奇。只是这样出来的菜品只是改变了外观和口感，内里还是一些腐肉烂菜，于人没什么益处。苏沐忍着恶心，不眠不休地参加比赛，连续击败了二十个地下庖师，拿走了二百两银子，他成了杭州地下赌厨的一个奇迹，他们把苏沐奉为了英雄，二百两银子一分不少地送到了苏沐的手里。

可是这地下的世界无日无夜，苏沐也不知道自己在此间过了多久，他们告诉苏沐他在这里已经待了整整十天，苏沐突然想到今天已经是最后一天了，他急忙拿了银子就往阿秀家里狂奔而去，可是终究是晚了一步，阿秀已经不在家中了……

阿秀的父母告诉苏沐，阿秀昨晚在阁楼上一夜没睡，她一直在等着苏沐，可是等了一晚上没看到苏沐，反倒等来了今日一早过来抢亲的卢员外，卢员外想要上楼强行带走阿秀，却不想阿秀已经穿着一身华服走了下来。阿秀说，她今生既然不能等到苏沐，那她也不嫁了，前几日皇宫中遴选宫女的人恰好到杭州城了，自己已经报了名，想必过不了多久花鸟使就会过来了。卢员外一听阿秀已经参选了宫女采选，也不敢再动她分毫，待她上了铜铃马车，便也恨恨地走了。

苏沐很痛苦道："那一日，我眼睁睁看着她登上了运送宫女的马车，她坐在马车里，神色很漠然，仿佛是死了一样。我大声地喊着她的名字，可是她像没有听到一样。我一路追逐，一路追逐，一直追到城外的风山亭……就差那一点点，真的就差那么一点点……我到现在都很恨我自己，觉得很没用，连自己心爱的女子都保护不了……我知道，入宫当宫女很可怜，阿秀一定不会原谅我的，可是不管怎么样，我一定要救她，这就是我的夙愿。"

锦娘的心似乎被什么刺中了，她开始有些同情身边的男人，一生的奋斗竟然是为了一个年少时失去的爱人，这样的决心既伟大又可悲。她突然闪过一个念头，若自己是阿秀的话，听到这番话，会不会原谅苏沐呢？会吧，毕竟这件事本不该怪苏沐，而且他已经那么努力了。

夜已经很冷，东方似乎有微白的光亮出现了。

锦娘裹紧了衣服，说道："苏先生，天快亮了，我们还是回去吧。"

## 第五卷

# 金明池畔学茶戏

常饮茶酒失百味，我虽爱茶酒，但又恐失味，人生得失终究不由己。做一个庖师如此，做芸芸众生中一员，亦是如此。

# |第二十九章| 斗茶之技

京城的冬天正一点一点过去，虽然眼下还是天寒地冻，但过了新年，春天的脚步就更近了几分。院子里的梅花谢了，墙头上的迎春花开了，还有地上的草尖、河里的融冰，一切一切都似乎变得生机勃勃起来。

苏沐除了每日在膳房例行公事外，更多的时间是待在桃舍内看书，钻研菜谱，他看累的时候就和锦娘说说话，到了晚上，就偷偷给锦娘做一些新学的菜品。白掌事说得没错，京城的菜品确实与江南的大不一样，无论是口感和对菜式的追求上都有一些区别，若非自己到了平王府内，有机会接触到宫廷的菜式，自己蜗居江南一角，只怕苦练一辈子也不可能问鼎天宁宴的。

过了几日，童贯叫下人送来了四大庖师比试的请柬。

信柬大意是，四大庖师的比试乃是一件盛事，他斗胆向皇上禀报了此事，并邀请他来主持大局。皇上已欣然同意，亲自定下了比试的时间，还将比试的地点设在了皇宫中的集英殿。皇上还表示，届时将邀请相国寺的几位高僧一同参加，举行一场素宴比试。

信柬中还着重强调，请平王务必拿出有诚意的赌注，若是赌注不够，其他三家都不同意，他童贯便只好另请他人参加了。如今朝中想要加入四大庖师比试这个局的权贵也不在少数。若是平王实在拿不出趁手的赌注，他童贯倒是建议平王可以拿一样东西来换，至少这东西他童贯不会反对。

平王看完信柬就忍不住冷笑了起来。片刻后，他才自言自语道："真不知道这童贯为何这么想要那只鲛人，一而再地要我以她为赌注，这可不是太奇怪了？"

他扭头问道："叶秋，你替我暗中观察了苏沐和鲛人这么久，可发现了什么特别之处？"

叶秋自然是明察秋毫的，不过他也知道哪些话该说哪些不该说，他只是挑了一个最大的疑点禀报道："据属下观察，这鲛人并无什么太特别之处，反倒是越看越觉得……"

"越觉得什么？"

"越看越觉得像是普通的女子，而非鲛人。"

"你的意思，这鲛人是假的？！刘威这小儿竟敢拿假的鲛人来骗本王？！"

"属下只是怀疑而已，毕竟属下也未曾见过真的鲛人，只是看她的模样与寻常女子越来越相像了，现在连脚上的花纹也不见了。"

平王摇起了头，沉吟道："不，不可能！若是这鲛人是假的，童贯为何这么想要得到她，想必他是知道了什么秘密。"

叶秋见状也不纠结这其中的真伪，话锋一转，道："那有可能是小人看错了。对了，膳房的白掌事一向博学多才，对各类奇物颇有研究，王爷不如问问他，看他知不知道什么原因？"

平王一拍大腿，面露喜色道："对了，我怎么把白世忠给忘了，快叫他和林子敬一道过来，我要好好问问他们。"

片刻之后，叶秋已将白世忠和林子敬一起传唤了过来。

白世忠听了这一情况后，也是一头雾水，确实猜不出这童贯想要鲛人做什么，他如实道："据我所知，南海鲛人有两大妙用，其一曰化珠，眼泪所化鲛珠分为普通无色珠和带血的赤珠，均可延年益寿，乃是海中瑰宝；其二曰织绡，鲛人能用海中一种很特别的海草织出水火不侵的绫绡，听说比江南的丝绸还要轻薄细软，穿在身上光彩照人。这两件东西属下都只是在书中看见过，实物却很少见过，所以其中真伪属下也不好界定。不过属下以为，即便这鲛珠和海中绫绡是真的，也只能算是奇珍异宝，还算不得无价之宝，不至于让童郡王以这么贵重的赌注来换。"

平王沉吟道："如此说来，就更奇怪了。这童贯究竟想要这鲛人干什么？他竟然舍得拿这么贵重的赌注来换我这一只没有用的鲛人？"

林子敬眼珠子转了转，在一旁附和道："既然童郡王这么想要，不如王爷将计就计，就拿去做赌注算了，赢了自然是好事一桩，输了也不可惜啊。"

白世忠毕竟心思更加缜密，登即摇头反对道："不可，童郡王越想得到这鲛人，那就说明此物越是大有玄机，这样一来，我们就更不能给。"

平王点头道："白世忠说得很是在理，他童贯越是想要的东西，我赵正就越不能给他！哪怕这个东西对我们毫无用处，我也不会拱手相让！我岂能让他如意了？"

白世忠和林子敬急忙低头附和道："自当不能！"

平王冷哼了一声，顺势站了起来，说道："话说这鲛人来了我平王府也有些时日了，我还没去看过她，也不知道这物现在养得如何了？"

林子敬急忙抢话道："此事由苏沐一直负责，这人性子古怪，平日里都不让其他人靠近，也不知道养得什么样了，小人也觉得王爷是该去看看了，否则万一……"

平王问道："万一什么？"

林子敬不怀好意道："桃舍里气温宜人，温暖如初夏，万一这鲛人都已经开始化珠了，岂不是要被苏沐一个人私吞了？小人是替王爷担心哪。"

听到这话，白世忠暗暗冷嗤一声，亏他林子敬会想到这个点上，想他白世忠这么贪财的人都没去动鲛珠的念头，他林子敬倒是一直惦记着。白世忠道："禀王爷，据我所知，苏师傅品行端正，不是贪财之人，这鲛人前几日我也见了，气色倒是越来越好了，不过能不能化珠，就不得而知了，还请王爷亲自拨冗前去一探究竟。"

平王道："今日天气甚好，不如你们就陪我一起去看一看吧，也正好看看这鲛人到底有什么不同寻常之处。"

桃舍外，苏沐和柳湘云早已站立两旁，等候平王的到来。桃舍在膳房最角落的一个地方，颇有些闹中取静的幽深感，只是此处虽然四季繁花不败，景色宜人，但毕竟身处整个平王府最嘈杂的膳房，平王平日里也很少会到此处。他入了桃舍，见这里团花如锦，气温和暖，也是忍不住赞叹一阵，一行人穿过溪流、菜圃、绕过几丛桃树李花，终于到了锦娘居住的花池畔。

众人但见一座茅屋依树林而建，一湾碧水浅浅环绕，上有落英缤纷，下有锦鱼摇曳，锦娘身着一袭粉红绫绡长裙，半立在水中，由池畔满树的桃花衬托着，更显得闭月羞花，风情无限。

平王显然也是被锦娘的样貌给惊住了，他怔了下，有些不敢相信地问道："她，就是那鲛人？"

锦娘俯首福了下身子，点了点头。

苏沐代为答话道："正是当日的鲛人，请平王过目。"

平王又看了一阵，双眼都在泛光，显然面对这等绝色的女子，没有哪个男人是不会动心的。他喜滋滋道："传闻鲛人姿色犹如海上仙子，美艳不可方物，今日这么一看，倒也名不虚传。嘿嘿，我说这童贯为何想要鲛人了，单凭这美色，足以叫后宫三千粉黛黯然失色，想不到这阉人也动了情欲之心。岂不可笑！"

他转头问苏沐道："你果然很有本事，这鲛人叫你养得很好，就是不知道如今能不能化珠了？"

苏沐摇了摇头道："还不能。"

林子敬立即冷笑道："这桃舍之中，日日气候都是如初夏一般，你看这鲛人都只穿了几件薄裳，你还说时节未到，是不是早就已经化珠了，却被你私吞了？"

苏沐眼皮都不抬，只是口中反驳道："这里气温虽然暖和，但鲛人与鱼类似，这潮汐、时令、气候、水质、饮食都会影响她们的体质，若是有一点点偏差，都可能导致不能化珠，这又有什么奇怪之处？苏某自问不是个贪图钱财之人，若是鲛人能化珠必然第一时间呈送王爷过目，岂敢私吞？"他终于抬头看了一眼林子敬，眼里却尽是厌恶之色，不客气道："倒是林副掌事，常常在这窗外一日三望，却不知想图些什么。"

林子敬没想到苏沐竟敢顶撞自己，大为恼怒道："你，胡说些什么！我那是替平王监视你！"

白世忠冷笑一声道："监视？林副掌事大可不必吧，苏师傅在我膳房之内，上有平王，下有我白世忠，还有膳房这么多庖师杂役，还需要你一个副掌事这般勤快地监视？"

林子敬："你……"

平王嗳了一声，打住这几个人道："这鲛人化珠一事我们日后再细究，眼下四大庖师的请柬已经送来了，这时间定在了一个月之后，此次的比试十分重要，时间上也很是紧迫。苏沐，我问你，你现在准备得如何了？"

苏沐道："这段时间，我时时向白掌事学习，白掌事虽然有伤在身，但是见识渊博，在下自觉受益匪浅。"

这话让白世忠十分高兴，他二人已结成同盟，白世忠自然也投桃报李夸赞道："应该说苏师傅也是天资聪慧，很多难点一学就会，我觉得现在苏师傅的厨艺在京城之内也算得上是出类拔萃、数一数二的。"

白世忠这话原本是夸苏沐的，但不想平王听了这话却有些不高兴了："这数一可以，但是数二就绝对不行。四大庖师的比试，只有一名胜者，即便是第二名也会赌注尽失，这第二名与最后一名也没什么区别，所以……"他的神情突然间变得严肃起来，双眼紧紧地盯着苏沐道，"这一次比试，你只能胜不能败！"

任何比试都有失败的风险，更何况是和京城内最负盛名的其他三个庖师比试，这其中的难度苏沐不会不知道，他问道："若是在下输了呢？"

平王冷笑一声，口气瞬间转为冰冷："若你输了，你的下场便与这鲛人一样，淮河边的祭龙台便是你们的归宿。"

"啊……"白世忠听到这忍不住暗叫了一声。

而林子敬却露出一副幸灾乐祸的表情，他补充道："嘿嘿，苏师傅非京城人士，可能还不知道什么是祭龙台吧？这京城往外十里地便是淮河的一处急湾，水势最是汹涌。传言有蛟龙恶鱼居住于此，所以过往翻覆的船只最多，往日里凡是在平王府内犯了重罪的人，都要押往祭龙台，先脱光衣服，再在身上用片刀划出七七四十九道口子，抹上鱼食，而后以绳索捆绑半悬于河水之中，只露出大半个脑袋，不消半天，这肉身就会被河里的鱼群啃咬得只剩一副白骨，人却还是清醒的，此谓之祭龙台上祭龙王，明白了吗？"

这刑法可比处决犯人的酷刑还要变态，林子敬却说得神色兴奋难耐，好似一头要吃人的野兽。桃林里锦娘也听到这段对话，更是吓得面色惨白，她倒不是怕自己死，她觉得自己能活到现在已是万幸，可是她怕苏沐有危险，她原本以为这只是一场普通的比试，未承想，有这般复杂和危险。

平王面色冷冷，显然这所谓的祭龙台对他而言不算什么，他以前本是纵横沙场的武将，什么样的生死没见过，什么样的血腥杀戮未曾领略过。在他看来，他平王赵正的一生，除了不能当皇帝外，其他的都不想输！

他再度喝问道："苏沐，你现在可有信心了？"

苏沐面色变得很凝重，他回头看了一眼锦娘，尔后很是坚决道："请王爷放心，在下必定全力以赴，绝不叫王爷失望。"

"好！一个月后，我要在集英殿内看到童贯向我低头的那一刻！"平王终于露出难得的笑容，他仰头而去，林子敬、叶秋第一时间跟了上前。

柳湘云原本想多陪苏沐一阵，但见白世忠也在场，觉得自己一个侍女如何还能在此逗留，便也悻悻地先退了出去，白世忠叹了口气，道："现在你已没有退路，能教你的我也教得差不多了，我的千眼太岁本来很快就将成形，但上一次被颜真破坏，只怕短时间内也指望不上，这比试就看你自己的领悟和发挥吧。"

"苏沐，颜真是个很不好对付的高手，这点你要时刻记住。"白世忠留下最后一句话，也急忙跟着平王脚步而去，现在桃舍之内只剩下苏沐和锦娘了。

此刻，锦娘的心情很是复杂，她既担心苏沐的前途，又觉得自己断断不可在他面前露了怯意，她正欲强颜欢笑地安慰苏沐，不想苏沐率先笑道："锦姑娘请放心，不管这次比试如何，我苏沐一定会护姑娘周全，这是我对你的承诺。"

锦娘瞬间觉得眼眶一红，她心想自己与苏沐不过是萍水相逢，对苏沐更是没有什么大恩大德，苏沐何必对自己许下这样的承诺，锦娘急忙摇头道："苏先生，此事使不得！"

苏沐已经定下了主意，他看到锦娘时，总是会忍不住想起阿秀，那个和锦娘一样大大咧咧，爱说爱笑的姑娘，他不知道阿秀现在皇宫里过得怎么样，若是她受了委屈，有没人会站出来保护她帮助她，送她一粥一饭，这一切他都无从得知，整整快十年的时间了，一道高耸的宫墙隔绝了两个人所有的信息，哪怕他现在就在皇城脚下，也依然得不到任何信息，这状态堪比阴阳两隔。

苏沐心想，若是阿秀一个人在皇宫里一定也会和锦娘一样，很渴望有人能够保护她帮着她吧，自己现在帮不了阿秀，但是他可以帮助锦娘。他说不清自己这样做是出于什么目的，或许是对自己当年未能救下阿秀愧疚的弥补，或许是看到了锦娘就想到了阿秀，总之，苏沐告诉自己，他要保护这个女子，不能让她再受到无谓的伤害。

苏沐道："锦娘，这世道不公，常令良妇为娼，良民为贼，可并不是每个人都会这样，我保护你，就是保护我自己，就是保护我的阿秀，所以你不必感谢我，你也不必内疚。"

# |第三十章| 松叶丹青

一连几日，苏沐都把自己关在房间里，他既没有去桃舍，也没有去膳房，平王特许苏沐全力准备四大庖师的比试，这膳房里的事情他都可以不用参与了。可是眼下，平王府没有一个厨师会羡慕苏沐，相反所有人都替他感到可怜，毕竟这颜真的实力，所有人都是见识过的，想要打败他谈何容易？

这一战，性命攸关，压力远大于诱惑。

一日，苏沐见天气转好，他在房中连待了数日也有些烦闷了，他心想这比试要比的是素菜，可比寻常的荤菜还要难做一些，一来是这素菜的口味多偏寡淡，二来素菜必然还要贴合佛学禅理的寓意，现在自己毫无头绪，不如就先出门转转，说不定这多走走、多看看就有新的灵感了。

出了平王府，苏沐一路往西行去，眼下，初春已至，这一路走来虽还未见桃红柳绿，莺歌燕舞，但已有鹅黄树芽草尖冒了出来，路上行人也多换了新绿、嫩黄、粉红等颜色的衣着，配合早春的景象，倒也是一片生机盎然。

沿路两旁，不知不觉多了许多店铺，有贩卖鱼兜子、蝌蚪粉、馄饨等热小吃，也有水晶脍、肉脯、胡麻饼等冷食，更有鲍螺酥、糖瓜蒌等甜食。苏沐虽然是庖师，但对吃的一向是研究兴趣大过于口腹之欲，对于这些小吃摊点，每一样他都饶有兴致地驻足观看一阵，尔后只买一点点浅尝辄止，如此这般，走过不到一里地，也是腹中半饱。

苏沐暗暗告诫自己可不能再吃了，可是前头商铺似乎更加密集，走过去一瞧，这次看到的不仅仅是各类小吃，更有一些京城独有的美食。苏沐忍不住看了又看，点了又点，如此几番，已不是半饱，而是连连打嗝了。他暗自苦笑，自己身为一名庖师，平日里什么山珍海味没吃过，对膳房之内这些精工细作的食品，自己没有任何食欲，反倒是出了门，对这些看起来颇为粗糙的东西欲罢不能，这也真是怪哉。想来想去，他觉得是自己今日难得出门，心情大好，这人心情一好，食欲必然大开，自然是看什么都觉得美味可口了。

这样又走了一阵，前方终于没有这些嘈杂的小吃商铺，取而代之的是一湾宽阔澄明的水池，池畔有高耸城墙，池上搭有仙桥，建有宝楼，池畔垂杨依依沾水，新草青青铺堤，更有船坞码头、战船龙舟，样样俱全，正是汴京西郊的皇家园林——金明池。

金明池位于顺天门外，历来是汴梁人春季赏春踏青的好去处，尤其是到了每年三月，汴梁人最喜欢聚集在金明池畔，现场捕捞池中鲤鱼，现做现吃鲤鱼鲙，逐渐成为汴京的一大盛景。眼下还只早春二月中旬，但金明池旁就已经聚集了不少商家和食客，这些摊子大多只是简易地搭了个棚子，摆了几张桌子，现场钓鱼的钓鱼，片鱼的片鱼，阖家游玩的人围拢一处大快朵颐，似乎丝毫未受春寒影响。

苏沐原本腹中饱胀，毫无食欲，但因为上次跟颜真比试临时做了一道鲤鱼鲙，所以对这道菜印象很是深刻，他思来想去，觉得眼下闲来无事，不如过去看看这京城的人是如何做鲤鱼鲙的，他挨个摊子看了起来，只是这一路看下来反倒不如看到小吃摊时有兴趣，可谓是越看越觉得有些失望。

金明池的临水斫鲙确实算得上京城内的一大盛景，美誉度和影响力都很大，但这些池中捕捞上来的鲤鱼肉色发白，大多品质一般，远不如孟津鲤鱼来得肥硕鲜美，更遑论与白世忠的桂花紫金鲤鱼相比。再加上沿池摊子的师傅多数技艺平庸，片鱼的刀法不够快，片出的鱼片不够薄，作料又很重，苏沐只是看几眼，就觉得这鲤鱼鲙的品质算不得多上乘。

他摇了摇头，低声叹道："可惜了，这鱼肉虽只有七十分，但配上这刀工调料，这道菜却只有六十分不到了。"

"哦，那依客官之见，这鱼该如何做才能最好？"

苏沐回头一望，却见水池旁有一名老者独自垂钓，他身旁没有售卖鱼鲙的餐具，却有一副喝茶的茶具，显然这不是卖鱼的人，而是一个安心垂钓的老人。

苏沐出于礼貌回答道："鱼鲙之美在于鱼之鲜，一则曰鲜活，二则曰鲜美，临水斫鱼，鲜活虽然有了，但金明池的鲤鱼肉质偏白，鲜美却还不够，这鱼鲙纵然庖祖伊尹在世，也只能做到最多八十分。"

老者笑了一声，明显有些不信道："听客官的口音，应该是南方人吧，据我所知南方人吃生鱼脍的并不算多，你怎么有信心评价这汴京最有名的金明鱼脍只能得八十分？"

苏沐如实道："在下乃杭州人，杭州城内确实很少吃生鱼脍，不过对于如何做生鱼脍，在下还是有一些心得。"

"不妨说来听听。"

"其一，我观察这些商贩，大多宰杀放血后取肉，前后费时半盏茶，肉质已有些偏软，鲜嫩不足；再者，每一片肉都有茶盏壁厚，肉中连筋，口感必然不佳；三者，调味汇集葱姜蒜盐糖醋等，少则十余味，多则三十多种，调味滋味过厚，反倒影响鱼肉的鲜美。"

老者听了这话嘿嘿一笑，他点了点头道："这位客官看来对鱼脍制作确实有些研究，正好我刚才钓了几尾一尺半的鲤鱼。那不如请客官来片一下这鱼，看你是否比这旁边的师傅高明，还是空有满腹理论？"

"这……"

"怎么，怕了吗？还是你只是空有口舌之利？"

老者一阵吆喝，旁边很快就围拢来一群人，这些人既有过来踏青游玩的游客，也有经常在这售卖鱼脍的商贩，这些人一听说这杭州城来的外地人竟然敢指责金明鱼脍做得不好，个个大为愤慨，纷纷起哄道："既然这位兄弟说得这么头头是道，那不如就做一次给我们看看，这高明的鱼脍是怎么做的？"

苏沐原本只是看了一圈，有感而发的低声细语，却不想被这老者听见了，然后又引来了这么多人，现在完全是骑虎难下了，面对质疑声，苏沐坦荡道："在下方才自言自语多有冒昧之处，还请诸位店家多多见谅。不过这鲤鱼脍的制作在下确实略懂一二，诸位既然想看，在下也愿意与诸位探讨一二。"

老者听了这话，叫了一声好，而后提起竹篓道："我这里有三尾鲤鱼，都是我精挑细选的，老汉我一天能钓上五六十条，但最终留下来的也不过三四条，这几条鱼虽然生在金明池中，但品相也足以与孟津鲤鱼相媲美了。"

老者随手抓出一条鲤鱼，果然这鱼个头硕大，鱼须绵长，浑身鳞甲金中泛着青黑，带有一种奇异的水墨色泽，与其他商贩售卖的鲤鱼大不一样。

"哎呀，这鲤鱼是青衣公子，这鱼可少见了！"人群中有识货的叫了起来，老者顺手将鱼丢回了竹篓里，笑道："不错，这鱼也叫丹青松叶鲤，一百条池鲤鱼里也就能出这么一两条。怎么样，客官觉得我这鲤鱼如何？"

苏沐点了点头道："丹青松叶鲤，肉质紧致，鲜美又没有河腥味，确实是难得的好鱼，若是这鱼再养个两三年，身上松叶纹尽现，必然要比孟津鲤鱼还好上几分。"

老者叹道："理是这个理，不过可等不得啊，这每年来金明池畔钓鱼吃鱼的人可是越来越多了，况且每年秋季皇宫里的人还要来一次大捕捞，这等鲜美的松叶鲤怎么能活得到三四年呢？客官，鱼在此，接下来就看你的手艺了。"

说话间，已经有人找来了片刀、砧板、碗碟等物。

事已至此，苏沐也不再客气，朝临近的商贩老板客气道："我片鱼有个习惯，需要一只比鱼大的海碗，不知你们哪家有？"

众人纷纷好奇，片鱼只要砧板就够了，要这海碗做什么用？

偏偏有一个老板还真就带了这么一只大碗，这是他平日里盛汤用的。那人嘿了一声，递过来一只莲花纹大海碗，说道："片鱼要海碗，这么稀奇的事我还是第一次听说，难不成你这是要做鱼片汤？"

苏沐也不多说话，他见这碗大小正好，便往碗里注满了清水，尔后放入一尾松叶鲤，这鱼摇曳在海碗中，白底青鱼看起来极为养眼，越发得像一幅水墨画了。

苏沐道："鱼鲙之美在于鲜活，所以，片鱼之时，鱼一定不能死，若鱼死了，这肉便是如同咀嚼尸块一般，毫无鲜活的生气，这一点点的差距便是高下之别。"说着，他握刀飞快地朝鲤鱼身上划去，这一刀顺着鱼鳞而入，贴着鱼皮而出，削去了一小片的鱼鳞，只见肉却不见血，这一刀要的就是恰好去皮不伤肉，十分精准才行。如此反复，几十刀过去了，很快这条鱼就被削去了大半的鱼鳞，光溜溜地在水里慢慢地游动着，很显然这鱼还未觉察出自己身上有任何异样，这几招刀法之快之精准，已经开始让原本聒噪的围观的人群，逐渐变得鸦雀无声，所有人都在安安静静地看着，心中盘算着他一会儿该如何下刀破肉。

苏沐掂量了下，终于开始下刀切肉了，刀锋就像一道闪电一样破入鱼体，这锋芒又薄又快，紧贴着鱼的肌肉纹理在走，这鱼的肌肉与哺乳动物大不一样，大多是一层肌肉一层脂肪，十分整齐有序，越好的鱼这层次越分明和细致，苏沐片鱼的方式，就是顺着这脂肪切开，一层肉带着上下两层很薄的鱼脂，所以一刀下去，几乎没有血水，鱼似乎也没什么感觉，肉切得很薄很艳，薄得就像江南刚染出来的丝绸，艳得就像春光里新绽放的玉兰花，莹莹透亮，十分惹人喜爱。

这一次他没有将鱼片挽成一朵花，而是拼成了白玉孔雀开屏的模样，一片一片，呈扇子形展开，不到半盏茶时间，鱼鲙便已经完成了。

苏沐道："松叶白玉鲙，请各位品鉴。"

围观的人猛吞津液的有，啧啧咋舌的有，也有的将信将疑。只有老者面无表情，看不出是赞许还是否认，他连筷子都不用，直接用手捏着鱼片也不蘸调料，猛吞入口中大力地咀嚼起来，如此嚼了片刻，才笑道："好鱼！好鱼！这才是活的鱼肉，有鲜活之气。"

其他食客见状，也纷纷去抢食，只不过一个个刚吃了两口就纷纷抱怨道："这鱼鲙虽然新鲜，但不蘸调料，味道如此寡淡，哪里算什么好菜，这位师傅，有酸辣姜蒜调料没有？"

"没有，若嫌味淡，可以蘸点粗盐。"

"蘸盐哪里够啊，鱼鲙必须要有葱姜蒜相佐才够鲜美。"

"对啊！对啊！我看这老头儿和这小子就是合起来骗人的，我以为真的有多好吃呢，太寡淡了！"

…………

一群人各个摇头，一哄而散，继续去吃他们的鲤鱼鲙。

老者见状哈哈哈大笑了起来，似乎这个情景早已在他预料之中，他问道："小子，怎么样，有什么启发了吗？"

苏沐苦笑道："市井之人常食重味之物，已不知食物之本味，油炸红烧，便是腐肉臭鱼都能重新上桌，更何况是稍稍有些不新鲜的；而老饕者更重食物本源味道，吃鱼必吃鱼之鲜，吃素必吃素之清，饮酒必贪酒之醇，所以，这不过是心中对美食高下的定义和标准不一样罢了。"

老者点点头道："不错！你这话说到点子上了，小伙子，我以前和你一样，也是个庖师。我刚学艺的时候，我师傅就告诫我常饮茶酒失百味，厚味不可多贪，所以我活了四十多年，滴酒不沾，重口菜肴一律不吃，甚至后来连茶水都不怎么喝，怕的就是这些味道会干扰了我的味觉。我当了一辈子的庖师，从市井到庙堂，见过的东西也算多了，不过还是常常觉得自己知道得太少了。"

老者的话让苏沐的心猛地震了一下，一个厨师为了自己舌头能足够敏感，宁愿忍住口腹之欲，几十年不饮茶酒，只吃寡淡的食物，这么有决心的人断断不会是个平庸之辈。他急忙恭敬道："却不知前辈尊敬大名？"

老者哈哈笑道："你先不必问我的名字，我且问你，你是不是平王府内新来的庖师苏沐？"

苏沐更加惊讶，却不想这老者居然认识自己，想他刚来京城才几个月，平日里都是在平王府膳房深居简出，根本没有什么抛头露面的机会，这老者居然也能认得到自己，那这人究竟是……

老者见苏沐惊讶之余还有些疑问，忍不住又笑道："你大可不必猜测我的身份，这并不是最关键的。我再问你，你是不是要去参加四大庖师的比试？"

# |第三十一章| 初学斗茶

这其貌不扬的老头儿似乎对苏沐的一切都了如指掌，他的厨艺、他的动向，这不能不让人更加生疑，苏沐问道："你如何知道？"

老者道："四大庖师乃是京城内最厉害的四名厨子，自然是人尽皆知了，老夫虽然现在已经不下厨了，但是这些消息还是听得到的。四大庖师，比的虽然是厨艺，但拼得却是童、王、梁、赵四大家的实力，所以你们这些庖师只是棋子，是灭对方威风的一把刀罢了。"

这话让苏沐无话可说，也无法反驳，四大庖师比试确实不过是四大家举行的一场盛大的游戏和赌博罢了，金银财宝、人命官爵、美女封地，皆可以拿来做赌注，这比试的胜负虽然在庖师们，但似乎又不在他们，他们就像一具具木偶一样，所有的行动都操控在这些王公贵族手里。

老者又道："这比试虽然很是荒唐，但却又关乎各家的颜面和真金白银，所以各家都十分重视，丝毫马虎不得，若非蔡太师眼盲失势，今年估计还轮不到平王，不过既然平王是第一年参赛，想必他应该更为重视吧？若是比试赢了，自然是皆大欢喜；若是输了，这后果必然……嘿嘿，不可想象啊。"

这老者絮絮叨叨，越是分析得头头是道，苏沐就越对他的身份存疑。他正欲问他究竟是何人，与他说这些有什么用意，但这老者却率先问道："小子，我先问你，这场比试，你有几分信心问鼎？"

老者目光炯炯，口气分明是不容人回避和质疑，虽然苏沐还搞不清这人的真实身份，但他觉得这人很不一般，不管是敌是友，都该好好了解一下，他想了想如实回答道："有五成。"

老者冷笑一声道："五成？我说你是一成都没有。"

苏沐愣了一下，问道："为什么？"

老者道："不为何，其他三家皆是四大庖师的常客，唯独你不是，你可知道这些人如何比试，比的又是什么？另外，当今皇上带着相国寺的四位高僧当评判，这五个人的口味喜好又是什么？你可都清楚了，方才你做的松叶白玉鲶，在我看来是做得极好，但在其他普通食客看来却是不堪入口，寡淡如嚼蜡，为何焉？心中标准不一罢了，这道理你自己也懂，怎么放在皇上和和尚身上，你就不懂了？所以纵然你有绝世的厨艺，这次比赛你也是难取一胜。"

老者的话说得很无情但也没有错，这厨艺比试虽然比的是刀工、选材、火候、调味、摆盘，但最终的目的却是给人吃的，只有品鉴的人觉得好才能是真的好，若是有不爱腥膻的人，你做一锅鱼羊鲜，他亦觉得如鲍鱼之肆，臭不可闻。尤其这次做的是素菜，苏沐你给和尚做过饭吗？

苏沐见老者分明是有心帮自己一把，神情肃穆，更加恭敬道："不知前辈有何指教？"

老者指了指旁边的茶桌，问道："看到我这套茶具了吗？"

这桌子上有一个茶壶，一个茶罐，六个茶盏，六个茶碟，一支茶匙和一支茶桨，一套茶具十分完整，苏沐见这人明明不喝茶，却还要准备这么一套复杂的茶具，不知道这是为了什么。

老者解释道："我最爱茶味，但又恐常饮茶失了百味，所以我便养成了这个习惯，每日给自己泡一壶最好的茶，我不喝，只是闻，以解我心中之痒。小子，我这茶壶里的水已经冷了，你往西走三里地，有个金池茶楼，跟他要一壶烧开的无根水，必须是滚烫的，记住了？"

自己又不喝茶，也不请苏沐喝，却又要他去取开水，这老头儿的行为举止一直就很怪异，但是苏沐还是一一照做了。只是这茶楼距这里足有三里地多，天气严寒，沸腾的茶水这么端回来很快就会冷了，而这温水冷水是根本泡不好茶的。苏沐干脆脱了外套，用外套裹住茶壶，这样一路小跑了回来。

不过三里地，只跑得苏沐热汗直冒。

老者坐在池畔的石头上，跷着个二郎腿，神情满意道："不错，你还算有心，若是这茶水冷了，这事便也成不了了，你今天也算白来了。"

他终于站了起来，迎着还有些寒意的湖风，郑重道："茶水取来了，我就欠你一个人情，这个人情我自然要还给你。小子，你我都是庖师，皆知饮食一门共有十个门类，乃是蕈、果、蔬、羽、兽、鳞、昆、酒、茗、药，每一门类中均有辨物、养物、馔物之法，博大精深，浩瀚如沧海星河，凡人不可尽学，别的不说，光是这茗一门，便有数不清的门道了。"他转了转手中紫黑色的茶盏道，"你可知道，当今皇上最喜欢什么吗？"

苏沐答道："书画、蹴鞠、美人、美食和茶道。"

宋徽宗爱好风雅，吃喝玩乐可谓样样精通，这其中又以这四项最为喜爱，老者当即赞同道："不错，这五样之中，尤以茶道排在第一，若是有当今皇上出席的宴会，你猜宴会之前上的第一样东西会是什么？"

"必然是香茗。"

"对，但也不对，这第一道是茶没错，不过却不是普通的香茗，而是斗茶！"

"斗茶？"

老者道："不错，是斗茶！这才是皇上的最爱！"

这斗茶，又称茶百戏、水丹青，始于唐代，到了宋代，由于宋徽宗好煮茶论道，又对风月雅事十分沉溺，不仅亲自撰写《大观茶论》，还要自己烹茶分茶，赐宴群臣，所以这宋朝汴梁一带制茶之艺日精，斗茶之风日盛，分茶之戏日巧。四大庖师比拼厨艺，第一关便是给皇上献上一盏斗茶，既是为了比试助兴，更是考验庖师的分茶技巧。

所以四大庖师的比试，第一局考的可不是做菜的功夫，而是分茶的本领，这是平王府内没有一个人知道的，或者说他们未曾参与过这场比试，根本不了解这个规则。

不过说到斗茶分茶，就大有讲究了。

老者顺手捻取了少许绿色的茶末放入茶盏之中，口中徐徐道："斗茶者，以沸水冲击茶末，形成白黄绿相间的茶汤泡沫，此谓之茶汤花，观色泽，以乳白为最佳，以白中夹杂色泽为次之。不过当今茶技早已又有新的演变，有技艺高超者，可令茶汤幻化瑰丽多变的景象，或是形若山水云雾，或是状如花鸟鱼虫，不一而足，犹如画师以水墨丹青描绘，妙不可言。当朝茶师斗茶，必用深色茶盏和淡绿色的茶末最佳，所冲击成的茶汤颜色最为鲜艳，斑斓多姿，还可经久不散。我看你倒是个聪慧心善的人，今日得空，便教你斗茶之技。"

说着他提起水壶，只提得离茶盏有半人多高，尔后他微微一倾水壶，沸水化作一条银线冲击而下，咕噜噜，这热水在他控制下并没有飞溅四溢，而是完全激荡在茶盏内，引得茶末上下翻涌，尔后水花泡沫滚动，犹如沸粥一般。老者拾起茶匙在茶盏中来回搅动数下，尔后猛地一提收手。

这茶面上泡沫层层回落，慢慢地凝成了一朵含苞待放的荷花。黄汤白沫，好似一幅泛黄的古画一般典雅，荷花的花瓣脉络似乎都隐隐可见，这种场景苏沐真的是第一次看到。他正要惊叹老者的手法，突然那老者又用茶匙轻轻地敲了敲茶壁，这花苞受到震动，开始微微抖了一下，尔后竟然开始缓缓地绽放……

泡沫水纹形成花朵一时间好似娇弱无力的美人出浴一般，颤颤巍巍地，荷花瓣一片片展开，眼看着花朵就要全部盛放，突然这茶面上抖了一下，茶汤水波回旋，一朵荷花瞬间就溃散无形，再无半点形状了。这荷花虽然只开了一半，但点茶成画还能有所变化的技法已算十分精妙，对苏沐来说更是闻所未闻，但老者却对自己的手法很不满意，他摇了摇头道："可惜我太久没有动手了，终究是气力不够稳健，不然这花该是尽数绽放，露出丝丝花蕊才是。"

他叹了口气，直接将茶盏中的茶汤泼向金明池中，好似不想再看到这失败的作品，他重新放下茶盏，问道："你刚才可看清了我是如何点茶的？"

苏沐道："大概看清了，沸水比冷水更活跃，高空注水，会激荡起更多的泡沫，这茶末就会随着泡沫四处飞散，尔后以茶匙顺着泡沫和水纹搅动，在茶盏表面上形成特定的图案，这画出第一幅画不算太难，但要做到后面还能有这些变化，就必须要对这茶末在水中的运动十分熟悉才行，而这恐怕也是分茶最难的地方所在了。"

老者点了点头道："不错！这原理并不算难，但是实际操作起来却很不易，这力道的使用，对茶末、泡沫乃至水纹的掌控都要十分细致才行。一杯茶汤，只要差一分就会谬之千里，溃不成画。这一次，你来试试。"

说着，老者挑了一个新的茶盏递给了苏沐。

苏沐又回想了一遍老者的动作，开始一一照试，热茶盏，入茶叶，注水，搅动，尔后茶汤上渐渐变化，这一次他的茶盏水面上隐隐约约呈现出一朵桃花，只是这花形很淡，并不是很明显，也没有过多的变化，只是显了片刻就消散了。

苏沐有些不太满意，反倒是老者有些赞许地点头道："第一次分茶就能有这样的效果，已经不错了，此分茶的技巧需要日日练习，时日久了才能出真章。你今日送我一道鱼菜，正好我这里也有一本《茶戏要经》，算是补了你这道菜的饭钱，粗浅的技艺我不会教，怕辱了我的名声；高深的技艺我也不会教，怕误了你将来的方向。这本事只有靠你自己去好好领会，至于这一个月能学到什么程度老夫也就管不上了。"

老者虽然说得好像事不关己，但其实他的一言一行都已经表明，他有心助苏沐一臂之力，苏沐到现在都不知道这人是谁。但这一番好意，又怎可冷漠拒绝，他接了《茶经》，再度谢过。

老者收了自己的渔线和鱼篓，又道："四大庖师比试虽然不如天宁宴隆重，但四大家下的赌注都十分昂贵，所以万万不可掉以轻心。梁府去年的庖师牧云吉在比试中垫底，令梁太傅输掉了自己最喜欢的柳名山庄和五十名婢女。在回府的路上，梁太傅怒气难消，直接把牧云吉捆绑在马车之后，一路拖回梁府，人死之后他还不解气，还将其尸体悬挂在柳名山庄里，故意想要恶心一下蔡太师，让他拿到了这个山庄也不能入住。但你猜蔡太师怎么处理？"老者冷笑一声道，"蔡太师叫人厚葬了牧云吉，然后直接把梁太傅最喜欢的柳名山庄改成了牧云吉的陵园，又把梁太师最喜爱的婢女全部责令守陵。嘿嘿嘿，夺人所爱，尔后不珍视，反而还糟践之，这才是最诛心的办法！果然，梁太傅为此气得卧榻三天，并扬言，今年必要夺走这四大庖师比试的桂冠，一雪耻辱。不过可惜，今年，蔡太师不参加了，换成了平王，而燕修也换成了你。"

这四大家在朝中都是最有权势的人，平日里亦是奢靡无度，无论饮食、衣着、娱乐、把玩之物，都是整个大宋内最好最珍贵的，可是再珍贵的东西也有看腻的时候，再好吃的珍味也有吃腻的一天。所以这四大庖师的比试便应运而生，以庖师比试之名，穷天下奢华之极致。

老者道："所以，这等比试既是身为庖师的荣耀，也是作为庖师的一生之耻，苏师傅你还年轻，也很有天赋，心中必然还有很多自己的愿望，老夫希望你既能得偿所愿，也能守得住自己的原则，这便是世间最好的结果了。"

苏沐深受教诲，再度拜谢。

老者也不回礼，他独自提着鱼篓，慢慢地消失在早春渐涌的人潮之中。

# |第三十二章| 进京比试

寒冬过去，京城的气温逐渐转暖，而这四大庖师的比试也日益临近。

苏沐每日认真翻看《茶经》，这么看下来，才知道这本书不仅仅是记录了斗茶的技巧，还有许多关于饮食独有的见解。比如火候一门，书上说五味十材，九沸九变，这十个不同门类的食材在烹饪中，在不同的温度、不同的时间段内都会呈现出不同的味道变化，或浓或淡，或苦或鲜，各具不同，须巧妙运用，不能偏薄一分一毫。又如调味一门，书上说初级的庖师只用一味，不论酸甜苦辣咸，一道菜从初入口到最后回味都是一个味道，不过两三口就令人烦腻，而高级的庖师便懂得味道的变化之理，初入口，甘而不浓，随后味道渐重而不烈不燥，再然后，滋味交错，如五行变化、阴阳交泰，神妙而不可言喻，到最后便是回味，薄淡而久久不散，谓之回味无穷尽也。同样，摆盘造型也是如此，常用大红大紫、龙凤牡丹，只会让彩色造型变得艳俗而不高雅，难以博得老饕的好评，好的造型应该如戏法师变幻魔术一般，初看平平无奇，尔后玉石生花，叫人意料不到，并有层出不穷之感，这才是绝妙的造型。

这书里或繁或简地介绍着各类技巧，叫苏沐受益匪浅，这些理论或者经验便是他师父都不曾告诉过他，苏沐心中感激，便想再去拜访老者。这一次，他想好好坐下来与老者好好深入交流一番，只可惜苏沐特地去金明池畔找了很多次，这老头儿再也没有出现过了。

京城内春风渐暖，来金明池畔游玩和吃鲤鱼鲶的人越来越多，人潮涌动之中唯独没有这个光泡茶不喝茶的怪异老头儿。苏沐有些失望，他很后悔当初没有问清老者的身份，现在自己既不知道这人的身份姓名，也不知道他家住何处，只怕以后很难再相见了。

日复一日，时间很快便到了三月二十八，正是四大庖师比试的时间。阳春三月，万物初生，得春气而生的笋、菜、花、芽蓬勃生长，确实是吃素菜最好的时节，不过宋徽宗为什么要请相国寺的高僧前来一同做评判，此事便说来话长。

世人都知道宋徽宗崇信道教已经到了痴迷的地步，尤其是在妖道林灵素的蛊惑下，十分厌恶和压制佛教，一度改佛像为道相，称和尚为德士，甚至逼和尚穿法衣，惹得佛门各教派十分不满。一时间京城上下佛门凋零，诸多和尚为了生计都留起头发改当道士了。宣和元年，京城内外突发大水，水患毫无预兆地肆虐而起，洪水殃及民户数千，四处民不聊生。朝中群臣惶恐，宋徽宗无奈之下，急忙敕令林灵素作法止水，奈何林灵素作法三天三夜，这大水始终不退，反而有越止越涨的趋势，臣民大为不满，质疑之声四起。这时有相国寺高僧登城朝天呵斥，朝地振锡，谓清天之迷障，震地之不平，不日后龙神蛰伏、大水得去。而妖道林灵素止水不成，行迹败露，终被逐出皇宫，落得个惨死山林的下场。

此事过后，宋徽宗对和尚有了一些改观，下令恢复佛教的旧制，并在每年例行进相国寺降香外，在三月末，还会邀请相国寺诸位高僧来皇宫开坛讲法，算是弥补自己过往对佛教的贬低和伤害。今次，恰逢童贯提议请皇上主持四大庖师的比试，宋徽宗便来了兴致，顺势请四大高僧一同参与，共同做这场比试的评判。

平王府是第一次参加四大庖师的比试，膳房里的人虽不能人人参赛，但也是个个神色兴奋，纷纷起了大早帮忙一起收拾东西，有帮忙搬运什物的，有给白世忠、苏沐做早点的，有帮忙清点东西的，当然也有冷眼旁观的。

这进宫比试均要材料自备，各类主菜、配菜、调料、工具、餐盘整整装了三大马车。眼见天色将亮，时辰已不早，众人又清点了一遍什物，白世忠、苏沐、叶秋、田七等人才分乘四架马车一起向皇宫中行去。

阳春三月，正是物华交泰、斗柄回寅之时。

汴京沿街早已桃红柳绿，莺啼燕舞，一派暖风好日的杏花天。众人久未出府，见这外头景致虽不如府内精致，却多了几分清新自然，煦风拂面，天高地阔，众人精神也为之一振。

苏沐抬头往前望去，前方巍峨耸立的正是大宋的心脏，汴梁的皇城。

神秘而期盼的皇宫就在皇城之内。马车缓缓朝城心驶去，从朱雀门进了内城，再从东华门入皇城，这一路的城门是金钉朱漆，壁垣砖石间都装饰着铁龙凤飞云。目及之处，有连片的楼台殿阁，雕梁画栋，飞檐高架，曲尺朵楼，朱栏彩槛，既显一派壮美华丽，又有几分威严森森。

众人只看得眼花缭乱、赞叹不止。唯有苏沐一个人心事重重，一路都没有开口说话。他每次路过一处大门，就会朝门内认真地看去，他期望能看到那么一个熟悉的身影，一个熟悉的眼神，那个瘦弱得如同早春小花的女子。哪怕只是匆匆的一瞥，也能让他知道阿秀现在过得好还是不好。

可是，这每一次抬头，换来的都是失落而终，苏沐终于知道了，这皇城真的太大了，大得就像一片看不到尽头的汪洋。这里有波涛汹涌，有层层叠叠的迷宫，也有各色各样的男人女人，而他现在就像坐在一叶小小的木舟上，飘飘荡荡地驶入这片大海。他期望遇到那条当年恰好走失的小鱼，可是海这么辽阔，他又怎么能遇得上？

天色已然大亮，马车也终于进入了皇城最核心的位置，四周到处驻扎着肃穆的侍卫，偶尔会看到几个宫女太监匆匆而过，都是深深地埋着头，迈着细碎的步子，一个个仿佛面无表情的木偶，苏沐突然觉得他们就像木栏里被囚禁的一群鸡鸭牛羊，除了固定的时间张口吃食活下去，每天碌碌而行却不知何去何从。

想到这儿，苏沐更觉得心悲，那阿秀是不是也这样？是不是也如木偶一般，不知自己的归途？白白蹉跎了这么多年的大好年华？

"苏沐，你今天怎么了？看到这皇宫你不兴奋吗？"一旁的田七见苏沐一直发呆，忍不住推了推他，满脸兴奋地叫道，"哎呀，都说宫门深似海，以前我还不信，今天这么一瞧，确实不一般啊。你说我们这都走了多久了，到现在也看不到尽头，我说这皇宫比咱们平王府不知道大了多少倍啊。"

白世忠眯着眼睛，哼了一声道："这算什么？我等这也才见了皇宫一角而已，皇宫横竖都有好几里，殿、台、亭、阁数不胜数，叫你几天几夜也看不完。"

田七嘀了一声，大叫道："真是气派啊！"

白世忠又摇头晃脑道："我等现在看到的这些都不算什么，最奢华无双的当属圣上建造的艮岳，周遭十余里，垒土为山，凿地为湖，山中或缥缈如仙峰，或朦郁如幽谷，或池水回流似龙盘，或山涧飞溅如玉撒，各地奇花异石齐聚其间，楼台亭馆难以计数，怕九天宫阙也不过如此。"

"呀呀呀！那我们可以去艮岳看一看吗？"田七天真地问道。

"艮岳乃是天子花园，你我这等草民岂有资格，做梦吧！"原本蜷在马车后头睡觉的叶秋哼了一声，这人倒是进出皇城很多次了，他每次都是作为平王的贴身护卫，只是这一次为了确保苏沐的安全，特定奉命跟着苏沐，他原本想好好睡个回笼觉，可惜这田七一路一惊一乍，白世忠喋喋不休，实在让他睡不安稳。现在，他终于忍不住了："田七，你再大呼小叫，小心我把你踹下车。"

叶秋一副凶神恶煞的模样，田七还是有些惧怕，他立即压低了声音，嘀咕道："我这不是第一次进皇宫吗，兴奋是正常的，倒是苏师傅有些不正常，一路闷闷不乐的，我都有点担心他了。"

叶秋望了望苏沐，有些同情道："嘿嘿，他能高兴才是怪事。四大庖师的比试，除了燕修和颜真，其他人几乎就没有赢过，尤其是梁太傅府上因为这个比试被杀被逐的庖师厨役不下二十人了，田七，要是这次苏沐也输了，你也是一样的下场，真不知道你在这儿高兴个什么劲！"

叶秋的话让田七瞬间脸色大变，他不知道这比试还有这么凶险的后果，难怪其他厨役都不愿意过来，一个个喜滋滋地推荐自己来。原来不是他们谦让，而是都知道这些消息，田七整个人一下哭丧起来，问道："苏师傅，这……这是不是真的？我们……我们如果输了，王爷真的要……"他见苏沐还是跟木雕一样，转头又去问白世忠，白世忠则是一脸讪讪地不知如何开口。

叶秋冷笑道："这件事的前因后果，白掌事想必是最清楚的吧？"

白世忠的脸微微抖了一下，问道："叶侍卫，这话什么意思？"

叶秋嘿嘿笑道："平王府里的事，你觉得有什么能瞒得过我叶秋吗，白掌事莫不是要我叶秋一一说出来？"

白世忠这回是脸色大变，他气急败坏道："叶秋，大敌当前，你胡说什么，你，你这是要乱了苏沐的心思吗？若是……若是比赛输了，我们可是都要受罚，谁也逃不脱！"

叶秋再度冷笑道："嘿嘿，这比赛输了是罚你们膳房的人，又不会罚我叶秋。"

白世忠肥硕的脸庞剧烈抖动，终于他服软了，喝问道："你到底想要做什么？"

叶秋看了一眼苏沐，颇有些感慨道："我只是可怜这个杭州来的人，我叶秋虽然杀人不眨眼，但还是分得清人性优劣，苏沐他现在心里应该很后悔来平王府吧？只可惜，平王府不是你想来就来，想走就走的地方。"

所有人都不再说话，一起眼巴巴地望着苏沐，他坐在马车的最前面，身子一动不动，他除了和锦娘在一起，很多时候都是这么沉默寡言，看起来是个孤僻冷漠又无趣至极的人。过了良久，苏沐才淡淡道："你们放心，这次比试，我不会输的。我比试不是为了你们，我是为了我自己，所以我不会拖累你们的。"

田七听了这话，终于不那么恐惧，他点了点头道："有苏大哥在，田七一点也不怕，田七虽然本事不高，但这次比试一定会倾尽全力的！"

马车一路缓行，又过了几条宫道，右转进入集英殿门，便到了皇上宴请所用的集英殿。这大殿内早已按照厨艺比试的要求设置好火灶、鼓风、桌椅、架子等工具，甚至为了通风，大殿还拆除了两侧的雕花木窗，整个大殿看起来就像巨大的凉亭一般，很是宽敞明亮。

因路途较远，苏沐等人进殿时这里面就已经有两家庖师早到了，从衣着判断，应该是梁府和王府的人，这两拨人各占据左右一角，或坐或站，姿态各异，只是神色都有些凝重。苏沐等人进来见了，便向两家庖师作揖问好，只是这两队人皆是默不作声，不理不会，倒是叫人很尴尬。

不多会儿，童郡王府的队伍也到了，颜真昂首走在前面，阿南紧随其后，这颜真与其他人明显紧张冷酷的神情大不一样，他一袭白衣，风度卓然，脸上似乎还带着轻松的笑意，显然从心态上来说，这颜真已经比其他两家庖师高出一筹了。

颜真入殿，梁、王两家的庖师一改之前的沉默，纷纷主动上前作揖。一来大家都把颜真当作最大的对手，心里本来就比较重视；二来童贯在朝中声势渐高，已有取代蔡京成为第一人臣的势头，就算作为庖师也要看得清局势。

颜真一一拱手回礼，口中谦逊道："姚师傅、易师傅，可是许久未见了，这一年来想必技艺又精进许多，今日颜某压力甚大啊。"他转头见了苏沐，眼神中掠过一丝恶意，口中却微微笑道："这位可是平王府的苏师傅？上次平王府内匆匆一见，不想今日你我又见面了。"

苏沐心想，明明上次谷底古刹内打得天翻地覆，现在还要假惺惺笑容满面，真是够虚伪的，他简单地回了个礼，淡淡道："见过颜师傅。"

颜真想来也是不愿意多看苏沐一眼，毕竟上次比试还历历在目，这个苏沐差点就要断了自己一指，多亏阿南忠义，替自己挡了下来，要不然可真是出了大丑。他施了礼就转头看了一眼白世忠，又笑道："白掌事也来了，看来白掌事的双手已无大碍。上次切鱼断指可真是惊煞颜某了，今日比试可要小心，莫要再自断手指了。不然圣上怪罪下来，我等三家庖师可担当不起。"

众人早已听闻颜真去挑战平王府众庖师的事，这颜真以一人之力挑战整个平王府膳房几乎是全胜而退，这其中最后一局虽然败了，但其实也只是平局而已，这人的实力自然不必多说，只是这平王府的掌事白世忠就……真可谓"出师未捷指先断"，这在庖师界也算是个奇闻了，一个个想到这儿，都忍不住先去看白世忠的手指头还在不在，然后窃窃私语，鄙夷的同时又觉好笑。

梁师成府上的牧云吉由于去年输了比试被酷刑处死，今年换了另一名矮瘦的厨师，叫姚风泰，也是京城内一等一的好手，他颇有些狂妄道："不过是做个活鱼鲙罢了，还能切断自己的手指，这样的庖师何必来参加今日的比试，要是输得太惨，只怕也要赴了我梁府牧云吉的后路，何必呢？不如趁早退赛的好。"

王黼府上的庖师叫易大元，生得矮胖敦实，白白净净的，看起来憨憨傻傻的还有几分萌态，他已经连续三年排名第三，王黼却一直留着他，一方面这易大元在王黼府上时日已久，王黼对他也有些情义；另一方面，王黼敬重梁师成如同父辈老师，蔡京、童贯等人又都是权贯朝野的人物，都不是他可以得罪的人，所以王黼对易大元的要求也不算太高，只要能不倒数第一就可以。至于赌局，王黼也没那么在乎。

易大元自己傻笑了起来："退赛，那可不行，来都来了，三个人比试那可不是太没劲了，嗯，'八指神厨'白世忠？嘿嘿，倒是个很响亮的名头啊，不过我就怕白掌事再多做几遍鱼鲙，就要成了独臂神厨了，那可就大大的不好了！"

颜真摆了摆手，微笑地劝道："诸位怎可如此取笑白掌事，今日白掌事以残躯出阵，我颜真倒是敬佩得很，希望白掌事今日可以有更好的发挥才是。"

面对一群人的冷嘲热讽，白世忠倒也不羞恼，而是不急不慢道："颜真，你也别在此惺惺作态，你用银针暗算我，还毁坏我的太岁，我都还没找你算账呢，竟还好意思在这装君子？你今日想看我的厨艺是没机会了，因为代表平王府出战的并非我白世忠，而是上次与颜真平分秋色的苏师傅。我说诸位，这四大庖师的比试，历年都是风水轮流转，今年没了蔡太师府上的燕修，还有我平王府的苏沐，倒也不知是谁再来陪读一遭，谁来步牧云吉的后尘？"

以往历年比试，都是颜真与燕修一较高下，但都是燕修胜得多，颜真赢得少，有其他庖师暗地里说，那是蔡太师觉得燕修一直不败，会引起其他三家不满，以后没有人愿意参加这四大庖师的比试，所以故意隔两三年输他一局，送人一个面子。这番传言，颜真自然是不会信服，现在白世忠又拎出来说，很明显他脸色有些不快。不过，他这人向来很要形象，这恶气也是强行咽了下去，假装淡然道："四大庖师的比试，历来讲究真材实料，如何能在此图口舌之快？不过上次平王府一战，倒是让我十分期待苏师傅的厨艺。"

颜真的话进一步印证了白世忠所谓的平分秋色，其他两个庖师听了这话也都隐隐有些不安，尤其是姚风泰更是满脸敌意。不过他又莫名地对自己的厨艺很有信心，心想自己这次出来必然是要夺魁而归，若是第二、第三那有什么区别？焉能让梁太傅高兴？

姚风泰突然猛地一挥菜刀，砰的一声钉在案板上，高声大喝道："今日比试，必是我姚风泰夺魁，你们三人都休想抢我半点光彩！"

这人既狂妄又鲁莽，着实叫其他三个人吃了一惊，白世忠冷笑一声道："狂妄而无知！"

颜真脸上也闪过一丝不屑，只是他很快就收住了神情而后笑道："这位新来的姚师傅很是自信，看来今年梁太傅是下定了决心要扳回一城了，倒不知今年你梁府带来的赌注是什么？可又是一座山庄和几十名女婢？若是这样，我颜真还真没有赢的兴致。"

说到这儿，易大元忍不住又哈哈大笑起来："那柳名山庄现在都成了牧云吉的阴宅了，蔡京可真是够绝，听说这事把梁太傅气得卧床三天不起呀，哈哈哈，这次要再拿一处山庄挂着一具尸体，我想王黼大人也不会想要了。"

姚风泰大为羞恼，他掷地有声地反驳道："你们听好了，我梁府这次带来的赌注可不是什么山庄女婢，也不是什么寻常的金银财宝，梁府这次带来的是两斛金色北珠和五张书画，梁太傅原本只愿出一斛北珠和三张书画，但我有十足的信心赢下这场比试，梁太傅这才又加了一倍的赌注，所以这场比试我非赢不可！"

这宣战一般的话，非但没有给姚风泰助长威势，反而让其他人对这个庖师的命运多了几分担忧，因为这次梁师成拿出的赌注确实是够名贵、够吸引人，这样的赌注若是再输了，这姚风泰的命运自然可想而知了。

田七问道："苏师傅，这北珠是什么，很贵重吗？"

苏沐点点头回答道："确实很贵重。"

一旁的白世忠却哼了一声，开始详细解释起来："这北珠与珍珠不同，并非产于海中，而是产于金国的冷水河内，质量更优于岭南和北海的珍珠。北珠中又以色泽泛金的金色北珠质量最佳，一颗龙眼大的北珠可卖千金，十分昂贵，所以两斛北珠当真可以算是无价之宝了。不过这价格昂贵的北珠比起梁师成的五张书画来，却还当真不值一提。"

田七再度好奇道："什么名家的书画能比北珠还珍贵？"

白世忠嘿嘿笑道："这说来就话长了。"梁师成乃是当朝的太傅，被人称作隐相，亦是宋徽宗身边最得宠的宠臣，他写得一手好字，皇上的圣旨很多都由他亲自起草，同时他还善于字迹模仿，时常仿照皇上的笔迹伪造圣旨，对不归顺自己的异己大加打击，这些年更是直接伪造圣旨卖官鬻爵、秘密提拔亲信，在朝中猖狂得不可一世。不过这梁师成与皇上宋徽宗一样喜欢舞文弄墨，所以他想要提拔亲信有一个很独特的方式，那便是他会送这人一幅名贵的字画，字画之中会藏着他准备送给他的官爵职位。所以梁太傅的五张字画代表的便是五个官爵，北珠再珍贵也有价，但是高官厚爵毕竟位置有限，常常是千金难求，远贵于这些奇珍异宝。

白世忠的解释让很多不明就里的人恍然大悟，姚风泰亦是颇为得意，仿佛这赌注是他拿出的一般，颜真笑了一声，点头道："金色北珠和梁太傅的书画都是当世珍品，确实是很大的手笔，也值得一取，那倒不知王黼大人这次带来的是什么好东西，不如也说出来教我等开开眼界？"

易大元倒是爽快之人，他摇头晃脑道："告诉你们也无妨，乃是江南的百名绝色佳人和千匹金锦，这些美人都是我家主人亲自挑选，其姿色之美、风韵之雅便是皇宫里都不一定有。再说这千匹金锦，皆是用蚕丝一般细的金线织就而成，每一匹都是华美绝世、当今无双。"

颜真点了点头，赞许道："果然都是好宝贝，看来我颜真今年不能手下留情了。"

易大元道："颜真，我知道你的厨艺了得，我承认敌你不过，不过我倒也很想知道，今年童郡王拿出的是什么好赌注？"

颜真将了将自己的青须，道："易师傅真想知道？"

易大元粗声粗气道："你就别卖关子了，快说快说！"

颜真笑道："我童郡王拿出的却与二位不太一样，宝物易得却也易失，诸位拿出的是鱼，而我童府拿出的却是渔。"

姚、易二人很是好奇，又问了一声，颜真才不急不缓道："郡王府上拿出的是五百神驹和五百名虎豹骑的死侍。无论金银财宝还是高官厚禄都能用钱买到，可是这世道光有钱财还不行，还需这进能攻城掠寨、退能守城护家的战士。"

其他人一听，童贯竟然把自己麾下虎豹骑的五百死侍拿出来做赌注，一个个不由得面色一变，梁师成和王黼虽然都是朝中重臣，但却没有兵权，唯独童贯掌握着军权，手下有数不清的将士，光这一点就是其他人无法企及的，若非这童贯权势通天，颜真也不敢说这么大逆不道的话。

颜真最终望了望苏沐，颇有些玩味道："三家的赌注都是不俗，那平王府呢？不知道平王能拿出什么样的重礼？"

姚风泰再度嗤之以鼻道："平王府能有什么值得炫耀的重礼？颜师傅是太高看这平王了！"

易大元却饶有兴致道："苏师傅，你别听他们瞎说，自己快说出来，让我也见识见识平王府的宝贝。"

苏沐却是摇头道："府上带了什么赌注我确实不知道，这事儿我没问，请诸位见谅。"

姚风泰冷笑一声道："定是被我说中了，平王府的赌注必然是平平无奇，没什么可炫耀的，所以不好开口。"

易大元摇头道："哎呀，你怎么这么没劲！"

苏沐淡淡道："平王的礼是不是平平无奇我不知道，不过，有一件事我自己很清楚。"

三人几乎是异口同声道："什么事？"

苏沐望了望众人，徐徐道："我只知道，我今日要替平王带走诸位的赌注，先谢谢三位了。"

第六卷

一饮一啄问禅心

我爱莲花之高洁，又贪肉糜之味厚；我羡净土之极乐，又惧修行之清苦；

我不舍世间浮华，又谈什么普度众生。

# |第三十三章| 镜花水月

比试还未正式开始，集英殿内已是硝烟弥漫。

而此时，天子宋徽宗与平王、童贯、梁师成、蔡攸，以及大相国寺诸位高僧，却在延福宫内观赏牡丹初放，情景是截然不同的风雅恬静。只见园内牡丹朵朵如盘大，灼灼如火的洛阳红、冰心玉骨的夜光白、端庄秀丽的魏紫，争芳斗艳，各具不同风情。三月暖春之时，园内还有玉兰婷立、幽兰吐香、桃花迎春、杜鹃争艳，一园子姹紫嫣红，美不胜收。宋徽宗最喜风雅之事，他与高僧、官员，围坐在飞华亭内，煮茶焚香，以花为名，吟诗作对，更兼论佛理，雅致之极。

时近正午，众人便移驾集英殿品鉴素菜斋宴，由四大家的庖师，分别为圣上、诸僧、诸臣献菜、献艺。

苏沐等人早已在此等候多时，见皇上以及诸位郡王、高僧驾临，连忙跪拜恭迎君、臣、僧入座，前方的台上已有五张紫檀长桌，每张桌上有四鲜果、四饼食、四小菜、四凉菜，用黑檀木、翡翠、琉璃、玛瑙雕刻而成的五岳插山装盛。

宋徽宗居中，自是正对东岳泰山之景，正是五岳至尊之意，其桌子与椅子均是用黄绫刺绣五爪金龙图饰，其余四张桌子与八个椅子覆盖的却是红绫百花绣纹，分别应对西岳华山、南岳衡山、北岳恒山、中岳嵩山四座插山，只见五岳山峰之上山路台阶、亭台翠植细致逼真，其雄、其险、其秀、其奇、其峻一览无遗，山上斜伸出七八个平台，有松树低垂以松叶为托盘，有山路回转，以山石平坦处为托盘，也有阁楼簇拥，层层相连，刚好可放餐盘之处。

这五岳插山不论工艺、规格、气势都远胜平王府，处处彰显一番皇家气派。尔后宫女奏雅乐，太监焚清香，舞姬献彩舞，歌舞升平，集英殿瞬间热闹了起来。

白世忠等人均是第一次见到皇上，碍于龙威，都不敢正面瞧看，只是将头低低垂下，生怕触动了龙颜，唯有苏沐偷偷抬头环顾了一周，想要寻找阿秀的身影，不过很可惜，这集英殿内虽然有几十名宫女，却并没有一个是阿秀，他再次有些失落地垂下了眼帘，只是暗自叹气道，这皇宫中宫女何止千万，自己又怎么能这么巧就遇到了阿秀呢？不过，只要他能参加天宁宴，拿下这第一名，自己就可以跟皇上提出这个请求，放了阿秀。他要带着阿秀回到杭州，从此隐居一隅，过那朝耕暮织的平常日子，不让她再受半点委屈。

丹墀上，众人已经坐定。宋徽宗坐中间，相国寺的四名高僧分坐左边，平王等四人依次分坐右边，殿中众人平身分立两旁。众僧原想这般可使不得，想要推让，皇上却道："今日朕与诸位高僧乃是评判，众爱卿虽是大臣却也是比试方，尔等理应坐这里，妥当，妥当。"

众僧闻此，才不再推脱。尔后，御前公公李东海向前宣读了比试规则，历年的四大庖师比试都是菜式不限。但今年的比试，皇上专门邀请了大相国寺的四位圣僧一同品鉴，所以今次的菜式均是素菜，比试为三局两胜，每一局都有不同的得分签，三局下来，分高者获胜，依次排序。

李东海道："皇上指示，今时恰是春令，三月阳春最不可缺了花、笋、雨三物。正所谓春花最美，春笋最鲜，而春雨最贵，所以这三局比试，第一局比的是凉菜拼盘，要以花为题；第二题，比的是鲜菜，要以笋为题；最后一局比的是汤菜，必须以雨为题，如此三局才能贴合今日灿烂之春景。"

李东海摆了下拂尘，道："诸位都看到了，皇上和四位高僧面前都有四个盘龙祥云鎏金签桶，上面分别贴着赵、童、梁、李四个字，对应四家庖师，众人桌上又有若干金、银、玉、牙、木签子，分别代表着五分、四分、三分、两分和一分。评判若是觉得此菜做得极好，便丢入金签或者银签，可换算五分、四分；若觉得做得平平无奇，便是玉、牙签，可得三、两分；若是觉得做得实在是太差，便是木签一支，只能得一分。每轮每人只能投一支签子，最后数这桶内的签数，分多者自然是胜出。诸位听明白了吗？"

众人皆道："听明白了。"

李东海接着道："先请各庖师为圣上、圣僧敬献香茗！"

李公公让了个位置，请四家庖师陆续上前为皇上和各高僧敬茶，这敬茶正是钓鱼老者说的斗茶，既是一种文雅的礼节，也是比试前的暖场，虽然没有算分数，但各家庖师的技术高下也关乎自身的颜面，以及各评判对后续表现的主观印象，所以也是马虎不得。

首先上前敬茶的是梁郡王府的庖师姚风泰，第一次见皇上，又是第一个上场，心中不免有些忐忑。姚风泰深深地吸了口气，稳了稳心神，便开始为皇上泡茶。只见他用的是龙泉青瓷盏，泡的是明前龙井，用的水是扬子江心水。他以沸水击注，那茶色清淡，气味清雅，茶面水纹浮动变化，渐成汤花，浮于盏面，五杯茶一气呵成，分别呈现出一串瘦金体，合起来便是一段话："至若茶之为物，擅瓯闽之秀气，钟山川之灵禀，祛襟涤滞，致清导和。"这段话正是天子宋徽宗写的《大观茶论》里的开头语，二十六个字显了片刻又渐渐消失了。姚风泰原本可以在茶上做出更高难度的字画展示，但他第一轮出击，务求稳健，便略微简单地显了书里的这一段话，算是拍了下皇上的马屁。但即便如此，他这点茶的技艺也已经很高了，一来分茶显字，寻常只有须臾之间，能显大片刻，已是高人；二来五杯茶分别显出不同的字，字体更是与宋徽宗自创的瘦金体几乎一模一样，这样一气呵成，更是十分不易。宋徽宗与各位高僧，接过这茶，只是看了一眼，便纷纷点头，表示赞许。

梁师成也表示比较满意，毕竟今日的裁判是对面的五位，只要这五个人高兴了，自己的胜算自然就高了。

尔后上场的是王黼府上的庖师易大元，他看了姚风泰的分茶技艺，颇有些不屑，这五个杯子里显露的字虽然多，但是太过单一，缺了变化，不算什么绝技。他心里早已有了胜对手的点子，快速地挑选了五个汝窑五色琉璃盏，选取的茶叶是杨河春绿，用的是天泉水。

此茶，观色嫩绿鹅黄，闻香如步春堤，品味如沁心扉。倒是一等一的好茶，就是不知道这易大元的点茶技术又如何？

只见易大元快速地将五杯茶水摆成梅花阵形，滚汤高举化作一线倾注而下，茶杯内汤水变色，白沫上浮，水沫浮动，隐隐约约显出山水之态，五杯茶水合拢起来竟是一幅山水画，细看之下，清晰可见远山近水，松柏垂柳，小桥亭台，笔法勾勒亦有几分盛唐王维风采。此茶名曰云台春晓，黄绿茶水之色倒也十分映衬这春晓之意。宋徽宗和圆智方丈面露惊喜之色，五杯茶分显五个局部，合而为一画，此等技法确实罕见，比之梁府姚风泰，明显要技高一筹。姚风泰见自己被易大元给压了风头，脸色开始变得有些难看，心中更是懊恼方才实在是轻敌了，自己本事可不仅仅如此，若是刚才再大胆些，再露些炫目的手段，定可以胜过这易大元的山水画，只是这胜负已成定局，只能靠下面三局比试扳回劣势了。

他唉了一声，大是不甘。

反观易大元则是轻笑了一声，显然他对自己这次的发挥还算满意，不说这点茶技术无人可比，但至少也算是出类拔萃了。

只是他忘了，这后面还有两个人，尤其是去年的第二名，当今京城的第一庖师，童王府庖师颜真还没上场。果然，颜真呵呵一笑，上前俯首道："圣上有金玉良言，所谓茶者，中澹闲洁，韵高致静。我观姚师傅和易师傅二人点茶技艺虽然有些精妙，但心境却略显浮躁，这样一来，如何能做到闲洁和致静？所以这两道点茶，在下以为徒有其形，少了一些韵味，可惜，可惜！"

他傲立在大殿中央，一袭雪白的袍子，神情泰然自若，出口更是引用《大观茶经》的话语，很有几分文人的儒雅和风采，宋徽宗本就喜欢文雅之物，他一见这庖师外形，已是有几分喜欢，再听到这观点，更觉得这庖师与前面两位大不相同，心中也多了几分期待。

一时间，宋徽宗和四名高僧都被颜真给吸引过去了，一个个伸长了脖子，聚焦在他身上，想要看看这人点茶的技艺如何。

颜真不慌不忙，从花梨木匣子里取出五个釉色青黑的茶盏，这茶盏饰有银光细纹状如兔毫的花纹，正是建窑贡瓷的兔毫盏，兔毫盏色泽青黑，十分适合用于斗茶，这也是宋徽宗自己最喜欢的茶盏类型，这茶盏一出，宋徽宗对他的肯定又多了几分。

颜真的茶叶选的是白毫银针，烧的水是来自青城山下的杞泉水。这茶具、茶叶、茶水都是宋徽宗的最爱，显然颜真是做足了准备。只见他环绕茶盏先慢后快地注水，用双指轻叩茶盏，再用茶匙快速搅拌，这搅拌看似简单，却是在暗中使力，五个茶盏内的水纹时而如海上漩涡一样急转，时而如惊涛骇浪一般起伏，时而又像缓流一样蜿蜒，这水纹夹杂着泡沫和茶叶，快速地幻化出各式各样的图案，似乎有上千张水墨画在变幻，最终这五个茶盏内分呈出梅、兰、竹、菊、松五态，汤花浮动，茶杯内的兰、竹、松似有清风徐来，婆娑轻摆，姿态十分优雅。

宋徽宗正要赞叹，却见颜真又用手指轻轻地敲了敲茶盏，那梅、菊、兰水纹，竟然生出花蕾渐次绽放，随着水波的晃动，这些花蕾顷刻间便成恣意开放之态，松树和竹枝中似乎还有白鹤和黄雀飞来，一时间五幅画各具生动，或清丽雅致，或傲雪斗霜，或松鹤呈祥。

颜真俯首道："此茶名曰五雅士。"这茶明显有暗指皇上和各位高僧乃五位德才卓绝的雅士之意。宋徽宗见此已是喜欢得不能多言，这点茶而成的画作当真是太对他的胃口了。另外从技艺上来说，分茶显画已是不易，还能做到渐有变化，如真似幻，这就已经是极致了。颜真的点茶技术瞬间惊倒了众人，姚风泰和易大元惊叹之余，也纷纷暗叫不妙。看来这短短一年，颜真的技艺又精进了许多，只怕今年的比试，自己还是很难胜过他。

宋徽宗和众高僧自然是交口赞叹不已，童郡王更是脸露得意之色，他转头看了看平王，那眼神似是在说，这四大庖师的比试是他童贯府独领风骚的地方，哪里轮得到他平王府称雄，其他两家也不过是来陪太子读书罢了。平王再度见识了颜真的技法，脸色表情已是十分凝重，他虽然自己不会分茶，但对饮食一道还是很有自己的见解，所以这分茶技法的好坏优劣还是能一眼看出来。刚才，易大元的五茶合为一体，已算是高手中的高手了，十分少见，而颜真这逐渐变化的技法真的可以算是会当凌绝顶，至少在平王这么见多识广的人看来，都是第一次见到有人可以做到这个地步。

苏沐乃是杭州人士，南方虽然产名茶也爱喝茶，但斗茶之技由皇宫兴起，学习斗茶需要好茶、好水、好茶具，费用不菲，所以江南虽也有一些流传，但毕竟比京城不得，眼下这苏沐又是新初学不久，技艺生疏，如何能胜得过老辣的颜真？平王暗自庆幸这局毕竟不算总分，所以只要不失了脸面就算很好了，其他的也不能太计较了。

颜真过后，只剩下最后一名庖师了，正是平王府的苏沐。

童、梁、王府上的庖师，众人大多都有见过，唯有这个苏沐，大多数人都不认得，众人见他年纪轻轻，长得也有几分俊朗，看上去完全不像个庖师，心里自然是有几分存疑。

宋徽宗率先问道："这位苏师傅可是平王府上新来的庖师？"

平王道："正是，是我专门从杭州找过来的，去年杭州城七十二酒楼行会的第一名。"

梁师成立即冷笑道："杭州能有什么好师傅，我等去了那么多次，又不是不知道，这几次天宁宴，哪一次杭州的师傅进了前十了？"

宋徽宗笑道："梁太傅不必这般诋毁，朕对江南菜式还是有几分偏爱，尤其是杭州的莼菜和鱼羹，朕可是一直念念不忘。"

平王道："杭州的莼菜鱼羹虽美但还不极致，请皇上放心，今日我府上的庖师必定不会让皇上失望的。"

宋徽宗喜道："好，那先请苏师傅先给朕敬茶吧，朕要看看这杭州城内的第一庖师可是个什么水准。"

苏沐转身朝皇上施了个礼，恭敬道："平王府为皇上敬献的水月镜花。"

宋徽宗一听这名字，更喜道："嗯，这名字好！一听便有意境。"

场子内，苏沐已经端坐在皇上和高僧之前的长桌旁，他这次选用的茶盏是定窑白瓷，泡的茶是小龙团。众人一看这个杭州来的师傅竟用白瓷、红茶制作茶画，一个个不禁莞尔，觉得这选择实在是太过外行，宋徽宗见了也连连摇头，大感失望，原有的几分期待瞬间就化为乌有。

世人均知这点茶必是以色重之黑茶盏，色淡之绿茶末为最佳，其白雾缭绕、白沫厚重衬托暗色釉纹才最有意境，白色茶盏与水色接近，而红茶色重水沉，也十分难以控制水纹，以此作画，可谓是难上加难，不说这最后画出的是什么，单是这选择就已是先输一筹。现在，就连平王也开始暗自摇头了，心想这江南来的师傅果然是不懂点茶技术，太外行了。

但苏沐却不慌不急，他将五个茶盏摆成一行，捻入少许茶末，一一放置其中，他以梅雪之水烧开，轻轻注入，尔后左右轻晃茶盏，第一个轻摇，而后依次加重，这手法古怪而迅捷，片刻间他就摇晃完五个茶盏，五杯茶统一放置在皇上的面前，升腾起一团团的白雾。

宋徽宗作为历朝历代最会点茶的皇帝，原本对苏沐这个点茶是很失望的，但是茶盏既然已经端上来了，自己还是要看看的，他定眼看去，只见第一个茶杯内茶色沉重，昏如暮色，汤面上云雾缭绕，好似夜色中的平湖，尔后云开雾散，便见水纹上显出一轮明月，那月儿起初是一弯月牙，苏沐轻叩第一个和第二个茶杯，那月牙竟然动了起来，新月随着彩云飘到第二个茶杯，在第二个茶杯里，月牙逐渐变圆，最后如十五满月，甚至隐隐有月华之光。

到了这里，宋徽宗和四名高僧终于开始惊讶起来了！他们觉得这个杭州城来的师傅恐怕与以往他们知道的都不一样。

苏沐又轻叩第二个、第三个茶杯，那月下就有只夜莺从茶杯内飞过，这夜莺很快就消失不见；须臾，这鸟竟然从第三杯茶中出现，仿佛是从第二杯茶中飞了进来，夜莺轻琢水面，波纹旋转，便张开成一圆莲叶，莲叶向右生长，从第四杯中开出三朵清莲；苏沐再叩茶杯，莲花下便有两条锦鲤戏水，游向第五个茶杯；尔后第五杯茶中，鱼儿戏水，搅动一池静水，如玉碎片片，花落点点，少顷，水止如镜，那明月又现，一时间竟分不清那是水中月，还是月中花；最后层层云雾又至，花消月隐，化作层层水雾都消失不见，只剩满室茶香袅袅。

水月镜花，说的正是佛家世事无常、阴晴变化的禅学之理。好比这茶汤的变化，从新月如钩到满月似盘，从飞鸟横空到莺过声无，从花繁叶茂到花叶全无，仿佛一个人的出生、成长、境遇、消亡，生离死别，也莫过如此了。

相国寺的方丈圆智大师先叹了口气道："好一个镜花水月，点茶技艺贫僧不是很懂，但光看这茶色的变化，画面的工巧，贫僧还是能看出一二，若单说意境，这镜花水月当属今日最佳。"

其他三个僧人也点了点头表示默许。

圆智的话立即引来其他三家的不满，童贯率先发难道："圆智大师既然不懂点茶技法，又何必率先点评呢？可不是要误导了皇上？"

其他二人也附和道："正是！正是！一切还是要以皇上的评价为准。"

平王也冷笑道："童郡王是否太着急了，这点茶一门，皇上可是当之无愧的大师，若是圆智的话不妥当，皇上自然要指出的，这高下还能判错了不成？"

宋徽宗笑道："放心，今日的比试有朕在，诸位又都是朕最信得过的几位大臣，自然要公平公正，朕绝对不会偏袒某一个人的。"这宋徽宗虽然理政治国无方，大宋在他的治理下日渐衰败、民不聊生，但他本身却是个非常有才情的人，这点茶技法更是他仅次于书画的又一特长，所以若他作为评判，评定这几个人的优劣，自然是最有说服力的。

宋徽宗暗忖道，这易大元的五合为一、颜真的渐变之法虽然高超，但以他的本事也能偶尔做到，所以只能说是巧夺天工，还不能算是登峰造极。但苏沐的这个类似皮影戏一般的变化，确实闻所未闻，见所未见，这样的点茶法不单要控制每杯茶的渐变形态，还要准确掌握好下一杯茶变化的时间，以便首尾呼应，恰巧对接，若是有一个小小的细节出错，整个过程都要毁于一旦，这不能不说是难之又难，宋徽宗自问自己就算是试上千次万次也绝难成功一次。

如此一来，他心中自然就有了高下之分的答案，他朗声道："今日的比试，朕以为不过是为了中秋节的天宁宴热身罢了，未曾想到，诸位这厨艺还没有开始展示，光是这第一轮的斗茶都足以叫朕大开眼界了。四位庖师的点茶技艺各具特色，梁府的姚师傅在小小茶盏内一次显示这么多字，很是不容易；而王府的易师傅更是了得，可以五杯茶合为一体，显露出一幅完整的山水画，可谓之出神入化；童府上的颜师傅技艺更甚往年，五雅士超凡脱俗，可谓神乎其技。不过——"

"不过什么？"

"不过今日最佳的还是平王府的苏师傅，这等点茶技法，便是朕都未曾见过。"

"这……"除了平王府的人，其他人等都瞬间哑然。

"还不快谢皇上的夸奖！"平王大喜，他未曾想到，这苏沐分茶的技艺竟如此了得，一招水月镜花先声夺人，虽然这一局不算入总分，但赢得如此痛快，还狠杀了其他三家的锐气，叫他心中大叫爽快！

白世忠也暗暗惊叹，这分茶之技，平王府膳房内从未有人教过他，却不知道他是从何处学来的，他的脸色一时间变得有些复杂，不知道是高兴还是惊讶，肥胖的表情就僵在那里一动不动。

现在，暖场的点茶分茶环节，已经分出高下。

苏沐犹如一匹黑马一般杀了出来，叫其他三家顿时觉得压力重重，但这斗茶毕竟只是比试前的小技取巧，博众一乐，并不算是正赛，也不插签子评分，接下来才是正式的厨艺比试。三局比试，每一局都十分关键，丝毫也不能懈怠。

# |第三十四章| 以花为名

第一局，是以春花为主题，比的是刀工摆盘。

这比试到了皇宫之中，计时的工具就不再是寻常的一炷香两炷香，而是龙舟香漏。龙舟香漏是宋朝的一种计时仪器，在一艘雕刻精美的龙舟形盛器上放着一至两根点燃着的香，香上横着数条两端系着铜铃的线，随着香的燃烧，每隔一个进度便会烧断一条线，铜铃便会掉下来砸中下方的三足金蟾，发出叮叮当当的响声。龙舟香漏响了第一声，便是时辰过了三分之一；响了两声，便是过去了三分之二；响了第三声，便是比试时间到了，必须停下来呈菜。

这一局，主要考查庖师和厨役的刀工，毕竟雕花刻物，讲究精细繁复，光凭庖师一个人，往往人力有限，就算技艺再精湛也很难完成大物件的雕刻，所以自己身边厨役的刀工优劣就显得十分关键，两人若是配合默契，心意一致，所雕刻菜品相得益彰，自然是事半功倍，比孤军作战要有效得多。

这梁、王、童、赵四府内的厨役刀工，除了平王府的田七略微差了些外，其他三个都是精挑细选出来的高手，尤其是童府的阿南上次在平王府中不过是略展技艺，就已震惊了整个膳房，这把比试苏沐和田七更是不敢掉以轻心。

比试已经开始，香柱缓缓燃烧。

四方选手，一个个都开始埋头雕刻，或切萝卜瓜果，或以豆腐皮冻雕刻，还有的选择了巨大的冰块，显然都是各有心思和计策。这边，梁府的姚风泰以近百种蔬果汇集起来，雕刻的形状十分庞大；而王府的易大元却着眼于小，手中竟然拿着一枚小小的莲子在刻花；至于颜真，依旧是一副悠然自得的样子，暂时也看不出他要雕刻什么。

第一局以春花为名，这里面可选择的余地其实很大，百花、雀鸟、春景，甚至诗词歌赋都可以容纳其中，不过想要出类拔萃，与众不同，则需要下点心思和功夫。想当年，徽宗天子下诏考核天下的画师，命题为"踏花归去马蹄香"，让画家按照这句诗的意思作画，各画师冥思苦想，有的在踏花上下足功夫，画满了飞舞的花瓣；有在骏马上下功夫的，马匹飞驰格外雄壮；更有在骑马的少年上下功夫的，一袭长衫英气逼人，只可惜都不能让宋徽宗满意。唯独一名画师理解透了这句诗的意境，他画了一个夏天的黄昏，一个游玩了一天的官人骑着马回归乡里，马儿疾驰，马蹄高举，几只蝴蝶追逐着马蹄蹁跹飞舞。徽宗看到这幅画时，立即被蝴蝶追逐马蹄的画面给吸引住了，他脸上立时现出了满意的微笑，因为只有这幅画真正表现了"马蹄留香"这个核心意境。诗句中马、花、人、春景都很好表现，唯独这香字没办法用画面表现出来，只有这名画师准确抓住了画的魂，画出了这个香字。

由彼及此，这第一局虽然比的是春花，但若只是平铺直叙地雕刻出无数的鲜花，纵然雕刻再逼真形象，那也只能算得上技艺精湛，画匠水准，算不得出神入化、独一无二的大师。

苏沐纠结的点就在于此，他冥思苦想了一阵，始终没有动刀，一旁的田七看得特别着急，因为现在三家的庖师都已经开动了，甚至有几家已经初具模样了。田七心里又着急又担心，嘴巴里碎碎念叨："苏大哥，我们还要等多久啊？这时间可不等人啊！"苏沐默不作声，只是摇了摇头，显然他还没有想好什么才是最符合春之花意境的雕刻，若是做不到极致，仓促下手又有什么意义呢。

这样直到响起了第一声的铃铛声，苏沐才开始安排田七动手。

而速度最快的姚风泰已经快完成一半的工作量了，他现在满桌子上都是雕刻出的果蔬鲜花。所有人都变得十分忙碌起来，唯独平王府的白世忠和叶秋无所事事，这二人一个是过来理论指导的，所以只负责动动嘴皮子，尔后不失时机地各家点评一番；另一个则是担负另一项不可告人的任务。

自从白世忠知道上次自己做鲤鱼鲙时被颜真暗算了，他就急忙向平王禀报了这件事。平王知道了自然大为恼怒，只是事已至此他也没有证据再追究颜真，只能安排身手最好的叶秋一同入宫，暗中保护好苏沐，防止在比赛时再遭颜真师徒的暗算。

此刻，叶秋假装无所事事，但双眼却是时刻盯着颜真和阿南二人，这二人之前都没有什么异样，直到龙舟香漏响过第一声后，阿南终于按捺不住有了动作。只见他缓缓抬起头望了一眼其他三位庖师，尔后又埋下头假装继续雕刻，不过就这眨眼间，他手里的雕刻小刀，已经不知不觉换成了一根细如毫毛的银针。

阿南见姚风泰的速度最快，这雕花已经完成了一大半，就双指迅速一抖，这动作十分隐蔽，加之银针又细又小，常人根本看不出来，但叶秋也是用暗器的高手，他双眼如鹰隼，是将这一幕看得真真切切。那一根银针迅速飞出，无声无息地朝姚风泰的厨役飞了过去，银针唰的一声就没入肩上云门穴，那厨役中了一针，只觉自己右手一麻，尔后便是一阵酸软，手中的刻刀方向一偏，一朵花就刻得有些斜了。

姚风泰还以为是厨役参加大赛太紧张所致，有些不满地盯了他一眼，口中还低声地呵斥着什么，似乎在警告他不得再这样随意下刀了。厨役有苦难言，他也无法解释，只好低头又重新雕刻，速度却比之前慢了许多。

阿南见第一针得逞，嘴角微微露出一丝笑意，尔后紧接着又放第二针，这一针直指易大元的厨役，很快这人也是一般的右臂无力，一颗莲子直接就磕破了一个口子，二人同样十分纳闷儿，不过比试这么紧张，也没有人会想到这个时候竟然会有人偷施暗器，易大元嘀咕了几声便也作罢，二人整体的雕花速度也降了下来。接下来，是第三针，他又瞄准了苏沐，估计他也看出了田七刀工平平，就算伤了影响也不大，所以干脆这一次直接对准了苏沐。

不过，叶秋早已等了他很久了，前面两针阿南去害其他两家他才懒得去管，现在要害苏沐断断是不行的。只听唰的一声轻响，阿南再度飞出一针，银针化作一道寒光而来，眼看锋芒就要击中毫不知情的苏沐，霎时间，叶秋也快速抖了下手指，另一道寒光也射了过来，两根细小的银针在空中对撞，噌的一下，方向一转，唰唰两声就没入旁边楠木蟠龙柱上。

阿南脸色猛地一变，他未曾想到这里面竟然还有暗器高手，他一抬头，就看见叶秋靠在柱子上，很不屑地看着他，他晃了晃指尖很是嚣张地挑衅着，仿佛在说"要不要再试试"。

阿南心中顿时怒火狂烧，他也是许久未曾遇到这样的对手了。他双指一捻，刚要再发第二针，却被颜真一把拉住，颜真道："不过是第一局，这一局我还不至于输，何必心急？安心雕花！"

阿南立即低下头重新开始切菜雕花，好像什么都没发生过一样。

叶秋的好胜之心刚刚被激发出来，这人就收手不打了，十多枚银针捏在手里发也不是，收也不是，惹得他好生不舒坦，若非现在是在皇宫里，皇上就在上面，叶秋非冲过去一把揪住他，叫他再跟自己斗上个三百回合，非要分出胜负不可。他心不痛快，但又不想这时候偷袭他，只有轻轻地呸了一声，骂道："无胆匪类！"

不多时，龙舟香漏响了三声，第一局比试时间已经到了。李东海喊道："请各庖师呈菜！先请第一组，梁太师府上的姚风泰上菜！"

姚风泰与厨役二人急忙躬下身子，端着一盘足有一人高的巨大果蔬雕刻缓缓走上了丹墀，放在宋徽宗的面前。这姚风泰雕的是万紫千红总是春。只见姚风泰用了至少上百种的瓜果雕刻出数百朵的鲜花，桃花、梨花、牡丹、迎春、杜鹃、木兰、紫藤、凌霄、海棠等，这姚风泰不但每一朵花都雕刻得十分精细，他更能充分利用瓜果原有的颜色，营造出万紫千红的灿烂春色。

这一大丛瓜果鲜花耸立在集英殿内，仿佛一时间春风光临大殿，繁花灼灼，芬芳扑鼻，叫人有以假乱真之感。

梁师成见这拼盘又大气又精美，比去年牧云吉的确实要好上许多，忍不住自己先鼓掌起来，大叫道："好！这'万紫千红'太好了！"

只可惜，这全场也只有他自己一个人在鼓掌，其他人都作冷漠状，并不买账，惹得他有些不悦也有几分尴尬，他低声问身旁的王黼道："怎么，雕得不好么？"

王黼讪讪道："太傅啊，雕刻的是好，不过呢。嗯，嗯……"

梁师成毕竟对他有恩情，他也不好立即折了他的面子，这后半句的话就一直不好意思说出口。倒是平王直言不讳道："雕工是不错，可惜太匠气了些，说白了就是作品俗气！"

宋徽宗哈哈哈地笑了两声，不置可否，只是笑道："还算不错，不过诚如平王所说，这作品万紫千红，花是够多了，颜色也是够丰富了，不过终归是少了新意和意境，朕以为可得银签一支。"

四名高僧见此也纷纷颔首道："圣上所说甚是，理应是银签。"说着，四个人纷纷朝梁字签筒里丢了一支银签。

梁师成见此怎肯作罢，毕竟这拿了银签很可能第一轮就要输人一等了，宋徽宗安慰道："梁太傅先不急，朕的评判标准会一视同仁，后面还有三位庖师，说不定你这银签已是最高呢。"

梁师成这才噤声作罢。

第二个上台的是王黼府上的易大元，与姚风泰不同的是，他的雕刻作品很小巧，是一个拳头大小的粉色莲花苞。易大元呈上莲苞，俯首道："这是我王府敬献的菜品：春末夏首正当时。"

说着，易大元往莲苞上浇了一杯酒，尔后点燃，火焰中，却见这莲花苞缓缓绽放，一瓣一瓣地剥落，露出了里面青瓜雕刻的一枚莲蓬，不过最令人赞叹的是这莲蓬里有十八颗小小的莲子，这每一颗莲子都被雕刻成一个小小的孩童，十八个人神态各异，或嬉笑或蹙眉，或站立或端坐，没有一个是相似的，足可见这易大元的精巧雕工不俗。

现场的人都有些惊讶，谁也想不到，看起来大老粗的易大元竟然会做出这么小巧细腻的作品，春末夏首正当时，说的是这荷花正是春末夏初绽放，不过用荷花来对应春之花，多多少少有些离题。

果然，童贯第一个站出来挑刺道："这第一局明明比的是春花，易师傅却雕了朵荷花出来，这算什么春花，难道我等春夏都分不清了吗？"

王黼狡辩道："菜名已经说得很清楚了，是春末夏首，如何不是春之花？你看今日艮岳山下的湖中，不也有荷花冒出了花骨朵了吗？"

童贯冷笑道："荒唐！荒唐！荷花如何是春花，难不成王丞相也想学赵高指鹿为马吗？这事我童贯可是第一个不同意！"

王黼针锋相对道："指鹿为马？嘿嘿，童郡王难道是想把皇上比作秦二世吗？"

童贯大怒："你休要胡言乱语！你听不懂我的意思吗？"

二人争论不下，一时间大殿内颇有几分尴尬，以圆智为首的四大高僧各个低头不语，这把又是宋徽宗一锤定音下结论道："两位爱卿尚且息怒，易师傅的莲花雕刻得确实十分精巧，甚至在意境和水平上都略胜姚师傅，不过很是可惜啊，这莲花再怎么说，始终是夏景之物，而非春景之物，古来常说春兰夏荷，秋菊冬梅，岂有说春荷夏兰之理？即便牵强附会说是春之末，也非当下之物，略微有些偏题，也只能得银签一支，可惜！可惜！"

四位高僧也是丢出了四支银签，表示对这个评判的认可。

这一把，梁师成大为高兴，他哈哈哈笑道："皇上果真是一视同仁，英明！

英明！王黼啊，你的厨师心思虽好，可惜还是吃了没文化的亏，偏题咯。"

王黼气得狠狠地盯了一眼易大元，显然对他来说不赢可以，但是闹成这样就太不应该了，易大元自知有错，低着头一句话也不敢多说。

接下来，第三个上场的原本是童贯府上的颜真。但不想，颜真朝李东海使了个眼色，这太监也微微地点了点头，尔后改口道："下面，请平王府的苏沐师傅敬献菜品。"

苏沐双手捧着一座盘子走上台去，他的盘子雕刻着一棵干枯的老树，几块顽石，树和石头上还覆盖着一层薄薄的霜雪，看起来似乎不像是春天的景象，反倒是像冬天萧条的样子。

宋徽宗怀疑这人是不是也偏题了，开口问道："你这雕刻的又是什么？"

苏沐道："平王府为圣上敬献的是江南春晓。"

宋徽宗来了兴致，问道："哦，你这里不过是一棵枯树，几块顽石，如何体现春晓二字，又如何体现江南之美？"

这把一直未说话的圆智也开口道："既是春晓，便落点在一个晓字，此为复苏觉醒之意，只怕不好表现。"

宋徽宗也点头道："不错，这晓是一个连续的画面，静态之物确实不好表现。"

苏沐点头道："圣上和诸位高僧所言极是，下面请皇上细看。"说着，他也往树上和石头上点了下火，只见整个盘子里瞬间烈焰熊熊，在火焰的高温下，原本覆盖在树枝和石头上的冰雪开始融化，变成一股股溪流沿着石头的缝隙流向了盘子的中央，尔后石头上突然就冒出了青青的草尖，树上噗噗几声，竟然开出了一朵朵粉红色的桃花。

流在盘子里的雪水浸泡盘子底，这底部似乎在之前就专门处理过了。随着雪水的沁润，慢慢地浮现出两条红色的锦鲤，一时间整个画面都活了起来，冰消雪融，树上开出了桃花，石头缝里长出了青草，浅水湾里游动着锦鲤，当真是一个冬去春来，万物复苏。

宋徽宗和各位高僧立即鼓掌道："好一个江南春晓！这个晓字表达的可真是淋漓尽致了。朕以为这一局可得……"

宋徽宗对这个刀工摆盘是赞不绝口。眼见这苏沐就要挤压前面两位庖师得到金签了，梁师成很是着急，他突然跳出来，打断宋徽宗，质疑道："这一局比的是刀工摆盘，苏师傅的春晓变化虽然巧妙，但是这更像是幻术戏法，却不像是刀工了，敢问你这花和草是如何出来的？"

苏沐俯首道："我以白瓜削薄染红合拢成桃花，粘在树干上，尔后在外层再刷一层棕色的糖浆，与树干融合在一起一个颜色，用火烧炙后，这糖浆融化，白瓜受热卷曲，花骨朵便会向不同的方向开启，犹如鲜花盛开一般，石中青草亦是如此。至于水中游鱼，这盘子里我提早用特殊的颜料画上锦鲤，这覆盖的冰雪其实是冰冻的酸醋，酸味沾染盘子底部，自然就可以呈现画作了。"

苏沐的解释合情合理，梁师成一时间也无法反驳，只得悻悻地坐了下来，宋徽宗又要说话，不想童贯也站了起来，他冷笑一声道："这江南春晓确实叫人惊艳，不过敢问你这石头是什么石？"

苏沐愣了一下，他未承想自己在这个地方竟然失误了。果然，宋徽宗开始摇头了："爱卿可是提醒了我，这石头用的是河洛石，乃是黄河之石，苏师傅既然是要描绘江南景色，理应选用太湖石、青田石，可惜，用了中原的石头，显然与文题不符。"

平王听到这，气恼道："这石头不过是衬托草木回春罢了，用哪里的石头有什么区别？如此，如此真是吹毛求疵！"

童贯得意道："高手较量便是要精益求精，平王是第一次参赛，难免不懂我们的规矩，我可以理解，不过还请你不要这么大声喧哗，毕竟这里是皇宫，皇上，请问这道菜该如何准确评分？"

梁师成和王黼也趁机叫道："请皇上评判！"

宋徽宗显得十分惋惜地摇了摇头，平心而论，他对这道菜很是喜爱，这菜品从冬雪过渡到春花，十分生动而富有情趣，当真是把一个晓字体现得淋漓尽致，不过宋徽宗自己作为一个艺术造诣很高的皇帝，对艺术这东西想来也是容忍不了一丝一毫的瑕疵，他最终咬咬牙道："失误了便是失误了，哪怕其他方面做得再好，也不能容忍，这道菜银签吧！"

平王还欲争辩，但宋徽宗率先甩出了一根银签，摆手示意苏沐退下，四名高僧见状也放入银签，现在场上前三名已经打成了平局，三个人都是四支银签，谁也没有先拔头筹，所有人的目光都落在了最后出场的颜真身上。

颜真突然甩了下袖子，独自一人缓缓地步上台阶，他双手高举，捧着一个一尺左右的卷轴，好似古时进谏的谋士一般，所有人都有些诧异，不知道这颜真拿出一幅书画上来，是想做什么。

颜真到了长案处，轻轻地放下卷轴，尔后缓缓地摊开，随着这卷轴的渐渐展开，所有人都从不解慢慢变得惊讶起来，因为颜真手里拿着的不是一张普通的白纸卷轴，而是用冬瓜削成如同宣纸一般薄薄的一层，这摊开的冬瓜"宣纸"上，仿佛有些淡淡的色调，不过又看不出什么异样。

颜真笑道："请皇上及诸位高僧莫要闭眼。"

说着，他用几杯颜色各异的西域葡萄酒泼洒在冬瓜"宣纸"上，只是一瞬间，这画纸上就开始像魔术一样，显露出五颜六色，这些颜色互相沁染变化，竟然化出一幅大宋的江山图，万里河山处处皆是锦绣，山上红紫葱翠，山下粉桃素李，远处还有江水入海，当真是辽阔而绝美。

颜真道："这是郡王府敬献给皇上的：春风万里锦，江山入画来。"

这道万里江山的雕花，若论刀工和技艺，并没有比之前的三位出众，既不如姚风泰的繁复，也不如易大元的精巧，更不如苏沐的出神入化。但这画卷一展，江山幻化而出，映入眼帘，着实叫人大为惊艳。

宋徽宗喜得立即站了起来用力鼓掌道："妙极！妙极！难得颜师傅有这等心思！"想来，近年来，大宋边境战乱不断，大宋的国土尊严时刻都要受到番外的挑战，不能不令宋徽宗这个当皇帝的忧心忡忡，颜真的这一道菜巧妙地运用了冬瓜容易吸附颜色的特质，提前在冬瓜上用蜡画好图案，雕刻好阴阳纹理，尔后以果汁着色呈现，不仅富于巧思，更重要的是他在画中展现了大宋千里江山的锦绣，冥冥之中有隐喻宋徽宗必会趁着春风重新夺回大宋疆土的寓意，这不能不叫宋徽宗有感而发，大声叫好！

其他三家见此也是心里叹服，毕竟这"春风万里、江山入画"光是在意境上就已经远胜之前的三位庖师，众人只道这一局颜真必然是拿满分了。但不想，宋徽宗刚喜了一阵，突然脸色就微微一变，他上前两步，着急地拿起那冬瓜画卷认真地看了起来，这样又看了几遍，突然失落地坐了下来，他指了指一处城门问道："为何此处会破了个洞？"

颜真一见这个破洞，原本春风满面的脸上，瞬间变成一片死灰，这个不过一个黄豆大小的缺口好死不死地出现在城墙要塞上，这岂不是暗示着城门大开、城门失守？这可是大大的失误了！

颜真拿起画卷又看了一遍，只见这洞口切口颇为整齐，显然不是无意间被刮碰掉的，他越发得不敢相信，自己明明片得好好的冬瓜纸上，怎么会破了这么一个小小的缺口？他回头看了一眼阿南，阿南也是一脸茫然，他也觉得以自己的身手是不会犯这种低级错误的，他二人再巡视各家庖师一圈，一片幸灾乐祸中，终于看见叶秋笑得最为阴阳怪气，阿南瞬间明白了，一定是叶秋用暗器做了手脚，把这个画卷给刺破了！

这以往的比试中，一向只有颜真师徒对其他人下暗手，什么时候轮到其他家对自己下黑手，尤其是在这么重要的四大庖师比试赛场上，阿南不由得恼怒起来，只是他恼怒归恼怒，现在这一局错误已铸就，怎么也无法补救。

场子中的气氛一度冷凝，平王第一个冷笑了起来，刚才童贯拼命地诋毁苏沐的菜品，现在终于也轮到他来嘲笑了："好一个万里江山，原来我大宋的江山连个城门都守不住！童贯，你真是带得一手好兵啊！这就是你拿回来的燕云十六州？"

童贯气得已是满脸铁青，他自执掌兵权以来，并未有什么建树，便是拿回的燕云十六州也是空城几座。这些事虽然朝中的人不敢跟他当面提，但是天下人多有议论的，更有那些学者秀才一天到晚写些诗词来诋毁自己，让他平添许多愤怒，现在平王公然讥讽他，如何不叫他怒火中烧，越发得怨怒。

他正欲反驳，不料梁师成也出言嘲笑道："且不说这道摆菜寓意如何，但是冬瓜削成宣纸，这么容易的刀法居然都能削出一个破洞，足可见颜师傅的刀工还是退步了，这等刀工万万是拿不到金签了。"

王黼本不想得罪童贯，但见梁师成都说了，自己犹豫了下也点头道："确实，这道菜本来重在意境，刀工嘛，只能算是平平无奇，如今意境也失，优势全无，实在没什么好说的了。"

刀工本来就有瑕疵，加上众口铄金，宋徽宗终于也开始面带愠色地摇头道："这失误确实不可容忍！当真是不可容忍！"他双指捏住了一支铜签就要甩出去，但是他又想了想，最终还是换成了银签丢了出去，口中冷冷道："若非看你动了心思，这一把必然只是铜签，明白了吗？"

颜真冷汗都差点冒了出来，他缓缓退下道："谢皇上宽恕，小人明白！"

他转身走回自己的桌子旁，尔后冷冷地盯着阿南，快速拨动双唇，却是用唇语在下令："下一局，我必要苏沐一败涂地！"

阿南不会说话，只是点了下头，双眼中倏地闪过一丝寒光。他看了一眼叶秋，那姿态大有要与这人一决胜负的感觉。

这首局刀工比试，可谓花样尽出，四道菜品有气势雄伟，有细致精巧；有千娇百媚，也有文质清雅，虽然出来四个冷盘风格大相径庭，但出乎意料的都是拿到了五根银签，四家打成了平局，这是所有人都没有想到的。童贯、平王等人自然是不服气，眼看这些人又要争论不休，宋徽宗急忙唱和道："众爱卿且先静一静，朕以为御膳房秦庖正的刀工已是天下的极致，不想今日看来，真是山外有山人外有人，这四道雕刻各有妙处，姚师傅的繁，易师傅的巧，苏师傅的灵，颜师傅的意都表达得淋漓尽致，可谓是百花争艳、百家齐鸣啊！诸位也不必争了，这第一局且打成一个平手，后面还有两局，一道笋菜，一道雨汤，谁能夺魁，就看这两道菜的发挥了！"

各高僧也俯首道："圣上点评得甚是准确，普天之下也只有圣上当得上今日四大庖师的评判了。"

其他人也纷纷恭维道："圣上英明！"

宋徽宗笑道："第一局光是刀工都如此精彩了，这第二局就更让朕期待了，不如开始下一轮吧。"

# |第三十五章| 春笋之美

第二局，以笋菜为主题。

春令之时，笋菜最鲜。春令吃食，自然是少不了竹笋这道美味，这也是四大家的庖师赛前就有所准备的，可以说是提前就精心备战了这一局。

白世忠自然也算准了今日会比笋菜，所以也及早与苏沐一起做了准备，不过他现在整个一无所事事，又开始摇头晃脑道："嗯，竹笋之中，属冬笋最美，春笋最嫩，而且样子也最可爱！古人常说玉指纤纤似春笋，这比喻可使用得极好，正是鲜嫩洁白，玲珑剔透。美哉！美哉！"

田七年纪尚幼，有些不明白道："春笋这么大，美人玉指要是像春笋的话，那得多么粗胖，古人这比喻也不怎么样啊。"

白世忠白了田七一眼，道："古人这只是打个比方，说明手指的白嫩和剔透，岂是用来说大小的？真的没学识，整一个夏虫不可语冰！"

田七嘀咕了一声道："你那么厉害，那么有学识，现在还不是啥也不干，就在这儿动嘴皮子。"

苏沐回过头吩咐道："田七，你现在赶快出门去接货，记得，半炷香内必须赶回来！"

田七应了一声也不敢耽搁，急忙低头疾步出了集英殿。

这边，各家的庖师早已忙将开来，素菜制作不比荤菜，选材有所限制，不但荤腥油腻之物不可用，葱蒜韭等五辛也断断不可取，能用之物，均是些粮、面、菌、蔬、果、花、草类，口味更是要讲究清新淡雅，造型也应该素雅富有禅意。

按照规矩，这第二道比笋菜，必须是要以竹笋入菜，笋这味食材虽鲜嫩美甘，却有常人所不知的"三不"，很多人做不好笋菜就是因为没有避开这三个误区，而导致笋之鲜、笋之美有所流失。这三不，第一是不能见风。笋物见风即长，见风即硬，即便是已挖出的竹笋，见了风也会硬化发老，滋味大变，故挖笋之时必要用遮风之物围起，采完之后用不透风之物装起，防止见风见光，才能保持其鲜。第二是不能碰铜铁。铜有铜臭，铁有铁腥，这二者最易生锈变色，以及挖笋切笋，则笋肉必沾染铜铁腥臭，让笋肉色泽发黄，滋味变俗，便是再鲜美的笋，沾染了这二者的气息，便不如萝卜干一盘，更别谈新春鲜物四个字了。最后一点是不能久存。笋美在其鲜，鲜者必在其鲜活，这对于任何一种食材都是一样的，笋是竹之芽，便是挖下来，放在无光无风的暗室中，从外表看是没有任何变化，但其实它内里还在生长，不消一二日，便老若笋干，故北方之人常觉笋不如萝卜好吃，便是因为笋采摘运送到了北方早已滋味大变，自是老韧无味，不及萝卜白菜了。故善食笋之人，采笋存笋极有讲究，必要挑无风无光的凌晨，用银质工具采挖，所挖的笋面必要用蜜蜡封住，防止吸入空气水露让笋生长发硬，也有将笋放入碎冰中保鲜者，用低温抑制其生长。总之，保存制作竹笋的法门众多，各家均自成一套，没有高下之分，只有需求不同、滋味不同而已。

第二局比试已经开始，众人忙碌无暇，苏沐却跟第一局一样，一时间还不动手，似等什么东西到来。这龙舟香漏响了第一声，众人食材早已收拾妥当，蒸煮炙烤都有序开始，苏沐迟迟还未动手。看到这儿，平王如何不急，不知这苏沐又在等些什么。白世忠原本也是不着急，但见这田七半天回不来，心里也慢慢开始急躁起来："这田七干什么去了，如何还不回来？这笋过了一刻味道就弱一分，我今日可是叫李东海巳时去采的笋，到现在已经过了一个多时辰了，哎呀呀，真是急煞人了！"

原来，白世忠和苏沐为了确保笋的新鲜，专门在几枚即将采集的笋上设置了遮光遮风的罩子，一直等到今日上午巳时才去采摘，尔后以最快的速度往皇宫里送过来。现在时间已经过去了将近一半，笋还没有送到，这样下去可不是要耽搁了比试，苏沐抬头一看，却见对面颜真那里已经换了一个厨役，阿南也不知所终。

叶秋暗叫了一声不好："一定是那个东瀛的家伙去拦截田七了！"

苏沐心头一暗，不承想这颜真竟然会用这种办法一而再，再而三地阻挠对手，他急忙吩咐叶秋道："你快去外面看看情况，若真是阿南恶意阻挠，必要救田七回来。"

白世忠着急道："这时候还管田七做什么，肯定是先把竹笋带回来啊！不然要来不及了！"

叶秋二话不说，急忙往大殿外狂奔而去，皇宫之中戒备森严，但今日厨艺比试，所以专门给这些厨师和厨役发了进出的腰牌，不过这腰牌也只能在一条路上通行，方便来回取物品，其他的地方自然是去不了的。叶秋料想这田七必然不会跑到其他地方去，就在这条路上耽搁了，他一路狂奔，果然跑了不过半里地，就看到阿南把田七拦在路上。

田七整个跪倒在地上，手中捧着的正是五六个拳头大小的竹笋。

这一段路上恰好是拐角，没有守卫，阿南手里捏着银针，桀桀冷笑起来，他似乎是口舌有问题，不能说话，这笑声也是十分诡异而骇人。田七想要张口呼救，但他努力地张开了嘴巴，却还是没有声音传出来，只是发出了沉闷的呀呀呀声。

叶秋瞬间明白了，必然是这阿南先用毒针扎住了田七膝盖上的血海、曲泉二穴，让他不能站立行走，尔后再用毒针封住了田七的喉头，叫他无法说话，田七每一次张口嚅动喉咙，这毒针就会深入一分，痛如吞进了一枚刀片刮喉，田七不断地努力叫喊，想要呼救临近的侍卫来救他，但毒针扎得太深，非但没能喊来援兵，反倒嘴巴里现在已经都是鲜血了。

看到田七的惨状，叶秋勃然大怒，他只恨自己此刻手中没有刀，若是有刀，他一定要用最恨的招式将这东瀛的小子劈成肉泥，方能解恨！

叶秋怒极，大喝了一声，整个人狂奔向前，单手化掌直接就朝阿南拍去，阿南也毫不示弱，双手猛地弹射，无数的银针犹如暴雨梨花一般飞击而来。

这人的暗器与寻常的大不一样，银针在空中似乎可以借着风力四处游荡，犹如无数细小的银鱼在空中飞梭而来。面对这狂风暴雨一般的暗器，叶秋倒是十分冷静，他一卷裙摆，整个人以衣服为刀，狂卷而起，衣袂掀起风澜，犹如狂风龙卷，只听得呼呼呼声响，这衣摆就把这银针全部都收了起来。阿南惊了一下，他未承想这人的身手如此了得，他这一招疾风骤雨竟然奈何不住这人分毫。阿南突然脸色一变，喉头处剧烈地起伏，而后哇了一声，吐出了一把怪异的武器。

这是一截短剑，剑身乌黑无光，不过数寸长，不过短匕在他手中快速翻腾，很快就变成了一尺多长，是个近身杀敌的极好武器。叶秋现在也终于明白了这阿南为什么会是哑巴，因为他想要在自己的嘴巴和喉头里藏下这把武器，只有把舌头割掉，没了舌头他的口中才能容得下这么大的兵器。

叶秋怒喝道："你竟然敢私带兵器入宫！这是死罪！"

阿南朝叶秋的手中努了努嘴巴，意思是，你自己不也带了银针了吗，银针不算暗器吗？

叶秋愕然，阿南趁机持短匕杀了过来，这人的招式十分古怪，与大宋的武功完全不同，每一招每一式都十分简洁，但是又充满狠辣的杀机，几乎是剑剑直逼要害。但叶秋的无妄刀也是极为凌厉的招式，只是他现在手里没刀，只能以衣摆为武器，勉强与阿南对阵，二人针尖对麦芒正杀得异常起劲，田七终于挣破了这毒针的限制，嘶吼道："叶大哥，别……打了，快……快把竹笋给苏大哥送进去，来……来不及了！"

说完这话，他口中鲜血狂喷而出，这毒针终于把他整个喉咙都给撕破了，毒素扩散，他浑身又痛又麻，但是整个人却依旧不肯倒下，双手死死地抱住这些竹笋。因为苏沐告诉他，鲜笋不可见光，也不可随意掉在地上。

他田七只是一个小小的厨役，别人瞧不起他，不过苏沐认他，他就心甘情愿为苏沐付出，他从来不敢对叶秋大喊大叫，这次却大声命令道："快！送笋过去！"

叶秋心中骇然，他与田七虽然没有什么交情，但眼见这少年宁可冒着生命危险也要护住几枚竹笋，心中也忍不住一阵微微的抽搐，他一脚踢开阿南的纠缠，冲上前抱住田七道："苏师傅说了，要我出来先救你回去，你拿好笋，我抱你进去！"

田七大为高兴道："苏大哥……真的……这么说了？"

叶秋点了点头道："千真万确！"他见田七虽然不能行走，还口吐鲜血，但其他地方倒也无碍，毕竟这里是皇城，阿南也只是想制住田七，并非真的想杀人。叶秋喝止道："你现在不要说话，我一会儿帮你拔了膝盖上的银针，你若坚持得住，就在里面待着不要多说话，若是坚持不住我便送你出去医治。"

田七摇了摇头，道："我不出去，苏大哥……苏大哥还需要我帮忙，我……要看着苏大哥打败颜真！"

"那我们走！"说着，他抱起田七急忙就往集英殿狂奔而去。阿南急忙狂追，只是刚追了几步，就听到一阵嗒嗒之声，一队侍卫恰好走了过来，他不甘心地收了兵器，又吞入口中，装作出门取物品，低着头好似一个幽灵一样朝集英殿快步走去。

大殿之内，比试已经进入了白热化的地步，第一局的刀工雕刻，各家庖师都出现了一些细小的失误，在宋徽宗苛刻的评判标准下打了个平局，所以第二轮就成了最关键的一局，高下区别就在这几道笋菜中体现出来。

姚风泰、易大元、颜真早已经忙碌起来了，只有苏沐的案板上还是空空如也，而时间已经过去了一半了。白世忠差点就要呼天抢地起来，平王更是急成了热锅上的蚂蚁，这厨艺比试，时间一般都很紧凑，可以说是每一时每一刻都是挤出来的，而现在苏沐已经白白浪费了近一半的时间。

苏沐虽然心里也着急，可是他一向沉得住气，他看了一眼龙舟香漏，火星现在刚刚过中点线，若是田七和叶秋这时候能赶回来，自己应该还来得及，只是这笋菜的味道必然无法那么完美了。

终于，集英殿的大门口出现了两个人影，叶秋扶着田七走了进来，田七双腿无力，脚步踉跄，若非有叶秋扶着，只怕早已摔倒在地，苏沐和白世忠急忙迎了上前，第一时间接过田七抱着的竹笋，苏沐见田七嘴角似乎还有血渍，心里已经清楚了大半，整个人罕见地发怒道："他，怎么伤你的？"

田七摇了摇头，断断续续道："不要管我，快去做菜！来不及了！"

白世忠急忙一把抱过竹笋，叫道："对啊！现在时间已经过了一半，赶快做菜，其他的事稍后我们再跟这颜真计较。"

看台上，众人也看到了这门口的异样，只是隔得毕竟有些远了，也看不清田七具体怎么样了，平王问道："田七，你怎么了，怎么站都站不稳了。"

宋徽宗也问道："可是出了什么事？"

叶秋见状正要如实禀报，白世忠却低喝了一声道："现在还不是说实情的时候，你若说田七是被颜真的厨役所伤，证据呢？这外面可有侍卫能替你们证明？"

叶秋摇了摇头，显然这外面的打斗只有他们三人在场，白世忠叹气道："这就是了，你又没有充足的证据。你说田七是被阿南所伤，颜真必然反咬你，说我们担心比不过他，就出此下策扰乱对手，可不是百口莫辩？"

白世忠的话让众人都哑口无言，田七咬咬牙道："这口气我田七可以忍，只要苏大哥可以胜过这个颜真就可以。"

说着，他自己努力开口道："禀报皇上，小人刚才出去取笋不小心摔了一跤，所以有些站立不稳，请皇上见谅。"

平王有些不悦道："怎么这么没用，叫你出去取几个竹笋还把自己摔成这副模样，还不赶快开始做菜！"

苏沐急忙招呼叶秋扶住田七，自己和白世忠拿了几个竹笋开始忙碌了起来，这笋菜原本是要先炖后蒸再冰镇，但现在时间紧迫，只能缩减流程，苏沐心想但愿时间还来得及。

# |第三十六章| 笋花一霎

此时龙舟香漏已经响过了第二声，又过了一盏茶的时间，易大元第一个完成了作品，率先请示呈菜。热菜因为考虑到成品之后必须立即品尝，所以这上菜的顺序便没有固定，而是谁先完成了，谁就可以先上菜。

易大元呈上来的菜品有些独特，雪白色的白玉盘中端端正正地摆放着三段长短不一的青竹。青竹段最长一尺半，最短也有近一尺，从外形上看并无特别之处，轻轻一剖开，却见里面是满满的熟米饭，有烤、蒸、煮三味，原来这是三段竹筒饭。

竹筒饭这种做法倒也不算新鲜，尤其是在滇南一带更是常见，这三段竹子初看之下并无什么特别之处。众人都觉得这样隆重的比试，端出三根竹筒饭着实是有些太小气了，心中失落的有，冷笑的有。宋徽宗的表情也是有些不知怎么评价的样子，甚至他连筷子都没去拿，易大元似乎早就预料到这些人会是这个反应，开口道："这竹筒饭与大家所知道的完全不同，不信请圣上试一口。"

宋徽宗终于举起金筷，浅浅地尝了一口，只是这一口，他就呆住了，双眼似乎都亮了起来，因为他发现这米饭与一般的竹筒米饭真的大不一样，不单有竹香清冽，还带有梅香馥郁，松香甘甜，而且说是米饭，倒不如说是米糕，竹筒内的米食洁白晶莹，已看不出米粒形状，吃起又软糯但内里却又很紧致，既有米粒的劲道口感，也有米糕的滑嫩软弹，仿佛千锤百炼而出。

宋徽宗立即想起了自己年少时曾去过岭南一带，那里的人也有一种类似的做法，岭南人会将糯米用竹箬捆成粽子，这种粽子捆绑得比一般的粽子要紧上许多，尔后用大火急蒸七天七夜，蒸出的粽子内米粒皆不可见，均融化作米糕模样，因竹箬比寻常竹叶、芭蕉叶更加坚实，糯米蒸炊却不能膨胀，互相挤压融合，好似糯米融化了一般，密度却是普通粽子的两倍有余，以此法做的粽子，便是只有糯米一味也是远超八宝、卤肉、海鲜等粽子滋味。易大元正是借鉴了这一做法，化繁为简，靠的就是竹子和江米自己独特的香味和韧性。但这以竹子为器皿，若是蒸煮倒也罢了，用火烤个七天七夜，竹子怕早已化作焦炭，如何能保持这般嫩黄微焦色泽。而且这竹筒饭也都是在龙舟香漏两响之内做出，不似提前准备，如何能短时间内让江米煮化成米浆呢？

相国寺的另一高僧圆烈眼尖，问道："这竹筒饭怎么没有口子？这水和米是如何放进竹子之中。"众人这才细心瞧看，竹筒确实是整个一节，无孔无眼，也无切口，不知米饭水是如何放进去的。

易大元有些得意道："这便是这道菜的秘诀所在。"早春燕归之时，青笋初长，肉质还十分细嫩，这时取冬季梅雪之水加甘松叶、佛手瓜、青橘皮滚上几沸，放凉后加江米碎用细孔银针，慢慢注入刚抽条的竹笋节内。这春来之时，竹笋长得极快，一夜可长上数尺，入夜后灌浆，不到天明，竹笋便已抽上屋顶，那银针小口早已愈合，如此江米雪水藏在竹筒中，与外界完全隔绝，不霉不腐，反而日渐增添竹香。这般，让竹子生长三年，待其中江米饱吸雪水，融成米浆，便可伐竹取来用竹叶、松枝烧制，此法所得竹筒饭，虽食材简易，但清香异常，江米炮制三年，更是软糯黏香，煮出的竹筒饭看似米团，却无米形，留有米质，更添竹香。盖因此菜乃是以梅竹松入味，在燕归时采摘，故此菜名曰：岁寒三友望燕归。这菜看似简易，却暗藏巧功，大有山水写意之妙法，寥寥数笔，却深藏韵味无穷，众人听过这做法后，瞬间对这道竹筒饭刮目相看，一个个频频点头啧啧称赞起来，尤其四名高僧更是夸赞不停，这岁寒三友，化繁为简的做法，本就与禅学意境颇为呼应，自然是大得他们的喜欢。

第一个上台的易大元赢得了满堂彩，王黼自然是红光满面，一旁的童贯却摇头朝后面的手下冷笑道："不过是雕虫小技罢了，能有什么过人之处。"那手下立即狂点头，一个劲表示赞同。

易大元一过，梁师成府上的姚风泰马上也举着盘子上台呈菜了。

他揭开银罩子，露出的是一座七级玲珑浮屠塔。只见尺长的玉笋雕刻成七层玲珑宝塔，一砖一瓦，一门一柱都清晰可见，那飞檐下还有铃铛，轻轻晃动，仿佛都能听得见风过宝塔叮当作响之声。姚风泰握住塔的两侧轻轻一提，却见那塔内还有一六层玲珑塔，也是一般雕刻，却更显精巧，众人见这塔中套塔，也是极为精巧，轻赞了一声。却不料姚风泰如此这般，一共分出七座大小不一的宝塔，最小的塔只有一层，不过寸余，雕得却是最为精细，那檐下铃铛比小黄米还要小一半，肉眼几不可见。七座玲珑塔依次排列，座座如黄玉雕琢，晶莹剔透，微微生光。姚风泰再掰开最小的玲珑塔，里面却是十多颗黄豆一般大小的笋丁，这样的设置自然有卖弄技艺的嫌疑，不过在视觉上已经吸引住所有人的目光了。

姚风泰恭敬道："禀圣上，此菜的精华就在这小如黄豆的竹笋之中。"

"哦？"宋徽宗有些半信半疑道，"这笋豆有何特别之处？"

"回禀圣上，此物，形如豆蔻小，味胜百味鲜。"

"是吗？哈哈，那朕可要先尝一尝了。"

他轻轻夹起一颗豆笋，品尝了一下，初入口，只觉这笋豆爽脆、甘鲜，再细品，这淡淡春笋鲜味之中慢慢地开始翻迭出其他的滋味，果真是有些独特。须知，天下的竹笋有几百种，每一种都有自己最独特的味道，或苦或甜各不相同，而这笋豆却感觉已经融合了百种竹笋的鲜味一般，片刻之后，口中开始翻迭出无数的滋味。

原来，姚风泰是用七种不同的竹笋分别在七种香蕈汤中脱味提香，再雕刻成七座玲珑塔，每塔一味，各不相同，他再用每种笋的笋尖切成圆丁，镶入塔中，而后这七塔合一，再一并蒸煮，味尽入塔中笋豆之中。故这笋豆汇集了这七种味道，再加上其他味道的叠加，感觉翻腾出了数百种的滋味，味道才能变得独特而富有层次起来。这等做法十分繁复，且不说雕刻成七个玲珑塔十分费工夫，就说这味道，能够层层叠加，完美融合，也是很下心思了。

不过以宋徽宗的标准来说，这道菜虽然复杂多变，但在味道上却远不如易大元的"岁寒三友"竹筒饭来得回味无穷。若说姚风泰的画是一幅精细的工笔画，以繁见长，事无巨细，那易大元的菜品便是一幅写意山水，以简洁取胜，那两者一人得其形，一人得其味，也是各有千秋，难分高下。

前面两道菜品都是高水准的发挥，而第三个上台的是颜真，可谓是这一次比试所有人都想击败的对手，所以他的菜品格外引人关注，一时间所有人都翘着脑袋往中间望去。

只见他端上一白玉八瓣浅盆，盆中盛满了清汤，上浮一竹笋雕刻的扁舟。那舟上还坐有一老翁，闲庭垂钓，气度优雅，船舱之内满是鱼虾。这煮熟的鱼虾却都是素味，有萝卜雕刻的银鱼，有青瓜雕刻的青虾，有冬菇雕刻的乌鱼，这些鱼虾俱是用鲜汤烫过，再与笋丁、芝麻、香料爆炒。这道菜光是外形就已经很有意境了，宋徽宗正要夸赞，颜真却取来了一盆炭火，放在玉盆下缓缓地炙烤着，不多会儿，只见汤面水雾升腾，汤底闪现隐隐白光，光亮越发明亮，不多时便呈圆盘明月之形。这清辉四耀，小舟浮在亮光之上，好似月映明镜湖，舟行广寒宫。

颜真这才报菜名道："禀圣上，此菜名曰一叶柳舟载月归。请圣上及诸位高僧品鉴。"

这道菜先不说味道如何，光是造型和意境两方面，已经是做到了极致，尤其是水底月光辉耀四方，让人觉得既像小舟划进了月宫，又像是明月落入了湖中，有一种真假难辨的幻境感。

宋徽宗好奇道："颜师傅，你这汤底是如何发光的？"

颜真解释道："禀圣上，小人取东海发光的磷虾研磨成粉，尔后将这磷粉装入水晶盘内，放置白玉盆下方，再浇注高汤。这水晶盘内的磷粉经火炙烤受热就会重新发光，呈现明月之华，与这小舟相映成趣。"颜真做菜不愧有盘中山水这一美誉，整道菜如画如诗，那老翁月下垂钓，江雾弥漫，众人观之仿若亲临其境，隐隐都可听到渔翁兴起之时，哼两句渔家调子，清冷悠远，意境缭绕。

众人开始交口称赞，宋徽宗持箸笑道："不过做菜光好看还不行，还得好吃，且看看这菜品味道如何？"

他率先夹起一片笋尝了一口，只听得十分清脆的咀嚼声从口齿间传了出来，这声音太过清脆以至于让宋徽宗有些猝不及防，他哎哟一声就捂住了自己的嘴，眉头就皱了起来。

所有人都以为这是不是笋太硬磕到了宋徽宗的牙了，一个个脸色大变，李公公更是一步迎了上前，但不想宋徽宗立即摆了摆手，又咀嚼了起来，大赞道："这，这是什么笋，为何能脆嫩如此？"

颜真自信地笑道："禀圣上，此乃嫡笋！"

"嫡笋？"所有人都面面相觑，因为都没有听过这种笋子，就连一向博学的白世忠也不知道这到底是什么笋。颜真解释道，所谓的嫡笋便是在寒冬时，取竹根上茶杯大小的冬笋芽，用大小合适的银罩子将笋芽套住，尔后将竹根上的其他笋芽全部剃掉，一丛竹林仅留一个笋芽，再覆土让它重新生长，这样做就是要竹子的精华尽入一个笋芽之中；又因笋芽被银罩子套住，稍稍长大便充满银罩，不能再长，那冬笋的肉质就会不断紧缩，变得比一般竹笋更鲜美紧脆，到了来年春天，等别的春笋冒出来时，就可以重新挖出来取走这笋。此法所得的笋芽称之为"嫡笋"，意味单代嫡传之笋，"竹丛枝百竿，只取笋一枚"便是此意。

宋徽宗哪里想得到，这一枚简简单单的竹笋里竟然有这么多复杂的前期工序，他忍不住又夹了一块，再细细品其味，这一次他更真切地感受到，嫡笋的滋味确实太过独特，肉质之紧、之脆、之甘、之美，完全是冠绝群笋。

宋徽宗大赞道："这菜既得其味，又得其形，可谓内外兼备，世间少有！"言下之意，就是这道菜比姚、易二人做得更高明一些。

这话自然让童贯和颜真暗暗高兴，不过颜真素来喜好以谦逊文雅示人，他恭谦道："世间极美和极鲜都存乎自然之间，我等庖师不过是借其形，懂其味罢了，圣上这是过奖了。"

宋徽宗更欢喜道："颜师傅不但厨艺好，浑身上下更是毫无烟火气息，这样的庖师确实叫朕十分喜欢。"

颜真再度博得了宋徽宗的欢心，除了童贯，其他三家的人多多少少有些嫉妒，而四位高僧，似乎除了迎合皇上之外，到目前为止，甚少表露自己的态度，显然一方面僧侣在朝廷不太受宠，圆智等人也知道安守本分的道理，不该过多地评判他人长短。另一方面，他们作为出家人，对饮食一道本身也没有太多的讲究，这无所不用其极的手法、食材自然也非他们所爱，所以也没有太多的惊讶和兴趣。

丹墀上，宋徽宗望了望最下面的苏沐等人，问道："这菜已上三家，还有一家怎么还没上来？时间还没到吗？"

李公公看了一下龙舟香漏道："回禀陛下，还差半刻。"

宋徽宗嗯了一声，似乎微微有些不快，毕竟这最后一家上菜的速度太慢了，这一等起来，很容易让人兴致全无。

白世忠道："我看皇上已有些不耐烦了，不如现在上菜吧。"

苏沐摇头道："不可，这道菜本来准备时间就仓促，若是再提前上菜，味道沁不进去，便完全失败了。"

苏沐一直等到龙舟香漏响了第三声时，才终于停止了动作。

他的这道菜算是勉强完成了，银色的罩子盖在象牙碟上缓缓地呈了上来，苏沐掀开盖子，露出的是一截造型古朴的玉枝和一个原笋，一个用红绳捆住的完好无缺的竹笋。众人好奇，这先前三道菜无不是精雕细琢下足了功夫，要么滋味卓绝，要么刀工精巧，唯恐失了精细繁复。而苏沐这道笋菜却是有些粗俗，一个未剥壳的生笋直愣愣地端了上来，这算是手剥笋吗？这菜式如何吃得？！

徽宗本来就微微有些不悦，又见了这竹笋就更加不高兴了，他摇头道："这比试好歹是在集英殿内，代表的是各家最好的厨艺水准，如何能做出这般蠢拙的菜，光是看一看，就令人毫无食欲。"

童贯、梁师成、王黼等人也是朝平王异口同声道："白水煮竹笋？哈哈，输了！你这回输了！"

苏沐也不多做争辩，他只是按照程序报了下菜名道："禀圣上，此菜名曰月夜优昙花弄影。"说罢，他将竹笋倒挂在盘中的玉枝上，解开红绳，却见那竹笋登即若月夜优昙花开，一瓣一瓣缓缓绽放，雪白色的花瓣一层一层地下垂，层层嫩如白玉，片片透如轻纱，这切笋的刀法融合了襄衣刀法、兰花刀法、剜曲刀法和荷花刀法，让整个竹笋花呈现出层层相连、轻薄不断的层次感，宛如一串优昙风铃，又像层层彩幡华盖。层层笋花中间还有些许绿粳米、兰花粉捏成的花心，晃动间阵阵暗香浮动而来，还未品尝就觉得清逸绝尘。

这变化突如其来，叫在场之人都忍不住惊呼了起来，谁也没想到这个蠢拙的竹笋竟然内有乾坤，不过一个提拉，画风全变，粗俗不堪变得冰清高洁，宋徽宗显然也没想到会是这么个结果，他直接站了起来，围着这笋花细细地瞧看起来，尔后啧啧称赞道："想不到是外拙内秀，这个真是如刻玉玲珑、如吹兰芬馥，看一看，疑似冰雪天；嗅一嗅，才知三春晖啊。美哉！妙哉！"

苏沐见这宋徽宗喜不自禁夸个没完，他担心菜出锅后冷了滋味要变，急忙提醒道："还请圣上尝尝这笋花的味道。"

宋徽宗这才发觉自己失了仪态，他讪讪地笑了下，自嘲道："都说这优昙花有魔力，朕刚才也是差点被这魔花给迷住了。诸位高僧，赶快与朕一起尝尝这菜味道如何。"

几个人纷纷举箸取下那竹笋昙花瓣，一送入口中，只觉甘甜爽口，入口化渣，口感比脆梨还要细嫩三分。又尝绿粳米，包裹在笋花中，米得笋清，笋得米香，却也是相得益彰，完美无瑕。

宋徽宗问道："这是何笋，竟能这般脆甜无渣？"

苏沐道："此乃滇南的甜龙笋。平王府将笋苗移植到郊外的山谷中，用紫玉蔗渣种植，几经改良，覆雪经霜，经过十个春秋，产出的笋肉才能甜脆如斯，更胜雪中冰梨。"此甜龙笋便是要至鲜才能至美至甘，今日比试，他与白世忠就料想到必有笋菜，昨夜算好了时间，一早就叫人去山谷中采笋，原本应是巳时恰好送到宫中，不想被阿南给阻挠了，耽搁了近一半的时间。不过，好在此菜并不需要长时间的火候煨煮，加之苏沐巧刀修缮，也算勉强完成了。

此菜，苏沐将甜笋刻花，不去笋箨，切成连心薄片，先热水漂，再冰水汲。这水必须是兰草露水，如此反复九道，让笋肉去除苦涩，更添兰花香气和冰鲜爽脆，最后酿入兰香绿粳米上蒸笼大火蒸熟，粳米与甜笋相互交织，原料虽然简单，但却能产生令人回味无穷的魔力。

在众人交口称赞时，一直不怎么说话的圆智大师突然开口道："《法华经》有云，如优昙钵华，时一现耳。说的便是佛法感悟犹如优昙花开，稍纵即逝，想要他回来却不知等到何时，我观这菜品却也是这般道理，笋之鲜、笋之脆一纵即逝，若得其味便如佛法顿悟，醍醐灌顶，美不可言，但稍稍迟了便是失了机缘，再难找寻，这菜本甚得我心，不过可惜！可惜！"这圆智虽然平日里不讲究饮食，但对佛理对笋却很有研究，他原意要说这笋放的时间略长了一点，让这甜笋的滋味稍稍一滞，有了细微的分差，犹如失了妙法，实在可惜，但又觉这菜立意做法甚得他心意，话到嘴边又未忍心说出口，只叹了两个可惜。

宋徽宗似乎也是有些领悟，他也是摇了摇头，叹了叹气，似乎也在为这道菜最后的那么一点点不完美感到十分遗憾。这四大庖师第二道菜都已经上齐了。可谓各具特色，各有风采。不论甜笋嫡笋，不论刻舟雕塔，都尽显各家的绝技，胜负当真是难以评判。

童贯、平王等人都觉得自己家的菜做得最好，都是信心满满，各庖师也是这么个感觉，唯独苏沐微微紧锁着眉头。刚才圆智大师说的一番话，他自然是听懂了，这笋菜终究是差了那么一点点的时间，就差那么一点……

这第二局开始，都是四道菜上完了，由宋徽宗一并做总结，定高下，宋徽宗满心欢喜道："这第二道笋菜，便是要鲜美才行，得鲜美者才可算是真正用对了笋的优势，四位师傅各有所长，菜式也做得极好，易师傅的竹筒饭虽然简单，但却蕴含巧思，这做法当真是闻所未闻，口味也相当独特；姚师傅的玲珑塔雕工出色，笋豆虽小，却能汇集了七种竹笋的鲜味，可谓是鲜中之鲜；而颜师傅更不必多说，总是能把食物的味道和形状融合得天衣无缝，当真是对得起盘中山水，如诗如画的美誉。嗯，最后这位苏师傅，这优昙笋花足以让朕惊艳，朕从未见过这等高洁的菜品，也从未尝过这么清甜的竹笋，四位都当得上京城四大名厨的称号！"

宋徽宗一阵夸奖过后，大伙都知道接下来的才是最关键的，因为出现的问题才是影响你最终排名的关键因素，果然宋徽宗开始话锋一转："不过，这四道菜品中还是有一些遗憾，易庖师的竹筒饭虽然有新意，但首轮比的是笋菜，却非竹菜，竹、笋虽是一物，却也有分差，立意稍稍有所偏颇，十分遗憾。而姚师傅的菜品虽然没有太大缺点，但是这塔中放珠，总有舍利子的嫌疑，虽然你刀工很是精绝，但我等品食舍利子，只怕也是对佛祖大为不敬，立意稍差了些。我观这次轮比试，理当颜师傅、苏师傅并列第一，姚师傅第三，易师傅第四。"说罢，给颜真、苏沐分别放了支金签，给姚风泰放了支银签，给易大元却放了支玉签。

这王黼一见易大元又离题了，气得胡子都竖起来了，当场就破口大骂道："易大元，看来我对你是太纵容了！你两局都是菜品离题！什么意思？！觉得我王黼拿出来的金锦、女人就不值钱了吗？！"

宋徽宗愣了下，问道："什么金锦女人？"

梁师成等人立即脸色一变，不知该如何回答，还是童贯老奸巨猾，不动声色道："四大庖师比试有圣上主持，自然是轰动京城，这坊间赌场早已开出各种赌局，下押四家的名次，想来这王丞相也是有些自信，给自己在赌坊压了一些赌注。"

宋徽宗哈哈笑道："原来如此！王黼啊，这就是你自己的不对了，赌博一事，小赌怡情，大赌如何能成？诸位高僧，朕已经给了签子了，你们也给出自己的评判吧，这一次可不许再跟朕一样了噢。"

宋徽宗原本只是开玩笑的一句话，但不想圆智还真的给苏沐放了支银签，其他与宋徽宗一般无二，宋徽宗哑然了下，摇了摇头，平王则大为不快道："圆智！你什么意思？！你是嫌我平王府每年给你相国寺上香少了吗？为何只给我平王府银签？"

面对平王的质疑，圆智整个人岿然不动，他只是双掌合十道："原因贫僧方才已经说了，贫僧刚才也在犹豫该不该给金签，可是贫僧觉得既然笋失了最佳时间，已稍稍失味，便是瑕疵，这便不能得金签，还请平王见谅。"

平王怒极，但面对这样不动声色的和尚，自己也没有办法，只有恨恨坐下，低声怒骂道："老秃驴，还真以为自己是什么了不起的大人物，若非皇上硬要喊你，哪里轮得到你们来当评判！"

童贯幸灾乐祸道："人家是评判，说得又没错，你气什么？嘿嘿。"

这轮结束，四个人就不再是平起平坐了，颜真不负众望，在第二局再下五支金签，稍稍领先众人，苏沐得了四金一银紧随其后，姚风泰得了四支银签，排了第三。易大元竹筒饭虽精巧却偏了题，落得倒数第一，这让王黼十分恼怒。

平王坐在座位上如坐针毡，胸腔内更是怒火难息，虽说苏沐现在与颜真只差这一分，但是这高手过招，一分往往便能决定胜负。这第三局，若是颜真再拿下五支金签，苏沐便是做得再好也是枉然，结局也是必败无疑。

# |第三十七章| 以佛入菜

最后一局，是个汤菜，以雨为主题。

以雨做菜，说容易也容易，说难也难。容易者，以雨水做汤，这菜便也成了；难者，便是贴合春雨的意境，春雨贵如油，润物细无声，绵绵之中又蕴含生机，若想要完美地结合这个意境，也殊为不易。

四名庖师都已经安排厨役开始着手准备做汤，宋徽宗却突然说道："诸位师傅请慢，世人都以为朕只宠幸道教，对佛教大加贬低，坊间也多有谣传，实在是令朕百口莫辩啊！所以，今日庖师比试，朕特地请了大相国寺的四位大师一同品鉴斋菜，一来朕许久未听佛论禅，心想断断不能寒了诸位大师的心，所以特邀前来；二来三月本是阳春之时，万物复苏，诸位爱卿吃了一冬天的荤腥，也该吃点素菜，清清身子。"

众人听到这儿，各个站起来俯首道："圣上英明！"

宋徽宗又道："但朕以为，今日既是吃斋，便要带点禅味，有点佛心，若只是比奇技淫巧，便与今日主题背道而驰，朕以为不妥。所以，朕突然有一法子，这最后一局比试，不若由在场四位大师当场命题，各家庖师按题而做菜，众爱卿以为如何？"

众人再度纷纷称赞道："圣上英明，此法甚好！"

宋徽宗道："那就请四位大师各自说一句佛家偈语，你等便按这偈语意思各做一道素菜，看这色、香、形、味、意，谁家更胜一筹。这做佛家素菜，可不单单是味形之美，若是能得那几分禅意才是真得了精髓。"

这下子全场瞬间鸦雀无声，没有人再叫好了。童贯、王黼等人面面相觑，不知道该怎么答话。这素菜与佛理按理说本就有很多的相通之处，宋徽宗叫四大高僧出题倒也是合情合理，只是以偈语做菜，一来佛教的偈语大多晦涩难懂，若是庖师对佛学的理解浅薄了，做出的菜难免难得其意。二来即便是这庖师懂得这意思了，但是想要完全贴合意境也是非常困难，所以这几个重臣才会这样面面相觑。

宋徽宗见众人没有像刚才那样应承，有些不快道："怎么，诸位觉得朕的提议不妥吗？"

这句话一出口，所有人都急忙叫道："圣上英明，此提议极为妥当，我等毫无异议！"

宋徽宗这才哼了一声，他侧头看了一眼诸位高僧，意思是那就请你们出题吧。几个和尚你看我，我看你，不知道该不该出，该出什么。

小师弟圆真最是嘻嘻哈哈，他笑嘻嘻地对着三师兄圆烈道："三师兄最刚正不阿，不如请三师兄先出题吧。"

圆烈哼了一声，道："我平日里书看得少，倒是二师兄平日里对佛经最有研究，不如请他先来吧。"

二师弟圆善性子和善但也怯懦，他心中虽然有无数的偈语，但让他首当其冲，他还是有些信心不足，于是他看了看大师兄圆智，合十道："我四人中还是属方丈师兄最博学，要不请方丈师兄先说吧。"

圆智见三个师弟一阵退让，到了他这也不好再推了，他轻捋银须，略微想了想，首先站起，对着易大元说道："凡所有相，皆是虚妄，若将诸相非相，即见如来。"

圆智这偈语说得有些晦涩难懂，一些不懂佛学的人听了都如同听天书一般，有些似懂非懂，似明非明。这易大元虽然不是胸无点墨的庖师，但是面对这几句偈语也是欲哭无泪，他前两局已经都是离题，现在排在倒数第一，若是这次再离题，只怕王黼必然要恼羞成怒，回府后就要狠狠收拾他了。

他眼巴巴地看了一眼王黼，不想对方也是一脸尴尬地看着他，显然王黼也没听懂这句话什么意思，一主一仆两个人瞬间都蒙了。王黼心中气极，但他偏偏又爱惜自己这个厨师，气到最后很是不耐烦道："算了！算了！你随便做吧，反正败局已定，也就是几匹金锦和几个女人罢了，我王黼有的是！"

易大元听到这差点感动得要落泪，这王黼虽然为人奸恶，鱼肉百姓，但偏偏对易大元这个庖师很是爱惜，易大元心中一暖，反倒觉得自己这把无论如何也不能乱来，必要好好做一道菜，这菜不给皇上，而是给自己的主子。

圆智刚说完第一句偈语，就已经吓住了一大半的庖师厨役，一个个都是满脸疑问，面如木头。接下来，该二师弟圆善出题，他心想这些庖师毕竟是整日与饭菜打交道的人，又不是满腹经纶的学者，担心太深奥了这些庖师不明所以，做出的菜扣不住题，到时丢了颜面也不太好。他便有些心软，想了想，也对姚风泰说道："千岩万壑不辞劳，远看方知出处高；溪涧岂能留得住，终归大海作波涛。"这题说的便是金鲤化龙的故事，题意算是简单了些，好歹有这么个场景在，果然姚风泰听了忍不住心中一喜，只道这菜成了。

随后，是三师弟圆烈，他一向性子冷漠，不苟言笑，这和尚双手合十，似是早已想好了，当即脱口而出："大智发于心，于心无所寻，成就一切义，无古亦无今。"

最后是圆真大师，他虽然年事已高，但生性最是顽皮，忽然对着苏沐哈哈大笑，说道："小厨师，你脸带红晕，可是最近犯了桃花噢！那我就送你'色不异空，空不异色；色即是空，空即是色'十六个字。苏施主，还请好生做这道不空不色、既空又色的菜品。"

这四位高僧依次说完偈语，平王、童郡王、梁师成、王黼等人都脸色异样，有暗自庆幸的，有脸如死灰的，毕竟这庖师又不是秀才、士大夫，如何能清清楚楚地懂这些偈语，以此做菜，要做什么菜名，如何做得，真是难住了众人。就连宋徽宗也有些愣了下，心想自己是不是出了个馊主意了，这一轮难度着实太大了，只怕有好多庖师要离题做砸了。不过事已至此，皇上的金科玉律一出如何能轻易更改？

他有些尴尬地看着众人，自己又呵呵笑道："甚好！甚好！诸位高僧的偈语各不相同，深有内涵，相信这一次做出的菜品必然是禅意满满。"

易、姚、颜、苏四个庖师神情各异，有镇定自若，有一脸茫然，也有眉头紧锁。苏沐听了这偈语也是暗暗头疼，他心想，这做菜毕竟不是写文章，以物寓情，以菜达意，可谓是难上加难，尤其是这"色即是空、空即是色"怎么做？天啊！这真是他今生遇到的最难的一道菜了。

李公公甩拂尘倒是积极，还没等众人想明白，就上前尖声吆喝：比试开始！说着，又点上了龙舟香漏。

跟前面两局不同，这一次，四人没有立刻忙将起来，而是都聚在一拢互相商量，显然要按照偈语做什么菜都还没确定清楚，只有先商量好了来。苏沐也是在冥思苦想，一旁的白世忠开始絮絮叨叨道："我说这'色即是空，空即是色'，说的是有相无相之意。苏沐，若是你能把菜品做得既有色又无色，既有相又无相，想必就可以贴合题意了，不过——当真太难了！"

田七更是一副垂头丧气的样子："这什么又空又色的，怎么做啊？这老和尚是故意整我们的吧。"

现在，所有人都望着苏沐，显然都在等他拿最后的主意，怎么破解这空即是色的奥秘。

集英殿内，青烟袅袅而起，带来一阵阵淡淡的檀香味，耳畔不时还有钟磬混合的佛音绕梁，皇城威严之中竟也渗透出丝丝雅静。

比赛的时间还长，宋徽宗本欲与各高僧高谈阔论，怎奈佛道终究有别，徽宗爱的是长寿长生之妙，声色犬马之乐，对于苦修参禅着实兴趣不大，而四位高僧对这世界各色浮华显然也没什么兴趣，五个人有一句没一句的，气氛尤其冷清。

对面，平王、童贯四人也好不到哪里去，一个个各想心事，各怀鬼胎，皆是没有交流。童贯看着颜真，呆杵下方，苦思冥想，不知如何开始，也有些心焦，颜真虽然饱读诗书，但对佛学钻研得却不多，这把要他把偈语与菜品融合起来，着实是个不小的挑战，他想了一阵毫无头绪，越发苦恼。童贯心思一转，趁宋徽宗与各位高僧闭目养神之际，叫来了台前的小公公耳授了几句，那公公也是机灵，借着进出的空当，就将童郡王的话带给了颜真。颜真虽然不懂佛学，但也是个很有慧根的人，这么密语两句，当真如醍醐灌顶一般，立即面露喜色，率先开始下手做菜了。

颜真第一个动手，姚风泰也不甘人后，他的题意虽然简单，但是鱼跃龙门毕竟有些常见，想要做得不同寻常还是要花点心思，只是他本性急躁，见颜真已经动手了，自己也断断不能落后，仓促之间也开始下刀了。

又过了一阵，易大元也开始动手了，现在四个人中只剩下苏沐还没有动手。他习惯性地抬头看着天花板发呆，这天花板上是蟠龙藻井，中间雕刻着一条金灿灿的蟠龙，往外是不断延伸的各色花纹，有龙纹、祥云、莲花、宝枝等，看起来十分精美和华丽，这皇宫里处处是雕龙画凤，初一看却是富丽堂皇、美轮美奂，但是看久了却也觉得处处浮华，很是刺眼。好比一道菜里加入了世间所有最好吃、最昂贵的东西，那这道菜会是世界上最好吃的菜肴吗？

有取舍、有轻重、有层次、有变化，才是世界最美好的事情。

苏沐边看边想着，这藻井斑斓绚烂，让人看久了极易眼花，他呆呆地看着，突然觉得这些图案好像都慢慢地活了过来，藻井缓缓地旋转了起来，颜色变得越来越多姿多彩，苏沐觉得自己好像在做梦，这梦里是一个充满了颜色的世界，双眼所及之处都是五光十色，世间最美艳的颜料都不能表现出它色泽的十分之一，光芒汇聚，越来越强烈，最终突然嗖的一声变成了一道白光，一道没有任何颜色的白光。

绚烂的尽头便是无色，所以这就是"色即是空"的本义？苏沐喃喃自语起来。

田七见苏沐还在发呆，实在是忍不住了，他拍了拍苏沐提醒道："苏大哥，还没想好吗，这时间已经过了快一半了，不能再拖了。"

苏沐回过神惊讶道："我……刚才发呆了多久了？"

田七唉了一声："我还以为你在想菜品呢，没想到居然真的是在发呆，你……你心可真大啊，苏大哥，现在可是最关键的决胜局啊！"

苏沐回想刚才自己看到的画面，突然对这"色即是空"有所领悟："我好像想到了怎么做这道菜了。"

所有人都凑了过来："怎么做？"

苏沐道："色即是空，空即是色，色极了必然成空，空极了也必然出色。"这话比原话还难懂些，所有人都愣在当场，傻傻地不知道要做什么菜，苏沐却道："你们别管了，田七，你好一点了没有，快帮我切菜，准备灶火。"

田七振奋道："放心，我这一双手还是好的，切菜的事包在我身上！"

这一群人终于再度开始忙碌起来。四大庖师的对决就要进入最关键的时刻，而此刻集英殿中，另一场不见硝烟的对决也在酝酿之中。叶秋与阿南两人又对铆上了劲，阿南见苏沐开始动手做菜，又忍不住双指一捻，捏出了几枚银针，准备再度发动攻击。而叶秋本就怒火未消，见他又蠢蠢欲动，心想如何还能让你这般放肆了？

叶秋二话不说，这次是提前发难，三枚银针直接就甩了出去，阿南也毫不逊色，连连发针，这一针对一针，犹如针尖对麦芒。在外人看来，这二人怒目相对，身子毫无动作，却不知实际上十指翻腾间，已是天翻地覆，大殿之内银针来回飞窜不停，有些银针难免误伤其他庖师差役，只听得大殿之内不时有人哎哟一声，忽觉自己身子刺痛发痒，还以为是蚊虫所致，但又碍于皇威在上，也不敢多做声响。

无数的银针钉在木柱、房顶、窗棂上，飞落在地板上，只是众人的目光都聚集在四个俯身案板的庖师身上，对这悄无声息的隔空打斗毫无知觉。阿南久拿不下叶秋，心中有些烦躁，他眼神凌厉一变，嗖的一声又飞出一枚银针，这银针比原先的大了不止一倍，迅若闪电，来势凶猛。叶秋见这针非同一般，急忙连飞二针，分别击打大银针的首尾二处，当当两声，竟将大银针凌空折成两段，叶秋正得意时，见那大银针虽然裂开，中间却还暗藏了一根细不可见的小银针，这正是阿南的绝技——银魄子母针。这子针来势虽不如母针，但依旧直飞叶秋的肩膀而去，叶秋这时再想躲避已经来不及了，扑哧一声，他的肩部就吃了这一针，只觉得自己的右臂瞬间便是一软，举都举不起来了。

阿南一击得逞，终于击败了叶秋，他忍不住冷笑一声，故意缓缓举起另一枚子母针，指了指叶秋，那意思便是要再送一针给他，让他好好试试他银针的厉害之处。

嗖！银针飞驰而来，直奔叶秋而去。

叶秋急忙用左手发针抵挡，这一次他再度击破了子母针，但是这针一碎裂，里面的细针借力飞出，根本就无法抵挡，这一下，正中叶秋的右大腿，他只觉得自己整条腿一麻，站都有些站不稳了。

苏沐看出了叶秋的异样，问道："怎么了？又是颜真在搞鬼吗？"

叶秋哼了一声："没事，你安心做菜，他们伤不了你的。"

对面的阿南又冷笑起来，那表情似乎在嘲弄叶秋，你真的可以保苏沐没事吗？他再度举起来银针，这一次他指了指苏沐。

叶秋神色一变，伤他可以，要伤苏沐是断断不行，毕竟现在苏沐可是他平王府胜败的关键。

阿南手指一抖，子母银针已经直奔苏沐而来，这一次叶秋似乎察觉出怎么破解这子母针的办法了，他冷笑道："一而再，再而三，这招式终究是老了！"

他直接飞出了三根银针，两针率先击打在子母针头尾，直接将外面的大银针折断，尔后第三支银针恰好飞来，击中间飞出的子针，这子针虽然被击中，但却没有断裂，而是整个方向一偏，径直朝着宋徽宗直奔过去。这一下，阿南脸色骤变，这银针要是击中了宋徽宗，可是弑君之罪，满门抄斩也是绰绰有余，他连忙再发一针去击打这子针，叶秋却不依不饶，趁着阿南救宋徽宗的时机，连发六针，直奔阿南手足各处，只听当的一声，阿南将自己的子母残针击飞，却又听噗噗数声，这六针尽数入了阿南体内，针针封住了他的真气穴位，阿南只觉浑身一软，站也站不稳，如何还能抵抗。

阿南受制，不能继续。叶秋还要发针对付颜真，也叫他难以做菜，苏沐却喝止了叶秋："我等防人即可，不可有害人之心，如此做法，与颜真又有什么区别，便是赢了也不光彩。"

叶秋虽有些不甘，但也只得作罢。最后一局比试关乎最后的胜负，这一次没有人再提前呈上菜品，只等到龙舟香漏响了第三声，所有庖师才罢手。

李公公吆喝道："时辰到！请各位庖师敬献第三道珍筵。"

众人纷纷正了正身子，各个翘首以盼，今年庖师大赛究竟花落谁家，即将盘中见分晓了。

首先，上来的是王府的易大元，上前敬献的菜品，曰：素酿三味。

看那菜，以面筋、玉兰片雕琢成素鳗鱼，以黄豆芽、银丝粉做那素鱼翅，又以黑芝麻、鲜蘑、豆腐捏成素海参。鳗鱼、海参中又包裹着榛蘑碎、松蘑碎、龙牙菜末、瓜泥，并以人参、百菇、海菜、灵芝等熬制浓汤炖煮入味，成菜既有雕功，做到外形相似，又带有一丝海腥味，做到滋味类似。以素菜做出荤相荤味，倒也与"凡所有相，皆是虚妄，若将诸相非相"这偈语勉勉强强吻合，意为看起是荤腥，内里确是素心，相虽不似我佛，心却有禅心，尤甚佛陀。

相国寺内也有不少这种素菜荤形的菜品，比如素牛肉、素肠、素鱼、素鸡等，不过都没有这素味鳗鱼、海参、鱼翅逼真，这逼真不仅仅是外形，还包括口感，腥鲜十足，若非目睹这易大元只用了些素菜，这些和尚只怕要怀疑这人是不是用了真正的海味。

圆善、圆烈、圆真三位大师，看了看素酿三味，形似、神似、味似，心中不免赞叹，不过这三人始终觉得这形味太过相似，所以只敢浅尝辄止，不敢再贪口腹之欲，只是出题的圆智大师看那菜，却一语不发，也无甚表情，甚至连尝一口的欲望都没有，却不知这做法是喜还是恶。

白世忠点破道："做素菜做得这般荤腥，简直就是粗俗不堪！这等菜式做得再好也算不得高手，六七分最多。"

苏沐也有些认同地点了点头，显然这菜不算什么高明的选择。

接下来，是梁府的姚庖师，敬献菜品，曰：鱼跃龙门。

这菜以腐皮包裹猴头、面筋、香菇、豆腐、松茸、淮笋等十八种配菜做素鲤鱼内胚，先腌后酿，再包裹层层素油脂，雕成鲤鱼模样。看外形，这尾鲤鱼浑身金黄，鱼鳞片片可见，光泽润滑，如初捕鲜鱼一般，几欲跳跃蹦起，先不论其他，单是刀工已算满分。姚风泰用火折将鲤鱼点燃，鲤鱼外部包裹着厚厚油脂，见火即燃，熊熊烈焰，升腾而起，却见烈焰之中，鱼头处有萝卜、瓜条雕刻的龙须龙角烧焦翘起，鱼尾处油脂融化，渐见龙尾之形，原先那鲤鱼呈戏水之态，火焰灼烧之下，鱼身收缩扭曲，恰如龙身蜿蜒游弋，鱼头背离上翘，便成龙头昂首咆哮样子，烈焰渐止，热浪退去，鲤鱼已完成化龙过程，龙鱼内里刚好烤制得外脆内香，芳香四溢。姚风泰浇上翠绿波稜酸甜汁，成菜龙鱼红润，清波如碧，昂首扫尾，已跃龙门。此菜做得神形俱备，呈现出鲤鱼点化成龙之态，用心十分之巧。

圆善这题出得倒是浅显，姚庖师以此鱼跃龙门来应对偈语，倒是不偏不倚，正对其意，加之刀工精湛，火中化龙，算是惊艳之作。就连白世忠也不免赞叹道，这菜才像是四大庖师的水准，不说滋味如何，单是这金鲤火中化龙的新意，便可得八分。

再接着，就是颜真了。他敬献的菜品，曰：莲海听经。

只见他和另一名厨役两个人端上一个小桌一般大小的碧玉水盆缓缓走了上来，这盆内是滚滚清汤，烟气氤氲缭绕，荷竹清香弥漫，闻之令人心中幽静。

宋徽宗深吸一口气，喜道："颜师傅做的菜，我是真喜欢，光是闻这个味道就令人神清气爽。"

颜真道："禀圣上，这汤乃是用热水烧煮荷叶竹叶而成，自是带了一分嫩黄，三分清香。"说着，他又捧上三个红、粉、白色荷花苞，轻轻放入滚汤之中，那荷苞遇热登即展开，在玉盆中瞬时绽放，一瓣一瓣剥落，娇艳欲滴，看红莲艳赛玛瑙赤珠，粉莲灿似云锦霞蔚，白莲清如羊脂凝玉，莲开甫毕，见那莲盏之中却各有佳肴，其一雕着一座白玉豆腐观音，低眉垂目，手握经卷，姿态恬静，仿若与众人讲经诵佛；其二将冬笋尖、春笋尖、嫡笋尖炒七色香蕈，再酿入莲蓬之中，上笼清蒸，让莲香尽入菜中；其三，以天山雪莲蜜酿雪藕，复入莲蓬之中，藕白莲碧，色调清爽，此菜云雾升腾，以三色莲花为容器，装盛清淡精美素菜，观之令人如临莲池，如听菩萨真传，心中一阵自在平静。

颜真道："大唐开元时，有高僧自严法师，传'大智发于心，于心无所寻，成就一切义，无古亦无今'四句偈语于沙弥信众念诵，众人常念之，不仅可修身养性，亦可益智开慧，后人称其为白衣菩萨，如同观音大士。小人便以此入意，做得此菜名曰莲海听经，意为身处南海莲花池中听白衣大士观音菩萨传经送道，探佛学奥妙，解众生疾苦，奔极乐世界。"

圆烈这题本来出得偏难，但在童贯提点下，加上颜真为人聪慧，便从偈语出处入了手，以莲海听经做题，也是合乎情境，算是剑走偏锋，险棋一着。圆烈听了颜真的解释，心中更多了几分佩服，对此菜品表示甚是满意。

宋徽宗品了一味，面露惊喜之色，说道："这碧藕如此之鲜，口感层次分明，刚入口只觉其藕脆爽无渣，再而又有几分肉香滋味，绵醇悠长，最后回味又甘爽生津，欲罢不能，真是极品至鲜。"随后又看了看烟雾袅袅中的荷花，有些疑惑道："此时不过是三月，怎会有如此艳丽的夏令荷花？"

梁师成道："若是炭室内猛火急催，倒也可得三月清莲。"

颜真听了这话，神情有些不屑，朗声道："若是炭室所得，不算什么本事。请圣上及诸位高僧再细细看看这荷花是何物所制。"

尚食宫女立即取了那荷花瓣，献给徽宗和各高僧。众人细细看下，竟还有些看不出异样，圆善拾起轻啖一口，忍不住哎哟一声叫了出来。

原来这三色莲花是颜真以红粉白萝卜所刻，莲蓬亦是以白萝卜浸泡荷叶鲜汁雕刻而成，这萝卜毕竟材质与荷花不太一样，即使刻得再像也能看出端倪，颜真厉害之处就在此，他将这萝卜刻得极薄，再敷上一层薄薄荷香蜜蜡，让萝卜花瓣有荷花瓣的亚光蜡脂色泽，再一瓣一瓣合成花苞。蜜蜡遇热水即融，故这荷花一放在热汤之上，纷纷剥离盛放。

颜真虽没了阿南相助，反倒让他更加专心致志地做菜，这一菜品无论形神滋味，都是罕见之极，让在场众人纷纷大为喝彩。便是平王，心中也是暗暗佩服不已，这等高手，若是苏沐输了他倒也不算难堪。白世忠也不由得惊叫了一声："好家伙！这菜确实做得厉害了，苏沐这番真是危险了！"

# |第三十八章| 色即是空

最后，是平王府苏沐敬献的菜品。这四人每次呈菜均是一技更比一技高，将众人胃口越吊越高，各个都翘首以盼，都想看看这最后一道菜究竟能做成什么样子。

只见他捧着一碗清水豆腐缓缓走了过来，轻轻放置众人面前。宋徽宗和众高僧疑惑不解，这一盘豆腐端端正正地摆放在水中，看起来着实是平平无奇，众人心想以这无色无味的清水豆腐，应对"色即是空，空即是色"这偈语，意思上倒也勉勉强强说得过去，但却着实有些过于简陋直白，缺乏技巧和造诣。与先前各庖师的炫目变化相比，更是相形见绌。不过鉴于之前苏沐在第二道菜笋花中的表现，宋徽宗这次长了个心眼儿，没有直接表态，而是问道："颜师傅，这清水豆腐可是又有什么内里乾坤之处吗？"

童贯哈哈哈大笑，忍不住讥讽道："这分明就是块豆腐，能有什么乾坤内里，我看啊，这道菜当真是色即是空啊，这般清高的佛理我等却是万万学不来的。"

梁师成也是呵呵笑道："我看这次苏师傅也是想出奇制胜，古来有食豆腐悟道悟佛的，清水豆腐确实也对得上'色即是空'这句偈语，只是比试嘛，还是要求新求变，你这丢一块豆腐到水里，算什么厨艺？"

面对众人的嘲笑，平王这次倒是镇定自若了，以他对苏沐的了解，知道这豆腐里面必然是有乾坤变化的，否则不会就这样端上来。

宋徽宗又道："这究竟是豆腐还是另有乾坤，还得请苏师傅自己来介绍。"

苏沐点了点头，也不多说话，他从手中变出一个山东雪梨，手起刀落，少顷便切出一朵晶莹剔透的白莲，这白莲虽不及颜真的三色莲那般以假乱真，少了一分修饰，却多了一分质朴，如同小家碧玉般，简单不加修饰，却也别有一番清爽。苏沐将白莲缓缓地放入清水中，用手指轻轻地转了下莲花，介绍道：此菜名曰七彩华莲，恭请圣上，各位高僧品鉴。

言罢，只见那雪梨白莲缓缓转动，原本清水一般无色无味的汤羹竟飘出阵阵清香，闻之令人舒爽，那汤底原本不过是一块嫩白豆腐，此时竟然随着水波转动，一丝丝、一层层地剥离开来，露出白、黄、橙、红、紫、绿、墨，七色丝线，彩丝随着白色莲花，在汤底缓缓流转，一层又一层，仿佛一朵硕大的七彩莲花旋转不停，缓缓绽放。

苏沐再用手指一弹汤盆，旋转的清汤突然停了下来，七彩莲花瓣再度变化，这一次变得就像一面多彩的轮盘，这轮盘随着彩丝的上下浮动连接，变化出各式各样的景象，好似无数的佛教场景。汤羹中，只剩下雪白的莲花下，一轮如同艳丽的法轮变幻不息。这一变化，苏沐竟然是把斗茶的技法融入其中，让汤羹如茶水一般幻化成各色形状，看得所有人目眩神迷，如坠梦境，一时间竟有些恍惚迷离，不知真假。

苏沐道："此菜品，采用云香信、羊肚菌、花菇等共三十二味菜肴熬制成浓汤，用九层扬州彩云坊丝绢过滤七道，直至无色无渣，清如白水，成高汤待用；再将香菇、莴笋、紫菜、橙皮、萝卜、彩椒等切成细如毫发丝状，分类码好，以豆腐丝遮盖，浇以高汤，蒸煮片刻，使菜品无色无味无热气，犹如白水豆腐一般。但这无色之下，却蕴七彩之色，无味之中，又含三十二味，众生如同清水豆腐，本无华彩，因一意向佛，心随莲动，便能蕴出七彩五味，此正是应那'色即是空，空即是色'之法，七彩华莲，诸般妙法，便是此真意。"

介绍完毕，所有人都鸦雀无声。

色即是空，空即是色。这句偈语对很多人来说都不陌生，但是其中真意如何，却未想太多，尤其是要用实实在在的一道菜来表现，更是困难，苏沐的七彩华莲将色与空、佛与心、有相与无相说得清清楚楚了，饶是苛刻的圆智大师也开始微微颔首，圆烈更是叹道："我等日日苦修佛理，常常还有不明之处，却不知如今庖师都有这般禅学造诣，真是惭愧！惭愧！"出题的圆真则是哈哈笑道："我不过是随口一说，没想到这天下还真有人做得出这道菜，了得！了得！"

白世忠也暗叹道："颜真的菜虽有佛衣，却无佛心，空有观音莲上坐，却无佛陀心中入。苏沐的菜却是当当真真地进了禅心，厨师虽是粗鄙之行，但行事的道理上却与文人一般无二，便是要自己先入了此中魔道，先入魔，再成佛，如此这般，才能给自己的菜品赋予其形其意、其味其妙。苏沐这道菜是真做到了，白某是自愧不如。"

观菜如人，虽只一饭一蔬，却见一品一性。

苏沐仿佛是完成了他的使命一般，面容不悲不喜，只是默然静立。比试到了现在，胜负已经不是他自己能决定的了，他做这道菜时也在想，这"色即是空，空即是色"说的其实也有执念之过，过于执着色最终必然成空，过于执着空，最终必然为色所乱，那他这般执念地追寻着，究竟是对还是错？

宋徽宗品完汤羹，面容大喜，他虽精于道学，但对佛学也不陌生。这其中的高下优劣他不可能看不出来，只是他现在想听听其他人的意见。毕竟这是最后一局了，这一局就该决定今年四大庖师比试的桂冠所属。他先鼓了鼓掌，朗声道："今日之素宴当真令朕大开眼界，没料想各爱卿府中庖师技艺如此之高，尤甚我御膳房尚宫啊。三轮九道菜，不论是拼盘雕花，还是时令笋菜，不论是佛意阐释，还是刀工火候，无一不是精美绝伦之作，实在叫人难分伯仲。不过，今日既然是比试，便要有个高下之分，不知各位高僧，认为这最后四道菜哪道理应拔得今日头筹？"

圆智静默不语，显然他还不想现在表态。

圆善看着方丈师兄不说话，似有所思，便率先道："贫僧以为，庖师之技，不外乎选材、刀工、火候和调味，这四道菜论选材都是精挑细选，论刀工四人旗鼓相当，论火候四人难分伯仲，论调味四人也是平分秋色，都是当今佼佼者，我认为都当得第一，分不出高下。"圆善对四个人的菜品都夸奖了一番，明显有些不想得罪人，说着还给四个人各一支金签。

圆烈听了圆善的话，微微摇了摇头道："圆善师兄的话我不是特别赞同，这素菜不单是看选材、刀工、火候和调味，菜品中蕴含的禅意、境界也是必不可少，贫僧观这四道菜，妙法华莲、莲海听经，其菜形雅、其菜意深、其菜味鲜，总体上更胜一筹，鱼跃龙门虽形象神似，禅意稍稍欠缺，可谓次之；素酿三珍，以素菜做海中荤腥，虽技巧高超，却过于荤腥油腻，与出家人素菜饮食初衷不符，再次之。"这和尚倒是性子刚正，认为是什么样就该是什么样，说着就给颜真、苏沐各一支金签，给姚风泰一支银签，给易大元却是一支玉签。

小师弟圆真见状，却哈哈大笑道："圆烈师兄，你这便是入了'相'的执着业障了。"

圆烈反口道："糊涂！既是比试，便是要分个一二，辨那雌雄。过于执着'色'是业障，过于执着'空'也是业障，师弟你这又何尝不是执着呢？"

圆真又笑嘻嘻道："执着是障，不执也是障，师兄你又如何分那雌雄一二？"

圆烈怒道："你这就是胡搅蛮缠了！"

圆真道："非也！非也！此乃辩真也！"

圆善叹了一声道："如此辩真，岂能分出高下，我看还是请方丈师兄定夺吧。"

沉默了许久的圆智开口说话了，只是他这次的口气却是有些冷厉："颜师傅，不知你这荷藕从何而来？"

颜真听到圆智这么问，脸色当即稍稍一变，不过他很快就自信地笑了笑，回答道："是从滇南加急运送过来的。"

圆智冷冷笑道："这藕怕是比生肉都荤腥三分吧。"

颜真闻言脸色再度一变，反问道："圆智大师何出此言？"

圆智道："我圆智自幼出家，从不尝荤腥之味，对荤腥之物最是敏感，这莲藕外表看着虽然白嫩如玉，十分素雅，但仔细嗅一嗅就会发觉这淡淡的藕香味中还藏有一丝丝的肉味，只怕这其中另有法门吧？"

圆智的话让所有人都脸色大变，若是这颜真在这素菜中加入了荤类，不但是破坏了比试规矩，还欺辱了佛门高僧，这便是大不敬之事了。宋徽宗也重新夹起一块莲藕嗅了嗅，问道："这藕是有股淡淡的肉香味，好似婴儿的气息，难不成你真的在菜里加了荤腥之物？"

颜真急忙道："小人敢担保，此菜之中绝没有添加荤腥之物！只不过……"

宋徽宗问道："只不过什么？"

颜真解释道："只不过，这莲藕的种植很费功夫，所以得到的藕味道比寻常藕更加鲜美，甚至会有淡淡的肉香味。"

宋徽宗又问道："那是如何种植？"

这一下，颜真不知该如何回答了，他脸有异色，顾左右而言他，最终只得避重就轻道："此藕乃是滇南养物师送来的，具体如何种植，小人也不得而知……"

面对这等谎言，圆智本想当场揭穿，但一想这颜真是童郡王的庖师，今日比试代表的童王府，这般直接说出，童郡王难免会记恨在心。当今世道本就以道为尊，僧侣日渐式微，自己再这般直言不讳，只怕宗派在朝中更加难以立足。但今日所见种种，心中有些话又不吐不快，他沉吟了片刻，转头问道："各位师弟，尔等认为，出家人为何吃素。"

圆善道："我佛大慈大悲，不忍食一切众生肉。"

圆烈道："不杀生灵，不贪口腹之欲。"

圆真道："追求无欲无求之境，不造杀、欲、贪业障。"

圆智继续问道："我佛说这六道轮回，畜本是前世造孽，不堕人道，而入畜道，有人前世作恶今生便轮为猪、鸡、鸭，这是他的业障。唯有被吃掉、唯有受苦才能消除他的业障，这便是轮回宿命。既是消他人业障，便是功德一件，那食荤腥便是积德消障，那又有何不造杀、欲、贪业障之理呢？"

众人未想圆智会如此发问，这与他平日里对佛法的坚持大相径庭，均不知是何意，一时间也不知如何回答，均无言以对。

圆智见众人不说话，又缓缓道："我佛慈悲，说众生平等。吃不吃素本无什么，比若啄木食虫，世人皆道是为善鸟；雀鸟食谷，世人却称之恶鸟。这又是为何？盖因虫与人有害，谷与人有益，故与人夺利者便是恶，与人授利者是为善，却不知这食虫食谷都是雀鸟蛙虫本性，俱为生存而已，心中本无善恶，其行能有善恶乎？观我佛门中人，有吃荤吃酒成佛者，亦有一世念经礼佛却毫无所成者，却也是一般道理，善恶是否发自本心，学佛是否能观自在，便是关键，若心中至诚，则回首处便是灵山，静坐下立地成佛。由此及彼，这斋饭素菜，也应是发自本心，我心怜悯众生辛苦，不贪口腹之欲，不费一蔬一粮，这是食素之心，修佛之意。但今日之菜，如此精工细做，如此繁复多味，我以为与我等修行之人的初衷着实不符，为一汤一羹而伤百草，为一饭一食而毁万物，何来清心寡欲？为满足口腹之欲，将那素菜做成飞禽走兽，口未破规，心已破戒，更有甚者所得素菜却比荤菜更腥三分，又怎是大慈大悲？烹饪饮食如此，学禅求佛如此，治国大道也是这般。今日之宴，我等有幸受圣上隆恩，理当万分感激，但贫僧既为佛门中人，更该忠于佛心，不该阿谀虚言，若论庖师之技，我以为诸位都难分高下，但是若论这道佛菜，我心中却有分善恶高下！"说罢，将金签放入赵字桶中，将银签放入梁字、王字桶中，而童字桶中却不放签子。

高僧们虽不明方丈为何不予颜真评分，却也懂得这般道理，纷纷合十默首道："求心内之佛，却身外之法，我等谨记方丈师兄教诲。"说罢，也是如他一样放入了签子。

只有宋徽宗等人听完圆智的一番话，心中不免有些汗颜，他之所以喜道而不喜佛，便是过惯了声色犬马的生活，受不得佛门的清规戒律，再者道教之中有长生之妙，自然更得帝王垂青。此次，宋徽宗有心修复自己与佛教的关系，主动邀请圆智等人来宫中共飨素宴，却不承想，这一次活动非但没能让自己与这些和尚寻得大和解，反倒是生出更多的尴尬和不快。圆智大师说得义正词严，可不是把皇帝置于贪婪、无知的境地？宋徽宗心中暗暗摇头，与这和尚相处，果真无趣，今后还是少来为妙。

宋徽宗终于将手中的签子丢回原来的签桶里，这一局，他弃权了，四个人他都没有给分数。现在场上的局势随着圆智的一锤定音，已经完全分出了胜负。苏沐一举超过了颜真，以八支金签六支银签的总得分排在了第一位。接下来，是姚风泰以十四支银签排名第二，易大元原本是排名倒数第一的，但出人意料的是，最后一局颜真选材犯了禁忌，一签未得，所以他以九支银签五支玉签排名第三，而颜真只以五支金签、五支银签排在了末位。

这个结果自然是出乎所有人的预料，白世忠和田七自然是喜不自禁，若非碍着帝王的威严，这二人早就雀跃欢呼起来，反倒是苏沐相对冷静，显然这比试对于他而言，只是将来漫长征途中的一个驿站罢了。

童、梁、王、赵四人此时的表情也是各不相同，平王赵正自不必说，第一次参加四大庖师比试，就勇夺魁首，直呼痛快！王黼见易大元居然没有倒数第一，也稍稍宽慰了些，只有童贯和梁师成很不服气，一脸愠怒。童贯率先抱怨道："最后一局，圆智方丈有心偏袒，竟给我童府庖师空签，眼看是必胜一局竟然落得这般下场，这结果我童贯安能心服口服？"

平王冷笑："偏袒？方才第二局，圆智大师执意要给苏沐一根银签，这是不是也算偏袒你童贯呢？依我之见，今日圆智大师标准如一，是如此刚正不阿，童郡王只因自己失利便质疑大师的为人，可不是太过小人之腹了？"

童贯道："非我不敬重圆智大师，但这最后一局输得莫名其妙，他说这藕味荤腥，便不给分数，如此主观，我童贯怎么能服气？！"

王黼见自己府上的庖师没有倒数第一，算是万幸了，他可不想这童贯再来更改分数了，这分数再怎么改他也拿不到第一名，王黼嗳了几声，劝道："我说童郡王，比试就是有输有赢，怎么只许你童府赢，就不许平王府胜吗？圆智大师不给你府上签子，自是有他道理，他说这荷藕比肉还腥三分，便是说这荷藕大有问题，你何不问问自家庖师，这藕到底是什么出处？"

童贯其实也不太清楚这荷藕是怎么来的，但他一向对自己的庖师很有信心，毕竟颜真的专业水准一向是毋庸置疑的，于是哼了一声，喝问道："颜真，那你就与他们说说，这荷藕如何得来的？"

"这……"颜真明显露了怯色，一向口齿伶俐的他这回是支支吾吾，不知如何答话。

白世忠终于找到了崭露头角的舞台，他嘿嘿笑道："这荷藕的出处颜师傅不好意思说，不如我白世忠替他说了，这荷藕确实不是一般之物，不知诸位听过滇南的婴藕没有？"这话一出，所有人都呀了一声，在场之人中也有人偶尔听说过婴藕一物，只是毕竟此物太过神奇，也不知是否确有其物，宋徽宗更是皱了皱眉头道："婴藕？我听闻婴藕是拿尸体种植得来的，可确有其事？"

白世忠见皇上都注意到自己了，心头更加喜悦，满脸都洋溢着笑容，喜滋滋地答道："禀皇上，婴藕确实是以尸体为肥种得，不过据我刚才细致观察，颜师傅的这个藕与滇南养物师出品的婴藕还不太一样，因为寻常婴藕虽然鲜美，但是肉香味太浓厚了，切起来简直是肉香四溢，而且一片一片内里还有一丝丝的血丝，这回他选择的是另一种藕，叫五花藕。"

"五花藕？这又是什么藕？"

"这种藕就更神奇了，据我所知，这五花藕并不是以人尸做肥料，而是用牛、羊、猪、犬、鸡五牲，以及稻、黍、稷、麦、菽五谷为肥，经过一套十分复杂的制酿后形成。这法子便是先宰杀活鸡后，填满五谷，尔后一层谷物一只犬、一层谷物一头猪，一层谷物一只羊，如此反复，环环相套，全部套入牛腹之中，最后在牛腹中种入数枚莲子，再将五层肉谷深埋入淤泥之中。淤泥必须深三丈以上，以此完全封闭隔绝空气，莲子、谷物、鸡、犬、猪、羊肉在牛腹中闷藏数年都不会腐烂，这些食材互相渗透发酵，开始产生一种新的霉菌慢慢地侵蚀莲子，一般过了三五年后，养物师再剖开牛腹，重新种入藕田之中，此法种得的荷藕虽不像滇南婴藕那样生长快速，但藕白如玉，鲜美细嫩，肉味虽然不馥郁，但却多了五谷芳香，而且由于荷藕生长部位不同，各节荷藕常常都会有不同的色斑，滋味也是不尽相同，所以称作五花藕。以五花藕做菜，一藕多味，口味丰富，品尝过后常常会惊为天人。敢问圣上及诸位高僧，这藕丁是否一粒一味，还有些许淡淡的斑纹呢？"

众人急忙再看这道菜，却见这藕丁上真的有一圈圈细微的花纹。

白世忠得意道："唉，五花藕既得五谷之芬芳，又有五牲之鲜美本是食谱里十分难得的佳肴，只可惜，今日这是素宴，所用的食材都必须是洁净的素菜。这藕既然以五牲的尸体做肥，以尸气为媒，必然少不得几分血腥戾气，我认为已算不得素菜了，不仅如此，以此冒充素菜更是有欺辱佛门高僧的嫌疑啊。"

白世忠一通话叫颜真面如死灰，童贯更是哑口无言，圆智大师低头垂目，淡淡道："不知童郡王此番是否还觉得老衲有偏袒平王府的嫌疑？"

童贯气恼不过，最后也只得狠狠地盯了一眼颜真，痛斥道："你这偷奸耍滑的蠢人，明明是比素菜，你用什么尸体藕，这东西给皇上吃，没给你个欺君之罪，诛你九族已算是皇上仁慈了，你还不赶快收拾什物，速速给我滚回去，难道还想在这儿丢人现眼吗？！"

颜真听了这话冷汗直冒，儒雅卓绝的姿态也是全无，一群人匆匆收拾东西，仓促退场。

宋徽宗原本对颜真这样的庖师还是有几分喜爱，他眼见童贯恼羞成怒，主动劝道："童郡王也不必如此动气，今次虽然失利，但四大庖师毕竟只是四人的较量，是小赛而非大战。诸位爱卿应该都知道，今年八月十五中秋之夜，宫中一年一度的百厨争辉宴便要如期举行，届时不单汴京、杭州、扬州、燕京、苏州等地有名的庖师会进京献艺，便是关外、塞北也有高厨出席，谁是天下第一庖师，还要在这一宴上见分晓。颜师傅，你若有心一雪前耻，便在百厨宴中再来一争高下吧，只要能夺得魁首者，朕都会答应你们一个要求。"

所有人听了这话，都不禁跪地叩拜道："皇上圣明，我等必然全力以赴，不负圣上的期望！"

这四大庖师比试到此算是暂告段落了。苏沐勇夺魁首，平王心中自是心中骄傲，这一战不但重挫了童贯等人的锐气，更是替他赢了不菲的赌注，他大摇大摆地走在最前面，说不出的得意与豪气。而苏沐紧随其后，在他跨出大门的一刹那，他突然回头又看了看这座恢宏的大殿，似乎这里残存有阿秀的身影和气息，让他流连不舍，片刻之后他的神情突然变得黯淡，终于扭头离开了皇宫。

集英门外，童贯气得脸色难看到了极点，他本想燕修一走，以颜真的实力必然是京城第一，他此番还特地邀请宋徽宗过来主持大局，便是要一正其名，叫众人俯首称臣。如今倒好，落得机关算尽、替人作嫁衣的结局，如何不气恼不愤怒？颜真深知自己罪责深重，站在童贯身后，不敢言语。过了许久，童贯才道："颜真，今日之败我可以不跟你计较，但再过五个月便是中秋的天宁宴，天下百厨争霸，我要皇上许诺把羽林卫的兵权也交给我执掌，这一战非同小可，关系到我童贯能否今后十年继续掌控朝廷兵权，你若是再输，便给我卷铺盖走人吧。"

颜真神情坚定，咬牙道："请郡王放心，此番小人必定全力以赴，定要让郡王得偿所愿。"

皇城大门口，圆智等四名高僧此刻也无人相送，来时华车宫女迎接，走时却是无人问津，四人默默往相国寺缓缓行去，那圆善回头望了一眼皇城，有些叹息道："皇上今日有意亲佛，方丈师兄何必去数落皇上和童郡王呢，此番只怕我们……"

圆烈呸了一声，不高兴道："我倒觉得方丈师兄说得极是，我佛门兴与不兴，在于能否人心所向，而不是要与这些吃人不吐骨头的权贵沆瀣一气。"

圆善吓得四处瞧看了一下，提醒道："三师弟，你这又是胡言乱语了！小心被人听到，又要给我相国寺惹祸啊！皇上好不容易开始重新重视我佛教，我等可不能不珍惜这份恩宠啊！"

圆真哈哈笑道："原来二师兄修佛是为了得到皇上恩宠，如此一来，你倒不如去跟着皇上修道还好一些。修佛，便是修我自己，管他人什么喜好，宠不宠信我佛，我佛都自在安详。"

三人或忧或怒或喜，各有不同的论述，唯有圆智叹了口气道："枉亏你们三人修行这么久，却还是这么目光短浅，你们可知自己现在深居何处？乃相国寺也，相国二字本就是辅佐国运之意，我等虽是修佛，但又为何修佛，为天下芸芸众生也，如今国运不济，内忧外患，民不聊生，我等不该多替大宋的天下担忧吗？今日之行，我倒不怕我佛门无路、佛陀蒙灰，我只担心这江山难保，社稷易主，芸芸众生又要流离颠沛了，世间皆疾苦，处处皆阿鼻，你我又谈什么佛法，谈什么自在祥和？！"

说罢，圆智连连摇头，自己埋头直往相国寺而去，其他三人也低着头不敢多言语，从今往后，这圆智再也不肯出这寺院的大门了。而宋徽宗也彻底断了与和尚和解的念头，再也不召集任何和尚进宫了。

## 第七卷

## 假作真时真亦假

年少时，我被看作是万中无一的天才，我也以为自己在庖师一门将会前途无量，这十几年来，我的所有努力只有一个目标，那就是问鼎百厨争辉宴，成为天下第一的庖师。可是现在，我的目标好像动摇了……

## |第三十九章| 三大养宦

　　四大庖师比试，苏沐虽然拿了第一名，但是回来之后，他却始终闷闷不乐。平王专门给他设下了宴席，好酒好菜连摆三天三夜，还赏赐了他数不清的金银财宝，甚至还打算把柳湘云赐给他，但他依旧是难见笑容，到最后他干脆拒绝了一切的奖赏，包括与柳湘云的婚配。他常常在狂欢的人群中萧索孤独、不合时宜地坐着，就像一个落寞的看客。

　　到后来，他连宴席也懒得去了，就一个人坐在桃舍的树下，看着窗外早已经没有花朵的梅树，像木头一样发呆，一坐就是半天。

　　锦娘有些心疼，问他："为什么不开心？"

　　苏沐没说话，他还是像个木头一样，他的双眼比第一次看到的还要寡漠。

　　锦娘忽然明白了什么，低声问道："你，看见阿秀了？"

　　良久，苏沐终于点了点头。

　　锦娘坐了下来，她笑了笑，轻轻地说道："要不你和我说说吧，憋在心里也怪不好受的。"

　　苏沐叹了口气，他的神情有些落寞，像是自言自语，又像是对着阿秀说一样："我那天真的看到她了……"

　　他的眼神似乎透过平王府重重的殿阁，森森的松柏，走过汴梁曲折的市井街道，重新回到了那座森严而又奢华的皇宫。

　　"其实从我进入皇宫开始，我的心就没在比试上，在宫里马车走得很慢，像是怕惊扰了皇城的威严，我看着每一个路过的宫女，都在心里期盼着，我把她们幻化成阿秀的模样，或胖或瘦，或高或矮，我有个强烈的感觉，我一定会在这里遇到阿秀的，可能会是在漫长宫道的尽头，可能是在某一个翠瓦朱门的背后，也可能是在金碧辉煌的皇宫大殿内，我的心一直在等着，等着。我还想着，如果我遇到了她，我要跟她说什么，我要告诉她，让她等我，虽然你等了我已经很久很久了，可是我一直没有放弃，我是一个普普通通的庖师，能做的只有饭菜而已，其他的我什么都不会，所以我在等这个机会，我一定会在明月高照、百厨争辉的夜晚问鼎，我要告诉皇上，让他把阿秀许配给我，让我带着她离开京城重新回到杭州，过我们简简单单的生活。

　　"我希望能看到她一眼，哪怕只是匆匆一瞥，至少让我知道她还在这里，她过得好还是不好，可是……直到比试开始，我都没有看到阿秀，我觉得她可能是在更深的后宫之中，毕竟皇城这么大，两个人的相遇并没有那么容易，很可能现在我和她就是一墙之隔，只是我暂时看不到她而已。那一天，比试的过程是什么样的，我已经记不大清了，我觉得我肯定是见不到阿秀了，直到我跨出皇宫时，我不知道为什么突然想要回头，然后，我真的看到她了……"

　　苏沐的眼神里变得光彩熠熠起来，他似乎很少有这样激动的时候，只是这光彩也不过是一闪而逝，就像烟花在夜空中绽放，明媚不过一刹那，很快光芒就变得暗淡起来，甚至变得比之前的更灰暗无光："阿秀，她似乎过得并不好，变得更清瘦了，瘦得就像，一棵栽错了地方的花，尽管她现在抹着淡淡的粉黛，穿着比以前更漂亮的长裙，可是我知道，她过得并不好。我轻轻地喊了她一声，然后她抬起了头……"

　　听到这儿，锦娘揪紧了心，小心翼翼地问道："那她……认出你了吗？"

　　"她看到我了，但她很快又低下了头，她的头埋得很低，身子还在瑟瑟发抖。我原本有很多话想要跟她说的，可是我看到她似乎还在微微地摇了摇头……锦娘，你说阿秀会不会……"苏沐的神情变得更加灰暗，"会不会已经变了？"

　　外人常传言，深宫似海，女子入了皇宫便再也不是自己，即便是再善良温婉的女子，也会变得心思歹毒、唯利是图。这宫中哪里还有什么情爱二字，人人心中都不过是活下去三个字。

　　锦娘却摇了摇头，劝解道："这事我不信，女子向来长情，更何况是青梅竹马之恋。她现在摇头，只是因为皇宫之内戒律森严，不敢当着皇上的面造次罢了。苏师傅，你听清楚了，若我是阿秀，知道你这么多年还这么苦苦等我找我，我一定会如你一般，此生心中只留你一人，一生一世不负这份情义！阿秀是不会忘了你的，她一定也是在日夜地想着你，想着她和你的点点滴滴，你也知道宫女向来可悲，所以你现在不应该沮丧，阿秀她需要你的，若没有你，她可能要在宫中孤独终老，你明白吗？"

苏沐怔了一下，他未承想锦娘竟然会跟他说出这样的鼓励的话，他灰暗的神情终于有了一点点变化，就像光彩重新照在了大地上，苏沐努力地挤出一丝笑容："我明白了，我一定会尽我全力，给阿秀一个最好的将来。谢谢你，锦娘。"

锦娘也笑了笑，只是这份笑容在苏沐转身的时候突然顿了一下。

苏沐在等着阿秀，那她自己呢，她在等着什么。

四月秀葽，五月鸣蜩，转眼就已入夏。

盛夏炎炎天，中原一带也开始热得叫人难熬，桃舍内早已不再烧炭火了，而是改为放置冰块降温，保证一些喜阴凉的蔬菜鲜花仍然可以正常生长。

自从苏沐向锦娘打开心扉之后，这两人之间就产生了一种特殊的情愫，在苏沐看来，两个人的这层关系更像是红颜知己，膳房内唯一的朋友。

一大早，刚过卯时，太阳就已经爬上了屋顶，明晃晃的阳光射在青瓦片上，又反射进桃舍内一片晶莹剔透。

苏沐照例清晨起来看一个时辰的书，他一般是等其他庖师准备好平王的早膳后，才去膳房里实地操作。这会儿他看书看得入神，已然忘了周身的一切，就连柳湘云给他送来了一份雪饮他都未曾注意，突然窗外又传来了砰砰砰的敲击声，声音急促而剧烈，苏沐抬头一看，却是田七在窗外拍窗叫唤着。

苏沐皱了下眉头，不知道这小家伙又想做什么。

田七张着嘴巴，大声叫道："苏师傅，快出来！快出来！"

苏沐走出了桃舍，田七一把扑了过来，急急叫道："苏师傅，还看什么书啊！有大事，有大事了啊，王爷正找你呢。"

王爷找我？苏沐眉头一蹙，距离天宁宴时间还早，平王找我又能有什么要紧事，难不成是颜真或者其他庖师又来挑战了不成？毕竟苏沐一举夺得四大庖师魁首之后，就成了京城庖师届内风头最劲的人物，多少有名无名的庖师都想挑战苏沐来一战成名，他这段时间是没怎么出门，但据说前来挑战的人每天在平王府门口都排了很长的队，这些顶风冒雨、挨酷热为的就是来击败苏沐。

苏沐问道："可是又有什么人来挑战了？平王不说这段时间概不接受任何挑

战的吗？"

田七摇摇头，脸色有些兴奋道："这次来的不是庖师，而是其他人，好像还有一个是你的熟人，还是个大美人噢！"

苏沐更奇怪了，在京城之中，自己哪还有什么熟人，而且还是个美人？

田七早已急不可待，一把拉住苏沐直奔微露堂而去。

大堂之内早已站了几十号人，平王以及白世忠、林子敬、叶秋等人早就在列了，大堂的两侧还坐着十几名男男女女身着奇装异服的人，却不知道是什么来头。

平王见了苏沐，立即招了招手，脸色和悦道："苏师傅来了，快快进来，都在等你呢。"

苏沐入堂朝平王和众宾客施了礼，问道："不知王爷找在下有何要事？"

平王指了指这群来客，一脸喜悦道："苏师傅，天宁宴比试在即，夺得天下第一可是眼下的第一大事，不过这等隆重的比试光有你精湛的厨艺还不够，还需要一些厉害的养倌相助。今日，城东的贺家、城北的秦家和城南的龚家一起来访，有意向我平王府提供各地最珍贵的食材，助力我平王府问鼎今秋的天宁宴，所以本王特叫人喊你过来，让你亲自与他们谈谈，看看你更中意哪一家。"

说话间，客座上有五个人站了起来，分别朝苏沐行了个礼，态度很是恭敬。苏沐有些看明白了，这贺家、秦家和龚家都是京城赫赫有名的养物师三大家族。贺家祖辈来自东海，主养海里的奇珍；秦家世代在关外，手中有大量的野味、人参等山林珍味；而龚家却是从滇南来的，自古就主营奇花异草和异虫。原本这三家养物师各有协定的联盟，比如龚家已经与童郡王府签订了君子协定，而贺家和秦家则是与梁府和王府签订了协定，按理说签订了君子协定就只能给这一家送货品，其他的人任是出价再高，也买不到他们家的货物了，可是今日这三家又跑到平王府来，岂不是违反了自己的协定？

苏沐疑惑道："京城三大养倌，在下早有耳闻，声名可谓如雷贯耳，只是在下也曾听闻，三家早已与人签了君子协定，再来我平王府岂不是……"

最左边那名披着兽皮的粗犷男子叫秦敖，他嘿了一声，粗着嗓门却很客气道："苏师傅这就有所不知了，我秦家虽然与王大人签订了协定，但那协定也是有限定的，若是他们没能夺得四大庖师比试的第一名，我们秦家就有权撕毁协议，另寻高明师傅。我秦家乃是京城第一养物大家，自然是要找天下最好的庖师了，他王府的易大元不思进取，厨艺难称精绝，跟苏师傅比起来更是云泥之别，所以今日秦某特来拜访，就是希望平王府能慧眼识珠，与我秦家合作。”

秦敖的一番话立即引来贺家人和龚家人的不满，虽然他说的话也是这几个人想说的，但如此明目张胆说自己是京城第一养物大家，岂不是太狂妄了？！最右边的一妖娆女子，当即冷笑道：“秦当家可是好大的口气，有你秦家相助，怎么易大元年年第三，从未拿过第一？你刚与易师傅合作完，转眼又去诋毁人家，如此过河拆桥，可不是叫人不齿？这样的养物师有何资格与苏师傅这样的神厨合作？”

这女子的声音有些熟悉，苏沐定眼一看，果然是龚灵。

虽然那日她戴着面具，穿着红色的长袍，但这妖娆的身段和魅惑的声音，定是她无疑。苏沐看了一眼龚灵，龚灵也毫不避嫌地回瞪他一眼，这一瞪既有三分嗔怒，但还有七分是娇媚的感觉。

秦敖和贺家的贺军还要反驳，但不想龚灵根本不理会这二人，径直走了上前，身段柔柔地朝苏沐福了福身子，低声娇媚道：“苏师傅，你我二人可是又见面了，所谓一日不见如隔三秋，奴家很是想念苏师傅呢。”

这女子说话时，嘴角带笑，双眸含波，身段子更是柔若蛇腰，加上她浑身上下散发着一股略带野性的独特香气。若是放在市井，必定是个迷倒众生的人间尤物，她突然这么近地靠近苏沐，让一向心如止水的他也忍不住心脏怦怦怦直跳。

苏沐自觉地隔开几步距离，客气道：“当日龚姑娘毁了他人宝物，这次入府，不怕人家找你麻烦吗？”

说着，他这话明显有所指，说罢还看了看白世忠，他原以为白世忠见了龚灵必然恶恼于心，恨不得撕了这丫头，但不想白世忠此刻的脸色极为平淡，根本没有那种仇人相见分外眼红的感觉，相反他的嘴角还有几分淡淡的笑意。苏沐有些诧异，心想这人最是贪财，竟然容得下毁他太岁的龚灵？这也太奇怪了！

龚灵早就猜出了苏沐的意图，她掩着朱唇咯咯咯地笑道：“苏师傅看来有所不知，来之前，我龚家就已经给白掌事提前沟通了，自然也给了他些许好处，白掌事这人也是可爱，见了些钱财和奇珍，也就不计前嫌，可真是大人有大量了。”

苏沐这下彻底明白了，一定是龚家给出了白世忠难以拒绝的好处，所以他才能这么淡定之中还带着些许喜悦……好个白世忠，真是钱财到位什么恩怨都可以一笔勾销了，他扶了扶额头，一时间有些无语。一旁龚灵趁机又道：“苏师傅，不想看看我们龚家能够给你提供什么样的奇珍吗？今日龚灵可是为你精心准备而来噢。”

天宁宴的比试非同小可，宴会当晚，皇宫御膳房会做一千零八道奇珍菜品，涵盖水、陆、羽、蓸四类八珍，一直从集英殿连绵到宫道之上，当月上枝头之时，来自天下最出名的一百名高厨将依次敬献各自的拿手菜品，这些菜品断断不会是普通庖师比试的菜品，而是以绝、奇、珍、贵著称。一来，这宴会当天，皇上和百官早已酒食过半，甚至醉意醺醺，舌头早已麻木，菜品过于求鲜求淡，往往叫人味如嚼蜡。这也是为什么江南来的庖师很难在天宁宴取得好成绩的原因，味道太过清淡，自然难有惊喜。二来，大殿宏伟，赴宴百官、外使加上后宫妃子足有近千人，若是菜品过于精巧细微，旁人很难领略到其中的纤细用心，反倒不如求大求洋、夺人眼球、耳目一新。

所以，好的养物师对于庖师的作用，自然无须多言。当然了，养物师也要倚靠庖师的名声和地位来抬高自身的身价和食材价格，试问，一个能直接供应天下第一厨的养物师，他的东西可不是奇货可居，人人趋之若鹜？

龚灵的话也立即激起了其他两家养物师的斗志，秦敖和贺军纷纷拉开架势，出言挑衅道：“今日我等恰好也带了些宝贝过来，不如大伙就公开亮相，看谁的宝贝更好，更得苏师傅的喜欢！”

“不错，东西好不好是一回事，苏师傅喜不喜欢，能不能用又是另外一回事，不如我们三家就公开亮相，叫王爷和苏师傅评判评判，也有个高下定论。”

平王大喜道：“好！三大养物师都是京城内最有名的行家，今日本王就看看你们家族几百年的传承，能有什么绝世异宝！”

秦敖第一个站了出来，他朗声道：“我秦家的东西自然是大宋最好的！”

只见他托举着一个血红色的长匣子，匣子里也垫着几层质地上好的红色丝绸，秦敖小心翼翼地掀开丝绸，露出里面存放的宝贝，那是一丛类似于树根的东西。

秦敖得意道：“诸位想必都见过七叶人参吧，可是这千叶千花千须参却不知道有谁见过？”他托举着人参靠近了平王和苏沐，这红匣子里的人参造型十分古怪，看起来已经不是一根而是像上百根大大小小的人参聚集在一起，纵横交错而成的一个人参群。这人参群最中间最核心的一根小如小拇指，但皮质却如老人的皮肤般充满褶皱，还微微有弹性，外侧包裹的人参则是粗大饱满如树根、小萝卜，表皮黄亮，人参群头上长满密密麻麻的人参叶和人参花，这样的人参却是十分罕见，说是千年人参也不为过。

众人一见这千叶千花千须参，个个都瞪大了眼珠子，白世忠更是哎哟了一声，细小的眼珠子唰的一下子就冒出了两道绿光，口中津液猛生，心中已是喜欢得不得了。

秦敖嘿嘿笑道："这千须参乃是我秦家祖先在关外发现，发现时已是存活有近千年之久，尔后又穷秦家祖先一代代用松针露水养育它，如此又过了几百年，汇聚天地精华造化才得了这么一株，这样的宝参莫说吃上一根，便是嗅一嗅，都能让人口舌生津，顿生力气，若是拿来炖汤做药引，作用更是不得了。苏师傅，你觉得这宝物如何？"

不少围观的人都在拼命点头称赞，试想，这么奇异的千年人参谁曾见过？市面上虽然也有大量吹嘘千年百年人参的，但大多数都是徒有虚名，有个几十年都算很"货真价实"了，这样的千年人参若是拿来参加天宁宴的比赛，只怕皇上都要惊讶得掉了下巴。

面对所有人的啧啧称赞，苏沐依旧神色寡淡，好像他对这根千年人参毫无兴趣一样，只是口中淡淡道："这人参虽好，不过……"

"不过什么？"秦敖有些不服气道。

苏沐正欲解释，一旁的贺军早已不耐烦了，他一把推开秦敖，大声道："什么千年人参，我看也不过是几条老树根罢了，有什么珍贵的！"

秦敖恼羞成怒，大喝道："贺军，你这话什么意思？胆敢侮辱我秦家的至宝。"

贺军冷笑道："别以为我不知道，你们秦家是有一株传了很多年的野人参，不过据说这人参一直深藏在长白山中，根本不允许后人去挖掘。你这所谓的千叶千花千须参，不过是将上百株人参种在一起，尔后互相嫁接，最中间的这株人参由于生长空间受限，一直长不大，就慢慢地被挤压成这个形状，好似干枯的小老头一样，这人参采集晒干过程中，还要以人参花叶来熏烤，所以味道会特别浓郁。与其说这是千年人参，我看不如说是千株人参合在一起罢了。"

贺军一语道破了秦敖千年人参的秘密，叫秦敖大为恼怒，他横眉怒目，噌的一下拔出弯刀，一副要打要杀的样子。贺军也毫不示弱，一扬手，背后的几名侍从立即挺出手中的长叉。

白世忠急忙叫喝道："诸位还请少安毋躁，既是来了我平王府，那都是来亮宝的，动武岂不是可笑了？还请三家以宝贝来比个高下，不要再动刀动枪的，这对我平王府和平王可是大大不敬啊！"

秦敖听了这话，恨恨地收了弯刀，扭头坐在凳子上，满脸不爽快。

贺军也命人收了长叉，恭敬道："白掌事说得极是，我等来平王府是献宝来着，动刀动枪，嘿嘿，粗俗武人之举，有什么意义？"

说着他拍了拍手，背后的人也献上了一个金色的匣子，打开匣子，里面用金色的绒布包裹着一样东西。贺军轻轻地掀开绒布，瞬间有一道光芒辉耀而出，众人惊呼了一声，定眼一看，却是一枚拳头大小的宝珠，这珠子不但体积巨大，颜色更是像彩虹一般，在阳光的反射下，闪耀着七色光华。

这回便是见多识广的白世忠也赞叹道："好大的彩珠，这珠蚌不知得有多大……"

贺军得意道："此乃深海七彩云贝，其贝大如八仙桌，上有层层花纹，好似祥云，一贝之中常有百余枚珍珠，但颜色各异，大小不同，能超过龙眼大小的都已是稀有，像这拳头大小的更是百年难见一枚，而且此珠还孕有七彩之色，更是凤毛麟角。"

他将七彩珠捏在手中缓缓晃动，这光芒更甚方才，甚至叫人目不能直视。

如此炫耀了一番后，贺军才将这彩珠收入匣中。

所有人的目光都随着这彩珠的收起，眼神变得一暗，平王突然问道："这七彩珠虽然珍贵，但若是说到做菜馈食，实在是……"

贺军哈哈哈大笑道："贺某早就猜到诸位会有这等疑惑，此七彩珠不过是先拿来与诸位看看，我贺家今日真正要拿出来的东西可不是这宝珠，而是另一样东西。"说着他又拍了拍手，门外有几名随从小心翼翼地抬着一面蒙着红布的巨大物件走了进来。

"这……"

"这才是苏师傅想要的东西！"

贺军猛地掀开了红布，露出了这里面的东西，一面一人高的水晶鱼缸内，无数彩光迸射出来，好似七彩光芒闪烁。所有人都有些目瞪口呆，不知道这鱼缸里是什么东西，竟然有这么璀璨的光彩。

贺军解释道："此乃东海深海的七彩磷虾。"东海盛产磷虾，这些虾细小如蚊虫，喜好群居生活，尤其是它们身上会发出各色奇异的光芒，在风平浪静的夜晚，这些虾在海中就像一团团巨大的光球一样快速移动，十分奇异。讲究的庖师在做菜时喜欢在汤底用一些磷光粉，增加光线的趣味，这些磷光粉一般都是用东海晒干的蓝光磷虾磨粉而成，这些粉末虽然也可以在水中发出光芒，不过艳丽程度终究不能与活虾相提并论。

磷虾不但能发光，还是海中难得的鲜味，长年在海上打鱼的渔民都知道，这海中最鲜美的东西不是鲅鱼、龙虾、鱼翅、石斑，而是这些细小如蚊虫的磷虾，只不过绝大多数人都未能尝试过磷虾的鲜美，盖因此虾生命力极为脆弱，一离开海面就会死亡，所以只能研磨成粉，海滨之外的人任你是再有权有势的人，花再多的金钱，都尝不到这活虾的鲜美。而现如今，这贺家竟然可以将这脆弱的磷虾成功养殖，为他们所用，这不可谓不神奇。

贺军道："苏师傅，若是你能用我贺家的七彩磷虾来做菜品，试想明月当空之下，七色光芒辉映，这集英大殿内的人只怕要惊掉眼珠子，苏师傅想要问鼎岂不是手到擒来？"

贺军的介绍很是诱人，东海的磷虾也确实是非常难找的食材。不过苏沐还是摇了摇头，显然这还不是他想要的东西。磷虾虽好，不过天宁宴上时间拖得很长，这么脆弱的磷虾能否保证一直存活是个很大的难题，若是时间上稍有耽搁，此菜必然要失败！

龚灵再度大笑了起来，她娇嗔地推了一把贺军，嘲笑道："贺当家介绍得唾沫横飞，可惜呀，苏师傅是无动于衷，说明这食材不中他心意，我看你也可以走了。苏师傅，我说了，这整个大宋，也只有我龚家才是最适合你的。"

苏沐问道："倒不知你龚家有什么奇珍？"

龚灵道："我龚家的东西自然不会是凡物，此物有些庞大，还请诸位随我一同到院子里看看。"说着她打了个手势，所有人都鱼贯而出，来到了花园里。

这园子里不知何时抬来了一件巨大的物品，远比刚才贺军的还要大上几倍，这东西照例是拿布料包裹起来，不知道里面是什么东西。

# |第四十章| 绝世奇珍

所有人都开始猜测起来，这龚家出自滇南，能出产的自然是奇花异草和各类蛇虫，不过这些东西终究是小东西，一朵花，一枚蕈，顶多也就是蒲扇大小，在体积上难以与秦家的虎豹、麋鹿以及贺家的深海巨鱼相比。

只是眼前这个东西，这么大，真不知……

龚灵笑吟吟地掀开了包裹着的布匹，一个巨大的铁笼子露了出来，所有人见了都吓得啊了一声，急忙后退十几步，苏沐却皱了眉头，往前走了过去。

这铁笼子里囚禁的是一条巨大的银白色蟒蛇，双目血红，口中乌黑一片，蛇身比水桶还粗，长度估计超过六丈，对苏沐而言，这条蛇太漂亮了，肌肉饱满有力，浑身覆盖的鳞甲细密而匀称，在阳光下每一片鳞甲都泛着银白色的光芒，整条蛇就像是纯银打造的一样，美得完全不真实，就像一件工艺品。

"白玉龙？"苏沐不自觉地吐出了这三个字。

龚灵不失时机地鼓起了掌："不错，正是白玉龙，我龚家在滇南的蛇谷中养了上千条蟒蛇，历经几百年的积累，也就出了这么一条白玉龙。苏师傅应该知道这龙如何珍贵了吧，若是苏师傅愿意与我龚家合作，我龚灵就把这条白玉龙双手奉上，作为合作的第一件礼物。"

龚灵的言下之意，就是他们龚家还愿意提供其他更好的东西，面对这样的诱惑，常人很难不动心，平王和白世忠都已经蠢蠢欲动，白世忠更是急不可待道："苏沐，这白玉龙可是难得的宝贝，你还在犹豫什么？"

苏沐没有说话，他认真地望着这条蛇，那玉蛇也抬起了头，似乎是有些心有灵犀地看着苏沐，这蛇的眼神很温柔，甚至有几分单纯，根本不像长这么大的蟒蛇该有的样子。蟒蛇毕竟是凶残的食肉动物，能长这么大都是经过无数次的弱肉强食，眼神无一不是凶狠而暴戾的，这么温柔单纯，当真是少见。

苏沐突然想到，这蛇很可能不是自然生长而成的，龚家的人发现了有这么一条幼年的白蛇，便把它悉心养护了起来，就像对待最珍爱的宠物一样养着它，一直养了几十年甚至上百年，所以这蛇才能在看到人类时目露温柔亲近的眼神，毫无暴戾之气。

想到自己要把这么有灵性的蛇杀了做菜，苏沐就有些不忍，他心想这天下能供人吃的东西已经足够多了，可是很多人还觉得不够，一门心思地寻找更奇更罕见的食材，甚至掘空群山只为一参一物。眼前这条玉蛇，在苏沐看来，它不应该是一块拿来烧炙的肉，而是一条活生生的很有趣的生命，它甚至都已经有了灵性。

苏沐有些怜惜道："白玉龙确实是个好宝贝，可是这玉龙太漂亮了，我看着它，有几分不舍，想必你们龚家的人为了养它，也是耗费了许多时间和精力吧。"

龚灵听出了苏沐的惋惜，她原本笑吟吟的神情突然间愣了一下。以往，所有的庖师见到这条白玉龙莫不是惊喜若狂，恨不得据为己有，让这蛇成为铺垫自己成为神厨的一块基石，可是苏沐却是流露出了不舍和惋惜之意……

龚灵讪讪道："苏师傅倒很是悲天悯人，可惜，这白玉龙再好也终究只是个畜生，我龚家养了它这么多年，为的就是有一天能够得到一个配得上它的庖师垂青，苏师傅不觉得，这才是它最好的归宿吗？"

在养物师看来，所有的东西都是食材，都是为了馔食服务的，能够被做成一道惊世骇俗的菜品，这就是这些食材最好的归宿。平王起了兴致，问道："那敢问龚姑娘，这白玉蛇除了外形，其他方面与普通蟒蛇还有什么不同之处？"

说到这儿，龚灵立即恢复了她原来自信而魅惑的表情，她娇滴滴道："王爷这个问题问得可真好，龚灵这便给王爷细细道来，还请王爷少安毋躁。"她一步一扭地靠近白玉龙，那白玉龙也扭动着上半身，支起了头颅，这一人一蛇扭动着，好像两条蛇精在缠绕一般，带着一股妖冶而魅惑的气息。

龚灵媚眼如丝，低头浅笑道："王爷一定知道，蛇物有三宝，蛇胆、蛇血和蛇肉，寻常的蛇胆蛇血可以清血明目，稍微好一点的可以抵御百毒，而这白玉龙的蛇血则可以延年益寿，返老还童，若是修真者生饮用此血，再配合蛇肉熬制的蛇羹，内力修为更是可以一日千里，精进百倍。当今皇上最爱修道，试想若是以此白玉龙相赠，皇上岂不是要龙颜大悦？天下第一又岂不是唾手可得？"

龚灵的介绍确实很有引诱力，如此宝物若是能到手，参加天宁宴的胜算自然又多了几分，不过苏沐突然间生出了一丝疑问，这千叶千花千须参、七彩珍珠、白玉龙便是这些养物师单独送给皇上都能叫他龙颜大悦，不说封官加爵，各类赏赐也是必不可少的。为何他们偏偏还要送给自己，让自己拿来参赛，难道仅仅只为了提升自己的名气，成为大宋境内第一养物家族吗？

　　不可能！这些唯利是图的养物师不可能这么慷慨好心，他们永远都是为利益所驱动的，苏沐突然意识到他们可能是另有所图。他急忙问道："白玉龙如此珍贵难寻，龚姑娘只怕不会是白白送给我平王府吧？"

　　龚灵旋即笑了起来，笑得很是明艳动人："苏师傅果然与其他庖师不一样，你可真是越来越让灵儿佩服了，若非家父有交代，我这白玉龙现在就可以送你，不取你一分一毫，只求你我能独处小酌一夜。"

　　龚灵的话虽然很轻佻，但众人还是听出了这话的弦外之音，这东西不是白送的，是有条件的。秦敖有些不耐烦道："我说龚灵你这是来谈条件还是勾搭汉子！我就直说吧，我们三家的宝物都可以送你平王府，但我们要平王府拿一样东西来交换，若是同意，这事便也成了，若是不同意，便也作罢！"

　　贺军也道："不错，我贺家也很愿意与平王府合作，这些宝珠磷虾价格可不便宜，原来的梁太傅也是以重金购买。不过若是平王愿意答应我们一个条件，这两样东西我贺家就全部送你，如何？"

　　这下轮到平王府的人好奇了，他平王府中究竟有什么好宝贝值得这些人这么争破脑袋要来抢，苏沐突然隐隐有些不安，这东西必然是……果然，龚灵开口揭开了答案："其实我们想要的东西很简单，就是那只鲛人。平王若是愿意拿鲛人来交换，我龚家就立即与平王府签订君子协议，除了这白玉龙免费相送，还有其他从滇南送来的奇花异草，都是全京城最低的价格任你们挑选。"

　　鲛人？

　　又是鲛人！

　　果然是鲛人！

　　前有童贯亲自上门索要，现在又有三大养物师家族的人拿着奇珍异物来交换，这不能化珠的鲛人究竟有什么特别的能耐，竟然能惹得这么多人来争？更何况，苏沐还很清楚，那是一条彻头彻尾的假鲛人而已！

　　一向冷静的苏沐骤然愤怒道："若要鲛人，此事我不做！"

苏沐的愤怒让很多人觉得很奇怪，一只没用的鲛人罢了，换了就换了，又有什么可惜的，这苏沐因为鲛人长年被囚禁在桃舍之中，如果卖掉了鲛人，不但对他参加天宁宴大为利好，而且从工作上也是一个解脱。可是，苏沐竟然直接出口拒绝了，还显得情绪异常激动。

面对苏沐的反应，平王明显有些不悦，他的不悦不仅仅在于苏沐的不同意，更在于，苏沐不过是平王府的一名庖师，这平王府内所有的东西都是他平王一个人的，你一个下人有什么资格同意或者不同意？

他重重地哼了一声表示不快，尔后问龚灵道："这鲛人到底有什么好，为何你们这么想要？"

秦敖心直口快正要说出来，龚灵慌忙制止了他，魅笑道："鲛人的用处书上都有记载啊，化珠、织绡、做鲛油；再说了，凡事物以稀为贵，这么稀有的东西，作为养物师自然是很想研究研究了。"

平王摇摇头道："若只是化珠、织绡、做鲛油，你们何须出这么大的代价来换取，你们一定是有什么理由不肯告诉我，对不对？"

秦敖和贺军面面相觑，一时间不知道该如何回答，龚灵又笑了下，落落大方道："不错，鲛人是有个其他的作用，不过这作用究竟是什么，我们还不能确定，所以才需要一只活体来研究。王爷若是一直把这鲛人养着，只怕再养一百年也是发现不了这些端倪，不若就大方一点，以物换物，你们既可以换得参加比赛用的趁手食材，我们也可以进行我们的研究，何乐而不为呢？"

她说完了，还特地拍了拍铁笼子，雪白色的白玉龙很乖巧地又抬起了头，朝龚灵的指尖探去，并吐了吐舌头，那模样根本不像是凶神恶煞一般的巨蟒，反而像一条豢养了多年的家犬。

平王开始有些犹豫，这白玉龙的好谁都看得出来，那鲛人呢，这个又不能化珠近乎无用的鲛人，到底可以拿来做什么呢？竟然值得这么多人来争。

林子敬在一旁早已馋得双眼发红，不住地劝道："王爷，在下以为此乃一举两得的好事，快快答应吧。"

白世忠还是老样子，一副深思熟虑，不动声色的模样。

苏沐这回直接跪地请求道："鲛人乃是南海奇物，若非珍贵异常，他们不会这么诚心相求，还请王爷三思！"

平王决定不下，他其实也不想这么快做决定，但眼前三大养物师给出的条件着实够优厚，他再度问苏沐："你既然不同意换鲛人，那我问你你拿什么去参加天宁宴，这菜品你可拟定好了？"

苏沐无奈地摇了摇头，天宁宴的菜品一直是他十分头痛的事情，虽然他有了六七种备用方案，但目前自己都不满意，想要问鼎天宁宴，可不仅仅光靠厨艺就可以的。

平王看到苏沐的神情，也是叹气道："若是如此，此事便由不得你了，把鲛人带出来。"

苏沐一听平王要把鲛人拉出来，心中立刻着急起来，他不敢想象这些养物师若是得了锦娘会对她做出什么样惨绝人寰的事，对养物师而言，锦娘不过就是一条神奇的鱼罢了，什么样的手段用在她身上都不会过分；但对苏沐而言，锦娘早已不是一条鲛人，而是他心心相惜的红颜知己。

不得已，苏沐再度请求道："平王，天宁宴一事于我而言，关乎性命一般重要，即便没有三大养物师相助，我苏沐也会竭尽全力问鼎天宁宴的，这鲛人既然如此珍贵，不如……不如请平王暂时留她一段时日，我们再观察一阵也不迟。"

林子敬见苏沐一再要保护鲛人，更觉这其中有鬼，立即呛声道："苏沐，你真是太大胆了，这参加天宁宴可不只是你苏沐一个人的事，而是事关我整个平王府的大事，容不得半点闪失，你在这立下承诺有何用，万一输了比试，你又拿什么来担责？王爷，在下以为，这白玉龙乃是极为罕见的奇珍，若是有此物在手，问鼎天宁宴当真是唾手可得！至于鲛人，若是不能为我们所用，留着便是与一个花瓶无异，又有什么可惜的？"

苏沐固执己见，不愿意以鲛人交换，林子敬也咄咄逼人，二人争执不下，平王越发觉得恶烦，他一甩长袖，怒喝道："够了！本王决定了，此事暂且不议，还请三位当家先回去歇息，七日之后，我平王府给你们一个答案，白掌事，送客吧！"说着他自己拂袖离去，也不再顾他们。

秦、贺、龚三家的人一个个很不甘心，一劝再劝，但平王心意已决，其他两家人见势只好先后退场，最后只剩下一个龚灵主动朝苏沐走了过来："看来只有七日之后再来找苏师傅了，不过灵儿有一事实在想不明白，为何你要这般护着这鲛人，难不成……你喜欢上她了？"

"听说这鲛人在你手里变得姿色十分过人，灵儿倒是很想看一看，究竟是这鲛人好看，还是灵儿好看？"

苏沐脸色冷冷道："人鲛有别，在龚姑娘心里这鲛人不过是你们的一味食材罢了，怎么，堂堂龚家大小姐还要与一味食材比美？岂不可笑了？"

龚灵并未生气，她主动轻拂苏沐的衣袂，娇滴滴道："既知鲛人不过是一味食材，苏师傅又何必这样护着她，这样用心让灵儿看着都嫉妒。"

苏沐冷笑一声："我非一定要护着她，而是你们不肯说出要鲛人来做什么，我只是不想吃亏罢了。再说了，你曾与童府签订了合约，如今见势便倒，又想转头我平王府，这样的做派，我如何放心与你们合作？"

龚灵并不介意苏沐的讽刺，身子反而靠得更近了一些："啧啧，看来苏师傅对灵儿还是有些偏见，可灵儿对苏师傅真的是毫无隐瞒的，苏师傅难道没感觉出来吗？至于这鲛人的作用嘛，苏师傅日后自然会知道的，你又何必急于一时。"

龚灵说话间又靠近了一步，这下两个人几乎是要身子紧贴的，一阵阵奇异的香味像无数的小虫子直往苏沐的鼻腔里钻，让人一阵心痒难耐。面对这等妖娆女子的寸寸紧逼，苏沐觉得简直比对付颜真还麻烦，他急忙退了两步，冷冰冰道："龚姑娘，大庭广众……"

话音未落，龚灵就一把捏住苏沐的手，柔声道："若是苏师傅答应与我龚家合作，灵儿便许诺给你更多的好处……"她的手柔若无骨，握在苏沐有些粗糙的手掌上，就像一条蛇一样盘了上来，这等诱惑寻常男子早就把持不住，但苏沐却觉得如坐针毡，他急忙挣脱了龚灵的纠缠，一脸严肃道："请龚姑娘自重！有件事我想提醒姑娘，你的香粉中加了太多的麝香，虽然可以激发男子的性欲，但此味过犹不及，日后恐怕会让姑娘不孕不育的。常言道，不孝有三，无后为大，我怕姑娘日后会悔恨万分的！"

这话一说完，在场的其他人都忍不住扑哧一声笑了起来。

龚灵也愣了一下，要知道她的魅惑之术一向是很灵通的，精心调配的异香加上自己魅惑的姿色，普天之下没有哪个男人能逃得过她的手掌心。但这苏沐像个和尚一样，偏偏不吃她这一套，真是叫她大为受挫，她的脸蛋唰的一下变得通红起来，咬了咬牙羞恼道："苏沐，你等着，我一定要让你俯首称臣，心甘情愿把鲛人给我送过来！"

苏沐毫不犹豫道："鲛人一事只怕不会遂姑娘心愿，请龚姑娘慢走。"

龚灵冷笑道："你不同意，但不代表平王不同意，反正只有七日，七日之后你我就可见分晓。"

# |第四十一章| 幕后凶手

七日之约，说快也快，很快便只剩一天的时间了，平王现在还没有定下主意，苏沐也不知道锦娘最后的命运会如何，他把这事告诉过锦娘，锦娘却也只是笑了笑道："无妨，不过是再换一个地方罢了，只是若真走了，以后就见不到苏师傅了。"

苏沐叹气道："你可能有所不知，不知道这养物师是做什么的，他们要你必是有所图，我怕你去了他们家，生死都难以预料了。"

锦娘的神情微微变了一下，她似乎也猜出了这些人想要她干什么。

苏沐劝慰道："你放心，我一定会尽我所能保护你的。"保护锦娘，这是当初自己定下的承诺，就像当初想要去保护阿秀一样，这样的决定苏沐也有些说不清，似乎是对自己年少时无力保护阿秀的一种偿还。有时，苏沐常常会把锦娘当成阿秀来看待，觉得阿秀就像现在的锦娘一样被囚禁在方寸之地，没了自由，没了保护。他总觉得，若是自己对锦娘好一点，皇宫里就会有人对阿秀好一点……

二人四目相对，竟也有一种说不清道不明的情愫在慢慢滋生。

"嘿嘿，苏沐，看来你真的是对这鲛人产生了爱意。"

桃舍的大门不知什么时候被人推开，一个肥胖的身影绕过桃树走了进来，来人正是白世忠，他说这话的时候，脸上的表情依旧是一脸滑稽的笑容，看不出是高兴还是愠怒。白世忠走到桃树下，自己缓缓地坐在了石凳上，尔后冷冷问道："苏师傅，你觉得我如果把这事告诉平王，他会怎么处理？"

苏沐淡然道："我与锦娘本来也没什么，白掌事只怕有所误会了。"

白世忠嘿了一声，盯着苏沐道："我误会不要紧，只怕这事传了出去，林子敬会大做文章、煽风点火。苏沐，你现在存有私心，不肯让出鲛人，这是实情。平王若是知道了这个情况必然会震怒，到时候，平王为了天宁宴考虑虽然不会把你怎么样，但是这个鲛人能不能保住，可真就难说了。"

白世忠的话总是绵里藏针，苏沐开始有些不安，这人无利不起早，跟自己说这些话显然目的不在鲛人身上，而在自己身上。却不知，他这次想要做什么？

果然，白世忠说完这话，突然一拂袖子走到窗边，他缓缓放下了茅草捆扎成的窗帘。一道一道，整个桃舍内很快就变得晦暗不明，只有一丝丝的光芒从茅草缝隙中透了出来，看起来就像无数的金线纵横在半空中，活生生像个逃不出去的盘丝洞。

白世忠神色凝重道："苏沐，两个时辰后，我们在太岁池畔相见，我会告诉你一个秘密。"

"秘密？什么秘密？"

"你先不要问，我这是在帮你，总之你到了就知道了。另外，你不要走正门，这桃舍的清溪源头有一个出口，我知道你们曾偷偷从那儿出去过，这次你还要从这洞子出去，千万别让叶秋知道了。否则，你后悔莫及。"

说罢，他自己缓缓转身出了桃舍。

白世忠的行为举动与往日大不一样，颇有些古怪。可是苏沐还是觉得自己这一趟非去不可，白世忠要告诉自己的秘密必然是事关天宁宴的，他站了起来，简单地收拾了下，正准备拨开花草出去，锦娘却一把拉住了他，满脸不放心道："苏先生，你可要小心……"

苏沐笑了笑，安慰道："不碍事，去去就回。"

"可是……"

"你放心吧。"

苏沐俯身进了洞子，顺水游出，很快便游到了府外的小河上，他上了岸，抖了抖身上湿漉漉的衣服，他抬头望了望偌大的太阳，阳光很是刺眼，照在广阔的原野上一片白晃晃的，可是他现在却觉得有几分冷意，他也懒得换衣服，就这直接往城外走去。

太岁池藏身在深谷之中，苏沐只去过一次，不过好在他的记忆力一向很好，他凭着记忆的方向，跋山涉水，上山下谷，在晌午之前终于到了深谷之中，这谷地依旧是幽暗阴冷，即便现在是盛夏三伏，止不住的寒意也透体而来。

第二次来幽谷，感觉却与上次完全不同。

群山之下，兰草枯萎、紫芝断裂，溪水不复往日清澈，空气中隐约散发着阵阵恶臭，耳畔甚至没有鸟叫，没有虫鸣，四处安安静静的，就像一处死地，毫无生气。

一见这情景，苏沐的心更冷了几分。

他暗忖，想必是上次颜真和龚灵发现了这个地方，过后就特地过来破坏，一路拔了奇花异草，还顺手撒了毒药，让此处从佳木葱茏的洞天福地，变成现在这样寸草不生的绝地。

想到这儿，他突然想起太岁池里的那只太岁，那可是白世忠最珍视的宝贝，却不知这太岁又如何了？他一路朝石刹跑去，这石门果然早已被人打开，残垣断壁散落一地，苏沐入了石刹，就往太岁池望去，却见池水依旧清澈如初，澄净的不染一丝杂物，苏沐当下舒了一口气，这池水清澈如此，说明这太岁还在其中，要不然以这谷里的状况，早该飘满落叶之类的。

他见白世忠还没到，又想起上次看到太岁的情景，忍不住起了兴致，探出头想认真看看这太岁的模样，一眼望去，只见潭水深不见底，加上光线恰好偏斜，未至水中，肉眼凡胎自然是看不清水底的状况。苏沐有些不甘心，随手丢了两块石头下去，随着石头的下沉，一串气泡快速升了上来。

咕嘟咕嘟，像是有鱼在水下冒泡一样。

苏沐又丢了几块石头，水潭里的气泡越来越多，就像泉水一样不断翻涌，随着这气泡的翻涌，湖底的沉坷开始渐渐上涌，这沉坷之中似乎还有一些奇怪的东西，大大小小的白色碎片就像珊瑚残渣一样，潭水渐渐地变得有些浑浊，这浊流之中，一团灰白色的阴影终于缓缓地浮了上来。

是千眼太岁！

苏沐站直了身子，现在他既有几分兴奋，也开始生出几分不安，至于为何会感到不安他也说不清楚，他只是觉得这太岁似乎与上次看到的不太一样。

太岁终于浮出水面了，半透明的肉身上满是漩涡状的花纹，看起来整个就像一只巨大的蛞蝓。只是这满身的漩涡，让它比蛞蝓还要丑陋百倍千倍，苏沐很难想象，这么恶心的东西怎么可以拿来做菜，而且是所谓天下的至鲜所在。

太岁似是发现了苏沐，开始顺着水面的晃动，一点一点朝苏沐漂了过来，这东西越来越近了，就像一座小小的岛屿漂来，带着一股冰冷而又诡异的气息。

四处都安静了下来，没有风，没有鸟鸣。这太岁已经近在眼前，苏沐探头想要认真地观察这只罕见的太岁，只是他刚看了一眼，突然就噌的一下僵直了身子，脸上更是写满了惊恐！

苏沐很少有这么惊恐的时候，哪怕是面对颜仲的威胁，面对平王的威慑，他也能不动声色，可是当他看清了这只眼前的太岁时，他终于抑制不住内心的厌恶和惊悚。

半透明的漩涡之内，真的有一颗眼珠子！一颗灰白色的死气沉沉的眼珠子！或者，那不只是一颗眼珠子，而是一具完整的尸体，苏沐现在终于看清了，太岁的体内包裹着一具高瘦的尸体，尸体严重腐烂，早已看不清外貌，不过残留的衣着还是让苏沐认出了这个人的身份。

是林子敬！

苏沐头皮都麻了，林子敬为什么会出现在这石刹中，又为什么会被这太岁吞噬？难不成……

苏沐暗叫不妙，他刚一回头，一具肥胖的身躯就挡住了自己的去路，白世忠手持一把短刀，已经抵住了自己的心口。

"你来得很早啊。"

白世忠的神情很古怪，他细小的眼睛里透露出前所未见的凶光，那是像毒蛇吞噬猎物前的光芒，带着一种喜悦和饥饿。

"苏沐，这就是我要告诉你的秘密，怎么样，惊喜吗？"

尖刀已猝不及防地刺入苏沐胸膛两分，血已经染红了胸口的衣服，像是在身上开出了第一朵妖冶的花。

"你想杀我灭口？"

"你错了，我不是要杀你灭口，而是要给你找个归宿，这太岁池就是你最后的归宿。"

"为什么？"苏沐到现在还是有点看不透这个人，他有些不理解他的行为举止，"我与你无冤无仇，你为何要杀我？"

白世忠嘿嘿笑道："你我虽无冤无仇，可是你忘了，你的存在对我就是一个最大的威胁！从你第一天进入平王府开始，我就知道你的本事，让你这样的庖师发展下去，取代我的位置是迟早的事，而我只是一个废人，将永远被赶出平王府，变成一条丧家之犬。"

苏沐摇头道："我根本无心掌事之位，我来平王府不过是为了参加天宁宴，这是我与平王之间的约定。"

白世忠哈哈哈大笑起来，仿佛是嘲笑苏沐像一个三岁小儿一样天真："你不跟我争，但是有的人要跟我争！"他指了指太岁池中的林子敬，冷笑道："他还妄图取代我，嘿嘿，但他那些粗浅的伎俩如何与我白世忠斗！苏沐啊苏沐，你可知道这池子里化掉了多少有天赋的庖师！"

苏沐只觉得背脊一阵发寒，他现在终于明白了，这池子里翻涌的白色碎片都是一具具尸体被腐蚀后剩下的白骨渣，那些膳房里突然消失或者不见的庖师都是被白世忠杀害了！原来这人才是真正的杀人恶魔，他一直以笑面虎的姿态生存在膳房内，吞噬了不知道多少个有天赋的庖师。

"白世忠，想不到你这么恶毒，你杀了这么多人就是因为怕有人超过你吗？！你为了一个掌事的位置，就残害这么多同事，你比林子敬还恶毒百倍！"

"超过我？哈哈哈，苏沐，不如告诉你一个我的秘密，我白世忠现在根本就不会做饭！论做菜，你们谁都可以超过我！"

苏沐的脑子里嗡了一声，白世忠居然不会做饭？！他贵为平王府的掌事，居然是个不会做饭的庖师？那他是怎么爬到掌事这个位置上的。

白世忠的神情变得越来越古怪，他用一种近乎悲凉的口气道："苏沐，你知道一个人永远都达不到目标是多么绝望吗？想我白世忠自幼博览群书，十岁学厨，很快就名震京城，可是随着我的见识一天天的增长，我的标准也越来越高，我不允许任何人任何事有不完美和瑕疵的地方，包括做菜，也包括我自己，所以我开始越来越讨厌自己的厨艺，因为我自己做的菜永远达不到我想要的样子，我很愤怒，也很失望！我千百次的努力，不但没能靠近我的目标，反而觉得越来越远，到后来我甚至拿到厨刀手都会发抖，我恨我自己能力有限，可是眼光却又这么高！直到有一天，我终于发现自己已经完全不会做饭了，我不知道该怎么拿刀，该怎么切菜烹饪，我每天对别人评头论足要求那么高，可是我却连菜都切不好。苏沐，你知道这种感觉吗，太让人恐惧了！"

白世忠情绪很是激动，这说话间刀又刺进了一分，苏沐只觉得心口越发得剧痛，可是背后是吃人的太岁，前面是杀人的尖刀，自己已是一脚悬空，几乎是命悬一线了。

白世忠浑身因为激动而颤抖道："苏沐！为什么你的天分就那么高，看到你我就更痛苦！你做的菜每每都能超越我的理解，你让我太嫉妒了！我……我必须杀了你，你不要怪我，我不能让你活在这个世界上！"

苏沐现在根本没工夫去责怪白世忠，或者去理解他扭曲的心理世界，他必须想办法让这人冷静下来才行，他不断地回想自己进平王府以来的经历，突然想起白世忠与颜真比试时，他准备做鲤鱼鲙时，却被切断了手指，他既然不会做饭，又如何敢上场，难不成那次……苏木终于明白了那其实也是白世忠的阴谋，他满脸震惊，这人竟然为了生存能隐忍到这个地步。

"原来那次断指，你是故意的……

白世忠哈哈哈笑道："不错！对于颜真的为人我早就知道了，所以我故意借了他的手，弄伤了我自己的手指，好让我可以彻底避开做饭这件事。另一方面也可以用苦肉计博得王爷的同情，让我继续担任掌事一职。苏沐，本来我助你问鼎天宁宴，你求王爷让我继续留在平王府内，如此苟活下去也没什么，但是现在，我却有更好的办法了。我自己可以去参加天宁宴了，我可以做出一道让我自己都满意的菜式了。"

苏沐故意拖延时间道："你受伤了怎么参加？你连刀都拿不稳！"

白世忠的眼里闪过一丝贪婪光彩："你还记得我跟你说过的长生之妙吗？我原以为我的千眼太岁就是这长生的秘密所在，我一直期待它的最终形态，可惜这太岁成长还是太慢了，我实在等不及了，好在我现在已经找到了更好的替代品！"

"什么……"

"这替代品就是那只鲛人！现在你知道为什么童贯和三大养物师都想要那只鲛人了吗？外人只知道鲛人可以化珠炼油，却不知道南海鲛人天生长寿，能活数百年，若是生饮鲛人血、活吞鲛人心脏，可以让常人与鲛人同寿！数百年青春永驻，甚至还能让残躯复生！这是何等令人羡慕的事情，当年秦始皇派徐福到海外寻找仙药而不可得，那徐福找的海外长生不老药其实就是这鲛人的心脏。如今这鲛人就在我平王府内，他人踏破铁鞋无觅处，我得来却是全然不费工夫，这可不是天意吗？"

他举起只剩下三根手指头的右手，笑得就像个白脸的恶鬼。

苏沐终于恍然大悟，原来他们想尽一切办法想要得到鲛人是这个目的！这个秘密最先知道的一定是三大家族的养物师，尔后龚家的人告诉了童贯，童贯便带着颜真来挑衅比试，原以为这一战是十拿九稳，怎奈颜真最后一局却败给了临时杀出来的苏沐，颜真的一再失利，让龚家人彻底失去了耐心，所以改为亲自上门来骗取，却不想这一消息也被其他两家养物师知晓了，三家合力索取再度无果，尔后这个消息又被灵通的白世忠得到。鲛人能长生的秘密自然让白世忠欣喜若狂，他终于可以摆脱自己的心魔了，他可以做一道天下间最极致的菜肴，既能解决长生之妙，又能达到极致之鲜，同时也可以让他问鼎天宁宴，成为天下第一！

所有的机会都摆在眼前了，白世忠现在只要猛戳一刀，把苏沐刺死，再推入这太岁池内，就没有人知道苏沐去了哪里，也没有人会怀疑他白世忠，他将会临危受命，取代苏沐去参加天宁宴的比试，顺利登顶。想到这儿，他再也抑制不住自己的欲望和杀意，面容扭曲狂笑道："苏沐，你知道吗，那道菜就叫山海宴，现在我不需要你了，我可以自己带着鲛人去参加天宁宴，只要有这只鲛人在手，我一定可以用山海宴问鼎天宁宴，成为天下第一的庖师！你可以和那些庖师一起陪葬了，希望你们在九泉之下不要恨我。"

他正准备用力一刺，苏沐急忙大声叫道："白世忠，你精明一世，可还是算错了一个地方！"

"什么地方？"

"你想过没有，锦娘她根本就不是鲛人，她只是个普通人，就算你吃了她也不能长生不老！你若是敢送给皇上，必然是犯了欺君之罪，你还是做不出这道山海宴的！"

白世忠愣了一下，显然他从未想过这鲛人有可能是假的，童贯、秦敖、贺军、龚灵这些人都在抢着要她，怎么可能是假的？！他的神情变得有些疑惑，手中的刀也瞬间悬在了原处，白世忠不住地摇头道："不可能！鲛人不是假的！她一定是真的，这是我白世忠千载难逢的好机会，怎么会是假的？"

苏沐见白世忠有些呆住了，趁机用力一推，直接就把白世忠推翻在地，尔后翻上台阶想要逃跑。

"原来你在骗我！"白世忠怒吼了一声，翻身持刀又朝苏沐刺去，二人扭打在一起。苏沐毕竟年轻力壮，他再奋力一推，白世忠连连后退，尔后踉跄了一下，竟然直接摔入太岁池中。

咕噜噜，白世忠身上立马冒出了无数的气泡，他疯狂地挣扎吼叫，身上裸露的皮肤开始快速溃烂，这水花四处飞溅，有几滴溅到苏沐脸上，立即冒烟，十分刺痛。苏沐终于明白了这太岁池里的水为什么这么干净，可以融化这么多东西，因为这就是一池的酸液。这水池里的太岁因为独特的构造可以不惧怕腐蚀，能存活了下来，其他一入水池的东西都要被腐蚀成残渣，现在白世忠跌入酸池之中，自然是难有逃生之机了，他心存善念，下意识地想要上前捞他一把。但是转念又一想，若是他活了下来，只怕自己和锦娘会更麻烦，苏沐咬咬牙，转身出了石刹再也不敢回头。

这一路匆匆而回，回想起白世忠的话，苏沐已然意识到锦娘所处形势的危急，这件事白世忠既然知道，总有一天，平王也会知道。就算平王不知道，也会有其他人知道，锦娘就永远不可能成为一个正常人，甚至一直会有性命之虞。苏沐大感绝望，这件事什么时候变成这个样子，一个小小的谎言却越酿越大，变成了如今几乎是不可收拾的地步了，但事已至此，他绝不能眼睁睁地看着锦娘被放血剖心，做成一道菜献给皇上，他要问鼎天宁宴，可以有其他的办法，但是锦娘的命却只有这么一条。

他得救锦娘一命。可是，这次他该怎么救她？

回到平王府，已是傍晚时分。

夏日的傍晚总是美得如梦似画，这样的霞光便是当今最好的画师也描摹不出。但在现在的苏沐看来，这红艳艳的霞光映照在平王府内，就像染了一层血色一样惊悚恐怖，毫无半点美妙。他十分狼狈地推开了桃舍的大门，看到了那个一脸紧张不安的女子，她就这么坐在桃树下，一直在等自己回来，就像寻常人家的妻子等着丈夫归家一样。苏沐觉得自己冷漠的心似乎回暖了一些，那些惊悚纷扰的事情似乎都随着关门的一刹那，全部留在了桃舍之外。

这里，竟然让他有一种归家的宁静。

他曾经把这种期待放在了阿秀的身上，很多年了，凭空缅怀，终归是越来越淡。而这个小小的桃舍，却让他越来越不舍。不过，苏沐很清楚，这一切都不过是暴风雨前最后的平静罢了，该来的一切都要来了。

苏沐平静道："锦娘，我有件事想告诉你。"

# |第四十二章| 杀鲛成宴

霞光散去，四处黑影更重。

桃舍外，叶秋一直坐在对面的屋檐上，他就像一只昼伏夜出的夜枭一样，准时地出现在桃舍外，监视着苏沐的一切。他见苏沐终于出来了，开口叫住了他："苏师傅今天是去哪里了？"

苏沐头也不回地往膳房走去，口中毫无感情道："去金明池看了看，怎么，叶侍卫没有一路尾随过来吗？"

叶秋显然不信，冷笑了一声："金明池恐怕没有这么多山泥吧，苏师傅一脚淤泥，身上还存有血腥味，只怕是去了一趟远门，经历了些不可告人的事情吧？"

苏沐停止了身形，回头冷笑道："叶侍卫真是眼尖如隼，光线这么昏暗也能看出我脚底的污泥，想必是锦娘告诉你我去了哪里，对不对？"

叶秋嘿了一声，纵身跳下屋檐，靠近了苏沐，低声道："不错，我见白世忠今日脸上隐约有杀气，与平日模样大不一样，就心中存疑，后来又见他入了桃舍闭门关窗，就更加怀疑了，过了半晌，看你入桃舍不出来，我就知道肯定出了问题，立即进去一看，果然不见你的踪影。我问那鲛人，那鲛人只假装听不懂我的话，我就告诉她，此番只怕苏师傅有生命危险了，若不及时相告，你必被白世忠所害，那鲛人一听这话才害怕了，一五一十地告诉了我实情，说隐约听到白世忠约你去太岁池，我知道这人定是有心害你，便急忙赶过去了。果不其然……"

苏沐冷冷地问道："那你究竟看到什么？"

叶秋有些遗憾道："可惜我什么也没看到，不过或许这才是你最麻烦的地方。"

苏沐问道："什么意思？"

叶秋坦言道："我相信苏师傅的为人，如果我看到当时的情况了，我便可以给你做个证明，只可惜我什么也没看到，现在没有人能给你做证明了。"

苏沐又问道："既然你什么都没看到，我又需要证明什么？"

叶秋嘿了一声，俯过来摇头道："太可惜了，苏师傅，白世忠他没死，我把他救回来了，平王现在请你过去一趟。"

苏沐心中倏地一沉。

微露堂内，昏黄的烛火无风自动，空气中弥漫着一股令人作呕的腐臭味。平王的脸上像是堆满了一层又一层的乌云，阴沉沉的好似暴风雨随时都要来临。大堂正中央的地毯上，摆着一具不成人形的瘦长尸体，和一个浑身严重溃烂的肥硕身躯，这瘦的尸体自然是林子敬的，而这半死不活的人正是被腐蚀得不成人样的白世忠。

白世忠还顽强地活着，他受到酸液的严重腐蚀，浑身溃烂得没有一寸完整的皮肤，双目一片浑浊基本上不能视人，没有人知道他现在究竟在承受着什么样的痛苦，他浑身不住地颤抖着，从喉咙深处发出恶鬼一般的呻吟。

看到白世忠这副样子，苏沐觉得又恐怖又后悔，他不知道自己这么做对不对，但是他知道他必须那么做，他没有别的更好的选择了。白世忠似乎感受到苏沐过来了，突然停止了呻吟，改为嘿嘿地笑了起来，他似是用最后的力气来说话了，声音是抑制不住的兴奋和恶毒："苏沐，你……你终于来了！我……已经告诉平王关于鲛人的一切，你准备好去参加天宁宴吧！"

苏沐脸色未变，但心中已是万念俱灰。

白世忠努力地张着嘴巴，哆哆嗦嗦地爬了起来，摸索道："我还有几句话要……跟苏师傅说下，叶侍卫……麻烦扶我一把。"

叶秋上前扶着白世忠靠近苏沐，他的嗓子早已受到了严重腐蚀，说起话来就像漏风的鼓风机一样，很是刺耳，但他还是强忍着剧痛附在苏沐耳边道："我知道……你喜欢那个鲛人，你害我如斯，所以我偏偏要让你亲自去做这道菜，去杀这个鲛人，哈哈哈……平王……是不会放过你的！苏沐……你的下场只会比我更凄惨！"

平王见白世忠在窃窃私语，大为不满道："白世忠，你命都快没了，还在说什么？"

白世忠哈哈笑道："我在替苏师傅……感到高兴，因为他很快就会成为天下第一的庖师，天下第一……真好啊！"

说完这些，白世忠终于油尽灯枯，整个人像一摊肉一样软了下去，他终于咽气了，再无声息。

平王的神情很是冰冷，烛火晃动间，他的脸阴森得就像地狱里的阎罗王，叫人不敢直视。现在，他很愤怒，但这怒的不是苏沐害死了白世忠，而是这人竟然敢骗自己！白世忠说，苏沐早就知道鲛人的一切用途，但苏沐因为喜欢上鲛人，所以存了私心，不肯如实告诉平王，现在天宁宴已近在眼前，平王万万不可再错失机会，务必要让苏沐戴罪立功，杀了鲛人做这道天下间最奇绝的山海宴。

"苏沐！"

平王终于开口了，他的声音冰冷得没有一丝情感，仿佛一个最冷酷的判官在对苏沐下命令一样："请你告诉我，该如何杀这鲛人，如何放血取心，让她成为一道天下第一的名菜，我只要你回答这个问题！"

苏沐如坠冰窟，他根本没想过要怎么去杀一只鲛人，更确切地说是去杀掉锦娘。锦娘是个活生生的人，又不是怪物，也不是飞禽走兽，怎么能做成一道菜送给皇上，这太荒唐太可笑了，也太可怕了！

他拼命摇头："王爷，你错了，锦娘她根本就不是鲛人，她……她是假的。"

"假的？"平王的眉倏地皱了起来。

"锦娘根本就不是鲛人，这事是我骗了王爷，当初苏沐只是觉得这女子可怜，便出言暂时救了她一命，其实这世界上根本就没有鲛人，也没有什么长生不老。鲛人一说不过是层层堆叠的谎言罢了，李将军骗了其他的将军，其他人又骗了刘威，刘威又来骗王爷，难道王爷还要拿着这个谎言再去骗皇上吗？谎言止于智者，不可一错再错，还请王爷三思！"

大堂之内瞬间变得肃静起来，叶秋一脸凝重地看着平王，苏沐则长长地舒了一口气。鲛人是假的，这道鲛人菜便也做不成了，苏沐心想，自己当初为了救下鲛人骗了平王，如今这也算是报应，要如何惩罚就随他的便吧，这事原本一开始就是个错误，自己断断不可一错再错，引发更大的错误了。

苏沐预料的震怒没有来临，平王没有摔了茶盏，也没有拔出宝剑，更没有下令要叶秋将自己捆绑起来一顿鞭笞，相反，平王突然很诡异地笑了起来："苏沐啊苏沐，你这人真是太傻了！这世界上有没有鲛人是你决定的吗？"

"可是她真不是……"

"那我先问你，这世上有没有神鬼之事？"

"这……"

"神鬼者，信则有，不信则无，然世间从帝王到庶民，人人皆信奉，这神鬼便是真的，即便你没有见过，它也是真的。苏沐，如果这世界上所有人都觉得这女子是鲛人，那你说她是不是鲛人？"

苏沐面色开始变得苍白，浑身渐觉无力，他突然觉得面前的平王府就像一面汹涌而来的浪潮，而他不过是一叶逆行的小舟，这天下的人都向他扑来，告诉他这是个鲛人，这就是个鲛人，众人皆醉我独醒，那你这醒着与醉又有何分别？他感到十分绝望和无力，到最后唯有嘶吼道："王爷三思啊……她就是一名普通的大宋女子啊！"

平王站了起来，此刻，他身形高大得就像一座逾越不过的山脉，他的声音洪亮得犹如磬钟，不容任何人置疑："现在，本王说她就是鲛人，那她就是！你不过是个庖师而已，没有资格决定她的身份！"

苏沐双眼要喷出了火，他那么愤怒和不甘地盯着平王，可最终还是垂下了头，他已经无力反驳了，他已经输得一塌糊涂。什么是真，什么是假；什么是好，什么是坏，根本轮不到他去证明，话语权永远是在更高一级的人手里，他的手里空空如也，什么都没有。即便是面对理所当然的事实，他苏沐都没有资格与人一争高下。

平王下令道："叶秋，从即刻起，加强对鲛人的看守，我要她好好地活到天宁宴，若是掉了一根汗毛，都要找你算账。"

叶秋喏了一声，苏沐却抬起头，面如死灰道："王爷不必了，锦娘已经不在府内了。"

"什么？！"平王噌的一下站了起来，神情震怒无比。

"鲛人已经走了。"苏沐很平静地说出了这句话，她已经走了，再也不会回来了。

平王脸上的肌肉由于极度震惊而开始扭曲，甚至不住地抽搐："是你放走的？"

苏沐原本想要撒谎，可是话到嘴边却放弃了，放走锦娘本是自己挣扎了很久的决定，若是自己连承认的勇气都没有，当初又何必去放走她，他的情绪到了此刻已如深潭一般的平静。平王说得没错，他只是一介庖师而已，没有权利界定他人的身份，可是他可以决定是不是舍己去救另外一个人。

"是的，是我放走了她。"

在桃舍门口，苏沐望着晚霞，终于做了一个决定，他要放走锦娘。

他想了很久，也想得很清楚了，锦娘不走一定会死，自己没办法眼睁睁地看着她惨死在天宁宴上，甚至被人做成一道菜肴送给那些皇帝妃子食用，他一想到这就会觉得浑身发冷发颤，甚至万般恶心，他觉得自己手中的厨刀沾满了无数的罪恶。他想起了自己，想起了阿秀，想起了他的师父，这一生中有太多他无力掌控的事情，他们或生或死，或好或坏，都不能由己，他师父参加了天宁宴后，回来告诉他：饕餮如虎，庖师作伥，想成为一个冠绝天下的庖师，光有技艺是远远不够的，他还要有一颗十分冷血又敏感的心。

他以前不理解这句话是什么意思，现在他明白了。

不冷血，你就无法冷漠地对待你的食材；不敏感，你就不能发现这些东西的差别。世间最好的庖师总是能给世人呈上最美好的食物，也能做出最灭绝人伦的事，把自己的儿子做成肉羹送给齐桓公吃，这肉羹让齐桓公惊为天人，同时也让易牙遗臭万年。

既要敏感地觉察世间最美好的事物，又要很残忍地将它们送入别人口中，这样的人生是不是太矛盾了，难道自己也要这样吗？

不！苏沐摇头，他不想，一把刀可以杀人，同样也可以救人不是吗？他既可以选择杀了锦娘问鼎天宁宴，也可以选择放走锦娘！苏沐可以给她生的机会，这也是自己曾经许下的诺言。

那溪流的入口处还是敞开的，出了洞口，一路往东走去，到了天亮应该可以到达景东镇，在那里可以搭上前往南方的马车。苏沐目送锦娘离开了桃舍，想着她离去的茫然和不舍，但是相比自由和生存，其他的还重要吗？

现在的锦娘，应该已经远远地离开了平王府了吧？

想到这儿，苏沐的脸色突然有了一丝笑意，他淡淡道："王爷不必去追，她已经走了很久了，你找不到她的。"

平王的脸色从惊讶转为狂风暴雨般的震怒！

胆敢在这节骨眼上放走了鲛人，无异于和他平王赵正公然作对！若是这人是当年他军中帐下的士卒，早就该一刀劈下脑袋，高悬旗杆，以儆效尤！他怒火攻心，涨红了脸庞，浑身都开始微微颤抖，他的手再度摸到了身旁的宝剑。

"苏沐！"

　　他的牙齿间终于蹦出了这两个字，随之而来的是拔剑狠狠地劈断了桌子，平王咆哮道："你真是胆大妄为！你是觉得我不敢杀你吗?！"

　　"在下从未有这想法。"苏沐依旧俯跪着，声音很平静，身子一动不动。

　　"那你，为何敢这么做？你，是不是真的爱上了那鲛人?！"平王实在想不出他放走鲛人的理由，一个即将走向荣华富贵的庖师，怎么可能为了一个不相干的鲛人放弃这一切，甚至是性命。

　　这问题让苏沐的心微微颤了一下，犹如一面静谧的潭湖上落下了一朵粉嫩的桃花瓣，涟漪渐渐晃荡开来，再也无法停止。我是不是真的喜欢上了锦娘了？她这么纯粹如玉，模样性格比他见过的所有女孩子都可爱，我若是喜欢上她也是人之常情。可是苏沐还是否认地摇了摇头，若是我喜欢了锦娘，但阿秀于自己又是什么，自己这么多年的守望又是什么，我只是可怜锦娘罢了，只是为了曾经的诺言而已，仅此而已。是吗，苏沐？

　　苏沐给自己找到了一条理由，他并非爱上锦娘才做出此事，只是他曾有承诺于锦娘，如今不过为了兑现这一承诺罢了。可是他也知道，这只是找的理由而已。

　　平王气得浑身发抖，他当然想一剑杀了苏沐，可是眼下天宁宴在即，杀了他，谁来替平王府参加比试？可是不杀了他，自己又怎么忍得下这口气？平王府可是从未出现过这么荒唐的事。

　　白世忠告诉他，这天宁宴百家齐鸣，没有谁是有百分百的机会问鼎的，这已经不是关乎厨艺高下的问题，而是决心，对皇上的忠诚和决心！所以，能献上南海的鲛人，是最好的选择，或许说是眼下唯一能取胜的选择。

　　可是，现在鲛人竟然被苏沐放走了，这真是造化弄人！

　　平王怒极反笑，他笑得很难听，低沉而愤怒，就像黑夜里某种掠食动物饥渴的嘶吼声。

　　"料想那鲛人跑不了多远，叶秋，你先带一队侍卫去追她；我，现在要好好审问审问这几个看护鲛人的人，顺便把柳湘云也绑过来。"

　　叶秋的神色变了一下，尔后喏了一声退出了大厅。

　　微露堂中，苏沐和柳湘云都跪在地上，柳湘云早已慌了神，只是她也不知道这鲛人往哪里跑了，只是一阵哭哭啼啼，不知所言。

　　平王听得有些烦了，夺过侍卫手中的一条皮鞭，皮鞭高高扬起，尔后狠狠地朝苏沐身上落了下去："快说，鲛人往哪里走了！"

一鞭之下，皮肉立即迸裂，鲜血溢了出来。

这一下，吓得柳湘云朝另一侧翻了过去，而苏沐还是如雕塑一般俯跪着，一动不动，好像他已经石化了一样。平王更怒，连连抽打，只打得苏沐背上血肉模糊，一片通红，苏沐咬紧牙关，依旧不肯多说，他早已知道自己放走鲛人是什么后果。

"你以为这样，我就奈何不了你吗？"

平王怒不可遏，他举起皮鞭反手朝柳湘云抽去，一皮鞭下去，她粉嫩的脸上立即肿起了一条蜈蚣般的血痕，柳湘云惨叫了一声，瞬间昏倒在地。苏沐脸色铁青道："王爷，即使没有鲛人，我也可以想办法问鼎天宁宴。请王爷放了柳姑娘，她……她是无辜的，此事与她毫无关系。"

"毫无关系？"平王冷冷地望着柳湘云，他见这女子身形模样乖巧，身高样子似乎与鲛人都有几分相似，突然间有了主意："以前或许是没有关系，不过现在有关系了！"

"王爷，你……"

"嘿嘿，若是叶秋追不回鲛人，便让这女子代替鲛人上天宁宴，反正京城的人都知道我平王府有鲛人，柳侍女好生打扮一番，定可以以假乱真。"

苏沐觉得平王简直疯了，真假不分也就罢了，现在抓不到鲛人便要以侍女来替代，这是何等荒唐？平王却笑得很是畅快："苏沐，你还不明白吗，这最后的一战，跟厨艺已经没有关系了，你知道为什么百厨争辉要在酒宴之后吗？因为酒至半酣，人都是疯癫的，即使是真龙天子也是如此，不正常的人怎么能给他上正常的菜呢？你的厨艺再好，可是他的舌头那时候早已麻木，又怎么能尝得出来，你的技艺再精湛，万花丛中，他醉眼惺忪，又怎么看得过来？所谓百厨争辉，争的是金銮殿的光辉，献的是你我的忠心和决心，何以表忠心，唯世间至珍、至奇、至宝者也！鲛人就是我平王府最好的礼物，如果没有鲛人，你根本就不可能问鼎天宁宴！所以，这秘诀在鲛人二字，至于她是不是鲛人，又有什么关系？！"

平王大手一挥："来人，把刘威献的鱼鳞散拿过来，现在给柳姑娘服下去，让她变成一只真正的鲛人。"

柳湘云双腿一软，登即又昏迷了过去。

平王冷笑道："撬开她的嘴，一日一勺，一个月后，正好让她脱胎换骨！"

说着，两名侍卫走了上前，一个撬开她的嘴巴，一个就要灌入药粉，苏沐奋力制止，但侍卫却将苏沐用力地推到一边。

"住手！"

门外，有个女子的声音冷冷地喝住侍卫的举动。

所有人都停下来了动作，望着门口，正是锦娘一身素装而立，这锦娘竟然又回来了。

苏沐又见锦娘不知该喜还是悲，锦娘也看了一眼苏沐，这一眼之中已包含了千言万语，她缓缓步入，走到了苏沐和柳湘云的旁边，跪地道："请王爷放了他们吧，我没有走，我只是想去看看这王府外到底是什么样子，苏先生也没有故意放我走，他一直按照您的意思把我照料得很好。"

锦娘俯跪了下来，神情极为淡然，好似她真的只是出门转了一圈而已。

平王有点不敢相信这鲛人居然自己又回来了："不是叶秋把你抓回来的？"

锦娘摇了摇头："是我自己回来的，我根本没有离开平王府。这事，叶侍卫可以证明。"

身后的叶秋点了点头："她就在大门口站着，没有离开半步。"

平王觉得更加不可思议，这女的真的不怕死么，这年头怎么有这么多傻子，他低声问道："你为何不逃？难道你不怕死？"

锦娘道："我怕死，但我知道我走了，苏先生就要受苦。苏先生对我好，我就该报答他，让他身陷困境，我会很愧疚。"她抬起头，朝苏沐淡淡一笑："苏先生不必纠结，锦娘已经想好了，锦娘就是一只从南海过来的鲛人，生死本来就不由我，能在这里遇到苏先生，锦娘已经觉得是此生最大的荣幸，就算王爷要锦娘死，锦娘也不会害怕更不会后悔。"

她朝苏沐恭恭敬敬地拜了一下，尔后又朝平王道："王爷其实百密也有一疏，这世界上谁都可以冒充鲛人去天宁宴，可是不是谁都能心甘情愿去赴死的。我在想，若是柳姑娘到了皇宫中，在皇上面前突然害怕失措，甚至为了求生说自己根本不是鲛人，只怕王爷非但不能邀功领赏，还会犯下欺君之罪，反倒要弄巧成拙。这天下甘愿去死的人，现在只有一个，我愿意陪苏先生走这一程，只求王爷宽宏大量放了无辜的人，也请苏先生成全锦娘。"

苏沐心有千言万语，最终只是摇头难过道："锦娘，你不该回来的……"

锦娘笑了笑，宽慰道："苏先生年少时就怀有志向，问鼎天下是其一，为了心中所爱所念的人是其二，想必那姑娘在皇宫中已经待了很久了，她一定比任何人都期待你的出现，锦娘不过是你人生中的过客，你不该如此对我。苏先生，锦娘也很想去皇宫中看看，看看杭州城出来的姑娘是如何的可爱与温婉。"

锦娘说得越是情真意切、去意已决，苏沐就越觉得伤心："我如果不能问鼎，阿秀她依然是宫女，她虽然活着辛苦，但至少还是可以活着，我大不了再等她十年二十年。可是你如果留下来，你就真的什么都没有了，这对你不公平……"

锦娘叹息道："这世间哪有什么公平二字，女子韶华易逝，守着自己最好的容颜却不能与心爱的人在一起，比死还要痛苦百倍。苏先生，好好去追求阿秀姑娘吧。从今日起，你我若无必要，也不必再见面了。"说着，她站起来，走到侍卫面前，接过他手中的鱼鳞散，一口吞了下去。

"锦娘！"苏沐大叫了起来。

便是冷漠如叶秋，也是攥紧了拳头。

这鱼鳞散本是毒药，常人服用后，会日渐消瘦，皮肤上出现鱼鳞般的裂纹，丑陋异常，锦娘已是第七次服用了，这毒入体，只怕是永远不会消散了，从此以后，锦娘真的要变成一只永远的鲛人了。

毒药入体，犹如烈焰焚身，她觉得自己的皮肤在一寸寸地开裂，血肉在一点点地剥离，锦娘痛得如地狱受刑，却还要强颜欢笑道："苏先生不必难过，你说过，你的刀快得就像湖面的一阵风，鱼在你的刀下完全感受不出皮肉剥离的痛楚，你不能救它们的命，却可以让它们少一点痛楚，我也希望，自己可以变成苏先生刀下最美的一朵花，这样的结局不也挺好的吗？"

苏沐疯狂摇头："我刀下的花再好，也都是没有生命的，那都是假的，人要活着才有意义……"

锦娘的脸色开始一点点地变化起来，似乎是鱼鳞散的毒性正在起作用，她殷红的双唇色泽正一点点地流逝，她正在蜕变成一只半人半鱼的怪物。

"苏先生，人活着的意义，就是不要后悔，就像你一直在后悔你以前错过的，那你的一切就都没有意义了，这件事是我自愿的，我不后悔，这就是意义所在。"

她最后看了一眼苏沐，起身后退，独自走回了桃舍。

现在大局已定，平王很是满意，他挥手喝令道："从今日起，不允许任何人再进桃舍，若是鲛人和苏沐胆敢再度私逃，今日在场之人，都拿人头来抵！你们，都要替本王好好看住这两个人。"

秋风起，天气终归是越来越冷了。

中原的大地，迎来了清冷而金黄的寒秋。

## |第四十三章| 沐秋对饮

宣和七年，秋。

金太宗下诏侵宋，金军一路南下，开始攻打汴京，城中大将李纲率军顽强抵抗，金兵无法攻入，双方签订宣和和议，汴京偷得一时安稳。众将臣一时间纷纷上朝表功，京都内一片喧腾，眼见当下国事暂时无忧，又恰逢天宁宴将至，宋徽宗又起了心意，在童贯等重臣的撺掇下，他再度下旨广诏天下名厨齐聚京都，共赴天宁盛宴，此盛宴，一为天子贺寿，二为凝聚朝野人心，三也期望为大宋带来一片永固的江山。

看这阵仗，今年的天宁宴必然更甚往年。

整个汴京的官员似乎都完全忘记了一个月前被攻伐的惊恐，重新又沉浸在筹备天宁宴，迎接一片奢靡盛世的喜悦之中。只是相比于童、梁、王、蔡等膳房的忙碌，今年的平王府膳房内的气氛显得格外沉重，白世忠、林子敬还有四五名资历较老的庖师都不在府内了，膳房里的人似乎一下子少了很多，变得冷清凋零。

桃舍外，苏沐一个人静静地坐着，他已经很久没进桃舍了，听田七说锦娘又变成了原来的样子，苍白的脸，海藻一般软软的头发，身上的鱼鳞纹比以前的更多更密，就连眼睛里也布满了血丝，看起来就像红色的鱼眼一样。平王府里新来的人都说，锦娘真的是一条鱼怪，这才是她真正的样子，真的太可怕了。

田七和鬼机灵反驳他们，说他们见过锦娘未生病时候的样子，美得就像天上的仙子，现在她只是生病了。可是没有人相信他们，因为新来的人都未曾看过锦娘原来的样子，他们只记得现在的她就是一条鲛人，丑陋不堪的鱼怪。

田七很委屈，苏沐劝他很多事情自己知道就行了，别人不知道不理解就随他们去吧。

田七想了想，心里不那么委屈了，可是他又忧心忡忡地问道："那你会杀了锦娘姐姐吗？"

苏沐想了想，他会不会杀她，他要怎么杀她？这件事他只知道自己要去做，可是能不能下得了手他从来不敢去想。别人都以为这是条鲛人，可是他知道这是个活生生的人，而且是他喜欢的人，曾与他朝夕相处的人，到时候他苏沐真的下得去手吗？

猛然间，他的脑海里蹦出了另一个人，阿秀。

他苏沐一直都记得自己为什么要参加天宁宴，因为阿秀在宫里，他要赢得天下第一，他要去救深宫中的阿秀。可是现在呢？他有多久没看到阿秀了，七年还是八年了？不长不短的时间里，他一直活在愧疚和幻想之中，他爱的是阿秀，还是这么多年来自己给自己塑造的另一个阿秀？他是爱她，还是觉得亏欠她？皇宫里，那日的相见，阿秀为什么要摇头，她是不爱他了吗？还是怕他螳臂当车，不自量力，所以心疼他，要他自己好好生活？

时间，让一切都越来越模糊，包括日思夜想的爱情，他突然被自己的这个想法吓了一跳。

他摇头不信，他想阿秀还是爱她的，就像他一样一直都在等着对方。

那锦娘呢，为了阿秀就要牺牲锦娘吗？这算不算是最自私的做法？苏沐突然觉得自己不论怎么选择都是错误，都是无法原谅自己的，为什么自己会陷入这样的结局中。他回头望了望黑漆漆的桃舍，他知道锦娘现在正安安静静地坐在桃树下，她的头上有正在准备绽放的桃花苞。秋天了，城外的桃树早已掉光了叶子，而桃舍里的桃树却刚好要开花了，严寒的冬天正好是桃舍里最美好的时光。

己之暖春，却是彼之寒冬。

苏沐叹了口气，抬头望了望天空，却见叶秋还坐在房檐上，他一向喜欢坐在那个角落独自饮酒。叶秋这习惯已经很久很久了，似乎从苏沐到平王府后就开始有了，这人习惯性冷冷地看着桃舍里的一切，仿佛这里的一切都与他无关，又仿佛他就像一只鹰隼，王府内的一切都在他眼皮底下，什么都逃不过他的一双鹰眼。也正是因为这样，叶秋根本没有朋友，也没有爱人，一直都是独来独往。

每个人都像是在固定牢笼里的囚犯一样，过得孤独、彷徨又无趣。

苏沐站起来，抬头道："叶侍卫，可否借我一口酒？"

叶秋愣了一下，晃了晃手里的酒壶，笑道："怎么，苏先生想借酒消愁？"

苏沐苦笑道："一人喝酒不是世界上最愁的事情吗？借我一口吧。"

叶秋笑了一声，甩下了酒壶，爽快道："这话倒说对了，这世界上没有比一个人喝酒更无聊的事了，可惜我这辈子一直在做这件事。"

苏沐接过酒壶，神情突然有些萧索："这个世界上很多人都很无聊，你天天练功，我天天做饭，本就没什么区别，都是蝼蚁的命。"他仰头喝了一大口，酒很辣，就像叶秋这个人一样，直接爽快，毫不隐晦。叶秋的眉头挑了一下，他以为苏沐是不喝酒的，因为他也听说最好的庖师都是不喝酒的，常饮茶酒失百味，而口舌的触觉是庖师赖以生存的法宝。

叶秋提醒道："这是太和桥张君铺的烧酒，苏先生这么大口喝，只怕辣酒会坏了你的味觉。"

苏沐浑然不觉，只是自嘲道："味觉？杀鲛人还需要味觉吗？不过是白刀子进红刀子出而已，这事你叶秋做得也比我好。"

叶秋摇了摇头，重新开了一壶酒，隔空对饮起来："说到杀人的事你自然比不过我。不过叶某只是一个卑微的侍卫，苏先生才是京城的第一庖师，同样是杀一个假鲛人，只有苏先生亲自动手，这场骗局才能真的像那么回事。"

苏沐神色更加戚然："是啊，谎言总是要做到极致才能像真的，你自己都觉得是真的，那才真的像真的了。"

这一场骗局，要有世人认定的南海鲛人，人人皆知的天下名庖，在最隆重最郑重的场合里出现，它才能让所有人都信以为真，把它看作一场旷世奇作。苏沐突然笑了起来，他觉得太好笑了，真的太可笑了，什么天下第一宴，什么安抚天下，这是天下最大最荒唐的谎言了吧？

他一大口一大口地喝着酒，心想不如自己也大醉一场吧，众人皆醉我独醒那算什么，不过权当是自己做了一场光怪陆离的梦吧。一梦天下皆太平，无忧无虑无纷乱，这汴京还是那个容得下小小桃舍的汴京。

二人喝着酒，看着秋天的落日，渐渐有些迷离。

叶秋借着酒劲，似乎渐渐放开了心怀，他突然开口问道："不知道苏先生恨不恨王爷？"

苏沐没有回答，他的心已经有些麻木，说不上恨也说不上不恨，这世道已经如此，即便他不在平王府，在童郡王府，在梁太傅府上，结果也是一样的，那他还要去恨童贯、恨梁师成吗？那他是不是要恨这整个世界？他苏沐不过是一个小小的庖师，有什么资格和本事去与整个颠倒的世界为敌？

苏沐反问道："你呢？"

不想，叶秋呸了一声，低声骂道："我当然恨！"

苏沐愕然了下，问道："为什么？"

叶秋狠狠地喝了一口酒，恶狠狠道："所有人都知道，王爷只是把我叶秋当作一个杀人的工具，或者说就是一条狗，其实这也没什么，毕竟我叶家先祖立下了与赵家世代为仆的规矩，每有出色的弟子都会送来给平王当侍卫，作为最忠诚的仆人保护他一生一世，主仆之别，我叶秋自然是牢记于心。只是他那日要杀柳姑娘，我就不痛快了！"

苏沐微微有些惊讶道："原来你真的喜欢柳姑娘……"

叶秋坦荡道："不错，我喜欢柳姑娘，打我第一眼看到这女子，我就喜欢她。我叶秋喜欢一个人，不喜欢一个人都很简单，我喜欢柳姑娘，我就要保护她，虽然这事柳姑娘不知情，但是又有什么关系呢，我喜欢她与她无关，只与我自己有关。你以为我每天是在监视你，其实更多的时候我是来看柳姑娘的，我在这儿喝着酒，想的都是她的样子。我觉得这样也挺好，至少在我心里，她就是我的，谁也夺不走。那天，我看到王爷在柳姑娘脸上留下一道鞭印，我真是好心疼，我想这鞭子要是打在我身上，我也绝无怨恨之意，可是这鞭子偏偏打了柳姑娘身上，她一个弱女子又有什么过错呢？到后来，王爷甚至还想要把柳姑娘当鲛人杀掉，当时我心急如焚，若非最后锦娘仗义相助，只怕我……"

苏沐侧过头看了看叶秋，这人似乎喝了不少酒，一身酒气，情绪也有几分激动，他问道："那若是当日平王真要杀柳姑娘呢？"

叶秋红着眼站了起来，他像一头狼一样凶狠地盯着苏沐："若是平王硬要取柳姑娘性命，我会尽我所能救下她，尔后以死谢罪！我不想辱没我的先祖，也不想失我所爱，那就只能舍弃我自己的性命了。苏先生，你说我这选择，是不是好男儿所为？"

苏沐惊讶地看着叶秋，他突然有些明白了，人生在世，很多选择都是难以两全其美，甚至很多时候两个选择都不那么如意，你救这个人势必要辜负另一个人，那你该去背负哪一头的情债？

苏沐若有所悟，叶秋却似乎早已看透了一切，他颇有深意道："苏先生，现在我们的性命都在你和鲛人身上，如果你二人有什么三长两短，我们也活不过去，所以还请慎重选择；另外，我听闻有个叫殷秀的姑娘前些日子刚被皇上封为昭仪，我猜苏先生应该是认识这人的吧？"

苏沐瞬间犹如冰封："殷秀，她被封了昭仪？！"

叶秋笑道："不错！听说这女子容貌姣好，多才多艺，虽然出生低微，但若是一早就主动奉承，当个婕妤昭仪什么的也不是什么难事。可是这姑娘前几年一直以丑陋示人，不肯得半点帝王甘露。你知道的，深宫之中帝王的恩宠就是生存的最大砝码，这女子受尽百般欺辱后，最终还是想通了，她开始重新描眉施粉，日日跪在集英殿前擦洗地板，为的只是求得帝王的一眼垂青。这样容貌出众的女子自然很快就引起皇上的注意，加上她尽心服侍，不过几个月的光景，就尽得皇上恩宠，如今已是昭仪，只怕册封妃嫔也不远了。"

叶秋转过头，神色古怪道："我曾听闻苏先生参加这天宁宴就是为了一位青梅竹马的意中人，却不知这殷秀是不是先生的意中人？先生现在应该知道自己该如何抉择了吧？"

苏沐望着叶秋，突然有些明白这个人真正的意图了。

## 第八卷
## 东京浮华终化梦

人的一生总要面临很多选择，我选择做一名庖师，你选择做一名鲛人，我们踏过千重山万重水，在这人世间最浮华的城市里相遇，我的刀会在你的心口上开出一朵花，你会笑，我会哭，你说花都是美的，我说可惜这一切太短暂了。

## |第四十四章| 一线之隔

这是宣和七年的深秋，夜幕开始降临在这座恢宏的城市上。

昏黄的圆日渐渐隐没在西方的边界处，落日余晖为这座都城勾勒出一幅或高或低的剪影，有阁楼，有高塔，有苍苍的老树，有沉沉的暮气，有笔直矗立的卫兵，也有奔走归家的人儿，日落月升，日日如此，月月如此，年年如此，对整个世界而言，这样的黄昏似乎与往日并没有什么不同。

只是对有的人而言，或许这是她能见到的最后一次落日了。

此刻，苏沐换了一身雪白色的长衫，神情萧索地站在大门口，一辆马车嗒嗒地走了出来，随着马车的前进，这车里时不时发出哗啦哗啦的水声。

这场景似曾相识，好像是很久以前的记忆。苏沐的神情微微怔了下，但他转念一想，那不过是一年前的那个冬天罢了，时间过得真快，一年的时间转瞬即逝，时间又好像很慢，这一年就像过完了他的大半辈子一样，让他历经如此多的悲欢离合。

叶秋驾着马车，歪了下头道："上来吧，时间不早了。"

登车，坐毕，裹紧了外衣。

迎面而来的风已经很冷了，只差一场雪，中原就可以正式地入冬了。这萧瑟的寒冬是中原人最难熬的季节，多少无家可归的人又将冻死在荒野之上，化作一具具冰冷的尸骨。马车沿着街道缓缓向前，车上二人都没有开口说话，苍穹之上，夜幕悄悄降临，四处静谧而安详。进了内城，这种安静开始渐渐退散，因为京城御街的夜市像昼伏夜出的动物一样刚刚复苏，整条街变得熙熙攘攘起来，目及之处，两侧的彩灯首尾相连，发出各色璀璨的光芒，就像掉落人间的星河。

苏沐想起，自己以前答应过锦娘，有朝一日要带她去看看这京城最繁华的御街，这条街上有五光十色的花灯，有琳琅满目的小吃，也有女子最爱的胭脂水粉、绫罗绸缎，还有很多有趣可爱的布偶玩具，这里的每一样都是那么有生活气息，让人流连忘返。可惜那一天，他们只到了一街之隔的水河旁，却没有来到这里逛逛。

若是太平盛世，当一庶民安稳生活，不羡鸳鸯不羡仙多好。只可惜，这愿望终究是那么奢侈。苏沐看着看着，耳边人声越发的鼎沸起来，他觉得锦娘似乎就坐在自己身边，一脸新奇地望着京城里的一切，她一边看着，一边发出银铃般的笑声，她的笑容一向是爽快的，没有遮掩的。他情不自禁转头一看，却是空空如也，只有冷冷的风和流动的光，以及浮光背后这个城市暗沉沉的影子。

苏沐心中重如铁铅，忍不住叹息了一声。

叶秋放缓了马匹，低声道："进去看看她吧，今天是最后一晚了。"

苏沐回头望了望，有些犹豫，他害怕，害怕自己承受不了这样的想念，害怕自己看到锦娘了就会后悔，就会下不了刀子。

叶秋似乎猜透了他的心思，淡淡道："你若现在连看她的勇气都没有，一会儿还怎么下刀？"

苏沐深吸了一口气，终于拂帘而入。马车里暗得什么都看不见，黑漆漆的就像另一个世界，只有一面硕大的水晶缸横在眼前，偶尔发出哗啦哗啦的水声。苏沐打开了两边的窗帘，光线轻轻地透了进来，他终于看清了鱼缸中的锦娘，他已经有很长一阵子没看到她了。锦娘的脸色苍白如纸，双眸褐色中带着一些血丝，她的头发在水里散开飘动着，就像一团褐色的海草，虽然她穿着一身粉红色的丝绸长裙，但是现在的她已经难称美貌。

她就像一株得了病的桃树，枯萎、变态、苍白，可怜得不成样子。

这样的怪物会让人觉得很可怕，也很恶心。但是苏沐却觉得，即便是这样，锦娘也是可爱的，因为现在的锦娘至少还会笑，她轻轻地趴过来，隔着透明的水晶壁，看着苏沐微微笑了起来，就像以前一样，每次看到苏沐进来，她总会歪着头笑道："苏先生来啦。"

苏沐知道，那是她怕自己担心，怕自己不舍。

苏沐深深地吸了一口气，抬起头，也咧开了嘴，笑了起来。

他笑得很勉强，却也很努力，神情看起来很不自然，甚至可以说很奇怪，他也觉得自己这样强颜欢笑太假了，于是别过头指了指窗外，大声说道："锦娘，你快看，这外面就是京城的御街了，我以前说要带你看这条街的，可惜一直没实现，现在刚好路过可以看一看了。"

锦娘扭头看了看外面的街景，隔着水晶缸，外面的世界很是模糊，只有闪烁的彩光，她听不到苏沐的声音，也看不清太真切的情况，她只知道现在苏沐在她身边陪着她。

苏沐还在奋力地大声介绍着："你看，那边有好多漂亮的彩灯。你看，那里还有卖花布料的，那家叫春染铺，是全京城最好的染坊，他们家的布料是最漂亮的，京城的女子最喜欢他们家的海棠纹……还有那家的鲍螺酥炸得入口化渣，特别出名，我给你买过的，你还记得吗？"苏沐想要从这一方小小的窗口，告诉锦娘关于京城他所知道的一切，他甚至想告诉她，他苏沐这一生中做过的事，走过的路，看过的所有风景，以及遇到林林总总的有趣的人。他以前觉得时间还长，他可以一点点地去了解一个人，去告诉她他所知道的一切，可是他现在才知道，人跟人的缘分有时候只有那么短短的一阵子，他突然有点后悔，自己为什么不早一点和锦娘认识，为什么自己要那么冷漠地关闭自己的一切。

叶秋有意地放慢了马车，车辘辘缓缓地滚过这条京城最繁华的街道，可是马车再慢，它的路途也有终点，那个不可触摸的皇城已经近在眼前了。

巍峨的皇城，现在就像个狂欢的阎罗殿。

马车里，苏沐一直在笑着，他觉得自己就像带着锦娘出来逛街一样，他突然有很强烈的念头，他陪她一起看尽这世间最繁华的景象，去品尝最美味的佳肴，共度余生，此生不悔，哪怕付出一切代价都愿意。

可是马车外叶秋的话让他很快就回到了现实，皇宫到了。

苏沐顿觉悲凉，他有一瞬间甚至想拉着锦娘跳下马车私奔而走，他们再也不用去管什么天宁宴，去管这平王府其他人的生死，可是现实让苏沐很清楚，叶秋是不可能让自己带着锦娘逃离的，他已经没有任何办法了。他感觉自己眼角有泪，一颗一颗地滚落，好像很冰冷又好像滚烫，从一点点，变成了一大串，他终于崩溃了，蹲下去大哭了起来，他哭得瑟瑟发抖，悲痛欲绝，他不敢再看锦娘一眼。他觉得，自己很无助很没用，连自己想要保护的人都保护不了，以前的阿秀是如此，现在的锦娘也是如此，他能怎么办？

锦娘静静地趴在水晶壁上，她其实什么也没看，世间浮华万千再好，又怎抵得过眼前的人儿，她只是静静地看着苏沐，隔着厚厚的水晶壁和满满的水，她根本听不到苏沐在说什么，她也无法说话了，她能做的就是好好看着他，把关于他的一切记忆带到另一个世界。

如果自己决定不了自己的生死，那临死前决定带走什么样的记忆就成了自己唯一可以做的事了。水晶缸太模糊了，她看不到苏沐的崩溃和哭泣，她只以为他也在看她，心头变得无限温暖，她偷偷问自己，锦娘，你是什么时候喜欢上苏沐的？

是他看她可怜，出手救自己的时候？是他半夜不休息，给自己偷偷做那道西子浣纱迟迟归的时候？还是他决定放走她，给她自由的时候？不知道，爱总是莫名其妙的，总是不声不响的，如果每个人都知道自己为什么会爱上一个人，会爱上什么样的一个人，那爱就不会那么令人措手不及了。锦娘只知道，自己的余生太有限了，长不过数十年，短不过这一夜，但好在自己还是遇上了，只要有那么一刻，就足够了。

锦娘心想：今夜的京城，好繁华。苏沐一定会达成所愿，名震天下吧。

皇城外，数百辆装饰华丽的马车已经将整个入宫的门口围得水泄不通，据说这百厨争辉宴要戌时二刻才开始，现在所有的人都排成一条长龙在门口候着，天色越来越暗，天气冻得人瑟瑟发抖，很多提前准备菜品的庖师都开始后悔不已，因为等待的时间太久了，一些提前做好的菜早就发冷，泛起白色油花，根本无法再食用了。

所有人神情都很疲惫，双眼空洞溃散，但偶尔又露出一道贪婪的凶光，毕竟这改变人生命运的一战已近在眼前了，黑暗中似乎有人在窃窃私语，也有人在哈着气暖手，更多的人下了马车开始跺脚取暖。就在这时，皇城中传来了呼啦啦的声音，这声音就像百鸟齐飞，聒噪又响亮。

所有人都开始抬头望天，可是天上黑漆漆的什么都没有，根本没有鸟雀飞舞的影子，可是这声音分明又是一大群鸟雀飞翔时的声音。这声音就连一向冷静的叶秋也站了起来，抬头看了看皇城的天空。

"这是什么声音？"他随口问道。

苏沐有气无力道："这是口技，百鸟朝凤，天宁宴要开始了。"

"口技？如此真实的口技也是了得。"叶秋回过头望了一眼苏沐，问道："苏师傅，还没做好决定吗？"

苏沐沉默了良久，终于吐出一句话："我决定了，我要救锦娘！"

叶秋的神情很复杂，顿了顿道："那你要怎么做？会不会……"

苏沐的眼神里露出一道金光："放心吧，我也会确保你们安全的。"

叶秋提醒道："我们的时间剩下不到半个时辰了。"

苏沐道："我明白。"

# 第四十五章　金风玉露

皇城，集英殿内。

丹墀上早已张挂金灿灿的黄幔，中间设了一张龙桌龙椅，铺设五爪金龙纹黄绫，上设金棱雕花漆碗碟，纯金匙箸、醋樽、盐碟等，两旁设二十余张檀木长桌、椅子，铺设祥云纹红绫，上设银质碟碗匙箸，各桌上瓜果点心样样俱全。

大殿下张挂青色帷幔，铺设二百席，凡文四品、武三品以上官员均入集英殿内就座，这殿正中又铺设花梨雕长桌，一直延伸出集英门外，宫殿案桌上均摆放着环饼、油饼、枣塔、果子垒成的宝塔，各国使者桌上却是以牛羊肉串成肉林，殿内中央又有各色瓜果雕刻八仙祝寿、仙女送福、金龙献瑞等摆菜，层层叠叠，连绵起伏，双目不能穷尽。

明月高照入堂，吉时已到，有宫人高喝："启宴！"

各王公大臣身着朝服，从东华门、西华门外，排成长队，缓缓入宫叩拜皇帝，与之相呼应的，正是这百名口技乐人合演曲目，曰：百鸟朝凤、共贺祥瑞。

两百名口技师傅分立在大殿的角落里，口中发出不同的鸟鸣声，一时间，整个宫殿内外忽然传来百鸟振翅盘旋之声，呼啦啦作响，内外一片肃然。须臾，百鸟鸣啼之声转为婉转悦耳声，若鸾凤和鸣，莺雀绕梁，鸟鸣之中又有竹笛弦乐声声，既热闹喜庆，又庄严隆重。

苏沐也略懂口技，可是这么大型这么逼真的群角口技，他也是第一次听到，这天宁宴刚刚拉开帷幕，就把所有人都震住了。百鸟之声伴随着群臣入殿，瞬间收住。

众宰臣、使节叩拜天子，共拜三十三拜，接着有宫人为宋徽宗斟酒，唱引道："绥御酒！"

众宰臣举酒，百官倾杯，饮下第一杯酒，尔后宫人高喝："请各地敬献佳肴珍品！"

雅乐再起，却是锣鼓齐鸣，好似激昂的行军曲一般。

这静候在门外的各地庖师纷纷整顿队伍，在引路官人的带领下，依次入殿敬献菜肴。此天宁宴，天子皇后坐镇，百官会集，评判的标准却只有一个——皇上个人的满意度。宋徽宗的座位两侧摆放了六个巨大的鎏金盘子，盘子里分别盛放着金、银、翡翠、玛瑙、象牙、珍珠六种珠子，宋徽宗会根据自己的喜好，给每一个敬献菜品的庖师打赏，或金或银，或翡翠或珍珠，谁拿到的奖赏最高，谁就是当夜的第一庖师。

曾有庖师技惊四座的，徽宗大喜之下，将盘中金珠尽数倾倒，只听得大殿之内，金珠滚地当当作响，庖师急忙俯地以前额触地，用衣袖扫珠，穿梭于各酒桌之中，犹如一条捡食的流浪狗。众百官看着庖师狼狈地捡这些金珠玉器，也不失为一件酒足饭饱后的乐事。

现在，五年一度的天宁宴已经正式开启，身怀大志的各地名厨早已激动难耐，各个眼泛精光，摩拳擦掌。前方灯火辉煌处，是大宋王朝权势最集中的地方，能否一夜成名，震惊天下，达成自己心中所愿，或高登庙堂之尊贵，或斩人间之奇宝，就在此一举了。

所有人神情激昂，好似奔赴战场杀敌立功的勇士。

所有人又都双眼放光，心中的欲望此刻已经无法再隐藏和克制了。

随着宫人的唱幕，第一名来自南京应天府的庖师躬着身走出了集英殿，这名庖师一直低着头，他的腰压得几乎与地面平行，宫人唱道："应天府，栾祁庖师为皇上敬献玉树琼花一品，请上菜。"

四名庖师抬着一座巨大的金盘缓缓地走了进来，这是今晚的第一道菜，所有人都正了正身子翘首期盼，在皇帝和百官的注目下，栾祁有些发抖地掀开上面遮盖的红布，露出了这道菜的真容。

金盘之上，用海中珊瑚、翡翠、玛瑙、琥珀雕刻成三株奇树，正是文玉树、琅玕树和碧瑶树，这三株树都是古代传说中能结出美玉的神树，这些美玉便是凤凰鸾鸟的食物，这三棵树均有一丈大小，树上不但有各色美玉莹莹发光，还挂满各色珍馐佳肴，奇香阵阵。有炙烤的乳鸽、彩雀站立枝头，外皮酥脆、内里软嫩；有用香叶包裹的驼峰鹿肉，早已蒸炖得入滋入味，芳香扑鼻，一个个用荷花瓣包成果实袋囊状，悬挂在玉树上，轻摇慢晃；有用面粉、果仁、芋泥、果酱等雕塑成的仙桃、赤朱果等甜品，不论滋味外形香气，均与鲜果不差分毫。

这三株玉树琼花论名贵有珠宝无数；论刀工塑形，仙桃赤果以假作真，一时难辨；论火候滋味，各色肉品皆有滋有味。这名庖师的菜品既有南菜的雅致，又有北菜的大气，菜品确实颇有可看、可赏、可品之处，质量十分上乘，只是毕竟等待的时间太久了，原本趁热吃的菜肴，已经有些发冷发硬，甚至挂上了一些白色的油花。

果然，宋徽宗看了菜品，也没有想去品尝这道菜的冲动，他只是微微点头道："《山海经》有云，开明北有文玉、玗琪等树，其树可结五彩玉，凤凰鸾鸟栖于上而食美玉。这玉树琼花虽做得精致，但恐怕送给皇后、各位爱妃更为合适。"

这话可算不上夸赞，郑皇后脸色有些尴尬道："今日乃是皇上的寿辰，这菜如何能送与臣妾，不妥不妥。"

左侧的童贯见势当即冷笑道："玉树琼花，嘿嘿，貌似清冷高洁，却不知玉树易碎，琼花易消，这等寓意竟然也敢呈送上来当贺礼？你这应天府安的是什么心？"

这话一出，所有人都脸色一变，栾祁更是吓得扑通一声就瘫软在地，声音都开始发抖起来："请皇上恕罪，小人只取了高洁富贵之意，绝无他意！小人绝无他意！"

一句话可以救人，也可以杀人，童贯这话显然是想先挫一挫其他庖师的锋芒。

所有人都不敢说话，栾祁更是浑身血液都冰封了一般，应天府在他身上赌上了价值连城的宝贝来做这道菜，现在连他的性命也要一起赌上了，这天宁宴真是不成功便成仁的生死局。好在宋徽宗心情甚好，没有过多计较，只是笑了笑道："算了，今天是朕的大好日子，这菜虽然寓意不佳，但我看这三棵树雕刻得也颇为用心，还是赏你两颗珍珠吧，拿去。"

两枚珍珠划着弧线，滴溜溜地滚了下来，这名庖师急忙爬了过去，用手小心翼翼地拿了起来，奋力磕头道："谢皇上恩赐！谢皇上恩赐！谢皇上恩赐！"

宋徽宗一挥手道："出去吧，下一个！"

宫人高声道："请童郡王府颜真敬献菜品！"

颜真在京城中名气很大，所有人都重新收拾了情绪，侧目望向了大门口，只见这庖师依旧是一袭白衣如雪，他也是一般地躬身入了大殿，他身后跟着的是八个人抬的巨大金塔，这塔高约一丈，宽约三尺，外形雕工自不必说，请的是大宋最好的匠人所打造，精细繁复，塔上各花虫鸟兽栩栩如生，姿态灵活，光看这宝塔都算得上是一件极为精美的艺术品。

颜真微微地抬起身子，恭敬道："郡王府为皇上专门准备了这道菜，名曰黄金露。"说着，他轻轻地旋转塔尖，却见这塔设计十分精巧，居然从侧面收缩打开，一塔分为两个半塔，那塔甫一打开，就闻一阵奇香就弥漫开来，饶是宫殿内美味奇珍无数，也霎时寡淡失色，全部被这香味所掩盖。

宋徽宗一闻这香味，已是酒醒大半，他坐直了身子，问道："这是何菜，怎能芳香如此？"

一旁的童贯笑道："禀皇上，此乃百花百鸟百蕈之香。"

黄金塔内就像一座巨大的鸟笼，雕刻无数的枝丫和龛位，这枝丫和龛位上站满了各色的鸟雀，粗眼看去，有雀、鹰、雁、鹅、枭、鸡、鸭等，足有三百余只，枝头上又有灵芝、雪莲、羊肚菌、云香信等香蕈无数。这些食材，鸟雀必须先用一种奇异的食材喂养三天，野蕈必须暴晒半干，然后将这些材料洗净，摆入塔内，不加一滴水，不用一粒盐，用大火猛蒸七天七夜；这塔内封闭严实，百鸟百菇的香味透不出去，俱化作滴滴香露顺着塔内一层层的纹路过滤到塔底，这塔底留有一个金质小碗，百只鸟雀猛蒸七天不过堪堪得到一碗透明如琥珀的香露。这香露无须任何调料，便是世上最鲜之物。

颜真的解释让宋徽宗对这道菜顿时起了兴趣，他招了招手，宫人就帮他把这金碗端了上来，这碗里的香露还在冒着热气，颜真这道菜从一开始就是密封好的，就算放置一晚，也能汤色黄亮透明、温度不降，所以从排队到现在，端出来刚好是最佳的饮用时间，不会减其一分鲜味。

单就这一点上来说，颜真就比其他庖师要高明许多。

宋徽宗还未品尝，先嗅了嗅，只觉得百花香气沁人心扉，让人犹如置身春景之中，可是这香气又不像暖春那样带着些许暖意，而是微微有些清爽冷冽，这味道当真是舒泰无比。他有些疑惑道："这汤里分明有百花的香味，可是这塔里一朵花都没有，不知这花香是从何而来？"

台下的颜真再度微微地扬起了头，现在宋徽宗已经能看清他的脸了，颜真有些得意道："这便是黄金露的奥妙所在。不知道皇上听过玉露二字没有？"

"玉露？玉露可不正是秋露吗？"

"不错，不过小人用的玉露却不一样，是金风玉露。金风玉露便是金秋百花露，秋时百花几近凋零，唯有菊、桂、木槿、蔷薇等耐寒之花还在盛放，所以要取百花之露十分不易，不过也正因为秋风起，这残留的花露才是精华所在，各色鲜花毕生最后的华彩都在冷秋中最后释放，这芬芳才能尤甚其他季节。采集金风玉露十分艰难，因为唯有遇到暖秋之时，才能偶尔看到一些花色未败，如此等待，常常要历经数十年甚至几十年，才可集齐这百种花露。小人以金风玉露喂食百种鸟雀，一连数日，只饮清露，不吃它物，如此鸟雀体内逐渐干瘦而清新，肉质越发结实而清爽，如此一来，蒸出来的香露才能没有水分，但又自带百花的清香，是为天下至鲜！"

颜真的解释让所有人都开始称赞不已，这么复杂的工艺，只做出这么小小的一碗肉汁，不可谓不珍贵。宋徽宗大喜道："颜师傅的手艺朕一向是十分欣赏的，如此心思，实在是巧，该赏！"他双手抓起一把把的金珠和银珠朝颜真撒去，大殿之内，满地都是滴溜溜滚动的珠子，发出十分耀眼的光芒。

宋徽宗连撒了十几把，这赏赐算得上是十分丰厚了，童贯大喜道："皇上赏赐，还不快捡！"

颜真心头雀跃，正欲俯身去捡，一旁的梁师成却有些不快道："颜真，此乃御赐金珠，你怎可用这双刚沾了污血的手去捡，可不是要污了皇上的龙气？你应该用嘴巴去捡，一颗颗叼起来！这才是庖师对天子的敬意！"

所有人都愣了一下，尚存良知的大臣一个个面面相觑，这俯身捡珠子已是恭卑至极，若是还要用嘴巴来捡，这人与狗可真就没什么区别了。

童贯有些不满道："为何偏偏我家庖师要用嘴巴去叼金珠？"

梁师成阴阳怪气道："我可是记得很清楚，童郡王曾亲口说过，这颜真不过是自己养的一条会做饭的家犬罢了，家犬不用嘴巴难道用爪子抓吗？"

童贯有些怒意道："这话我确实说过，不过那也是我的家犬，而非其他人的家犬。"

梁师成反驳道："你的家犬，不也是皇上的家犬吗？"

这话让宋徽宗突然兴奋了起来，他猛地拍起手来，哈哈哈大笑道："不错，颜师傅也是朕的一条家犬，一条很会做菜的家犬，以口舌衔珠，想必也是有趣得很。"

当下,所有人都高呼,皇上英明!

颜真不知道该呼应还是不呼应,他神情有些复杂地看着童贯,片刻后童贯大怒道:"你还愣着做什么,还不快叼走金珠?!"

颜真身子微微颤抖了下,脸上挤出一个僵硬的笑容,尔后喏了一声,整个人俯趴在地上,像一条狗一样用舌头去舔地,吞起一颗颗四处滚动的金珠吐在自己的衣裙上,所有人见他形态滑稽,都乐得哈哈大笑起来,好像在看一场特别有趣的表演。

宋徽宗笑道:"就让颜师傅好好捡一捡,请下一位上菜吧!"

集英殿中,这来自各地的名庖依次入内献菜,一个接着一个,有来自驻守北疆的将军敬献雄虎、熊黑、百年野参等奇珍菜品;有来自东海水师的大将军献上海中巨鱼,海鱼腹内藏入翡翠般鲜艳的巨贝,巨贝中长满了珍珠,颗颗都有荔枝大小;还有扬州酒楼做的乳酪莼菜羹,菜品平平无奇,但装盛乳酪莼菜羹的器具碗匙俱是黄金宝石所铸,流光溢彩,华美无双,便是皇宫都不一定有这么精湛的工艺。

越来越多的人得到了程度不一的赏赐,有人喜滋滋地出了大殿等候,有的则是愁眉苦脸地提前退场,有的甚至一出了皇宫就号啕大哭、寻死觅活,十分绝望。

苏沐排在人潮之中,神色很复杂。

队伍越来越短了,很快就要到达集英殿的门口了,在苏沐看来,现在这大殿就像一个地狱的入口,它不是巍巍的皇城,它不是权力的中心,它只是一个吞噬人肉体和灵魂的地狱,他和锦娘能逃得出这森然的阎罗殿吗?

"下一位,请平王府的庖师苏沐入殿敬献菜品!"

# 第四十六章 四海归心

苏沐即将进场。

一时间，群臣期待，万众瞩目，所有人都安静了下来，因为苏沐是当今京城内最炙手可热的第一庖师，又因为所有人都听说平王要敬献的是一样从未见过的东西，一件可以让人长生不老的宝物。再美味的佳肴始终有吃厌的时候，唯有长生一事，让人永生都愿意追随。

苏沐躬着身子缓缓步入大殿，伴随他行进的是一阵阵口技乐人的激昂音乐，他步伐缓缓，神情肃穆，好似参加一场祭祀天地的大典。而他的身后，巨大的水晶缸照例用红色印花的绸布盖着，既神秘又喜庆。

宋徽宗显然对苏沐的印象十分深刻，不仅是他，就连童贯、梁师成、王黼、蔡攸等人都不约而同地聚焦在他身上，这人才是他们今晚的劲敌。

宋徽宗已经有些微醉，他粉白的脸上开始泛起一圈红晕，看起来就像抹了胭脂一般娇艳，可是在苏沐看来，现在的皇上就像喝足了人血的妖怪一样可怖。宋徽宗问道："台下的可是苏师傅？我对你的菜品可是很期待呀，倒不知今夜，你为朕带来了什么好东西。"

苏沐抬起头，他没有看宋徽宗，而是很快就看到了坐在嫔妃角落里的殷秀，她现在已经换了一身华服，容颜虽然微微有些憔悴，但却显得贵气逼人，远非当日在集英殿里看到的宫女的落魄模样。苏沐呆呆地看着殷秀，这女子愣了一下，很快就躲开了苏沐的眼神，这转瞬即逝的表情是冷淡陌生的，她别过头似乎并不想理会苏沐的目光。尔后，她突然站了起来，殷勤地给宋徽宗献上了一杯御酒，宋徽宗接过酒杯饮了，轻轻地搂住殷秀的玉腰，顺势把她揽在自己的龙椅上，殷秀掩嘴低头娇羞地笑了起来，那姿态模样因为得宠了显得甚是得意。

这样的画面苏沐从未想过，不过苏沐似乎现在觉得心里有什么东西终于消失了，这让他反倒没那么难过，他收回了目光，俯身道："禀皇上，平王府专门为皇上准备了一道菜，名曰四海归心！"

宋徽宗一听这名字，立即来了兴致，眼下战乱方熄，能四海归心自然是最好的事了，他轻轻地推开了殷秀，大喜道："好名字！光听名字便已不俗，却不知是什么好菜，还请苏师傅快快打开，让朕开开眼界。"

苏沐俯身退后，缓缓地掀开了红色的绸布，露出了一面巨大的水晶缸，缸内一条鲛人正在水中游曳着，她身披彩绡，浑身布满了鱼鳞，在水中轻盈自如，就像一条真正的人鱼。

所有人异口同声地发出了惊叹声，宋徽宗微胖的身躯也微微抖了一下，尔后迅速站了起来，他颤颤巍巍道："这是什么？"

苏沐俯在地上一动不动："回禀皇上，此乃南海鲛人。"

全场大震，虽然有不少官员已经知道了平王府内有鲛人，但是第一次看到还是满怀震惊，宋徽宗更是颤抖道："这真的鲛人吗？传说中南海的鲛人？！"

苏沐回话道："回禀皇上，确实是南海鲛人，如假包换。"

宋徽宗站了起来："快，扶我过去看看。"

几个宫人急忙上前扶住宋徽宗，缓缓下台靠近了水晶缸，这水晶缸微微有些发黄，加上鲛人游得很快，宋徽宗根本看不清这鲛人的细节，他特地揉了揉眼珠子，又定眼看去，却见这鲛人突然悬停在水里，直勾勾地盯着宋徽宗看。

这下，宋徽宗终于看清了鲛人的样子，苍白的脸，长满鱼鳞的皮肤，海藻一般的头发，看起来就像一只怪物，丑陋不堪。宋徽宗啊了一声，差点摔倒在地，几个宫人急忙扶住，苏沐开口呵斥道："大胆鲛人，见了皇上如何不行礼，还敢惊扰皇上！"

鲛人在水中缓缓地沉了下去，尔后朝宋徽宗恭恭敬敬地施了个礼。

苏沐道："鲛人乃海外异族，不懂我大宋礼数，惊扰了皇上，还请皇上恕罪。"

宋徽宗见这鲛人竟然还懂得给自己施礼，神情明显好转，他压制住自己的恐惧，有些好奇道："这鲛人倒是神奇，却不知苏师傅今天做的菜跟这鲛人有什么关系？"

苏沐道："寻常的菜品无论它再鲜美、再珍贵、再华丽，也始终是过眼云烟之物。鲜味触舌，不过是一时之快，美物过眼，也不过是一刹之欢，珍贵如财宝，亦是生不带来死不带去，唯独长生二字，才是值得世人永恒地追求。"

这几句话让宋徽宗一下子整个人都清醒了起来，想他年事已高，如此宠幸道教，还不是想要寻求长生不老之法。可是赤丹金水都是那些道士的谎言，并不能给他带来长生，相反还会不断地加速他的衰亡。他害怕，他恐惧，可是他毫无办法，即便是万千权势加身，天下奇珍异物唾手可得，他还是躲不过生老病死，甚至对宋徽宗而言，面临死亡的恐惧比面临亡国的恐惧还要严重。可如今，这苏沐又说起长生二字，可不正对他心意？他不顾皇家威严，急忙扶起苏沐，亲切道："苏师傅，不，苏先生这话可是甚得朕心哪，然后呢？"

苏沐也不客气，就势站了起来，继续道："回禀皇上，南海有鲛人，寿命三百余年，长寿者甚至可达五百年，庖祖曾言，生饮鲛人血，生啖鲛人心，可与鲛人同寿。今日平王府专门献上以南海鲛人为原料的四海归心，愿皇上寿逾鲛人，万岁万岁万万岁！"

宋徽宗也曾听过南海鲛人的寿命有几百岁，但是吃鲛人的血和心可以与鲛人同寿，这倒是第一次听说，他有些疑惑道："南海鲛人虽然稀少，但南海一带也偶有听闻抓到鲛人的传言，若是喝血吃心就可以长寿几百岁，这南海只怕高寿之人不在少数，为何现今从未听过有此奇人？"

童贯立即也质疑道："不错，我先不说这鲛人真假，但就这吃鲛人心血就能长寿，有何依据？"

苏沐神情淡定，从容不迫道："皇上这个问题问得很好，如果直接生吃鲛人的血和心，非但不能长寿，还有可能有性命之虞，因为鲛人的性情十分暴戾和淫邪，常人喝了鲛人血会性情亢奋疯狂，甚至孤阳不倒，直到力竭而亡。所以千百年来，南海的人虽有抓到鲛人的，也大多数是就地击杀，少有喝血吃肉的，不过有一种情况是例外。"

"嗯，什么情况？"宋徽宗已经目光炯炯，迫不及待地想要知道答案。

苏沐眼神微微一暗："若是这鲛人爱上了屠夫……"

宋徽宗似乎有些领悟了，想他也是个风流多情的天子，如何不懂这其中的奥妙。龙椅上的殷秀听到这话，表情也变得有些古怪，只是这古怪也不过是持续了片刻罢了，很快就变成了一丝冷笑。

反观苏沐现在全身心都在锦娘的身上了，他摸了摸水晶缸壁，低头柔声道：

"若是鲛人爱上了屠夫，她便会心无怨恨和暴戾之气，心里流淌的只有爱意，她是甘愿为屠夫去死的，这样的鲛人她的心才是纯粹、干净而美好的，吃下这样的心，才能与鲛人同寿，因为鲛人是心甘情愿把自己的生命献给对方。皇上，你认为，一个深爱你的人会去杀害你吗？"

宋徽宗立即摇头否定，尔后又开始叹息起来："这么说来，这鲛人是爱上苏先生了。"他看了看那鲛人，却见这女子一直很深情地看着苏沐，那双眼睛里流露出的是满满的爱意，这柔情和爱意是骗不了人的，看到这儿，宋徽宗不由得又感叹一声："想必，苏先生也是很爱这鲛人的，男欢女爱本是世间最纯洁的情感，却不想……朕有些不忍心了。"

苏沐急忙俯首斩钉截铁道："皇上万万不可！小人虽然深爱鲛人，但毕竟人鲛有别，能把鲛人献给皇上，是小人最荣幸的事，还请皇上不要推却！"

听到这儿，宋徽宗紧皱的眉头终于舒展开来，他终究还是想要试一试长生的，他连连击掌高喝："好！好！好！苏先生如此深明大义，当真是叫朕又敬佩又感动，这道四海归心并非是为了朕延年益寿，而是大有寓意，想我大宋眼下局势虽然暂稳，更需要这样的有志之士多为我大宋社稷出一份力，四海归心来得当真像一场及时雨啊！"

听到这儿，所有臣子都急忙跪地高呼道："皇上圣明！四海归心，天下安矣！大宋安矣！"

在人声鼎沸的高呼中，苏沐上前一步，恭敬道："还请皇上稍等片刻，此菜乃是活取鲛人血和心，为防止小人引血时玷污了神圣的大殿，小人斗胆用祖传的刀法来取，此法名曰水中取血、血中取心。"

水中取血、血中取心？！所有人都惊讶地你看我、我看你，便是三岁小儿都知道血是会溶于水的，这一旦在水中划开鲛人的血脉，血就会一瞬间融入水中，血与水一旦交融，哪里还能分离得出来？而且浑浊的血水中取心，这样的刀工要如何的精湛才行，这苏沐究竟用什么方法可以做到水中取血、血中取心？

苏沐道："取血过程会比较血腥，还请皇上稍稍靠后，免得污了皇上的龙体。"

宋徽宗在宫人的搀扶下，重新回到龙椅上。所有人都目不转睛地盯着苏沐和鲛人，满心好奇地想苏沐究竟要如何杀这只鲛人。

苏沐挽起袖子，搬来了一个梯子，拿出他的名刀六寸筋，他手握软刀，朝鲛人喝道："锦娘，今日我要杀你取血取心，敬献给我大宋皇帝，换取我苏沐一生荣华富贵，你愿不愿意？"

锦娘目不转睛地看着苏沐，微微地点了点头，表示心甘情愿。

苏沐点了点头，郑重道："锦娘对苏沐的情义，苏沐将永世铭记，那我这便下刀，还望你多多忍耐。"

锦娘柔情万种地看着苏沐，那神情已然说明了一切。

一人一鲛人缓缓地在靠近，苏沐轻轻地吻了一下鲛人，手中的刀瞬间割破鲛人手臂上的动脉，噗的一下，一团鲜血冒了出来，这血在水中扩散，犹如一团烟雾，可是令人吃惊的是，这血扩散了一阵就不再扩散了，整个血就像一团浓云一样悬浮在水中，鲜血越来越多，很快水里就聚集了一团猩红色的血球，血球大如婴儿拳头，圆溜溜地微微颤动着。苏沐又连连下刀，很快这水晶缸里又出现十多个这样的血球，鲛人用手一划，这些小血球渐渐汇聚，变成了一个巨大的血球，足有小碗大，这水中的血越来越多，也不与水交融，而是一点点地凝聚起来，血球变得越来越大，就像一盏红色灯笼一般。

苏沐这才叫下人递过来一只水晶盏，入水一舀，装满了鲛人的血。

苏沐把水晶盏递给宫人，俯首道："此乃鲛人生血，请皇上先饮用一杯。"

宫人低头小心翼翼地把水晶盏送到宋徽宗面前，宋徽宗举起杯盏，先闻了下，这盏中的血十分清亮，还微微有些透明，闻起来甚至有一股奇香。但是他还是有些犹豫，毕竟苏沐刚才说正常的鲛人血喝了是会发疯的。

苏沐看出了宋徽宗的迟疑，他用手指沾了下血水，送入口中抿了抿，尔后俯身道："小人斗胆先试其味其性，若小人无恙，皇上可放心饮用。"

宋徽宗见苏沐喝了鲛人血没有什么异样，这才完全放心，双手捧起水晶盏，开怀畅饮起来，一杯鲜血还带温热的气息，咕嘟咕嘟顺喉而下，当真是滑如流脂，醇如琼浆，甚至丝毫没有血腥味，宋徽宗从未想过鲜血原来是这么好喝，远比宫中的美酒还要鲜美，他意犹未尽道："朕还要再来一盏！"

苏沐如法炮制，再取一盏鲜血，宋徽宗再度饮下，如此连饮三盏才作罢，宋徽宗饮了鲛人血，脸色更加红润，神情也有些兴奋起来，他撇开两侧的宫人和皇后妃子，自己站了起来，高声道："果真是南海奇珍！苏先生，现在请替朕取下鲛人的心脏，朕要与鲛人同寿，与四海同辉！"

所有人高呼道："祝皇上寿与天齐！万岁万岁万万岁！"

苏沐则缓缓后退，再探入水池，一手托住微微有些昏迷的鲛人，一手轻轻剥开她的丝绡，苏沐看着鲛人神情充满了爱意，他现在不需要再隐藏自己任何的爱与恨，他喜欢锦娘是真的，他可以让满朝的文武百官都看到，哪怕这情爱很可能只有这么短短的片刻，可是对他来说却足以回味一生。他缓缓道："水中取血，是因为鲛人血在空气中极易变质，所以必须在水中取出，而血中取心，则是因为这心若是没有血的滋润，很快就会枯萎，所以必须时刻有血在四周。"他伸手入水池轻轻一搅动，突然整个水池里血水翻涌，原本水是水，血是血，分离得清清楚楚，但此刻被苏沐一搅动，血液迅速扩散，整个水池迅速化作一片血红，鲛人浸泡在血池中看起来越发触目惊心。

可是在文武百官看来，现在这血红色当真是最好看的颜色，是世界上最上佳的美味，他们都想一试究竟，他们都想与宋徽宗一样，得到长生的资格。就连殷秀都露出了眼馋的表情，想她的容颜虽然还在，可是她毕竟已经浪费了很多年的青春，她甚至生出了一丝丝的恼恨，自己居然这么傻，为了一个庖师，在宫中浪费了自己最美好的青春，若非自己执意回避，自己早该位列妃嫔了。这后宫始终得依靠美色上位的，靠皇上的恩宠而活，自己怎么没有早点觉悟到这个道理。

大殿中，苏沐站在木梯之上，俯视众人，朗朗道："庖祖曰，人有二心，一曰有形之心，似莲蕊，通四脏，主血脉，为阳中之阳；二曰无形之心，无相形，行五气，主神明，为阴中之阴。心乃君主之宫、精华所在，阳心有鼓动振奋之妙，阴心有安神宁静之好，若得阳中阳、阴中阴，便可夺其造化，有延年益寿，突破界限之功。皇上若要夺鲛人之造化，延长自己的寿限，就必须要吞下这鲛人的阴阳二心，而唯有情爱至浓，这阴阳二心才不会分离，才会完美融合。"他突然闭上眼睛，在血水中猛地捅了一刀，鲛人身子剧烈地抖了一下，整个水晶缸血色更甚，红彤彤的有些瘆人。

一些妃子宫女吓得面无血色，甚至都开始掩口遮目。

宋徽宗却是满脸振奋，他哈哈哈大笑道："甚好！甚好！苏先生，快快把这颗心掏出来！朕要长生不老！"

苏沐再剐几刀，只听得水里似乎有肌肉骨骼刺啦作响，听得人毛骨悚然，整个水面完全被血水掩盖，什么也看不清了，只看到鲛人的脸色迅速变得惨白如纸，脸上更是毫无生气了，但苏沐的刀法却毫无停顿之意，如此片刻，他猛地一提，一颗心脏骤然跃出水面，在他的手里突突突地跳动着。

这是一颗活着的心脏！

鲛人终于身子一软，彻底沉入血水之中。

# |第四十七章| 真假之辨

苏沐将这颗心脏放入一白玉盘里，尔后缓缓送了过去，宫人正要过去迎接，宋徽宗却直接推开了他们，自己迫不及待地走了下来，他脸上露出难以置信的表情，兴奋得就像一头掠食的野兽。

"这就是鲛人的心脏？！"

"不错，正是鲛人之心。"

宋徽宗正要伸手去抓，苏沐闪躲了下，说道："请皇上稍等。"他轻轻地剥开心脏上的一条筋膜，就像给人脱下一件薄薄的衣服一样，筋膜剥落，这心脏突然哗啦一声裂开了，整颗心脏就像一朵娇艳的莲花开始绽放，一层一层，红色的心瓣轻薄透亮，就像莲花瓣一样圣洁。

苏沐面无表情道："请皇上品鉴，四海归心。"

宋徽宗再也按捺不住了，用手一把将鲛人心脏抓了起来，直接就往口中吞去，心脏的肉质又脆又嫩，入口虽然腥味极大，但是他现在根本不关注这心脏的口感究竟如何，他只想把它吞下去。整个集英殿内鸦雀无声，只听得当朝的皇帝一个人在生吞心脏，发出咯吱咯吱的怪异声音，所有人都像是中了魔怔一样，既觉得恐怖恶心，又不知不觉中生出一丝的嫉妒和羡慕，毕竟长生之妙啊，别说是生吞鲛人之心，便是吃掉人的粪便，腐烂的尸骨，也是会甘之如饴。

苏沐的表情变得越发冷漠，到现在他的任务已经完成，他杀了鲛人，取出了她的心脏，完成了这前无古人、后无来者的举动，这是再厉害的庖师也不曾做过的事，足以让他留名千古。可是他现在没有一点悲伤或者喜悦，他只是很冷漠，像看一群行尸走肉的狂欢一样。宋徽宗终于吃完了整颗心脏，他抹了抹嘴角的血渍，一脸神采奕奕道："四海归心，这才是朕真正想要的！哈哈！好菜！好菜！苏先生真乃神厨也，朕要重重赏赐你！"

说着他颤颤巍巍地爬上了丹墀，双手准备捧起那盘沉重的金珠送给苏沐，但这盘子加上金珠实在是太沉了，宋徽宗干脆用力一推，大叫道："苏先生，金银珠宝乃是俗物，不足以表达朕的喜悦，这些现在都是你的了！"整盘金珠连着金盘都跌落在台阶上，无数的金珠像暴雨一样滚落下来，发出噼里啪啦的声音。

宋徽宗几近疯癫，他又去推旁边的翡翠盘，原本手无缚鸡之力的他此刻居然也能一把将整盘翡翠推了出去，整个大殿内金珠四溢、碎玉飞溅，映照着烛火是流光溢彩。宋徽宗高呼道："苏先生，想要的话，尽管拿，今日这些都是你的，没有人可以跟你争了，你就是当今的第一庖师！"

满堂的金玉之光，照得人容光焕发，所有人都在叩拜，平王抬起头振奋道："苏沐，还不快跪下谢恩！告诉皇上，你要给我平王府要什么。"

他以为，苏沐和颜真一样，不过都是权贵的一条狗，狗叼到的骨头自然是狗主人的。可是苏沐不是颜真，他没有理会平王，他又抬头看了一眼阿秀，这女子神色瞬间紧张起来，她在宫中七年了，她原本恨透了这个牢笼一般的后宫，她日日夜夜都希望苏沐能来解救自己出苦海。现在苏沐就站在自己面前了，也有能力来救她了，可是她却开始害怕了，因为她根本就不想离开这个皇宫，她现在已经不是一个卑微的宫女，她是一名妃子了，以飞快的速度博得恩宠的妃子。

面对苏沐灼热的目光，她开始害怕起来，她甚至恨他，为什么？为什么不早点出现？如果苏沐早一点出现，她一定会义无反顾地跟他走，可是她已经完全放弃了，在她决定重新描眉画唇走进集英殿的那一刻，她就完全放弃了苏沐，她把过去单纯的自己狠狠地杀死在那无日无夜的阴暗房间里，她不想再过受人欺凌的日子，她想要寻找一个新的生活，就在她即将成功的时候，苏沐偏偏出现了。殷秀的心已经死了，她现在特别害怕苏沐跟皇上提出要娶她的要求，若是苏沐提出这要求，她不知道皇上会不会答应，但她知道她在后宫中将不会再有恩宠了，她的努力都将白费了。

殷秀很用力地盯着苏沐，恶狠狠地摇了摇头，像是在警告他。

现在他们两个就像陌生人一样，时间改变了苏沐，也改变了阿秀，他们已经不是西湖边捉萤火虫的少男少女。苏沐淡然地笑了起来，笑过之后觉得越发可悲，似乎有什么东西碎裂得更加彻底。

宋徽宗又问道："苏先生，说吧，你有什么要求。"

苏沐看了看早已沉没在水晶缸里的鲛人，俯下身子淡淡道："回禀皇上，小人苏沐来自杭州城，不求封官加爵，不求金银财宝，小人已与鲛人私订终身之好。如今鲛人献心给皇上，魂飞极乐，还望皇上答应小人带着鲛人回到杭州，好好安葬她的尸骨，小人愿一生一世陪伴青冢，不离不弃，愿皇上成全。"

苏沐说得情真意切，宋徽宗听得竟然也有些感动，当场揩了一把老泪。

他感慨道："如此情深义重，叫人实在感慨。敢问世间还有什么比情字更值得人珍惜的了！此事，朕恩准了，另外朕还要赐你良田百亩、府邸一座，地上的金珠翡翠也都拿走吧。对了，这把御赐金刀也一并带走，这可是天下第一庖师的象征，有金刀在手，日后回到杭州再也无人敢欺辱苏先生了。"

苏沐谢恩，正准备上前接刀，突然门外有人大喝了一声："等下！"

所有人都大吃一惊，不知道是谁这么大胆，竟敢在集英殿内这般放肆，宋徽宗大为不悦，正欲发怒，却见门外走进来的人不是别人，而是颜真。

今日出场的庖师，除了苏沐，就数颜真受到的赏赐最多，今夜若非苏沐用上鲛人这一奇招，他想要胜过颜真也是殊为不易，现在颜真再次败给苏沐，自然很不甘心。毕竟，颜真已经没有再输的机会了，他不过是童贯的一条狗，一条没有用的狗很快就会被主人杀掉。

"颜真，你进来干什么！"童贯很不快，再一次的失败，已经让他在心里彻底放弃了颜真。

颜真冷冷地盯了一眼苏沐，俯首朗声道："回禀皇上，小人斗胆进殿，便是要揭穿苏沐的骗局，这鲛人是假的。苏沐以假的鲛人欺骗皇上，乃是欺君罔上，罪不可恕，还请皇上明察！"

所有人听到这话都是面色剧变，鲛人居然是假的？平王府居然这么大胆，敢用假的鲛人骗皇上？

苏沐回应道："我若没记错，当初颜真师傅对我平王府的鲛人也是垂涎欲滴，怎么今日比试输了便说鲛人是假，你可有证据？若是没有实际的证据，这欺君罔上的便是你颜真，而不是我苏沐。"

颜真冷笑一声："证据我自然有，现在我先给大家说说这个所谓鲛人的来历。"他顿了顿道，"我听闻南海水师在几年前捕获了一名普通的采珠女，水师的人见她有几分姿色，水性亦好，就假装成鲛人送给亲卫大夫，原本这不过是水兵们开的一个玩笑，但不想亲卫大夫信以为真，他把这女子打扮了下又以高价卖给了承宣使，这下子水兵的人开始害怕，怕万一东窗事发，自己要承担责任。但不想宣承使发现有问题后并没有责备亲卫大夫，而是以更高的价格转手卖给了李詹事，李詹事最后又卖给了翰林院的刘威学士，最后刘威学士又敬献给了平王。而平王，在明知这鲛人是假的情况下，还把她献给了皇上。皇上不觉得他们这样层层欺瞒，实在是有损我大宋国体，十分可笑吗？"

这假鲛人的倒卖过程实在是匪夷所思，尤其是平王、刘威等人还在朝堂之上，一个个不禁摸额低头，背上冒出一阵阵冷汗。文武百官开始窃窃私语，议论纷纷，宋徽宗的脸色也有了愠怒，他怒视平王和刘威，喝问道："这可是实情？"

刘威早已吓得俯在地上一动也不敢动，而平王却拒理以争，大声斥责颜真无理取闹，其心可诛！童贯冷笑道："颜真，你不是说有证据吗？何必与他们多费口舌，不如就直接拿出来给皇上看看。"

颜真从怀中拿出了一个白瓷瓶，道："回禀皇上，此物名曰鱼鳞散，乃是偏门左道之物，传闻南海一带的采珠人为了延长在水下呼吸的时间，有一些人会铤而走险服用这药粉，这鱼鳞散若是少量服用可以减缓血液流动，让人在水下多待一盏茶的时间，不过若是大量服用，便会让人生出异样，变得有些像水里的鱼怪一般。皇上，想不想当场看看它的药性？"

听到鱼鳞散三个字，平王浑身的冷汗都已经冒了出来。

宋徽宗面色冷若冰霜，他摆手示意了下，有一宫人立即上前接过鱼鳞散，尔后直接递给了邻近的一名宫女，那宫女很是害怕，但犹豫了片刻还是吞了下去。不过片刻，这女子就蜷伏在地上，似乎很是难受，再过片刻，这女子的脸色已经苍白如纸，双眼更是血红一片，宫人一把扯开女子的衣袖，却见这胳膊上果真开始浮现淡淡的鱼鳞纹。

她这模样与鲛人的样子已是有几分相似，所有人都啊了一声，显然都看出了端倪。

颜真得意道："皇上，一切都已经很清楚了，这鲛人是假的！"

宋徽宗整个人瘫坐在龙椅上，他十分震惊，如果这鲛人是假的，那他刚才喝的血便是人血，吃的心便是一颗活生生的人心，更重要的是，他满怀期待的长生美梦就要破灭了！想到这儿，他心中翻涌出一阵阵难以言喻的恶心和恐惧，他无论如何不能接受这一结果，他仿佛是从大喜跌落到大悲之中，整个人一下子被抽空了力气，脸色瞬间化作一片土灰，半晌之后，他伸出一只手指着苏沐，恶狠狠道："你……你居然……"

平王见此，突然率先发难道："苏沐，没想到你竟敢利用假的鲛人欺骗皇上，真是罪不可恕！我平王赵正先取你人头给皇上谢罪！"说着他便要下台来擒拿苏沐，不料颜真又道："平王暂且不必动怒，在下还有话没有说完，这苏沐的罪责还不仅如此。"

"什么？"所有人都大感震惊，以假鲛人骗皇上，这罪责还不够吗？

颜真道："我听闻，苏沐与宫中某位宫女有过旧情，不知慧妃可否知情。"

阿秀便是当今的慧妃，她只用了几个月的时间就荣升到这地步，实在是少见。她现在脸色骤变，急忙摇头冷冷道："这位苏师傅，我也是今日第一次见到，他与宫女之事我如何知道？"

颜真嘿嘿笑道："既是如此，那想必是我颜真误听了哪个小人的传言，还望慧妃恕罪。"

苏沐突然冷笑了起来："看来今日我苏沐已成了众矢之的，皇上因我欺君要杀我，平王因怕我牵连于他要杀我，颜师傅因我阻碍了你的前程要杀我，就连其他与我无关之人也希望杀我而免责，你们都要杀我，我一个小小的庖师又能如何呢？这鲛人是真是假你们还不知道吗？若这鲛人是假的，那这一切都是假的，皇上所求的长生是假的，想要的四海归心也是假的，想要的太平盛世更是假的。一切都是假的，皇上，你不觉得很可悲吗？我苏沐不过是一介庖师，生死不足为道，但天下之大势却不可就此了断，若是皇上觉得苏沐是个骗子，苏沐便只好以死来证明，这一切都是真的。"

说着他举起手中的刀准备要抹脖自杀，所有人都冷冷地看着他，只希望他这一刀能快点下去，他这一刀尽早结束这场闹剧，换来其他人的太平日子。

"慢着！"宋徽宗突然颤巍巍地站了起来。

"荒唐！真是一场荒唐的闹剧"，他情绪很是激动，粉白的脸上因为震怒而微微有些发红，"来人哪！把那个庖师给我拖下去斩了！朕再也不想听到这些歪门邪说！"有侍卫冲向了苏沐，不料宋徽宗又喝道，"我说的是那个无事生非，扰乱朕视听的颜真！把他给我拖出去斩了！"

"什么？！"颜真难以置信，为什么要杀的人是他，明明是他检举了苏沐，这苏沐才是欺君的罪人。

宋徽宗怒道:"朕饮了鲛人血,吃了鲛人心,便是要与鲛人同寿,便是要收复四海,扬我大宋国威!你一个小小的庖师懂个屁,竟敢在此一再扰乱,灭我大宋之威风,挫我大宋之锐气!如此重罪,岂能轻饶?!来人,拖出东华门外,就地问斩!"

颜真绝望道:"皇上明鉴啊!这鲛人真的是假的!"

宋徽宗一拍龙椅,罕见地气势十足道:"朕说了,此南海鲛人是真的,此四海归心为今夜第一!你们还有何异议?!"

所有人都吓得立即俯跪在地,高呼道:"荡除敌寇,拓我疆土,九州寰宇,四海归心!皇上万岁万岁万万岁!"在声声高呼之中,整个皇城内外是连绵一片的跪拜臣子,所有人好似教徒一般,面色虔诚地朝着大殿跪拜,在外围的人或许都不知道这跪拜是为何,他们只知道此乃皇城,若不跪便是杀身之祸。

苏沐也俯首,喃喃道:"这一切都是真的……"

在重重声浪之中,突然有一声凄厉的叫声拔地而起,这声音就像一支穿云箭炸裂在夜空中,引爆了一阵惊雷:"不好了!金兵攻打汴京了!"炸雷一般,所有人都似乎瞬间从美梦中惊醒了过来,一个个面色剧变,猛地洒出了一身冷汗。现在,可不是什么太平盛世,大宋与金国的战争刚刚结束不到一个月。

又有人高喝道:"城门失守了,金兵已经从东水门和陈州门攻进来了!"

宋徽宗吓得直接摔下了龙椅,身旁金玉器皿跌落一地,当当作响。大殿内文武百官更是战战兢兢,颤颤巍巍,犹如一群无头苍蝇一样不知该如何是好。遥望大殿之外,东南方位,似乎已有火光冲天而起,滚滚而来的是一道道的热浪和无数的哀号声、厮杀声。

汴京,真的失守了!

"快跑啊!"不知谁又喊了一声,大殿内的文武百官,各显贵、庖师再也坐不住了,一个个纷纷朝四面八方涌去,整个皇城内乱成一团,有的慌忙逃命,有的急忙趁机拿走皇宫里的各色金玉珍宝,还有的则躲进各处角落,犹如蛇鼠。

集英大殿内已是乱成一团,没有人再去关心苏沐和鲛人。混乱之中,苏沐重新登上梯子,入水抱起鲛人,他回头望了一眼金碧辉煌的大殿,宋徽宗早已不知所终,阿秀似乎也跟着皇帝消失在偏门之后。苏沐抱着锦娘缓缓地往宫外行去,一路畅通无阻,再也没有人来阻拦他们,再也没有人去质问他鲛人是真是假,也没有人关心他是不是天下第一。

一切都是执念罢了，放下了真的就都自在了。

问心无愧，这四个字真好。

迎面有冷劲的风吹来，广袤的中原即将迎来最冷酷的一个寒冬。

西华门外，叶秋和田七早已在门外等候多时，叶秋看了一眼锦娘，皱眉道："你还真把她杀了？"

田七也面色一哀，惊道："锦娘死了？！"

苏沐解释道："是服用了太多鱼鳞散，昏迷了过去而已。"

叶秋又问道："那你没取她的血和心，怎么骗过皇上和众臣的……"

苏沐解释道："我把猪血和油脂充分搅匀，然后注入鱼鳔藏在她的衣服里，在水里我划破鱼鳔，鲜血自然就会喷涌而出，这血混入了油脂，不能溶于水，会悬浮在水中变成血珠，而至于锦娘的心，不过是个事先藏好的猪心罢了。"苏沐搅浑了血水，故意遮挡了视觉，尔后锦娘从水中取出藏好的猪心，苏沐在水中雕刻成一朵含苞待放的莲花，完成了所谓的水中取血、血中取心的奇术。

"不过……"苏沐抬头望了望东南方向，火光已经冲天而起，将黑夜烧得亮如白昼，四处厮杀之声不绝于耳，他有些担心道，"现在金兵攻打过来了，皇帝都逃跑了，只怕大宋要亡国了，当务之急我们还是先躲起来，看看情况再说吧。"

众人皆叹气道："也只能这样了。"

如此躲了十多日，锦娘的身子也稍稍好了一些。只是这金兵攻势凌厉，已经杀到了内城，眼见大宋灭国不过是时间问题了，叶秋道："这样下去不行，我听闻皇帝都已经南下逃亡了，不如你们也南下回杭州躲避一阵吧。"

苏沐听出了话外之音，问他为何不一起走。

叶秋笑了笑道，平王现在还在京城里，自己与他还是主仆关系，断然没有提前逃走不顾主子的道理，所以不管千难万难，他都得把平王救出来。只是他有些担心柳湘云，他不想他心爱的女子最后落得阶下囚的凄凉下场，所以希望苏沐能带着柳湘云一起回杭州。

众人知道叶秋的性子，也不多劝。

翌日，出了城门，苏沐等人与叶秋在岔路口分道扬镳，各自寻路而去，叶秋背着刀，骑着马重新奔回城内，而苏沐等人则驾着马车从一条偏道直奔南方而去。时值寒风呼啸，第一场大雪恰巧纷扬而下，看那天地，却似银铺江山素相连，玉碾乾坤花漫天，端的一场好雪。

大雪本是祥瑞之兆，可是现在只能掩埋那些无处可葬的尸骨了。苏沐时而看着天地茫茫、世界无垠，时而看着锦娘怡然安睡，若襁褓婴儿，心想着这恐怕是他们最后一次踏足汴京了吧。到了杭州，又会是什么样的境况呢？

田七问道："苏先生，我们去了杭州有什么安排没有？"

苏沐想了想，说道："我在杭州有一个朋友，他开了一间宝丰楼，可惜他走得早，那酒楼在我走后就关闭了，不如我们回去重新打理这个酒楼营生吧。"

田七笑道："自己开酒楼好！我可以当厨役，也可以当小二。"

柳湘云道："那我可以帮忙招呼客人。"尔后她有些担心地低下头，低声道，"若是叶秋回来了，他还可以当个武夫。"

苏沐笑了笑，说好好好，只是末了又忍不住叹气道："可惜，大宋快亡了。"

田七却呸了一声，大叫："旧的不去新的不来，大雪一下，春风吹又生，可谓真干净。苏先生，你说是不是？"

大宋灭亡了，新的世界会不一样吗？若是人心不变，这杭州，会是下一个汴京吗？苏沐回答不上来，他不过是一个小小的庖师而已，帝王眼中的一只蝼蚁罢了。

眼前风雪更紧，马车缓缓向前，彻底消失在白茫茫之中，再无踪迹。